MW01688634

EDITORIAL UNILIT

instantáneo. Más de 400.000 ejemplares en impresión

DEJADOS ATRÁS

UNA NOVELA DE LOS POSTREROS DÍAS DE LA TIERRA

TIM LAHAYE

JERRY B. JENKINS

Publicado por
Editorial **Unilit**
Miami, Fl. 33172

Primera edición 1997
Nueva edición corregida 1998

Originalmente publicado en inglés con el título:
Left Behind por Tyndale House Publishers, Inc,
Wheaton, Illinois

Traducido al español por: Nellyda Pablovsky
Revisión: Alicia Valdéz Dapena

Producto 497475
ISBN 0-7899-0373-3
Impreso en Colombia
Printed in Colombia

Elogios para *Dejados atrás:*

"¡Uno de los mejores libros que he leído en diez años!"
Mark Blocher, Grand Rapids

"No podía detenerme cuando lo estaba leyendo. Me identifiqué tanto con los personajes que me olvidé de que no estaba ahí con ellos".
Ann Denison, Fort Lauderdale

"Predigo que *Dejados atrás* subirá al tope de las listas de los éxitos de librería. Le estoy contando a todo el mundo de este libro".
Nancy Bayless, San Diego

"Hace mucho tiempo que soy un fanático de las novelas de Jerry Jenkins y un admirador de las ideas de Tim LaHaye. Esta novela combina lo mejor de ambos. Una historia cautivadora".
Doctor Joseph M. Stowell, Chicago

"¡Qué estupenda historia! Realmente disfruté el desarrollo de los personajes y sentí que había hecho nuevos amigos personales".
Ray Bentley, San Diego

"Una emocionante novela que ilustra una de las grandes verdades de la Biblia. Le costará mucho interrumpir la lectura".
Sammy Tippit, San Antonio

"Muchas escenas de este libro podrían ser, fácilmente, los artículos de primera página de las noticias de mañana. Novela fascinante".
Charles C. Ryrie, Doctor en Teología y Filosofía, Dallas

"Los hechos principales de esta historia no son ficticios. Aquellos que no estén preparados serán dejados atrás. Este libro describe los dramáticos días futuros. He aquí un libro que exige ser leído".
Doctor John F. Walvoord, Dallas

Para Alice MacDonald y Bonita Jenkins, quienes
se aseguraron de que nosotros no seríamos dejados atrás.

Uno

Raimundo Steele tenía la mente puesta en una mujer a quien nunca había tocado. Con su 747 lleno por completo volaba sobre el Atlántico con el piloto automático y dirigiéndose a Heathrow, el aeropuerto de Londres, para aterrizar a las 6 A.M., había apartado de su mente cualquier recuerdo de su familia.

Durante las vacaciones de primavera pasaría unos días con su esposa y su hijo de doce años. Su hija regresaría también de la universidad. Pero por ahora, con su copiloto dormitando, Raimundo pensaba en la sonrisa de Patty Durán y esperaba ansioso su próximo encuentro.

Patty era la jefa de azafatas del vuelo de Raimundo. No la había visto en más de una hora.

Antes esperaba ansioso el regreso a casa para volver a ver a su esposa. Irene era bastante atractiva y vivaz, aun a los cuarenta. Pero últimamente se había sentido incómodo por su obsesión con la religión. Ella no podía hablar de otra cosa.

Raimundo estaba de acuerdo en que Dios ocupara su lugar. Incluso disfrutaba yendo a la iglesia ocasionalmente. Pero desde que Irene se había unido a una congregación más pequeña y participaba en estudios bíblicos semanales, sin faltar a la iglesia los domingos, Raimundo se estaba sintiendo incómodo. La de ella no era una iglesia donde la gente le concediera a uno el beneficio de la duda, pensando lo mejor de uno, y dejándolo tranquilo. La gente allí le había preguntado abiertamente lo que Dios estaba haciendo en su vida.

"¡Bendiciéndome!" se había convertido en la sonriente respuesta que parecía satisfacerlos, pero cada vez encontraba más excusas para estar ocupado los domingos.

Raimundo trataba de convencerse de que lo que lo hacía desviar sus pensamientos era la devoción de su esposa a un señor divino. Pero sabía bien que la verdadera razón era su propio deseo.

Además, Patty Durán era tan hermosa que dejaba sin aliento. Nadie podía negarlo. Lo que a él más le gustaba era el hábito que tenía de tocarlo. Nada inadecuado, nada escandaloso. Simplemente le tocaba el brazo cuando pasaba junto a él, o le ponía suavemente la mano en el hombro cuando estaba detrás de su asiento en la cabina.

No eran sólo esos roces los que hacían que Raimundo disfrutara de su compañía. Le resultaba evidente por las miradas, las expresiones y el comportamiento de ella, que al menos lo admiraba y respetaba. Si estaba interesada en algo más, sólo podía tratar de adivinarlo. Y lo hacía.

Habían pasado juntos mucho tiempo, conversando durante horas mientras cenaban o tomaban algunas bebidas, unas veces con compañeros de trabajo, otras no. Él no le había devuelto ni el roce de un dedo, pero la había mirado a los ojos, y sólo podía suponer que la sonrisa que le había dedicado le habría hecho comprender a ella lo que él pensaba.

Quizás hoy. Tal vez esta mañana, si su toquecito peculiar en la puerta de la cabina no despertaba a su copiloto, él podría alzar la mano y cubrir con la suya la mano de ella; de un modo amistoso que él esperaba que ella reconociera como un paso, un primer paso de su parte, hacia una relación.

Y sería la primera vez. Él no era puritano, pero jamás le había sido infiel a Irene. Le habían sobrado las oportunidades. Durante mucho tiempo se sintió culpable por unas caricias apasionadas que había disfrutado durante una fiesta navideña de la compañía, doce años atrás. Irene se había quedado en la casa, debido a los malestares propios de sus nueve meses de embarazo de su hijo Raimundo junior, por tanto tiempo esperado.

Aunque un poco embriagado, Raimundo había tenido el buen sentido de irse temprano de la fiesta. Por supuesto que Irene notó que estaba ligeramente bebido, pero no pudo haber sospechado nada más, por lo menos no de su correcto capitán. Él era el piloto que una vez tomó dos martinis mientras el aeropuerto estaba cerrado por la nieve y después, cuando el tiempo mejoró, voluntariamente se quedó en tierra. Ofreció pagar por el piloto de relevo, pero Pan-Continental quedó tan impresionada por su conducta, que en lugar de eso, lo convirtieron en un ejemplo de autodisciplina y prudencia.

En un par de horas Raimundo sería el primero en ver señales del sol, una estimulante paleta de colores pastel que señalarían el remiso amanecer sobre el continente. Hasta entonces, la oscuridad que se veía por las ventanas parecía tener millas de espesor. Sus pasajeros soñolientos o dormidos habían bajado las cortinas de las ventanas, y colocado en su lugar las almohadas y las frazadas. Por el momento el avión era una oscura y zumbante cámara dormitorio para todos, salvo unos pocos que deambulaban, las azafatas y uno o dos que respondían al llamado de la naturaleza.

Entonces, la pregunta de la hora más oscura antes del amanecer, era si Raimundo Steele se arriesgaría a una nueva y excitante relación con Patty Durán. Reprimió una sonrisa. ¿Estaba bromeando consigo mismo? ¿Alguien con su reputación podría alguna vez hacer algo más que soñar con una hermosa mujer quince años menor que él? Ya no estaba tan seguro. Si sólo Irene no se hubiera propasado en esta nueva chifladura.

¿Se le pasaría su preocupación por el fin del mundo, el amor de Jesús y la salvación de las almas? Últimamente había estado leyendo todo lo que le caía en las manos acerca del Rapto de la Iglesia.

—¿Puedes imaginarte, Raimundo —comentó jubilosa—, Jesús volviendo para llevarnos antes de que muramos?

—Sí, claro —contestó él, mirando por encima de su periódico—, eso sería de morirse.

A ella no le hizo gracia: —Si no supiese lo que me pudiera suceder —dijo—, no jugaría con eso.

—Yo *sí* sé lo que me sucederá —insistió él—. Yo estaré muerto, fallecido, difunto. Pero tú, por supuesto, volarías directo al cielo.

Él no había querido ofenderla, sólo se estaba divirtiendo. Cuando ella se dio vuelta alejándose, él la sigió. La hizo volverse y quiso besarla, pero ella estaba fría.

—Vamos, Irene —dijo—. Dime que miles no se desmayarían si vieran a Jesús volver por toda la gente buena.

Ella se soltó llorando: —Te lo he dicho muchas, muchas veces. Los que se salven no son personas buenas, son....

—Sólo gente perdonada, sí, ya sé —le contestó, sintiéndose rechazado y vulnerable en su propio salón de estar. Volvió a su butaca y su periódico—. Si te hace sentir mejor, me alegro por ti de que estés tan segura.

—Yo únicamente creo lo que dice la Biblia —respondió Irene.

Raimundo se encogió de hombros. Hubiera querido decir: "Bien por ti," pero no quiso empeorar la situación. En cierto sentido él le había envidiado su confianza, pero en realidad lo archivó como que ella era una persona más emotiva, que se llevaba más por los sentimientos. No quería ser explícito, pero el hecho era que él era más brillante; sí, más inteligente. Él creía en reglas, sistemas, leyes, patrones, cosas que uno puede ver y sentir y oír y tocar.

Si Dios era parte de todo eso, bien. Un poder superior, un ser amante, una fuerza tras las leyes de la naturaleza, perfecto. Cantemos acerca de eso, oremos por eso, sintámonos bien por nuestra capacidad de ser buenos con otros, y sigamos con nuestros asuntos. Lo que más temía Raimundo era que esta fijación religiosa no se le pasara, como cuando formó parte de una red de ventas a domicilio, después de otra, de su delirio por los ejercicios aeróbicos y otros por el estilo. Podía imaginársela tocando puertas y preguntando si le permitirían leerle a la gente uno o dos versículos. Con seguridad que ella sabía bien que él no le seguiría en eso.

Irene se había convertido en toda una fanática religiosa. Y de algún modo eso había dejado en libertad a Raimundo para soñar con Patty Durán sin sentirse culpable. Tal vez podría decirle algo, sugerirle algo, insinuarle algo mientras él y Patty atravesaban caminando Heathrow, hacia la fila de taxis. Quizás antes. ¿Se atrevería a insinuarse ahora, horas antes del aterrizaje?

Junto a una ventana en primera clase, un escritor estaba sentado inclinado sobre su computadora portátil. Apagó la máquina, prometiéndose volver a su periódico más tarde. A los treinta años, Camilo Williams era el más joven de los redactores jefes que nunca hubiera habido en el prestigioso *Semanario Mundial.* Era la envidia de todo el personal veterano, porque o se les adelantaba con alguna primicia, o le asignaban las mejores historias del mundo. Tanto sus admiradores como sus detractores en la revista le llamaban el "Macho", porque decían que siempre estaba desafiando la tradición y la autoridad. Camilo creía que él siempre vivía una vida encantada, por haber sido testigo de algunos de los más cruciales sucesos de la historia.

Un año y dos meses atrás, su historia de cubierta el primero de enero lo había llevado a Israel para entrevistar a Jaime Rosenzweig y había resultado ser el suceso más extraño que había experimentado en toda su vida.

El anciano Rosenzweig había sido el único en ser elegido por unanimidad como el "Notición del Año" en la historia del *Semanario Global.* Su redacción se había apartado siempre de cualquiera que *Time* pudiera haber seleccionado obviamente como el "Hombre del Año". Pero Rosenzweig fue automático. Camilo Williams había asistido a la reunión de directores preparado para discutir en favor de Rosenzweig y contra cualquier otra estrella que los otros pudieran patrocinar.

Fue una sorpresa muy agradable cuando el editor jefe Esteban Plank abrió con: —¿Alguien desea nominar a algún estúpido, como cualquiera que no sea el ganador del Premio Nobel de Química?

Los directores se miraron unos a otros, negaron con la cabeza, y fingieron prepararse a salir.

—Recoge las sillas, que la reunión ha terminado —dijo el "Macho"—. Esteban, no estoy intrigando para conseguirlo, pero tú sabes que conozco al tipo y que él tiene confianza en mí.

—No te apresures, vaquero —saltó un rival, y apeló a Plank—. ¿Vas a dejar que el "Macho" se asigne él mismo otra vez?

—Pudiera —contestó Esteban—. ¿Y si lo hago, qué?

—Pensaba que éste es un asunto técnico, un artículo de ciencia —murmuró el detrator de el "Macho"—. Yo pondría al redactor de ciencia a hacerlo.

—Y pondrías a dormir al lector —respondió Plank—. Vamos, tú sabes que el redactor de los artículos sensacionales viene de este grupo. Y éste no es más artículo de ciencia que el primero que el "Macho" hizo de él. Esto tiene que decirse de forma que el lector conozca al hombre y comprenda la significación de sus logros.

—Como si eso no fuera obvio. Eso sólo cambió el curso de la historia.

—Asignaré la tarea hoy —concluyó el editor en jefe—. Gracias por tu disposición, Camilo. Supongo que todos los demás también están dispuestos.

Las expresiones de ansiedad llenaron la habitación, pero Camilo alias el "Macho" también escuchó gruñidos que predecían que el tipo rubio conseguiría la aprobación. Y así fue.

Semejante confianza de su jefe y rivalidad de sus iguales lo habían decidido a darlo todo por superarse en cada asignación. En Israel, Camilo se hospedó en un complejo militar y se encontró con Rosenzweig en el mismo *kibutz* de las afueras de Jaifa donde lo había entrevistado un año antes.

Por supuesto que Rosenzweig era fascinador, pero era su descubrimiento, o invento, nadie sabía bien cómo calificarlo, lo que constituía verdaderamente el "notición del año". Este hombre humilde se llamaba a sí mismo un botánico, pero era en realidad un ingeniero químico que había preparado un fertilizador sintético que hacía florecer las arenas del desierto de Israel como si fueran un invernadero.

—Durante décadas la irrigación no ha sido problema —comentaba el anciano—. Pero todo lo que hacía era humedecer la arena. Mi fórmula, agregada al agua, fertiliza la arena.

Camilo no era un científico, pero sabía lo suficiente como para sacudir la cabeza ante esa simple declaración. La fórmula de Rosenzweig estaba convirtiendo rápidamente a Israel en la nación más rica de la tierra. Mucho más productiva que sus vecinos rebosados de petróleo. Cada pulgada de terreno reverdecía con flores y granos, incluidos productos nunca antes soñados en Israel. La Tierra Santa se convirtió en una capital exportadora, la envidia del mundo, con virtualmente cero desempleo. Todo el mundo prosperaba.

La prosperidad traída por la fórmula, cambió el curso de la historia para Israel. Rebosante de dinero y recursos, Israel hizo las paces con sus vecinos. El libre comercio y el paso libre le permitieron a todos los que amaban a la nación tener acceso a ella. A lo que no tenían acceso, sin embargo, era a la fórmula.

Camilo no había siquiera pedido al anciano que revelara la fórmula o el complicado proceso de seguridad que la protegía de cualquier enemigo potencial. El mero hecho de que Camilo se hospedara en el complejo militar evidenciaba la importancia de la seguridad. El mantenimiento del secreto aseguraba el poder y la independencia del Estado de Israel. Jamás Israel había disfrutado de semejante tranquilidad. La ciudad amurallada de Jerusalén era ahora sólo un símbolo, que daba la bienvenida a todo el que abrazara la paz. El viejo guardián creía que Dios los había retribuido y compensado por siglos de persecución.

Jaime Rosenzweig era honrado alrededor del mundo y reverenciado en su propio país. Los líderes mundiales lo buscaban, y él estaba protegido por sistemas de seguridad tan complejos como los que protegen a los jefes de Estado. Por muy fuerte que Israel se hubiera sentido con la nueva gloria, los líderes de la nación no eran estúpidos. Un Rosenzweig secuestrado y torturado podría ser forzado a revelar un secreto que revolucionaría igualmente a cualquier nación del mundo.

¡Imagínense lo que la fórmula pudiera hacer si se modificaba para obrar en la vasta tundra de Rusia! ¿Podrían florecer las regiones aunque estuviesen cubiertas de nieve la mayor parte del año? ¿Era ésta la clave para resucitar a ese enorme país después del derrumbe de la Unión de Repúblicas Socialistas Soviéticas?

Rusia se había convertido en un gran gigante caviloso con una economía devastada y una tecnología atrasada. Todo lo que el país tenía era el poder militar, dedicándole todo marco posible al armamentismo. Y el cambio de rublos a marcos no había sido una transición fácil para la nación que se esforzaba por sobrevivir. La modernización de las finanzas mundiales, convirtiéndolas a las tres monedas más importantes, había tomado años, pero una vez hecho el cambio, la mayoría estaba contenta con ello. Toda Europa y Rusia hacían tratos exclusivamente en marcos. Asia, África y el Oriente Medio comerciaban en yenes. En Norte y Sur América y Australia circulaba el dólar. Se estaba tratando ahora de llegar a una moneda mundial, pero aquellas naciones que habían cambiado a regañadientes una vez, estaban renuentes a cambiar de nuevo.

Frustrados por su incapacidad para aprovecharse de la fórmula de Israel, y decididos a dominar y ocupar la Tierra Santa, los rusos habían lanzado un ataque contra Israel en medio de la noche. El asalto se había conocido como el *Pearl Harbor* ruso, y debido a su entrevista con Rosenzweig, el "Macho" Williams estaba en Jaifa cuando tuvo lugar. Los rusos enviaron a la región misiles balísticos intercontinentales y bombarderos cazas MiG equipados con armas nucleares. El número de aviones y de ojivas explosivas dejó en claro que su misión era de aniquilación. "Decir que los israelíes fueron sorprendidos desprevenidos", había escrito Camilo Williams, "era como decir que la Gran Muralla china era larga". Cuando los radares israelíes descubrieron los aviones rusos, casi los tenían sobre sus cabezas. La frenética petición de ayuda que Israel hizo a sus vecinos y a Estados Unidos fue simultánea con su demanda de saber las intenciones de los invasores de su espacio aéreo. Para cuando Israel y sus aliados pudieran haber montado cualquier cosa que pareciera una defensa, era obvio que los rusos los habrían sobrepasado en número de cien a uno.

Tenían sólo momentos antes de que comenzara la destrucción. No habría más negociación, no más peticiones para compartir la riqueza con las hordas del norte. Si los rusos hubiesen pretendido sólo intimidar y bravuconear, no hubieran llenado el cielo con misiles. Los aviones podían regresar, pero los misiles estaban armados y dirigidos a sus blancos.

Así que ésta no era una gran pantomima preparada para poner de rodillas a Israel. No había mensaje para las víctimas. Al no recibir explicaciones por las máquinas de guerra que atravesaban sus fronteras y descendían sobre él, Israel se vio forzado a defenderse, sabiendo muy bien que la primera andanada provocaría su virtual desaparición de la faz de la tierra.

En tanto aullaban las sirenas de alarma y el radio y la televisión enviaban a los condenados hacia cualquier endeble refugio que pudieran encontrar, Israel se defendió por lo que seguramente sería la última vez en la historia. La primera batería de misiles tierra—aire de Israel golpeó sus blancos y el cielo se alumbró con bolas de fuego anaranjadas y amarillas que, en verdad, poco harían por demorar la ofensiva rusa, para la cual no podía haber defensa.

Quienes conocían las probabilidades y lo que predecían las pantallas de radar, interpretaban las ensordecedoras explosiones en el cielo como la ofensiva rusa. Cada líder militar que sabía lo que estaba llegando, esperaba que su desgracia acabara en cosa de segundos, cuando el tiroteo alcanzara el suelo y cubriera el país.

Por lo que había visto y oído en el complejo militar, Camilo alias el "Macho" Williams sabía que el fin estaba cerca. No había escapatoria. Pero mientras la noche brillaba como si fuera de día y continuaban las horrorosas explosiones ensordecedoras, nada en el suelo sufría. El edificio se estremecía y sonaba y retumbaba. Y sin embargo, no recibía impactos.

Afuera, los aviones de guerra se estrellaban en el suelo, abriendo cráteres y mandando despojos ardientes por los aires. Pero las líneas de comunicación permanecían abiertas. Ninguno de los puestos de mando había sido alcanzado. No había informes de bajas. Nada destruido aún.

¿Era esto una especie de chiste cruel? Seguro, los primeros misiles israelíes habían impactado a los cazas rusos, haciendo que los misiles explotaran a demasiada altura para causar más daño que el del fuego en el suelo. Pero ¿qué había pasado con el resto del cuerpo aéreo ruso? El radar mostraba con claridad que ellos habían mandado casi todos los aviones que tenían, dejando apenas algo en reserva para la defensa. Miles de aviones bajaban en picada sobre las ciudades más pobladas del diminuto país.

El rugido y el tiroteo siguieron, las explosiones eran tan horrorosas que los líderes militares veteranos se cubrían la cara y gritaban de terror. Camilo siempre había querido estar cerca de las líneas del frente, pero su instinto de conservación funcionaba a todo tren. Él sabía que sin duda iba a morir, y se halló pensando las cosas más raras. ¿Por qué nunca se había casado? ¿Quedarían restos de su cuerpo para que los identificaran su padre y su hermano? ¿Existía un Dios? ¿La muerte sería el fin?

Se acurrucó debajo de una consola, sorprendido por la urgencia de llorar. Esto no se parecía en nada a lo que él se había hecho la idea de qué era la guerra. Se había imaginado que podría atisbar la acción desde un punto seguro, tomando nota del drama mentalmente.

Cuando habían transcurrido algunos minutos de holocausto, Camilo se percató de que afuera no estaría en mayor peligro de morir que adentro. No se sentía temerario, sino aislado. Él sería la única persona de este puesto que vería y sabría que lo mataban. Se abrió camino hasta la puerta sobre sus piernas vacilantes. Nadie pareció percatarse de eso o preocuparse de advertirle del peligro. Era como si todos hubiesen sido condenados a muerte.

Abrió la puerta a la fuerza, para toparse con una explosión como de un horno y tuvo que cubrirse los ojos de la blancura del incendio. El cielo estaba en llamas. Todavía oía los aviones por encima del estrépito y el rugido del mismo fuego, y algún misil que explotaba mandaba nuevas lluvias de llamas al aire. Petrificado de horror y asombro, se quedó allí mientras las grandes máquinas de guerra caían a tierra por toda la ciudad, estrellándose y ardiendo. Pero caían entre los edificios y en las calles y campos desiertos. Todo lo atómico y explosivo estallaba arriba en la atmósfera, y Camilo seguía parado allí en el calor, con la cara ampollándosele y el cuerpo sudando a mares. ¿Qué era lo que estaba pasando?

Entonces cayeron los pedazos de hielo y los granizos tan grandes como pelotas de golf, que obligaron a Camilo a cubrirse la cabeza con su chaqueta. La tierra tembló y resonó, lanzándolo al suelo. Boca abajo sobre los helados fragmentos, sintió que la lluvia lo bañaba. De pronto, el único sonido que se oía era el fuego en el cielo, y empezó a desvanecerse a medida que bajaba. Después de diez minutos del rugir atronador, el fuego se disipó y aisladas bolas de fuego fueron cayendo al suelo apagándose. La luz del fuego desapareció tan rápidamente como había empezado. Y la quietud reinó sobre la tierra.

Al irse alejando las nubes de humo empujadas por una suave brisa, el cielo nocturno reapareció con su negrura azulada y las estrellas brillaron apaciblemente como si nada malo hubiera sucedido.

Camilo regresó al edificio, con su enlodada chaqueta de cuero en la mano. La manija de la puerta todavía estaba caliente, y adentro, los líderes militares lloraban y temblaban. La radio transmitía los informes de los pilotos israelíes. No habían podido despegar a tiempo para hacer algo, sino observar cómo toda la ofensiva aérea rusa parecía destruirse a sí misma.

Milagrosamente no se informaba ni de una sola baja en todo Israel. De otro modo, Camilo podía haber creído que un mal funcionamiento misterioso había hecho que los misiles y los aviones se destruyeran unos a otros. Pero los testigos informaban que había habido una tormenta de fuego, junto con lluvia y granizo, y un terremoto que consumió todo el esfuerzo ofensivo.

¿Habría sido una lluvia de meteoritos enviada por Dios? Quizás, pero, ¿de dónde habían salido los cientos y miles de pedazos de acero fundido, retorcidos y ardiendo que se estrellaron contra el suelo en Jaifa, Jerusalén, Tel Aviv, Jericó, y hasta Belén, derrumbando muros antiguos, pero sin siquiera rasguñar a una sola criatura viva? La luz del día reveló la carnicería y descubrió la alianza secreta de Rusia con naciones del Oriente Medio, sobre todo Etiopía y Libia.

Entre las ruinas los israelitas encontraron materiales que les servirían de combustible, con lo que podrían conservar sus recursos naturales por más de seis años. Las fuerzas de tarea especiales competían con las aves de rapiña por la carne del enemigo muerto, tratando de enterrarlos antes de que sus huesos quedaran mondados y alguna enfermedad amenazara al país.

Camilo lo recordaba vívidamente, como si hubiese sido ayer. Si no hubiera estado allí y no lo hubiese visto por sí mismo, nunca lo hubiera creído. E hizo falta más de lo que él podía dar para que lo creyesen los lectores del *Semanario Mundial.*

Los editores y lectores tenían sus propias explicaciones para el fenómeno, pero Camilo admitía, aunque sólo para sí mismo, que había comenzado a creer en Dios aquel día. Los eruditos judíos señalaban pasajes de la Biblia que hablaban acerca de Dios destruyendo a los enemigos de Israel con tormentas de fuego, terremotos, granizo y lluvia. Camilo quedó estupefacto cuando leyó Ezequiel 38 y 39, que cuenta de un gran enemigo del norte que invade a Israel con la ayuda de Persia, Libia y Etiopía. Y más asombrado todavía de que la Escritura predijera acerca de armas de guerra usadas como combustible y soldados enemigos comidos por aves o enterrados en fosas comunes.

Los cristianos amigos de Camilo quisieron que éste diera el siguiente paso y creyera en Cristo, ahora que era tan claro que estaba espiritualmente sintonizado. Pero él no estaba preparado para ir tan lejos, aunque sin duda fue una persona diferente y un periodista distinto desde ese momento en adelante. Para él, nada era imposible de creer.

No muy seguro de si seguiría con algo directo, el capitán Raimundo Steele sintió un impulso irresistible de ver a Patty Durán en ese momento. Se soltó el cinturón y apretó el hombro de su primer oficial mientras salía de la cabina.

—Cristóbal, todavía estamos en piloto automático —dijo, mientras el hombre más joven se despertaba y enderezaba sus auriculares—. Voy a dar el paseo del amanecer.

Cristóbal miró de reojo y se pasó la lengua por los labios. —No me parece como el amanecer, Capi.

—Probablemente en una o dos horas. De todos modos, veré si alguien se está moviendo.

—De acuerdo. Si están, diles que Cris les manda recuerdos.

Raimundo bostezó y meneó la cabeza. Al abrir la puerta de la cabina casi choca con Patty Durán.

—No hace falta tocar —dijo— Voy.

La aeromoza jefe lo arrastró hasta la cocina del avión, pero no había pasión en su contacto. Sus dedos parecían garras en su antebrazo y su cuerpo temblaba en la oscuridad.

—Patty...

Ella lo empujó contra los compartimentos de la cocina, con la cara cerca a la suya. Si ella no hubiera estado tan claramente aterrorizada, él hubiera disfrutado esto y le hubiera devuelto el abrazo. Las rodillas se le entrechocaban mientras trataba de hablar y su voz salió en un chillido llorón.

—Falta gente —alcanzó a decir en un susurro, enterrando su cabeza en el pecho de él.

Raimundo la tomó por los hombros y trató de separarla hacia atrás pero ella luchó por seguir pegada a él.

—¿Qué quieres d...?

Ella, sin poder controlarse más tiempo, sollozaba, temblando.

—Un montón de gente, ¡desaparecida!

—Patty, éste es un avión grande. Han ido a los baños o...

Ella bajó la cabeza para poder hablarle directamente en el oído. A pesar de su llanto, era obvio que luchaba por hacerse entender.

—He estado en todas partes. Te digo que faltan docenas de personas.

—Patty, todavía está oscuro. Encontraremos...

—¡No estoy loca! ¡Míralo tú mismo! En todo el avión ha desaparecido gente.

—Es una broma. Están escondidos, tratando de...

—¡Raimundo! Sus zapatos, sus medias, sus ropas, todo quedó atrás. ¡Esta gente se ha esfumado!

Patty se soltó de su abrazo y se deslizó hasta quedar arrodillada gimoteando en el rincón. Raimundo quería consolarla, obtener su ayuda o hacer que Cris fuera con él por el avión. Más que todo quería creer que la mujer estaba loca. Ella sabía que no podía embromarlo así. Era evidente que creía de veras que había desaparecido gente.

Él había tenido ensoñaciones en la cabina. ¿Estaría dormido ahora? Se mordió fuerte el labio e hizo una mueca por el dolor. Así pues, estaba bien despierto. Entró a la primera clase, donde una anciana estaba sentada, atónita, en la luminosidad previa al amanecer, con el suéter y los pantalones de su marido en las manos.

—¿Qué pasa? —decía— ¿Haroldo?

Raimundo escudriñó el resto de la sección de primera clase. La mayoría de los pasajeros aún dormían, incluido un hombre joven, en la ventanilla, con su computadora portátil en la repisa de la bandeja. Pero, sin duda, varios asientos estaban vacíos. Al acostumbrarse los ojos de Raimundo a la poca luz, caminó rápido a la escalera. Empezó a bajar, pero la mujer lo llamó.

—Señor, mi marido...

Raimundo puso un dedo en sus labios y susurró:

—Ya sé. Lo encontraremos. Volveré de inmediato.

¡Qué estupidez! pensó mientras bajaba, dándose cuenta de que Patty estaba detrás de él. *¿Lo encontraremos?*

Patty lo tomó por el hombro y él se detuvo. —¿Prendo las luces de cabina?

—No —susurró él—. Mientras menos gente lo sepa ahora, mejor.

Raimundo quería ser fuerte, tener respuestas, ser un ejemplo para su tripulación, para Patty. Pero cuando llegó al nivel inferior sabía que lo que quedaba del vuelo sería caótico. Estaba tan asustado como cualquier persona de a bordo. Mientras revisaba los asientos, casi fue presa del pánico. Retrocedió hasta un lugar aislado detrás del mamparo y se abofeteó.

Esto no era una broma, ni un truco, ni un sueño. Algo andaba terriblemente mal y no había hacia dónde correr. Habría suficiente confusión y terror sin que él perdiera el control. Nada lo había preparado para esto y él iba a ser el único a quien todos mirarían. Pero, ¿para qué? ¿qué se esperaba que hiciera?

Primero uno, luego otro, y otro, gritaron cuando se dieron cuenta de que sus compañeros de asientos no estaban, pero que sus ropas estaban aún ahí. Gritaban, aullaban, saltaban de sus asientos. Patty abrazó a Raimundo desde atrás con tanta fuerza que apenas podía respirar.

—Raimundo, ¿qué es esto?

Él se libró de las manos de ella y se dio vuelta para enfrentarla.

—Patty, escucha. No sé más que tú. Pero tenemos que calmar a esta gente y aterrizar. Haré una especie de anuncio y tú y tu gente mantengan a todos en sus asientos. ¿De acuerdo?

Ella asintió con la cabeza, pero no tenía en absoluto aspecto de estar bien. Al pasar junto a ella para volver rápidamente a la cabina, oyó que gritaba. *Olvídate de calmar los pasajeros* pensó, mientras se daba vuelta para verla de rodillas en el pasillo. Ella levantó un saco, una camisa y una corbata, aún intactos. Los pantalones estaban a sus pies. Patty dio vuelta frenéticamente a la chaqueta hacia la poca luz y leyó la etiqueta.

—Tony —gimió—. Tony ha desaparecido.

Raimundo le quitó la ropa y la tiró detrás del mamparo. Levantó a Patty por los codos y la haló hasta sacarla de la vista.

—Patty, estamos a horas de aterrizar. No podemos llevar un avión lleno de gente histérica. Yo voy a hacer un anuncio pero tú tienes que hacer tu trabajo. ¿Puedes?

Ella asintió, con los ojos vacíos. Él la obligó a mirarlo.

—¿Lo harás? —dijo.

Ella volvió a asentir —Raimundo, ¿nos moriremos?

—No —dijo él—. Estoy seguro de eso.

Pero él no estaba seguro de nada. ¿Cómo podía saber? Hubiera preferido vérselas con el incendio de un motor o hasta una caída incontrolable. Estrellarse en el mar hubiera sido mejor que esto. ¿Cómo iba a mantener tranquila a la gente en una pesadilla así?

Por ahora mantener apagadas las luces de cabina era peor que encenderlas, y se alegró de poder dar una tarea específica a Patty.

—No sé lo que voy a decir —dijo— pero enciende las luces para que podamos contar exactamente quién está aquí y quién desapareció, y, entonces, busca más de esos formularios de declaración para visitantes extranjeros.

—¿Para qué?

—Tan sólo hazlo. Tenlos listos.

Raimundo no sabía si había hecho lo correcto al dejar a Patty a cargo de los pasajeros y la tripulación. Mientras corría escaleras arriba, vio a otra aeromoza que retrocedía aullando desde una de las cocinas. Ahora, el pobre Cristóbal en la cabina era el único del avión que no sabía lo que estaba pasando. Lo peor era que Raimundo le había dicho a Patty que él no sabía más que ella lo que estaba pasando.

La aterradora verdad era que él lo sabía demasiado bien. Irene había tenido razón. Él y la mayoría de sus pasajeros habían sido dejados atrás.

Dos

Camilo Williams, a quien llamaban "el Macho", se había despertado cuando la anciana que estaba directamente delante de él llamó al piloto. El piloto la había mandado a callar, por lo que ella se volvió a mirar a Camilo. Él se pasó los dedos por su rubio cabello más bien largo y forzó una sonrisa atontada.

—¿Problemas, señora?

—Es mi Haroldo —dijo ella.

Camilo había ayudado al anciano a poner su saco de sarga de lana y su sombrero de fieltro en el anaquel superior cuando subieron al avión. Haroldo era un caballero bajo, atildado, con mocasines caros, pantalones color marrón y un chaleco tejido color canela encima de la camisa y de la corbata. Estaba quedándose calvo y Camilo supuso que querría de nuevo el sombrero más adelante cuando el aire acondicionado se hiciera sentir.

—¿Necesita algo él?

—¡Él se fue!

—¿Cómo?

—¡Él ha desaparecido!

—Bueno, estoy seguro que se fue al baño mientras usted dormía.

—¿Quisiera ir a ver por mí? Y lleve una frazada.

—¿Señora?

—Temo que él se fue desnudo. Él es una persona religiosa y se avergonzará terriblemente.

Camilo reprimió una sonrisa cuando se dio cuenta de la expresión de dolor de la señora. Pasó por encima del ejecutivo dormido en el asiento del pasillo, que había excedido mucho su límite de tragos gratis, y se inclinó para tomar una frazada que le pasaba la anciana. Ciertamente, la ropa de Haroldo estaba en un ordenado montón sobre su asiento, con sus anteojos y audífonos encima de todo. Las piernas del pantalón todavía colgaban del borde del asiento y llegaban a sus zapatos y medias. *Qué extraño ¿Por qué tan quisquilloso?* —pensó, y recordó a un amigo de la escuela secundaria que tenía una forma de epilepsia que, ocasionalmente, le causaba pérdida del conocimiento cuando parecía perfectamente consciente. Podía sacarse sus zapatos y medias en público o salir del baño con su ropa abierta.

—¿Tiene antecedentes de epilepsia su marido?

—No.

—¿De caminar dormido?

—No.

—Enseguida vuelvo.

Los baños de la sección de primera clase estaban desocupados pero al dirigirse Camilo hacia las escaleras halló a varios pasajeros en el pasillo.

—Permiso —dijo— estoy buscando a alguien.

—¿Quién no? —dijo una mujer.

Camilo se abrió paso más allá de varias personas y halló filas para los baños en la clase ejecutiva y la turista. El piloto pasó rápido a su lado sin decir palabra, y Camilo pronto fue detenido por la aeromoza principal.

—Señor, tengo que pedirle que regrese a su asiento y se ponga el cinturón de seguridad.

—Estoy buscando a...

—Todos están buscando a alguien —dijo ella—. Esperamos tener alguna información para ustedes dentro de unos pocos minutos. Ahora, obedezca, por favor.

Lo condujo de regreso a las escaleras, luego se deslizó por su lado y subió los escalones de dos en dos.

A mitad de las escaleras Camilo se volvió y miró la escena. Era medianoche, por Dios, y al encenderse las luces de cabina, se estremeció. En todo el avión la gente levantaba ropa boquiabiertos o gritando que faltaba alguien.

Supo de algún modo que esto no era un sueño y sintió el mismo terror que había sufrido esperando su muerte en Israel. ¿Qué iba a decirle a la esposa de Haroldo? *¿Usted no es la única? ¿Montones de gente dejaron sus ropas en sus asientos?*

Mientras se apresuraba por volver a su asiento, mentalmente pasaba revista a sus recuerdos en busca de algo que hubiera leído, visto o escuchado sobre alguna tecnología que pudiera sacar a la gente de su ropa y hacerlos desaparecer de un ambiente decididamente seguro. Quienes hubieran hecho eso, ¿estaban en el avión? ¿Plantearían exigencias? ¿Habría otra oleada de desapariciones enseguida? ¿Sería él una de las víctimas? ¿Dónde se encontraría?

El miedo pareció extenderse por la cabina mientras él volvía a pasar por encima de su dormido compañero de asiento. Se paró inclinándose sobre el respaldo del asiento delantero. —Aparentemente falta mucha gente —dijo a la anciana.

Ella pareció tan perpleja y asustada como se sentía él mismo.

Se sentó mientras el intercomunicador se activaba y el capitán hablaba a los pasajeros. Luego de mandarles regresar a sus asientos respectivos, el capitán explicó:

—Voy a pedir a las aeromozas que revisen los baños y se cercioren de contar a todos. Luego les pediré que repartan las tarjetas de entrada para extranjeros. Si falta alguno de su grupo, me gustaría que llenaran la tarjeta en nombre de esta persona y anotaran todo detalle que puedan recordar, desde la fecha de nacimiento a la descripción.

»Seguramente todos ustedes se dan cuenta de que tenemos una situación muy perturbadora. Las tarjetas nos darán una cuenta de los faltantes y tendré algo que darle a las autoridades. El primer oficial, el señor Smith, hará ahora un recuento rápido de los asientos vacíos. Yo trataré de comunicarme con Pan-Continental. Sin embargo, debo advertirles que nuestra posición dificulta mucho comunicarse con tierra sin largas demoras. Aun en esta era del satélite, estamos en una zona muy remota. En cuanto sepa algo se los transmitiré. Mientras tanto, agradezco la cooperación y tranquilidad de ustedes.

Camilo miró mientras el primer oficial salía corriendo de la cabina, sin gorra y sonrojado. Se apuró por un pasillo y siguió rápido por el otro, con los ojos pasando de asiento en asiento mientras las aeromozas repartían las tarjetas.

El compañero de asiento de Camilo se despertó, babeando, cuando una aeromoza le preguntó si alguien de su grupo faltaba.

—¿Desaparecido? ¡No! Y no hay nadie en este grupo sino yo —se enroscó de nuevo y se volvió a dormir, sin percatarse de nada.

El primer oficial llevaba sólo unos pocos minutos afuera cuando Raimundo oyó su llave en la puerta de la cabina, que se abrió con fuerza. Cristóbal se dejó caer en su asiento, ignoró el cinturón de seguridad y se sentó con la cabeza entre las manos.

—¿Qué está pasando Ray? —dijo—. Más de cien personas han desaparecido sin nada, dejando su ropa.

—¿Tantas?

—Sí, ¿sería mejor si sólo fueran cincuenta? ¿Cómo vamos a explicar cuando aterricemos con menos pasajeros de los que despegamos?

Raimundo meneó la cabeza, ocupado aún con la radio, tratando de comunicarse con alguien, cualquiera, en Groenlandia o una isla en el medio de la nada. Pero estaban tan lejos que no podía siquiera sintonizar una radio con noticias. Finalmente se conectó con un *Concorde* a varios kilómetros de distancia que se dirigía en dirección contraria. Él le hizo un gesto a Cristóbal para que se pusiera sus auriculares.

—¿Tienen bastante combustible para volver a Estados Unidos? Cambio —preguntó el piloto a Raimundo.

Él miró a Cristóbal, que asintió y susurró —estamos a mitad de camino.

—Podría llegar al aeropuerto Internacional Kennedy —dijo Raimundo.

—Olvídalo —llegó la respuesta—. Nada está aterrizando en Nueva York. Hay dos pistas todavía abiertas en Chicago. Allá vamos nosotros.

—Nosotros venimos de Chicago. ¿No puedo aterrizar en Heathrow?

—Negativo. Cerrado.

—¿París?

—Hombre, tienes que volver adonde saliste. Dejamos París hace una hora, supimos lo que está pasando y nos dijeron que fuéramos derecho a Chicago.

—*Concorde*, ¿qué está pasando?

—Si no lo sabes, ¿por qué lanzaste el pedido de socorro?

—Tengo una situación aquí de la cual ni siquiera quiero hablar.

—Oye, amigo, eso pasa en todo el mundo, ¿sabes?

—Negativo. No lo sé —dijo Raimundo—. Cuéntame.

—¿Te faltan pasajeros, verdad?

—Exacto. Más de cien.

—¡Guao! Nosotros perdimos cerca de cincuenta.

—¿Qué piensas de esto, *Concorde?*

—Lo primero que pensé fue en la combustión espontánea pero hubiera habido humo, residuos. Esta gente desapareció materialmente. Lo único con que puedo compararlo es con los viejos programas de *Viaje a las estrellas* donde la gente era desmaterializada y rematerializada, llevada por rayos a todas partes.

—Ciertamente desearía poder decir a mi gente que sus seres queridos reaparecerán tan rápida y completamente como desaparecieron —dijo Raimundo.

—*Pan Pesado,* eso no es lo peor de todo. Ha desaparecido gente en todas partes. El aeropuerto Orly perdió controladores de tráfico aéreo y controladores de tierra. Algunos aviones perdieron tripulaciones de vuelo. Donde hay luz de día se ven pilas de automóviles, el caos por todas partes. Los aviones han aterrizado en todas partes y en cada aeropuerto grande.

—¿Así que esto fue algo espontáneo?

—En todas partes al mismo tiempo, hace poco menos de una hora.

—Yo casi esperaba que fuera algo de este avión. Algún gas, algún mal funcionamiento.

—¿Quieres decir que fuera? Cambio.

Raimundo captó el sarcasmo.

—*Concorde*, entiendo lo que quieres decir. Tengo que confesar que esto es algo que nunca nos había pasado antes.

—Y no quisiéramos que nos vuelva a pasar. Sigo diciéndome que esto es un mal sueño.

—¿Una pesadilla? Cambio.

—Entendido, pero ¿no es, verdad?

—¿Qué vas a decirle a tus pasajeros, *Concorde*?

—No tengo idea. ¿Y tú? Cambio.

—La verdad.

—Ahora no puede doler pero, ¿cuál es la verdad? ¿Qué sabemos?

—Ni una bendita cosa.

—Buena elección de palabras, *Pan Pesado.* ¿Sabes lo que está diciendo alguna gente? Cambio.

—Entendido —dijo Raimundo—. Mejor es que la gente haya ido al cielo a que alguna potencia mundial esté haciendo esto con rayos fantásticos.

—Nosotros supimos que todos los países han sido afectados. ¿Te veo en Chicago?

—Entendido.

Raimundo Steele miró a Cristóbal que empezó a cambiar los mandos para dar vuelta al monstruoso avión de cabina ancha y enfilarlo de vuelta a Estados Unidos.

—Señoras y señores —dijo Raimundo en el intercomunicador—, no vamos a poder aterrizar en Europa. Estamos volviendo a Chicago. Estábamos casi exactamente a mitad de camino a nuestro destino original, así que no tendremos problemas de combustible. Espero que esto les tranquilice algo. Les informaré cuando estemos lo suficientemente cerca para que puedan empezar a usar los teléfonos. Hasta que lo haga, es preferible que no lo intenten.

Cuando el capitán dio por el intercomunicador la información del regreso a Estados Unidos, Camilo Williams se sorprendió al escuchar aplausos en toda la cabina. Sorprendidos y aterrorizados como estaban todos, la mayoría era de Estados Unidos y querían, por lo menos, regresar a territorio familiar para poder comprender la situación. Camilo dio un codazo al hombre de negocios a su derecha.

—Lo siento, amigo, pero usted va a querer estar despierto para esto.

El hombre miró a Camilo con aspecto disgustado y refunfuñó,

—si no vamos a estrellarnos, no me moleste.

Cuando el 747 de Pan-Continental estuvo finalmente al alcance de las comunicaciones por satélite de Estados Unidos, el capitán Raimundo Steele se conectó con una emisora de noticias y pudo conocer los efectos trascendentales de la desaparición de gente de todos los continentes. Las líneas de comunicación estaban atiborradas. Había médicos, técnicos y personal de servicio entre los desaparecidos de todo el mundo. Todas las agencias de servicios cívicos estaban en estado de emergencia total, tratando de manejar las interminables tragedias. Raimundo recordó el desastre del tren elevado de Chicago unos años atrás y cómo los hospitales y las unidades de bomberos y de la policía llamaron a todos a trabajar. Podía imaginarse eso ahora pero multiplicado miles de veces.

Hasta las voces de los locutores de noticias estaban llenas de terror por más que ellos trataban de disimularlo. Se ofrecía toda explicación concebible pero los aspectos prácticos ensombrecían toda discusión y cobertura de la carnicera. Lo que la gente quería de las noticias era información simple sobre cómo llegar donde iban y cómo comunicarse con sus seres queridos para saber si aún estaban aquí. Raimundo recibió instrucciones de meterse en un patrón de tráfico de muchos estados, lo cual le permitiría aterrizar en el aeropuerto internacional O'Hare en el momento preciso.

Sólo dos pistas estaban disponibles y parecía que todos los aviones grandes del país se dirigían hacia allí. Había miles de muertos por caídas de aviones y montones de choques automovilísticos. Había grupos de emergencia tratando de limpiar las vías de acceso rápidas y las pistas, mientras sufrían la desaparición de sus propios seres queridos y compañeros de trabajo. Un informe decía que eran tantos los taxistas que habían desaparecido del estacionamiento principal de taxis de O'Hare, que estaban trayéndose voluntarios para mover los vehículos que habían quedado funcionando con la ropa de sus choferes aun sobre los asientos.

Los autos manejados por gente que desapareció espontáneamente, quedaron por supuesto, fuera de control. La tarea más difícil para el personal de emergencia era determinar quiénes habían desaparecido, quiénes habían muerto y quiénes estaban heridos y, entonces, comunicar eso a los sobrevivientes.

Cuando Raimundo estuvo suficientemente cerca para comunicarse con la torre de control de O'Hare, preguntó si podrían tratar de comunicarlo por teléfono con su casa. Se le rieron en la cara.

—Lo siento, capitán, pero las líneas telefónicas están tan abarrotadas y el personal de teléfonos es tan escaso, que la única esperanza es obtener un tono de discar y usar un teléfono con botón para volver a discar.

Raimundo informó a los pasajeros sobre la magnitud del fenómeno y les rogó que permanecieran tranquilos. —No hay nada que podamos hacer en este avión que vaya a cambiar la situación. Mi plan es llevarlos a tierra lo más rápidamente posible, en Chicago, para que puedan tener acceso a algunas respuestas y, espero, a algún tipo de ayuda.

El teléfono del avión, empotrado en el respaldo del asiento delante del de Camilo Williams no contaba con conexiones modulares exteriores como los teléfonos de las casas. De esa manera, sencillamente nadie podía sacar la unidad de su línea conectora y llevársela consigo. Pero Camilo supuso que, por dentro del teléfono, la conexión era estándar y que si de alguna forma podía llegar allí atrás sin dañar el teléfono, podría conectar el *módem* de su computadora directamente a la línea. A esta altitud su teléfono celular no funcionaba.

Delante de él la esposa de Haroldo se mecía y lloriqueaba, con la cara entre las manos. El ejecutivo al lado de Camilo, roncaba. Antes de beber hasta olvidarse, poco después del despegue, había dicho algo de una reunión importante en Escocia. ¡Iba a sorprenderse con lo que vería al aterrizar!

Alrededor de Camilo la gente lloraba, oraba y hablaba. Las aeromozas ofrecían algo de comer y beber, pero pocos aceptaban. Como había preferido un asiento lejos del pasillo para tener un poco más de espacio para las piernas, ahora se alegraba de quedar parcialmente oculto cerca de la ventanilla. Sacó del maletín de la computadora un juego de pequeñas herramientas que nunca había pensado usar, y empezó a trabajar en el teléfono.

Desencantado al no hallar una conexión modular ni siquiera dentro de la cubierta, decidió jugar al electricista aficionado. Decidió que estas líneas de teléfono siempre tienen los mismos colores de cables, así que abrió su computadora y cortó el cable que llevaba al conector hembra. Dentro del teléfono cortó el cable y le quitó la cubierta protectora de goma. Ciertamente los cuatro cables interiores de la computadora y del teléfono lucían idénticos. En pocos minutos los había interconectado.

Le escribió un mensaje rápido a Esteban Plank, su editor ejecutivo, en Nueva York, diciéndole cuál era su destino: "Yo mandaré todo lo que sé y estoy seguro de que ésta será sólo una más de muchas historias parecidas. Pero, al menos, ésta la tendrás al momento de suceder. No sé si servirá o no. Se me ocurre, Esteban, que tú puedes estar entre los desaparecidos. ¿Cómo saberlo? Tú sabes mi dirección de la computadora. Déjame saber si todavía estás con nosotros".

Grabó la nota y dispuso el *modem* en la función para mandarla a Nueva York, mientras trabajaba su nota. En la parte de arriba de la pantalla, una barra de situación relampagueaba cada veinte segundos, informándole que estaba ocupada la conexión a su rampa de la supercarretera informativa. Siguió trabajando.

La aeromoza jefa lo sobresaltó varias páginas después, de sus propias reflexiones y sentimientos.

—¿Qué está haciendo? —dijo inclinándose para mirar fijamente el enredo de cables que iban desde su computadora portátil al teléfono del avión—. No puedo permitirle hacer eso.

Él miró rápido a su credencial. —Oiga hermosa Patty, ¿estamos o no estamos frente al fin del mundo tal y como lo conocemos?

—No me trate con esa condescendencia, señor. No puedo dejar que usted se siente aquí y destruya la propiedad de la aerolínea.

—No estoy destruyéndola. Estoy adaptándola en una emergencia. Con esto espero hacer una conexión en condiciones en que nada más funcionará.

—No puedo permitirle hacer eso.

—Patty, ¿puedo decirle algo?

—Solamente que va a poner el teléfono tal como estaba cuando lo vio.

—Lo haré.

—Ahora.

—No, no lo haré ahora.

—Eso es lo único que quiero oír.

—Entiendo pero, por favor, escuche.

El hombre al lado de Camilo lo miró fijamente, y luego a Patty. Juró, y luego usó una almohada para tapar su oreja derecha, apretando la izquierda contra el respaldo del asiento.

Patty sacó de su bolsillo una hoja impresa por computadora y ubicó el nombre de Camilo. —Señor Williams, espero que coopere. No quiero molestar al piloto con esto.

Camilo tomó su mano. Ella se puso tiesa pero no se retiró. —¿Podemos hablar por un segundo?

—No voy a cambiar de idea, señor. Ahora, por favor, tengo un avión lleno de gente asustada.

—¿No es usted una de ellos? —Todavía le tenía tomada la mano.

Ella hizo un puchero con sus labios y asintió.

—¿No le gustaría ponerse en contacto con alguien? Si esto funciona, puedo llegar a personas que puedan hacer llamadas telefónicas, para informar a su familia que usted está bien. Quizás sería posible hasta conseguir respuesta de ellos para usted. No he roto nada y prometo dejar todo tal como estaba cuando lo vi.

—¿Puede?

—Puedo.

—¿Y me ayudaría?

—En cualquier cosa. Deme algunos nombres y números de teléfonos. Los mandaré con la información que estoy tratando de enviar a Nueva York e insistiré en que alguien haga las llamadas para usted y me informe de vuelta. No puedo garantizarle que me comunicaré o que si lo hago, ellos se comuniquen de vuelta conmigo pero trataré.

—Se lo agradeceré.

—¿Y usted puede protegerme de otras aeromozas muy celosas?

Patty se las arregló para sonreír. —Todas ellas pueden querer su ayuda.

—Esto es un tiro al aire tal como está. Sólo mantenga lejos de mí a todos y déjeme seguir tratando.

—Trato hecho —dijo ella, pero se veía perturbada.

—Patty, usted está haciendo lo correcto —dijo él—. En una situación como ésta, está bien pensar en usted un poco. Eso es lo que yo estoy haciendo.

—Pero todos estamos en el mismo bote, señor y yo tengo responsabilidades.

—Tiene que admitir que cuando desaparecen personas, hay que obviar algunas regulaciones.

Raimundo Steele estaba sentado en la cabina, con el rostro demudado. A media hora de aterrizar en Chicago, había dicho todo lo que sabía a los pasajeros. La desaparición simultánea de millones de personas en todo el planeta había producido un caos mucho más allá de todo lo imaginable. Felicitó a todos por permanecer tranquilos y evitar la histeria, aunque había recibido informes de médicos que estaban a bordo del avión y repartían *Valium* como si fueran caramelos.

Raimundo se había portado correctamente, la única forma que sabía ser. Se daba cuenta de que había dicho a la gente más de lo que hubiera informado si hubiese perdido un motor o partes hidráulicas o hasta el tren de aterrizaje. Había sido franco con ellos al informarles a aquellos que no tenían seres queridos desaparecidos, que quizás al irse a casa podrían encontrar a sus familiares entre las víctimas de las muchas tragedias que habían sucedido.

Pensó, pero no lo dijo, cuán agradecido estaba de haber estado en el aire cuando este suceso había ocurrido. ¡Cuánta confusión debía esperarles en tierra! Aquí, en un sentido literal, estaban por encima de todo eso. Por supuesto que habían sido afectados. Faltaba gente en todas partes. Pero aparte de la escasez de personal causada por la desaparición de dos tripulantes, los pasajeros no sufrieron como hubieran sufrido si hubiesen estado manejando en el tráfico en tierra, o si él y Cristóbal hubieran estado entre los que habían desaparecido.

Al establecerse en un patrón de mantenimiento a kilómetros de O'Hare, el pleno impacto de la tragedia empezó a verse. Vuelos de todo el país estaban siendo reorientados hacia Chicago. Los aviones se reorganizaban basándose en su abastecimiento de combustible. Raimundo tenía que quedarse en posición de prioridad luego de haber traspasado la frontera marítima oriental, y luego volar por el Atlántico antes de dar la vuelta. No era costumbre de Raimundo comunicarse con el control en tierra, sino hasta después de haber aterrizado, pero ahora la torre de control del tráfico aéreo estaba recomendando que lo hiciera. Le informaron que la visibilidad era excelente a pesar del humo intermitente de los siniestros de tierra, pero que el aterrizaje sería arriesgado y precario porque las dos pistas abiertas estaban llenas de jets. Estaban alineados a cada lado y a todo el largo de la pista. Todas las puertas estaban llenas y ninguno retrocedía. Se estaba usando toda forma de transporte humano, llevando pasajeros en buses desde las cabeceras de pista a la terminal.

Pero le dijeron a Raimundo que probablemente la mayoría de su gente tendría que ir caminando. Todo el personal que quedaba había sido llamado a servir, pero estaban ocupados dirigiendo los aviones a zonas seguras. Los pocos buses y camiones estaban reservados para los inválidos, los ancianos y las tripulaciones de los vuelos. Raimundo informó que su tripulación iría caminando. Los pasajeros informaron que no podían comunicarse con los teléfonos del avión. Patty Durán dijo a Raimundo que un emprendedor pasajero de primera había enchufado de alguna forma el teléfono a su computadora y, mientras escribía mensajes, discaba y volvía a discar automáticamente a Nueva York. Si una línea se abría, éste sería el tipo que se comunicaría.

Para cuando el avión empezó el descenso en Chicago, Camilo había podido meterse en una sola línea de su servicio de computadora que quedó brevemente libre, la cual le había indicado que descargara su correspondencia en espera. Esto pasó justo cuando Patty anunciaba que debían apagarse todos los aparatos electrónicos.

Con una perspicacia que no se había dado cuenta que poseía, Camilo oprimió a toda velocidad las teclas que recuperaban y archivaban todos sus mensajes, descargándolos y saliendo del enlace en cosa de segundos. Justo cuando su máquina hubiera podido interferir las comunicaciones del vuelo, estaba fuera de la línea y tendría que esperar para leer sus archivos en busca de noticias de amigos, colegas, parientes, de todos.

Antes de sus preparativos de último minuto para el aterrizaje, Patty corrió hacia Camilo.

—¿Algo?

Él meneó su cabeza como disculpándose.

—Gracias por tratar —dijo ella y empezó a llorar.

Él tomó su mano. —Patty, hoy todos vamos a ir a casa y allí podremos llorar. Pero mantenga la firmeza. Saque a sus pasajeros del avión y, por lo menos, se va a sentir bien con eso.

—Señor Williams —sollozó ella—, usted sabe que perdimos a varias personas de edad pero no a todos ellos. Y perdimos a varias personas de mediana edad, pero no a todos ellos. Y perdimos a varios de su edad y mi edad pero no a todos. Hasta perdimos unos adolescentes.

Él la observó fijamente. ¿Adónde iba ella con eso?

—Señor, perdimos a todos los niños y bebés de este avión.

—¿Cuántos había?

—Más de una docena. ¡Pero todos ellos! ¡No quedó uno!

El hombre al lado de Camilo se despertó y miró de reojo al sol de la mañana tardía, brillando a través de la ventana. —¿De qué rayos están ustedes dos hablando? —dijo.

—Estamos por aterrizar en Chicago —dijo Patty—. Tengo que apurarme.

—¿Chicago?

—Ni quiera enterarse —dijo Camilo.

El hombre casi se sentó en el regazo de Camilo para mirar por la ventana, con su aliento alcohólico envolviendo a Camilo. —¿Qué, estamos en guerra? ¿Motines? ¿Qué?

Al terminar de atravesar el banco de nubes, el avión permitió a los pasajeros un vistazo de la zona de Chicago. Humo. Incendios. Automóviles fuera del camino y estrellados unos con otros y con las barreras de seguridad. Aviones destrozados en el suelo. Vehículos de emergencia, con sus luces relampagueando, que sorteaban su camino entre los escombros.

Al quedar O'Hare a la vista, fue obvio que nadie llegaría a ninguna parte pronto. Había aviones en todo lo que abarcaba la vista, algunos estrellados y ardiendo, los otros detenidos en línea por la mucha congestión. La gente andaba con dificultad por la hierba, en medio de los vehículos, dirigiéndose a la terminal. Las vías de acceso rápidas que conducían al aeropuerto lucían como durante las grandes nevadas de Chicago, sólo que sin nieve.

Grúas y camiones, trataban de abrir un camino que llevara al frente de la terminal para que pudieran entrar y salir los automóviles pero eso tardaría horas, si no días. Una gran fila como serpiente humana se encaminaba lentamente fuera de los edificios de la gran terminal, entre los automóviles inmovilizados y hacia las rampas. La gente caminaba, caminaba, caminaba, buscando un taxi o una limosina de alquiler. Camilo empezó a pensar en cómo iba a vérselas con el nuevo sistema. Tenía que seguir adelante de alguna forma y salir de una zona tan congestionada. El problema era que su meta era llegar a una peor: Nueva York.

—Damas y caballeros —anunció Raimundo—. Quiero agradecerles de nuevo su cooperación de hoy. Se nos ha pedido que aterricemos en la única pista con capacidad para este tamaño de avión y que luego carreteemos a una zona abierta a dos kilómetros de la terminal. Temo que voy a tener que pedirles que usen nuestros toboganes inflables de emergencia para salir, porque no podremos conectarnos a ninguna de las puertas. Si no pueden caminar a la terminal, por favor, quédense en el avión y mandaremos a alguien a buscarlos.

No hubo agradecimiento por haber escogido Pan-Continental, ni: *Esperamos que nos prefieran la próxima vez que necesiten servicio aéreo*. Les recordó que permanecieran sentados con sus cinturones asegurados hasta que se apagara la señal del cinturón del asiento, aunque por dentro, sabía que éste sería su aterrizaje más difícil en años. Sabía que podía hacerlo, pero había pasado mucho tiempo desde que había tenido que aterrizar un avión por en medio de otros aparatos aéreos.

Raimundo envidió a quien fuera el de primera clase que tenía la ventaja de comunicarse por el *modem.* Estaba desesperado por llamar a Irene, Cloé y Raimundito. Por otro lado, temía que nunca podría hablar con ellos otra vez.

Tres

Patty Durán y lo que quedaba de su tripulación de cabina, animaron a los pasajeros a leer detenidamente las fichas de seguridad puestas en los bolsillos de sus asientos. Muchos temían ser incapaces de saltar y deslizarse por los toboganes, especialmente llevando su equipaje de mano. Se les daba instrucciones de quitarse los zapatos y dejarse caer sentados por el tobogán. Luego, los tripulantes les tirarían sus zapatos y equipaje de mano. Les aconsejaban no esperar en la terminal por el equipaje en bodega. Se les prometía que eso sería oportunamente entregado en sus casas. Sin garantizar cuándo.

Camilo Williams dio su tarjeta a Patty y le pidió su número de teléfono " Por si acaso logro comunicarme con su familia antes que usted".

—¿Usted trabaja con el *Semanario Mundial*? —dijo ella—, no tenía idea.

—Y me iba a mandar castigado al rincón por meterme en el teléfono.

Pareció que ella trataba de sonreír. —Lo siento —dijo Camilo—, no tiene nada de divertido. Te soltaré.

Siendo un viajero que llevaba siempre poco equipaje, dio gracias por no haber enviado equipaje por la bodega. Nunca lo hacía, ni siquiera en vuelos internacionales. Cuando abrió el compartimiento para sacar su bolso de cuero, halló el sombrero y el saco del anciano, aún puestos allí. La esposa de Haroldo estaba sentada mirando fijamente a Camilo, con ojos como platos y la mandíbula apretada.

—Señora —dijo él suavemente—, ¿querría estas cosas?

La doliente mujer tomó agradecida el sombrero y el saco y los apretó contra su pecho como si nunca fuera a soltarlos. Dijo algo que Camilo no pudo oír. Le pidió que lo repitiera.

—No puedo saltar de ningún avión —dijo ella.

—Quédese donde está —dijo él—. Ellos van a mandar a alguien a buscarla.

—¿Pero tendré que saltar y deslizarme por esa cosa?

—No, señora. Estoy seguro de que tendrán un elevador de alguna clase.

Camilo puso cuidadosamente su computadora portátil en su funda entre su ropa. Con su bolsa cerrada, se apresuró a ponerse al frente de la fila, ansioso de mostrar a los demás cuán fácil era. Primero tiró sus zapatos para abajo, viendo como rebotaban y rodaban en la pista. Luego agarró su saco contra su pecho, dio un paso rápido, impulsando sus pies hacia adelante.

Con poco entusiasmo, no aterrizó sobre su trasero sino sobre sus hombros, cosa que elevó sus pies sobre su cabeza. Ganó velocidad y golpeó el fondo con todo su peso yéndose hacia adelante. El impulso de la fuerza centrípeta golpeó sus pies enfundados en medias contra el suelo y llevó su torso hacia arriba, girando en una vuelta de campana con la que apenas pudo esquivar el que la cara se le aplastara contra el concreto. En el último instante, todavía aferrado con todas sus fuerzas a su saco, bajó la cabeza y se raspó la parte de atrás de ella en vez de la nariz. Reprimió la urgencia de decir, *no hay problema* pero no pudo impedir sobarse la nuca, ya empapada de sangre. No era cosa grave, sólo una molestia. Recuperó rápidamente sus zapatos y empezó a trotar hacia la terminal, tanto por vergüenza como por necesidad. Sabía que no habría que apurarse más en cuanto llegara a ella.

Raimundo, Cristóbal y Patty fueron los últimos tres en salir del 747. Antes de desembarcar se aseguraron de que toda la gente que físicamente podía, bajara por los toboganes y que los ancianos y enfermos fueran trasladados en bus. El conductor de éste insistía en que la tripulación fuera con él y con los últimos pasajeros, pero Raimundo rehusó.

—No me veo pasando a mis pasajeros que caminan a la terminal —dijo—. ¿Cómo se vería eso?

—Como quieras, Capi —contestó Cristobal—. ¿Te importa si yo acepto su ofrecimiento?

—¿Hablas en serio? —Raimundo lo fulminó con los ojos.

—No me pagan bastante por esto.

—Como si esto fuera culpa de la aerolínea. Cris, en realidad no lo dices en serio.

—Vaya que no. Para cuando llegues allá, desearás haber ido en bus también.

—Debiera denunciarte por esto.

—Desaparecen millones de personas en el aire y ¿me voy a preocupar por tener una amonestación escrita por ir en bus en lugar de caminar? Nos veremos luego, Steele.

Raimundo meneó su cabeza y se dio vuelta hacia Patty .

—Quizá te vea allá. Si puedes salir de la terminal no me esperes.

—¿Bromeas? Si tú caminas, yo camino.

—No tienes que hacerlo.

—¿Después de esa amonestación que acabas de darle a Cris Smith? ¡Yo camino!

—Él es primer oficial. Nosotros debemos ser los últimos en abandonar la nave y los primeros en ofrecernos de voluntarios para deberes de emergencia.

—Bueno, hazme un favor y considérame también parte de tu tripulación. Sólo porque yo no pueda hacer volar este aparato no significa que no sienta cierta propiedad. Y no me trates como a una *mujercita*.

—Nunca haría eso. ¿Tienes tus cosas?

Patty tiró de su valija con ruedas y Raimundo llevó su estuche de cuero de navegante. Era una caminata larga y varias veces rehusaron ofrecimientos de llevarlos de las diversas unidades que se apresuraban a buscar a los que no caminaban. Pasaron a otros pasajeros de su vuelo a lo largo del camino. Muchos agradecieron a Raimundo; él no estaba seguro de por qué. Supuso que por no dejarse llevar por el pánico. Pero todos lucían tan aterrorizados y atolondrados como él.

Se taparon los oídos por causa de los chillidos de los vuelos que aterrizaban. Raimundo trató de calcular cuánto tiempo pasaría antes de que cerraran también esta pista. No podía imaginarse que la otra pista abierta diera cabida a muchos aviones más. ¿Algunos iban a tratar de aterrizar en las autopistas o en terrenos abiertos? ¿Y cuán lejos de las grandes ciudades tendrían que buscar un tramo abierto de autopista sin el estorbo de los puentes? Se estremeció con la sola idea.

En torno a ellos había ambulancias y otros vehículos de emergencia tratando de llegar a las horribles escenas de los siniestros.

Finalmente en la terminal, Raimundo halló multitudes que formaban fila ante los teléfonos. La mayoría tenía a gente enojada que esperaba gritando a los que hablaban, quienes se encogían de hombros y volvían a discar. Los bares, cafeterías y restaurantes del aeropuerto ya habían vendido todo o les quedaba poca comida, y todos los periódicos y revistas se habían terminado. En las tiendas cuyos dependientes habían desaparecido, había saqueadores que salían con mercadería.

Raimundo quería más que todo, sentarse y conversar con alguien sobre cómo entender esto. Pero todos los que veía, amigo, conocido o extraño, estaba muy ocupado tratando de hacer arreglos. O'Hare era como una prisión inmensa con recursos que se agotaban y cada vez mayores embotellamientos. Nadie dormía. Todos se escurrían por ahí tratando de encontrar algún enlace con el mundo exterior, contactar a sus familias y salir del aeropuerto.

En el centro de vuelo localizado en las entrañas del lugar, Raimundo encontró casi lo mismo. Patty dijo que trataría de hacer sus llamadas desde el salón y que lo encontraría más tarde para ver si podían compartir el viaje a los suburbios. Él sabía que era improbable que hallaran viajes a alguna parte y no le gustaba la idea de caminar veinte kilómetros. Pero todos los hoteles de la zona ya estaban repletos.

Por fin un supervisor pidió la atención de todo el personal de vuelo que estaba en el centro subterráneo.

—Tenemos aseguradas unas cinco líneas —dijo él—. No sabemos si se podrán comunicar pero es la mejor oportunidad que tienen. Estas líneas no están conectadas con las líneas troncales normales que salen de aquí, así que no estarán compitiendo con todos los teléfonos públicos de la terminal. Organicen sus llamadas. Además, hay una cantidad limitada de viajes en helicóptero disponible para ir a hospitales suburbanos y departamentos de policía pero, naturalmente, ustedes están en segundo lugar con respecto a las urgencias médicas. Hagan fila aquí para los teléfonos y viajes a los suburbios. En este momento no se nos ha dicho nada de cancelar vuelos, salvo los que quedan para hoy. Ustedes tienen la responsabilidad de regresar aquí para su próximo vuelo o llamar y averiguar su situación.

Raimundo se puso en la fila, empezando a sentir la tensión de haber volado demasiado tiempo y saber demasiado poco. Peor era saber que tenía una idea más aproximada de lo que había pasado que la mayoría. Si él estaba en lo correcto, si era verdad, no iba a obtener respuesta cuando llamara a su casa. Mientras estaba ahí, un monitor de televisión por encima de él, transmitía imágenes del caos. De todo el mundo llegaban imágenes de madres que gemían, de familias estoicas, y noticias de muerte y destrucción. Docenas de historias incluían a testigos oculares que habían visto a sus seres queridos y amigos desaparecer delante de sus ojos.

Lo más chocante para Raimundo fue una mujer embarazada próxima a dar a luz, y a punto de entrar en la sala de partos, que súbitamente se quedó vacía. Los médicos dieron a luz a la placenta. Su marido había captado la desaparición del feto en video. Mientras filmaba el gran abdomen y la cara sudorosa de ella, él iba preguntando: —*¿Cómo te sientes?*

—¿Earl, cómo crees que me siento? Apaga esa cosa.

—*¿Qué esperas?*

—Que te acerques lo suficiente a mí para pegarte.

—¿Te das cuenta de que en pocos momentos seremos padres?

—Dentro de un minuto serás divorciado.

Entonces vino el grito y la caída de la cámara, las voces aterradas, las enfermeras que corrían y el médico. La cadena de noticias CNN retransmitía la filmación en cámara muy lenta, mostrando a la mujer que pasaba de tener el vientre muy voluminoso, a quedar con el abdomen casi plano, como si hubiera dado a luz instantáneamente. *Ahora, vuelvan a mirar, con nosotros,* intervenía el locutor, y *mantengan los ojos en el borde izquierdo de la pantalla, donde hay una enfermera que parece leer un impreso del monitor del corazón del feto. Ahí, ¿ven?* La acción se paraba al desinflarse el abdomen de la mujer embarazada. *El uniforme de la enfermera parece estar aún de pie como si una persona invisible lo tuviera puesto. Ella desapareció. Medio segundo después, miren.* La cinta seguía adelante y se detenía. *El uniforme, las medias y todo, están en una pila encima de sus zapatos.*

Las estaciones locales de televisión de todo el mundo informaban de hechos raros, especialmente en las zonas en que los acontecimientos habían tenido lugar durante el día o al anochecer. La CNN mostraba, vía satélite, el video de un novio desapareciendo mientras ponía el anillo en el dedo de su novia. Una funeraria de Australia informaba que casi todos los deudos desaparecieron durante un servicio funerario, incluso el cadáver, mientras que en otro servicio, a la misma hora, sólo desaparecieron unos pocos y el cadáver quedó. Las morgues también informaban de desapariciones de cadáveres. Durante un entierro, tres de los seis que llevaban el ataúd, tropezaron y dejaron caer el féretro al desaparecer los otros tres. Cuando volvieron a levantar el ataúd, estaba también vacío.

Raimundo era el segundo en la fila del teléfono pero lo que vio en la pantalla, enseguida lo convenció de que nunca volvería a ver a su esposa. En el partido de fútbol de la secundaria de una escuela cristiana, que se jugaba en una misión en Indonesia, desaparecieron en medio del partido la mayoría de los espectadores y todos los jugadores, menos uno, dejando los zapatos y uniformes en el suelo. El periodista de la CNN decía que, en su remordimiento, el jugador sobrevivientes se quitó la vida.

Pero Raimundo sabía que era más que remordimiento. De toda la gente, ese jugador, un estudiante de una escuela cristiana, tenía que haber sabido de inmediato la verdad. El *Rapto* había ocurrido. Jesucristo había vuelto por su pueblo y ese muchacho no era uno de ellos. Cuando Raimundo se sentó a hablar por teléfono, las lágrimas le corrían por la cara. Alguien dijo: —*Tiene cuatro minutos* y él supo que serían más de lo necesario para él. Su máquina de mensajes tomó de inmediato la llamada y él se sintió traspasado al oír la alegre voz de su esposa: —*Su llamada nos importa* —decía ella—, *por favor, deje un mensaje después del sonido.*

Raimundo apretó unos cuantos botones para revisar si había mensajes. Pasó tres o cuatro mensajes sin importancia y se asombró cuando oyó la voz de Cloé: —*¿Mamá? ¿Papá? ¿Están ahí? ¿Han visto lo que está pasando? Llámenme en cuanto puedan. Perdimos por lo menos a diez estudiantes y dos profesores y todos los niños de los estudiantes casados desaparecieron. ¿Está bien Raimundito? ¡Llámenme!* Bueno, por lo menos sabía que Cloé todavía estaba por aquí. Todo lo que deseaba era abrazarla.

Raimundo volvió a discar y dejó un mensaje en su propia máquina: —*¿Irene? ¿Raimundo? Si están ahí, contesten. Si oyen este mensaje, yo estoy en O'Hare tratando de llegar a casa. Puede que tarde un rato si no consigo que me lleven en helicóptero. Ciertamente espero que estén ahí.*

—Vamos capitán —dijo alguien—, todos tienen que llamar.

Raimundo asintió y marcó rápidamente el número de teléfono del cuarto de su hija en el dormitorio del campus de la universidad de Stanford. Recibió el irritante mensaje de que su llamada no podía ser completada en la forma en que se había discado.

Raimundo reunió sus cosas y revisó su casillero de correspondencia. Al lado de una pila de la basura corriente, encontró un sobre acolchado con el remitente de su casa. Últimamente Irene había empezado por mandarle pequeñas sorpresas por correo, como resultado de un libro sobre el matrimonio que ella le había instado a leer. Él metió el sobre en su valija y se fue, buscando a Patty Durán. Era gracioso, pero ahora no sentía ninguna atracción por ella. Pero se sentía obligado a asegurarse de que llegara a su casa.

Mientras esperaba el ascensor rodeado de una multitud, oyó el anuncio de que había disponible un helicóptero para no más de ocho pilotos y que iría a Mount Prospect, Arlington Heights y a Des Plaines. Raimundo se apuró para llegar al sitio de salida.

—¿Hay espacio para uno hacia Mount Prospect?

—Sípe.

—¿Y qué tal otro a Des Plaines?

—Quizá si él llega aquí en unos dos minutos.

—No es un hombre. Ella es una aeromoza.

—Sólo pilotos. Lo siento.

—¿Y si tiene espacio?

—Bueno, quizá, pero no la veo.

—Haré que la llamen.

—No están llamando a nadie.

—Déme un segundo. No se vaya sin mí.

El piloto del helicóptero miró su reloj. —Tres minutos —dijo—. Estoy yéndome a la una.

Raimundo dejó su bolsa en el suelo, esperando que retendría al piloto del helicóptero en caso de que él se retrasara un poco. Subió corriendo las escaleras y entró al corredor. Hallar a Patty sería imposible. Tomó un teléfono de cortesía.

—Lo lamento, pero no podemos llamar a nadie en estos momentos.

—Esta es una emergencia y yo soy un capitán de Pan-Continental.

—¿Qué es?

—Que Patty Durán se encuentre con su grupo en K-17.

—Trataré.

—¡Hágalo!

Raimundo se puso de puntillas para ver llegar a Patty, aunque se sorprendió al verla.

—Era la cuarta de la fila del teléfono en el salón —dijo ella, apareciendo a su lado—. ¿Conseguiste algo mejor?

—Conseguí un viaje en helicóptero si nos apuramos —dijo él.

—¿No fue horrible lo de Cris? —dijo ella mientras bajaban las escaleras.

—¿Qué le pasó?

—¿Realmente no lo sabes?

Raimundo quiso pararse y decirle que dejara de darle tanto trabajo. Eso le molestaba de la gente de la edad de ella. Disfrutaban el juego de la conversación de ida y vuelta. A él le gustaba ir al grano.

—¡Tan sólo dime! —dijo, sonando más exasperado de lo que pretendió.

Al irrumpir por la puerta y salir a la pista, las aspas del helicóptero les azotaron el pelo y los ensordecieron. La bolsa de Raimundo había sido cargada a bordo y solamente había un asiento. El piloto apuntó a Patty y meneó su cabeza. Raimundo tomó el codo de ella y la tiró a bordo mientras él entraba.

—¡El único modo de que ella no vaya es si no puede tolerar el peso!

—¿Muñeca, cuánto pesas? —dijo el piloto.

—¡Ciento quince libras! (52 kilos y 162 gramos).

—¡Puedo tolerar el peso! —le dijo a Raimundo—. Pero no me hago responsable si no está amarrada!

—¡Vamos! —gritó Raimundo.

Él se ajustó el cinturón de seguridad y Patty se sentó en sus rodillas. Él la abrazó por la cintura y agarró con fuerza sus propias muñecas. Pensó cuán irónico era que él hubiera estado soñando con esto durante semanas, y ahora, no había gozo ni excitación en ello, nada sensual en absoluto. Se sentía desgraciado. Feliz de poder ayudarla pero desgraciado.

Patty lucía avergonzada e incómoda, y Raimundo se dio cuenta de que echaba miraditas tímidas a los otros siete pilotos que había en el helicóptero. Nadie parecía devolverle la mirada. Este desastre estaba aún demasiado fresco y había demasiadas cosas desconocidas. A Raimundo le pareció oír o leer los labios de alguien que decía *Cristóbal Smith*, pero no había manera de que pudiera escuchar en medio del ruido del aparato. Acercó la boca a la oreja de Patty.

-¿Y qué pasa con Cris?—

Ella se dio vuelta y le habló al oído. -Lo llevaban en camilla por mi lado cuando me dirigía al salón. ¡Sangre por todas partes!

—¿Qué le pasó?

—No sé, Raimundo, pero lucía muy mal...

—¿Muy mal?

—¡Creo que estaba muerto! Quiero decir, estaban haciéndole cosas, pero dudo que se salve.

Raimundo meneó la cabeza. ¿Qué otra cosa pasaría? -¿Lo atropellaron o qué? ¿Se estrelló el bus? ¡Sería irónico!

—No sé —dijo ella—. Parecía que la sangre le salía de la mano o la muñeca, o de los dos lados.

Raimundo tocó el hombro del piloto. —¿Sabes algo sobre el primer oficial Cristóbal Smith?

—¿El de Pan-Con? —dijo el piloto.

—¡Sí!

—¿El suicida era él?

Raimundo se batió en retirada. —¡No lo creo! ¿Hubo un suicido?

—Montones supongo, pero en su mayoría de pasajeros. El único tripulante del cual supe fue un tal Smith de Pan. Se cortó las muñecas.

Raimundo escudriñó rápidamente a los demás del helicóptero para ver si reconocía a alguno. No, pero uno estaba meneando su cabeza con pena, habiendo oído el comentario en voz alta del piloto. Se inclinó hacia adelante.

—¡Cris Smith! ¿Lo conoces?

—¡Mi primer oficial!

—Lo siento.

—¿Qué supiste?

—No sé cuán confiable sea esto pero el rumor es que supo que sus hijos habían desaparecido y que su esposa se mató en un choque.

Por primera vez lo enorme de la situación se volvió personal para Raimundo. Él no conoció bien a Smith. Vagamente recordaba que Cris tenía dos hijos. Parece que eran adolescentes jóvenes, de edad muy cercana. Él nunca había conocido a la esposa. ¡Pero el suicidio! ¿Era aquella una opción para Raimundo? ¡No, no con Cloé aún ahí! ¿Pero qué si hubiera descubierto que Irene y el joven Raimundo habían desaparecido y que Cloé había muerto? ¿Qué otra razón hubiera tenido para seguir viviendo?

De todos modos él no había estado viviendo para ellos, no por cierto en los últimos meses. Él había estado jugando en su mente con la niña que llevada en sus rodillas. Nunca había llegado tan lejos como para tocarla, aunque ella a menudo lo tocaba. ¿Querría él vivir si Patty Durán fuera la única persona que le importara? ¿Y por qué se interesaba por ella? Era bella, sensual y hábil pero solamente por su juventud. Tenían poco en común. ¿Era solamente porque él estaba convencido de que Irene había desaparecido que ahora anhelaba abrazar a su propia esposa?

Ahora no había precisamente afecto en su abrazo para Patty Durán, tampoco en el de ella. Ambos estaban muy asustados y el coqueteo era lo último que pasaría por sus mentes. A él no se le escapaba lo irónico de la situación. Recordaba que la última cosa con que había estado soñando, antes del anuncio de Patty, era abordarla por fin. ¿Cómo podía haber sabido que ella estaría en su regazo horas más tarde y que él no tendría más interés en ella que en una extraña?

La primera parada fue en el Departamento de Policía de Des Plaines, donde desembarcó Patty. Raimundo le aconsejó que pidiera a la policía que la llevaran a casa si había disponible un auto patrullero. La mayoría estaba en servicio en zonas más congestionadas, así que eso era improbable.

—¡Estoy tan sólo como a un kilómetro de distancia desde aquí! —gritó Patty por encima del ruido, mientras Raimundo la ayudaba a salir del helicóptero—. ¡Puedo caminar!

Ella le echó los brazos en torno a su cuello en un ardiente abrazo y él sintió que ella temblaba de miedo.

—¡Espero que todos estén bien en tu casa! —dijo ella—. Llámame para saber, ¿está bien?

Él asintió.

—¿De acuerdo? —insistió ella.

—¡De acuerdo!

Al despegar vio que ella echaba un vistazo al estacionamiento. Al no ver autos patrulleros, se dio vuelta y se apresuró, tirando de su valija con ruedas. Cuando el helicóptero empezó a dirigirse hacia Mount Prospect, Patty trotaba hacia su casa.

Camilo Williams había sido el primer pasajero de su vuelo en llegar a la terminal de O'Hare. Encontró un caos. Nadie que estuviera en una fila esperando un teléfono le iba a tolerar que él tratara de enchufar su *modem* y no lograba que funcionara su teléfono celular, así que se encaminó al exclusivo Club Pan-Con. También estaba repleto pero, pese a la pérdida de personal, incluida la desaparición de varios empleados de su puesto de trabajo, aun así prevalecía cierto orden. La gente esperaba en fila que se desocupara algún teléfono, y a medida que esto sucedía se daba por hecho que alguien trataría de enviar faxes o de conectarse directamente por *modem.* Mientras Camilo esperaba, se puso a trabajar de nuevo en su computadora, volviendo a conectar el cable interior del *modem* a la conexión hembra. Luego, recuperó sus mensajes que había grabado rápidamente antes del aterrizaje.

El primero era de Esteban Plank, su editor ejecutivo, dirigido a todo el personal en asignación especial:

> Quédense donde estén. No traten de venir a Nueva York. Aquí es imposible llegar. Llamen cuando puedan. Revisen regularmente sus mensajes telefónicos y su correo electrónico. Manténganse en contacto si pueden. Tenemos suficiente personal para continuar desarrollando el programa, y queremos todos los relatos personales, cosas en vivo y en directo, tanto como puedan transmitir. No estoy seguro del transporte ni de las líneas de comunicación entre nosotros y nuestras impresoras ni de sus niveles de empleados. De ser posible, imprimiremos a tiempo. Una nota: Empiecen a pensar en las causas: ¿Militares? ¿Cósmicas? ¿Científicas? ¿Espirituales? Pero hasta ahora estamos tratando principalmente con lo que ha sucedido. Cuídense y manténganse en comunicación.

El segundo mensaje era también de Esteban y era sólo para Camilo:

> Macho, ignora el memo general al personal. Ven a Nueva York lo más rápido que puedas, a cualquier costo. Atiende tus cosas de familia naturalmente, y archiva toda experiencia o reflexiones personales, igual que todos los demás. Pero tú vas a encabezar este esfuerzo por llegar a lo que está detrás del fenómeno. Las ideas son como el ego: cada persona tiene uno.

No sé si llegaremos a algunas conclusiones pero, por lo menos, catalogaremos las posibilidades razonables. Puede que te preguntes por qué te necesitamos aquí para que hagas esto; yo tengo un motivo ulterior. A veces pienso que debido a la posición en que estoy, soy el único que sabe estas cosas; pero hay tres editores de departamento diferentes que han entregado ideas para historias sobre varios grupos internacionales que se reúnen este mes en Nueva York. El editor político quiere cubrir una conferencia de nacionalistas judíos en Manhattan, que tiene algo que ver con un gobierno del nuevo orden mundial. No sé qué les importa eso y tampoco lo sabe el editor político. El editor de asuntos religiosos dejó algo en mi bandeja de entrada sobre una conferencia de judíos ortodoxos que también vienen para una reunión. Estos no son sólo de Israel sino, evidentemente, de todas partes, y ya no siguen peleándose por los rollos del Mar Muerto. Aún están mareados por la destrucción de Rusia y sus aliados, cosa que yo sé que tú todavía piensas que fue sobrenatural pero, oye, te quiero de todos modos. El editor de religión piensa que ellos andan buscando ayuda para reconstruir el templo. Eso puede que no sea gran cosa y que nada tenga que ver con algo fuera del departamento de religión, pero me impactó la coincidencia con el otro grupo judío reuniéndose casi al mismo tiempo y en el mismo lugar por algo enteramente político. La otra conferencia religiosa de la ciudad es entre los dirigentes de todas las religiones importantes, desde las comúnmente conocidas hasta los de la Nueva Era, todos discutiendo sobre el tema de un nuevo orden religioso mundial. Debieran juntarse con los judíos nacionalistas, ¿eh? Necesito que tu cerebro se ocupe de esto. No sé qué pudiera hacerse con esto, si es que puede hacerse algo.

Sé que lo que les interesa a todos son las desapariciones. Pero nosotros tenemos que mantener un ojo en el resto del mundo. Sabes que las Naciones Unidades tiene pronto esa conferencia internacional de monetaristas que tratan de calibrar cómo andamos con esto de las tres divisas. Personalmente me gusta, pero me pone un poco nervioso esto de ir a una sola divisa a menos que sean dólares. ¿Te puedes imaginar comerciando en yenes o marcos aquí? Supongo que todavía soy provinciano.

Todos están fascinados con este muchacho Carpatia, de Rumania, que impresionó tanto a tu amigo Rosenzweig. Tiene a todos pendientes en la casa de gobierno de su país porque ha sido invitado a hablar en las Naciones Unidas, dentro de un par de semanas. Nadie sabe cómo se consiguió la invitación, pero su popularidad internacional me recuerda mucho a Lech Walessa y hasta a Gorbachev. ¿Te acuerdas de ellos? ¡Ja!

Oye, amigo, hazme saber que no desapareciste. Por lo que sé hasta ahora, yo perdí una sobrina y dos sobrinos, una cuñada que no me gustaba y, posiblemente, un par de otros parientes lejanos. ¿Crees que volverán? Bueno, guárdate eso hasta que echemos a andar lo que está detrás de esto. Si yo tuviera que adivinar, anticiparía una exigencia de rescate espantosa. Quiero decir, no es que esta gente que desapareció esté muerta. ¿Qué cosa va a pasar con el negocio de los seguros de vida? No estoy preparado para empezar a creer a los periódicos sensacionalistas. Ten la seguridad de que dirán que los extraterrestres nos agarraron por fin. Ven para acá, Macho.

Cuatro

Camilo seguía apretando un pañuelo empapado con agua fría a la parte de atrás de su cabeza. La herida había dejado de sangrar pero punzaba. Encontró otro mensaje en su correo electrónico y estaba por verlo cuando le tocaron el hombro.

—Yo soy médico. Déjeme vendar su herida.

—Oh, está bien, y yo...

—Sólo déjeme hacer esto, amigo. Me voy a enloquecer aquí sin nada que hacer y tengo mi maletín. Hoy trabajo gratis. Llámelo un "Especial del Rapto".

—¿Un qué?

—Bueno, ¿cómo llamaría a lo que pasó? —dijo el médico, sacando una botella y gasa de su maletín—. Esto va a ser muy rudimentario pero estaremos esterilizados, ¿SIDA?

—¿Cómo?

—Vamos, usted conoce la rutina —se puso guantes de goma— ¿Tiene usted SIDA o alguna enfermedad entretenida como esa?

—No. Y oiga, le agradezco esto —en ese instante el doctor roció una fuerte dosis de desinfectante sobre la gasa y la sostuvo contra la raspada cabeza de Camilo—. ¡Aaay! ¡Con calma!

—Pórtese como un hombrecito, macho. Esto le dolerá menos que la infección que de lo contrario agarraría —raspó con rudeza la herida, limpiándola y haciendo que volviera a salir sangre—. Escuche, voy a darle una afeitadita para lograr que el vendaje se sostenga. ¿Le parece bien?

Los ojos de Camilo, estaban llorosos. —Sí, seguro, pero ¿qué fue lo que dijo sobre un rapto?

—¿Hay otra explicación que tenga sentido? —dijo el médico, usando un escalpelo para cortar el pelo de Camilo.

Vino una asistente del club y preguntó si podían irse a hacer la operación a uno de los baños.

—Le prometo limpiar, preciosa —dijo el doctor—. Casi terminamos.

—Bueno, esto no puede ser sanitario y tenemos otros miembros en que pensar.

—¿Por qué no les da sus tragos y nueces, eh? Verás que esto no los va a molestar tanto en un día como este.

—No me gusta que me hablen de ese modo.

El médico suspiró mientras trabajaba. —Tiene razón, ¿Cómo se llama?

—Susy.

—Escuche Susy, fui mal educado y me disculpo. ¿Está bien? Ahora, déjeme terminar esto y le prometo no realizar más cirugía aquí en público.

Susy se fue, meneando la cabeza.

—Doc —dijo Camilo—, déjeme su tarjeta para poder agradecerle apropiadamente.

—No es necesario —dijo el médico, guardando sus cosas.

—Ahora déme su opinión de esto. ¿Qué quiso decir sobre el rapto?

—Tal vez en otra ocasión. Llegó su turno para usar el teléfono.

Camilo se desesperaba, pero no podía dejar pasar la oportunidad de comunicarse con Nueva York. Trató de discar directo pero no pudo comunicarse. Enchufó su *modem* al teléfono e inició el discado repetido mientras que miraba el mensaje de la secretaria de Esteban Plank, la matrona Marga Potter:

> ¡Macho, picarón! ¿Como si no tuviera bastante qué hacer y de qué preocuparme hoy, tengo que ver cómo están las familias de tus amiguitas? ¿Dónde conociste a esta Patty Durán? Puedes decirle que hablé con su madre allá en el oeste pero eso fue antes de que una inundación o tormenta o algo echara abajo las líneas telefónicas otra vez. Ella está bien, pero desconcertada y muy agradecida de saber que su hija no había desaparecido. Las dos hermanas están bien también, según la mamá.
>
> Eres tan tierno al ayudar a la gente así, Camilo. Esteban dice que vas a tratar de venir. Será bueno verte. Esto es tan espantoso. Hasta ahora sabemos de varios del personal que desaparecieron, hay varios más de los

que no hemos sabido, incluidos unos de Chicago. Todos los jefes directivos están localizados, ahora que supimos de ti. Esperaba y oraba que estuvieras bien. ¿Has notado que parece que esto ha golpeado a los inocentes? Todos los que conocemos que han desaparecido, o son niños o personas muy simpáticas y amables. Por otro lado, algunas personas verdaderamente maravillosas todavía están aquí. Estoy contenta de que seas uno de ellos y también Esteban. Llámanos.

Ni una palabra de si había podido hablar con el padre viudo de Camilo o su hermano casado. Camilo se preguntaba si esto era intencional o si, simplemente, no tenía noticias aún. Su sobrina y un sobrino tenían que haber desaparecido si era cierto que ningún niño había sobrevivido. Camilo dejó de tratar de llegar directo a la oficina pero, otra vez, se conectó bien con su servicio en-línea. Cargó sus archivos y unos pocos mensajes apresuradamente escritos sobre su paradero. De ese modo, para cuando el sistema de teléfonos volviera de nuevo a parecerse a lo normal, el *Semanario Mundial* ya tendría algo por donde empezar con su trabajo.

Colgó y desconectó bajo la mirada agradecida de la persona que le seguía en la fila, luego, fue a buscar al médico. No tuvo suerte. Marga se había referido a los inocentes. El médico suponía que era el *Rapto*. Esteban había desdeñado a los extraterrestres del espacio pero ¿cómo podía uno descartar algo a estas alturas? Su mente ya estaba rechinando con ideas para la historia de lo que había tras las desapariciones. ¡Hablemos de la asignación de su vida!

Camilo se puso en fila en el mostrador de servicios, sabiendo que eran muy pocas las oportunidades que tenía de llegar a Nueva York por medios convencionales. Mientras esperaba trató de recordar qué era lo que Jaime Rosenzweig, el *Notición del Año*, le había dicho del joven Nicolás Carpatia de Rumania. Camilo sólo le había contado eso a Esteban Plank, y éste estuvo de acuerdo en que no valía la pena meterlo en la historia ya bien llena. Rosenzweig se había impresionado con Carpatia, eso era verdad pero ¿por qué?

Camilo se sentó en el suelo, estando en fila, y se movía cuando tenía que hacerlo. Abrió sus archivos sobre la entrevista con Rosenzweig e hizo una búsqueda de la palabra *Carpatia.* Recordaba haberse sentido avergonzado de tener que admitirle a Rosenzweig que nunca había oído del hombre. Al ir pasando las transcripciones de la entrevista, tocó el botón de pausa y leyó. Cuando se dio cuenta de que parpadeaba la luz que indicaba poca carga en la batería, pescó un cordón de extensión de su saco y enchufó la computadora a una salida de la pared.

—Cuidado con el cordón —decía ocasionalmente al pasar la gente. Una de las mujeres detrás del mostrador le gritó que tendría que desenchufarlo.

Él le sonrió a ella. —Y si no lo hago, ¿va a hacer que me echen fuera? ¿Que me arresten? ¡Venirme con esas hoy, de todos los días!

Casi nadie notó al loco que desde el suelo le gritaba a la mujer del mostrador. Eso pasaba rara vez en el Club Pan-Con pero nada sorprendía hoy a nadie.

Raimundo Steele desembarcó en el helipuerto del Hospital de la Comunidad del Noroeste en los Altos de Arlington, donde los pilotos tuvieron que bajarse y hacer lugar para que un paciente fuera llevado por aire a Milwaukee. Los otros pilotos se quedaron cerca de la entrada esperando compartir un taxi pero Raimundo tuvo una idea mejor. Empezó a caminar.

Estaba como a cinco kilómetros de casa y apostaba a que podría conseguir más fácilmente que lo llevaran antes de conseguir un taxi. Esperaba que su uniforme de capitán y su aspecto atildado tranquilizara a alguien para que lo llevara.

Mientras caminaba con dificultad, con su impermeable en un brazo y su valija en la mano, tenía un sentimiento de vacío y desesperación. Ahora Patty estaría llegando a su casa, viendo sus mensajes, tratando de comunicarse con su familia. Si él tenía razón en que Irene y su hijo Raimundo habían desaparecido, ¿dónde estarían cuando pasó? ¿Hallaría evidencias de que habían desaparecido antes que haber muerto en algún accidente relacionado con esto?

Raimundo calculaba que las desapariciones tuvieron lugar tarde, quizá alrededor de las 11 de la noche, hora del Centro. ¿Algo los habría sacado de la casa a esa hora? No podía imaginarse qué y lo dudaba.

Una mujer de unos cuarenta años paró al lado de Raimundo en el Camino Algonquín. Cuando él le agradeció y le dijo dónde vivía, ella dijo que conocía la zona.

—Una amiga mía vive ahí. Bueno, vivía ahí. Su nombre es Li Nig, la muchacha asiática del noticiero del canal 7.

—La conozco a ella y a su esposo —dijo Raimundo—. Ellos aún viven en nuestra calle.

—Ya no. Hoy le dedicaron las noticias del mediodía a ella. Toda la familia está desaparecida.

Raimundo exhaló ruidosamente. —Esto es increíble. ¿Usted ha perdido gente?

—Me temo que sí —dijo ella con su voz temblorosa—. Como una docena de sobrinas y sobrinos.

—¡Vaya!

—¿Y usted?

—Todavía no sé. Acabo de volver de un vuelo y no he podido contactarme con nadie.

—¿Quiere que lo espere?

—No. Tengo un automóvil. Si tengo que ir a alguna parte, estaré bien.

—O'Hare está cerrado, usted sabe —dijo ella.

—¿De veras? ¿Desde cuándo?

—Lo acaban de anunciar por la radio. Las pistas están llenas de aviones, las terminales, repletas de gente, los caminos llenos de vehículos.

—Cuénteme de eso.

Mientras la mujer manejaba, sorbiéndose las lágrimas, hacia Mount Prospect, Raimundo se sintió cansado como nunca antes se había sentido en su vida. Cada pocas casas había entradas de vehículos llenas de automóviles, gente apiñándose. Parecía que todos en todas partes habían perdido a alguien. Él sabía que pronto se contaría entre ellos.

—¿Puedo ofrecerle algo? —preguntó a la señora cuando ella paró frente a su entrada de automóviles.

Ella meneó la cabeza. —Estoy contenta de haber podido ayudar. Ore por mí cada vez que se acuerde. No sé si podré soportar todo esto.

—No me inclino mucho a orar —admitió Raimundo.

—Lo hará —dijo ella—. Tampoco yo lo hacía antes, pero ahora sí.

—Entonces usted puede orar por mí —dijo él.

—Lo haré. Cuente con ello.

Raimundo se quedó en la entrada de automóviles y saludó a la mujer hasta que ella se perdió de vista. El patio y la entrada estaban impecables como siempre y la gran casa, su orgullo, estaba lúgubre. Abrió la puerta principal. Desde el periódico en el umbral, pasando por las cortinas cerradas de la ventana panorámica, hasta el olor amargo del café quemado cuando abrió la puerta, todo apuntaba a lo que él temía.

Irene era una dueña de casa exigente. Su rutina matutina incluía la cafetera puesta en automático a las seis de la mañana, que colaba su especial mezcla de café, y un huevo. La radio estaba puesta para encenderse a las 6.30, sintonizada a la estación cristiana local. Lo primero que Irene hacía cuando bajaba era abrir las cortinas del frente y de atrás de la casa.

Con la garganta apretada Raimundo tiró el periódico a la cocina y se dio tiempo para colgar su impermeable y meter su valija en el armario. Recordó el paquete que Irene le había mandado por correo a O'Hare y lo puso en el amplio bolsillo de su uniforme. Lo llevaría consigo mientras buscaba pruebas de que ella había desaparecido. Si se había ido, ciertamente esperaba que hubiera estado bien. Él quería, por sobre todo lo demás, que ella hubiera visto realizado su sueño, que hubiera sido llevada por Jesús en un parpadeo: un emocionante viaje al cielo, ausente de todo dolor hasta Su lado, como a ella siempre le gustaba decir. Si alguien merecía esto, era ella.

Y Raimundito ¿Dónde estaría él? ¿Con ella? Por supuesto. Él iba con ella a la iglesia, aunque Raimundo no fuera. Parecía que le gustaba estar metido en todo ese asunto. Hasta leía y estudiaba su Biblia.

Raimundo desenchufó la cafetera que se había prendido y apagado durante siete horas y había arruinado el brebaje. Botó lo que quedaba y dejó la jarra en el fregadero. Apagó la radio que estaba emitiendo al aire la señal del noticiero de la red de la emisora cristiana, hablando de la tragedia y el caos que habían provocado las desapariciones.

Miró en la sala, el comedor y la cocina, esperando no ver nada sino el orden habitual de la casa de Irene. Con sus ojos llenándose de lágrimas, abrió las cortinas como ella lo hubiera hecho. ¿Sería posible que ella estuviera en alguna parte? ¿Visitando a alguien? ¿Le habría dejado un mensaje? Pero si lo hubiera hecho y él la encontraba, ¿qué diría eso de su propia fe? ¿Probaría que esto no era el *Rapto* en que ella creía? ¿O significaría que ella estaba perdida, igual como él? Por amor a ella, si esto era el *Rapto*, esperaba que ella *estuviera* desaparecida. Pero el dolor y el vacío ya eran abrumadores.

Encendió la máquina contestadora y oyó todos los mismos mensajes que había escuchado cuando logró comunicarse desde O'Hare, más el mensaje que él mismo había dejado. Su propia voz le sonó extraña. Detectó en ella un fatalismo, como si supiera que no estaba dejando un mensaje para su esposa e hijo sino solamente fingiendo.

Temía ir al piso de arriba. Deambuló por la sala de estar de la familia hasta la salida del garaje. Si solamente faltara uno de los automóviles ¡Y faltaba uno! ¡Quizá ella había ido a alguna parte! Pero tan pronto como pensó en eso, se dejó caer en el escalón justo dentro del garaje. Era su propio BMW el que faltaba. El que había manejado a O'Hare el día anterior. Estaría esperando por él cuando se despejara el tráfico.

Los otros dos automóviles estaban ahí, el de Irene y el que usaba Cloé cuando estaba en casa. Y todos esos recuerdos de Raimundito estaban ahí también. Su triciclo, su móvil para la nieve, su bicicleta. Se recriminó por las promesas no cumplidas de pasar más tiempo con Raimundito. Ya tendría mucho tiempo para lamentar eso.

Se puso en pie y oyó el ruido del sobre en su bolsillo. Era hora de ir arriba.

Era casi el turno de Camilo Williams de quedar a la cabeza de la línea en el mostrador del Club Pan-Con, cuando halló el material que había estado buscando en el disco. En algún momento durante sus varios días de grabación, Camilo había planteado el asunto de todos los otros países tratando de obtener el favor del doctor Rosenzweig y esperando obtener acceso a su fórmula para provecho propio.

—Esto ha sido un aspecto interesante —había admitido Rosenzweig, con sus ojos centelleantes—. Me divirtió mucho una visita del mismísimo vicepresidente de Estados Unidos. Él quería honrarme, llevarme al presidente, hacer un desfile, darme un título, todo eso. Diplomáticamente, no mencionó que yo quedaría en deuda con él, pero yo le debería todo, ¿no? Mucho se había dicho sobre la amistad hacia Israel que ha tenido Estados Unidos a través de las décadas. Y ha sido cierto, ¿no? ¿Cómo podía yo negarlo?

«Pero fingí considerar que todas las recompensas y amabilidades todas para mi propio provecho y, humildemente, las decliné. Porque vea, joven, yo soy sumamente humilde, ¿no es cierto? —El anciano se había reído de buena gana de sí mismo y contado varias historias más de dignatarios que lo visitaban, tratando de encantarlo.

—¿Alguno era sincero? —había preguntado Camilo—. ¿Alguno le impresionó?

—¡Sí! —había dicho Rosenzweig sin vacilar—. Del rincón más paradógico y asombroso del mundo: Rumania. No sé si fue enviado o vino por su cuenta pero sospecho lo último porque creo que es el funcionario de menor rango que he recibido después del premio. Esa es una de las razones por las que quise verle. Él mismo pidió la audiencia. No pasó por los típicos canales políticos y protocolares.

—¿Y él era... ?

—Nicolás Carpatia.

—¿Carpatia como los... ?

—Sí, como los montes Cárpatos. Un nombre melódico, debe reconocerlo. Lo encontré muy encantador y humilde. ¡No muy diferente de mí! —De nuevo se había reído.

—No he oído de él.

—¡Oirá! ¡Oirá!

Camilo había tratado de sonsacar al anciano. —Porque es...

—Impresionante. Eso es todo lo que puedo decir.

—¿Y es una especie de diplomático de rango bajo en este momento?

—Él es miembro de la cámara baja del gobierno rumano.

—¿En el senado?

—No, el senado es la cámara alta.

—Naturalmente.

—No se sienta mal por no saber, aunque sea un periodista internacional. Esto es algo que sabemos solamente los rumanos y los científicos políticos aficionados como yo. Es algo que me gusta estudiar.

—En su tiempo libre.

—Precisamente. Pero ni yo sabía de este hombre. Quiero decir, yo sabía de alguien de la Cámara de Diputados, así llaman en Rumania a la cámara baja, que era un pacifista y dirigente de un movimiento en pro del desarme. Pero no sabía su nombre. Creo que su meta es el desarme global, cosa de la que nosotros los israelitas, hemos llegado a desconfiar. Pero, por supuesto, primero debe lograr el desarme de su propia patria, cosa que ni siquiera usted verá en su vida. Este hombre es como de su edad, a propósito. Rubio y de ojos azules, como los rumanos originales, que vinieron de Roma, antes de que los mongoles afectaran su raza.

—¿Qué le gustó tanto de él?

—Déjeme contarle —había dicho Rosenzweig—. Conocía mi idioma tan bien como el suyo. Y habla inglés fluido. Varios otros idiomas también, me han dicho. Bien educado pero también ampliamente autodidacta. Y también me gusta como persona. Muy brillante. Muy honesto. Muy abierto.

—¿Qué quiso él de usted?

—Eso es lo que más me gustó. Porque lo hallé tan abierto y honesto, le pregunté directamente eso mismo. Él insistió en que le llamara Nicolás, y así que dije: "Nicolás" (esto después de una hora de galanterías) ¿qué quiere usted de mí? ¿Sabe lo que él respondió, joven? Contestó: "Doctor Rosenzweig, yo busco solamente su buena voluntad". ¿Qué podía decirle? Dije: "Nicolás, la tiene". Yo mismo soy un poco pacifista, usted sabe. No uno irrealista. No le dije esto. Simplemente le dije que tenía mi buena voluntad. Que es algo que también usted tiene.

—Sospecho que eso no es algo que usted concede fácilmente.

—Por eso es que usted me gusta y usted lo tiene. Un día de estos usted debe conocer a Carpatia. Se gustarán uno al otro. Sus metas y sueños quizá nunca se realicen ni siquiera en su propia patria, pero él es un hombre de ideales elevados. Si se encumbra, oirá de él. Y como usted se está haciendo conocido en su propio medio, es probable que él se comunique con usted, o sepa de usted, ¿correcto?

—Espero que sí.

De pronto le llegó el turno a Camilo en el mostrador. Recogió su cordón de extensión y le dio gracias a la joven por soportarlo. —Lamento eso —dijo, haciendo una pausa breve, pero el perdón no vino—. Es sólo que hoy, de todos los días, bueno, usted entiende.

Evidentemente ella no entendió. Había tenido un día difícil también. Ella lo miró con tolerancia y dijo: —¿Qué puedo no hacer por usted?

—Oh, ¿usted quiere decir porque yo no hice algo que usted pidió?

—No —dijo ella—. Yo estoy diciendo eso a todos. Es mi chistecito porque no hay realmente nada que yo pueda hacer por nadie. No hay vuelos programados hoy. El aeropuerto va a ser cerrado en cualquier minuto. ¿Quién sabe cuánto tiempo llevará limpiar todos los destrozos y hacer que una especie de tráfico vuelva a moverse? Quiero decir, tomaré su pedido y todo, pero no puedo conseguirle su equipaje, inscribirlo en un vuelo, conseguirle un teléfono, ni conseguirle un cuarto de hotel, nada de lo que nos gusta hacer por nuestros miembros. Usted es un miembro, ¿no?

—¡Que si soy un miembro!

—¿Oro o platino?

—Querida dama, yo soy como un miembro de kriptonita.

Él hizo relucir su tarjeta, mostrando que estaba entre el privilegiado 3% de los pasajeros de avión del mundo. Si un vuelo tenía un asiento en la sección más barata, tenía que dársele a él y elevarlo a primera clase sin cobrar más.

—Oh, Dios mío —dijo ella—, no me diga que es el Camilo Williams de esa revista.

—Soy.

—*Time* ¿De veras?

—No blasfeme. Soy de la competencia.

—Oh, yo lo sabía. Lo sé porque yo quería ser periodista. Estudié eso en la universidad. Sólo leí de usted, ¿no? El premiado más joven o la mayor cantidad de historias de cubierta de alguien menor de doce?

—Divertido.

—O algo.

—No puedo creer que estemos haciendo chistes en un día como este —dijo él.

Súbitamente ella se nubló. —Ni siquiera quiero pensar en eso. Así que ¿qué podría hacer por usted si es que pudiera hacer algo?

—Esto es lo que pasa — dijo Camilo—. Tengo que llegar a Nueva York. No, no me mire así. Sé que es el peor lugar para tratar de ir en este momento. Pero usted conoce gente. Usted conoce pilotos que hacen vuelos extra, eso de *charter*. Usted sabe de cuáles aeropuertos ellos volarían. Digamos que tengo recursos ilimitados y que puedo pagar lo que sea necesario. ¿A quién me enviaría?

Ella lo miró fijo. —No puedo creer que usted me pida eso.

—¿Por qué?

—Porque conozco a alguien. Vuela esos jets pequeños de aeropuertos como Waukegan y Palwaukee. Es caro y es el tipo que cobraría el doble durante una crisis, especialmente si supiera quién es usted y cuán desesperado está.

—No habrá nada que ocultar. Déme el dato.

Oírlo en la radio o verlo en la televisión era una cosa. Encontrarse con eso uno mismo era otra cosa. Raimundo Steele no tenía idea cómo se sentiría al encontrar prueba de que su esposa e hijo se habían esfumado de la faz de la tierra.

En la parte de arriba de las escaleras se detuvo cerca de las fotos de la familia. Irene, siempre ordenada, las había colgado cronológicamente, empezando con la de él y la de los bisabuelos de ella. Viejas fotos cuarteadas en blanco y negro de hombres y mujeres del Medio Oeste, de cara severa y huesuda. Luego venían las desvanecidas fotos a color de sus abuelos en sus aniversarios de las bodas de oro. Luego, sus padres, sus hermanos y ellos mismos. ¿Cuánto tiempo hacía desde que él había contemplado la foto de bodas de ellos, ella con su peinado arreglado con los dedos y él, con su pelo sobre las orejas y grandes patillas?

¡Y aquellas fotos de la familia con Cloé a los ocho años, sosteniendo al bebé! ¡Cuán agradecido estaba de que Cloé estuviera aquí todavía y que, de alguna manera, él se contactaría con ella! Pero ¿qué decía todo esto de ellos dos? Ellos estaban perdidos. Él no sabía qué esperar ni por qué orar. ¿Que Irene y Raimundito aún estuvieran aquí y que esto no fuera lo que parecía?

No pudo esperar más. La puerta de la habitación de Raimundito estaba abierta un poquito. Su despertador estaba sonando. Raimundo lo apagó. En la cama había un libro que Raimundito había estado leyendo. Raimundo retiró lentamente las frazadas hacia atrás para revelar la parte de arriba del pijama "Toros" de Raimundito, sus calzoncillos y sus medias. Se sentó en la cama y lloró, casi sonriendo porque Irene machacaba que Raimundito no se acostara con medias puestas.

Puso la ropa en un ordenado montón y se fijó en una foto de él mismo que estaba sobre la mesa de noche. Estaba de pie, sonriendo dentro de la terminal, con la gorra bajo su brazo, un 747 por fuera de la ventana como fondo. La foto estaba firmada: "Para Raimundito con amor, Papá". Debajo había escrito: "Raimundo Steele, capitán, Aerolíneas Pan-Continental, O'Hare". Meneó su cabeza. ¿Qué clase de papá autografiaba una foto para su propio hijo?

Sentía el cuerpo como de plomo. Era todo lo que él podía hacer para obligarse a pararse. Y entonces sintió mareos, dándose cuenta de que no había comido en horas. Lentamente salió del dormitorio de Raimundito sin mirar atrás y cerró la puerta.

Al final del pasillo se detuvo delante de las puertas francesas que daban al dormitorio principal. Qué lugar tan bonito y adornado Irene había hecho, decorado con bordados y cositas campesinas. ¿Alguna vez le había dicho que lo apreciaba? ¿Lo *había* apreciado alguna vez?

No había despertador que apagar ahí. El olor del café siempre había despertado a Irene. Otra foto de ambos, él mirando confiadamente a la cámara, ella mirándolo a él. Él no la merecía. Él merecía esto, sabía, ser burlado por su propio egocentrismo y despojado de la persona más importante de su vida.

Se acercó a la cama, sabiendo lo que encontraría. La almohada marcada, las frazadas arrugadas. Él podía olerla aunque sabía que la cama estaría fría. Retiró con cuidado las frazadas y la sábana y dejó al descubierto su relicario, donde había una foto de él. Su camisón de dormir de franela, aquel por el cual él siempre le hacía bromas y que ella sólo usaba cuando él no estaba en casa, mostraba ahora su forma ahora lejana.

Con la garganta apretada, los ojos llorosos, vio su anillo de matrimonio cerca de la almohada, donde ella siempre apoyaba su mejilla con la mano. Era demasiado para soportarlo y se quebrantó. Puso el anillo en su palma y se sentó al borde de la cama, su cuerpo sacudido por la fatiga y la pena. Puso el anillo en el bolsillo de su chaqueta y se dio cuenta del sobre que ella había mandado por correo. Al abrirlo encontró dos de sus galletas preferidas hechas en casa, con corazones de chocolate dibujados encima.

¡Qué mujer tan dulce, tan dulce! —pensó—. *¡Yo nunca la merecí, nunca la amé bastante!* Puso las galletitas en la mesa de noche, mientras su aroma llenaba el aire. Con dedos tiesos se sacó la ropa y la dejó caer al suelo. Se subió a la cama y se echó boca abajo, abrazando la camisa de dormir de Irene para poder olerla e imaginarla cerca de él.

Y lloró hasta que se durmió.

Cinco

Camilo Williams se metió en una de las casetas del baño de hombres del Club Pan-Con para verificar su inventario. Guardados en un bolsillo especial por dentro de sus pantalones vaqueros, llevaba miles de dólares en cheques de viajero, convertibles en dólares, marcos o yenes. Su única valija, un saco de cuero, contenía dos mudas de ropa, su computadora portátil, teléfono celular, la grabadora, accesorios, artículos de aseo y un poco de ropa de invierno muy térmica.

Él había empacado para un viaje de diez días a Gran Bretaña, cuando salió de Nueva York tres días antes de las desapariciones apocalípticas. Cuando estaba en el extranjero su costumbre era lavar su ropa en el lavamanos y dejarla secar durante todo un día mientras usaba otra muda de ropa y tenía una más de reserva. De esa manera nunca andaba cargado con mucho equipaje.

Se había salido de su ruta para detenerse primero en Chicago para hacer las paces con la jefe de oficina del *Semanario Mundial*, una mujer negra de unos cincuenta años, de nombre Lucinda Washington. Él se le había interpuesto en su camino -¿qué había de nuevo en eso?- cuando le arrebató una noticia a su personal, nada menos que una nota deportiva que tenían en sus mismas narices. Una envejeciente leyenda del equipo de fútbol los Osos (*Bears*) había hallado, por fin, suficientes socios para que le ayudaran a comprar un equipo profesional y Camilo lo había olfateado de alguna manera, lo había buscado, conseguido la historia y huido con ella.

—Te admiro, Camilo —le había dicho Lucinda, rehusando como siempre usar su apodo. —Siempre lo he hecho por molesto que puedas ser. Pero lo mínimo que podrías haber hecho era dejármelo saber.

—¿Y dejarte que asignaras a alguien que, de todos modos, debiera haber estado en esta pista?

—El deporte ni siquiera te motiva, Camilo. Después de participar en el "El Notición del Año" y cubrir la derrota de Rusia por Israel, o debiera decir por el mismo Dios, ¿cómo puedes siquiera interesarte en una cosa tan insignificante como esta? No se supone que a ustedes, los tipos de la *Ivy League*[1] les guste jugar nada sino el *lacrosse* y el *rugby*,[2] ¿cierto?

—Esto era más grande que un breve artículo sobre deportes Lucy y...

—¡Oye!

—Lo siento, *Lucinda* ¿y eso no fue un poco estereotipado? *¿Lacrosse y rugby?*

Ambos compartieron una carcajada.

—Ni siquiera digo que debieras haberme dicho que estabas en la ciudad —había dicho ella—. Todo lo que digo es que, por lo menos, me dejes saber antes de que el artículo salga en el Semanario. Mi gente y yo quedamos bastante avergonzados por haber sido vencidos así, especialmente por el legendario Camilo Williams, pero para que aquello sea un, bueno...

—¿Por eso me delataste?

Lucinda había vuelto a reír. —Por eso le dije a Plank que se necesitaría una charla cara a cara para hacer las paces conmigo.

—¿Y qué te hizo pensar que me importaría eso?

—Porque me quieres —había dicho ella—. No puedes evitarlo —Camilo había sonreído—. Pero Camilo, si te vuelvo a encontrar en mi ciudad, en mi campo de trabajo sin que yo lo sepa, voy a pegarte.

—Bueno, te diré algo Lucinda. Déjame darte una pista que no tengo tiempo de seguir. Pasa que sé que la compra de la franquicia de la NFL[3] no va a concretarse después de todo. Había poco dinero

---

1. Liga de la Hiedra, un grupo de antiguas universidades del este de los Estados Unidos considerado como de muy elevado prestigio académico y social.
2. Juegos físicos de campo abierto.
3. Liga Nacional de Fútbol Americano. National Football League.

y la liga va a rechazar la oferta. Tu leyenda local va a quedar avergonzado.

Lucinda había empezado a tomar apuntes furiosamente. —No hablas en serio —había dicho, alcanzando su teléfono.

—No, no hablo en serio, pero fue muy divertido verte lista para la acción.

—¡Tonto! — había dicho—. Yo tiraría a la basura a cualquier otro.

—Pero me quieres. No puedes evitarlo.

—Eso ni siquiera fue cristiano —había dicho ella.

—No empieces con eso de nuevo.

—Vamos, Camilo. Sabes que tu modo de pensar se arregló cuando viste lo que Dios hizo por Israel.

—Concedido, pero no empieces a tratarme de cristiano. Deísta es lo más que puedo tolerar.

—Quédate en la ciudad el tiempo suficiente para ir a mi iglesia y Dios te va a agarrar.

—Él ya me tiene, Lucinda, pero Jesús es otra cosa. Los israelitas odian a Jesús pero mira lo que Dios hizo por ellos.

—El Señor obra en...

—...formas misteriosas, sí, lo sé. De todos modos, el lunes me voy a Londres. Sigo una excelente pista de un amigo de allá.

—¿Sí? ¿Qué?

—No, por tu vida. Aún no nos conocemos uno al otro lo suficiente.

Ella se había reído y se habían despedido con un amistoso abrazo. Eso había sido tres días atrás.

Camilo había abordado el condenado vuelo a Londres, preparado para cualquier cosa. Estaba siguiendo un dato de un ex compañero de la universidad de Princeton, un galés que había estado trabajando en el distrito financiero de Londres desde que se graduó. Desiderio Burton había sido una fuente confiable en el pasado, haciendo llegar datos a Camilo sobre reuniones secretas de alto nivel de financieros internacionales. Durante años Camilo se había divertido ligeramente con la tendencia de Desi a creerse las teorías de conspiraciones. —Déjame tratar de entender esto —le había pedido una vez—, tú piensas que estos tipos son los verdaderos dirigentes del mundo, ¿cierto?

—Yo no iría tan lejos, Macho —había dicho Desi.—*Todo lo que sé es que son importantes, son reservados y que después que se reúnen, suceden cosas importantes.*

—¿Piensas que ellos hacen elegir a los líderes del mundo, escogen a los dictadores, y cosas así?

—Yo no pertenezco al club del libro de la conspiración, si eso es lo que quieres decir.

—Entonces ¿de dónde sacas estas cosas, Desi? Vamos, tú eres un tipo relativamente muy moderno. ¿Intermediarios del poder detrás de bambalinas? ¿Los que mueven y hacen temblar el dinero?

—Todo lo que sé es que en la Bolsa de Londres, la Bolsa de Tokio y la Bolsa de Nueva York, básicamente todos andamos a la deriva hasta que se reúnen estos tipos. Entonces pasan cosas.

—¿Quieres decir que cuando la Bolsa de Valores de Nueva York da un chirrido debido a una decisión presidencial o alguna votación del Congreso, realmente es debido a tu grupo secreto?

—No, pero ese es un ejemplo perfecto. Si hay un chirrido en su mercado debido a la salud de tu presidente, imagina lo que le pasa a los mercados mundiales cuando la gente con dinero de verdad se reúne.

—Pero, ¿cómo sabe el mercado que ellos se están reuniendo? Pensaba que eras el único que lo sabía.

—Camilo, deja de bromear. Bien, no todos concuerdan conmigo, pero yo no hablo de esto con cualquiera. Uno de nuestros patanes manipuladores de basura es parte de este grupo. Cuando tienen una reunión, nada pasa de inmediato pero, a los pocos días, una semana, hay cambios.

—¿Como qué?

—Vas a decir que estoy loco pero un amigo mío está relacionado con una chica que trabaja para la secretaria de nuestro tipo en este grupo y...

—¡Uy! ¡Párate ahí! ¿Cuál es la pista aquí?

—Bueno, quizá la conexión es un poco lejana, pero uno sabe que la secretaria del viejo no va a decir nada. De todos modos, el dato es que este tipo está realmente metido en esto de imponer una sola divisa en el mundo. Tú sabes que la mitad de nuestro tiempo se gasta en las tasas del intercambio de valores y todo eso. Las computadoras se tardan una eternidad en reajustarse constantemente, a diario, basadas en los caprichos de los mercados.

Camilo no estaba convencido. —¿Una divisa mundial? Nunca será —había dicho.

—¿Cómo puedes decir eso así tan lisa y llanamente?

—Muy raro. Muy poco práctico. Mira lo que pasó en Estados Unidos cuando trataron de imponer el sistema métrico.

—Debiera haber pasado. Ustedes, *yanquis,* son tan complicados.

—El sistema métrico era necesario solamente para el comercio internacional. No para cuánta distancia hay a la pared exterior del estadio de los Yanquis[4] o cuántos kilómetros hay de Indianápolis a Atlanta.

—Lo sé, Macho. Tu gente pensó que estaban pavimentándole el camino a la invasión de los comunistas si facilitaban la lectura de los mapas y marcadores de distancia. ¿Dónde están ahora tus comunistas?

Camilo había dejado de lado la mayoría de las ideas de Desi Burton hasta unos pocos años después cuando este lo había llamado a medianoche.

—Camilo —había dicho él, inconsciente del apodo dado por los amigos de sus colegas—. No puedo hablar mucho. Puedes seguir esto o limitarte a observar qué sucede y desear que hubiera sido tu artículo. Pero ¿recuerdas todo eso que yo decía sobre la divisa mundial única?

—Sí, todavía dudo.

—Bueno, pero te digo que aquí se dice que nuestro tipo presentó la idea en la última reunión de estos financieros secretos y que se está cocinando algo.

—¿Qué se está tramando?

—Bueno, va a haber una Conferencia Monetaria de las Naciones Unidas muy importante y el tema va a ser la modernización de las divisas.

—Gran cosa.

—*Es* una gran cosa, Camilo. Nuestro tipo fue baleado. Por supuesto, él abogaba a favor de la libra esterlina como divisa mundial.

—Qué sorpresa que eso no haya pasado. Mira tu economía.

---

4. Equipo de béisbol profesional de la ciudad de Nueva York.

—Pero, oye, la gran novedad, si puedes creer una filtración de la reunión secreta, es que han reducido todo a tres divisas para el mundo entero, esperando ir a una sola dentro de una década.

—En absoluto. Eso no pasará.

—Camilo, si mi información es correcta, la etapa inicial ya es un trato hecho. La conferencia de las Naciones Unidas es sólo adorno para el público.

—Y la decisión ya fue tomada por tus titiriteros secretos.

—Correcto.

—No sé, Desi. Eres un gran amigo pero pienso que sería mejor que hicieras lo que yo hago.

—¿Quién no quisiera?

—Bueno, eso es verdad. Seguro que yo no quiero estar haciendo lo que tú haces.

—Pero no estoy equivocado, Camilo. Prueba mi información.

—¿Cómo?

—Predeciré lo que va a salir de las Naciones Unidas dentro de dos semanas y, si estoy en lo correcto, empiezas a tratarme con un poco de respeto.

Camilo se dio cuenta de que él y Desi habían estado practicando esgrima verbal en la forma que hacían todos los de Princeton en las parrandas de pizza y cerveza en los dormitorios durante los fines de semana. —Desi, oye, eso suena interesante y te escucho. Pero ¿sabes -dejando de lado la broma- que no pensaría menos de ti aunque estuvieras muy errado en esto?

—Bueno, gracias, Cam. Realmente. Eso significa mucho para mí. Y por ese dulcecito voy a darte una bonificación. No sólo voy a decirte que la resolución de las Naciones Unidas será por los dólares, los marcos y los yenes dentro de cinco años, sino que también te diré que el poder real detrás del poder es un norteamericano.

—¿Qué quieres decir con eso del poder detrás del poder?

—El más poderoso del grupo secreto internacional de financieros.

—¿En otras palabras, que este tipo maneja al grupo?

—Él es el que bajó a la libra esterlina como una de las divisas y tiene en mente a los dólares como la única divisa mundial al final.

—Escucho.

—Jonatán Stonagal.

Camilo había esperado que Desi nombrara a alguien absurdo para poder reírse a carcajadas. Pero tenía que admitir, aunque sólo para sí mismo, que si había algo en esto, Stonagal sería la opción lógica. Uno de los hombres más ricos del mundo y sumamente célebre como norteamericano comerciante del poder, Stonagal tendría que estar metido si se hablaba en serio de las finanzas globales. Aunque ya tenía más de ochenta años, y parecía enfermo en las fotos recientes, no sólo era el dueño de los bancos e instituciones financieras más grandes de Estados Unidos, sino que también, era el dueño o tenía enormes intereses en las mismas por todo el mundo.

Aunque Desi era su amigo, Camilo había sentido la necesidad de jugar un poco con él para mantenerlo ansioso de dar información.

—Desi, me voy a acostar de nuevo. Aprecio todo esto y lo encuentro muy interesante. Voy a ver qué resulta de este trato de las Naciones Unidas y también veré si puedo seguir los movimientos de Jonatán Stonagal. Si pasa como tú crees, serás mi mejor informante. Mientras tanto, ve si puedes averiguarme cuántos están en este grupo secreto y dónde se reúnen.

—Eso es fácil —había dicho Desi—. Son diez por lo menos aunque, a veces, vienen más a las reuniones, incluidos algunos jefes de Estado.

—¿Presidentes de Estados Unidos?

—Ocasionalmente, lo creas o no.

—Aquí eso es una especie de teoría conspiradora popular, Desi.

—Eso no significa que no sea verídico. Habitualmente se reúnen en Francia. No sé por qué. Una especie de chalet particular o algo ahí que les da una sensación de seguridad.

—Pero, nada escapa de tu amiga de un amigo de un pariente de una subordinada de una secretaria o lo que sea.

—Ríete todo lo que quieras Cam. Nuestro hombre del grupo, Josué Todd-Cothran puede que no sea tan callado como los demás.

—¿Todd-Cothran? ¿No es el que maneja la Bolsa de Londres?

—Ese es el hombre.

—¿No tan callado? ¿Cómo podría tener ese puesto sin serlo? Más aun, ¿quién supo de un británico que no fuera reservado?

—Sucede.

—Buenas noches, Desi.

Por supuesto, todo había resultado ser correcto. Las Naciones Unidas hicieron su resolución. Camilo descubrió que Jonatán Stonagal había vivido en el Plaza Hotel de Nueva York durante los diez días de la conferencia-confabulación. El señor Todd-Cothran de Londres había sido uno de los oradores más elocuentes, expresando tal fervor por ver aprobado el asunto, que se ofreció a llevar la antorcha al primer ministro en lo tocante a que Gran Bretaña cambiara de la libra esterlina al marco.

Muchos países del Tercer Mundo lucharon contra el cambio, pero a los pocos años, las tres divisas habían barrido todo el globo terráqueo. Camilo había hablado sobre los datos de las reuniones de las Naciones Unidas sólo con Esteban Plank, pero sin decir de dónde había sacado la información y ni él ni Plank sintieron que valiera la pena un artículo especulativo.

—Demasiado arriesgado —había dicho Esteban. Pronto ambos desearon haber revelado la información por anticipado. —Te hubieras vuelto aun más legendario, Macho.

Desi y Camilo se habían unido más que nunca y no era raro que Camilo visitara Londres casi sin avisar. Si Desi tenía una pista seria, Camilo empacaba e iba. Sus viajes a menudo resultaban en excursiones a países y climas que le sorprendían, así que había empacado las cosas de emergencia. Ahora todo aquello parecía era superfluo. Estaba detenido en Chicago después del fenómeno más electrizante de la historia mundial, tratando de llegar a Nueva York.

A pesar de las capacidades increíbles de su computadora portátil, no había aún sustituto para la libreta de bolsillo. Camilo escribió de prisa una lista de cosas para hacer antes de partir nuevamente:

Llamar a Ken Ritz, el piloto del avión fletado.
Llamar a papá y a Federico.
Llamar a Patty Durán con las noticias de su familia.
Llamar a Lucinda Washington por un hotel local.
Llamar a Desi Burton.

El teléfono despertó a Raimundo Steele. No se había movido por horas. Estaba anocheciendo y empezaba a oscurecer. —¿Hola? —dijo incapaz de disimular la letárgica ronquera de su voz.

—Capitán Steele —era la voz frenética de Patty Durán.

—Sí, Patty ¿Estás bien?

—¡He estado tratado de comunicarme contigo por horas! Mi teléfono estuvo sin tono por mucho tiempo y luego, todo estaba ocupado. Pensé que tu teléfono estaba sonando pero no contestaste. No sé nada de mi madre ni de mis hermanas. ¿Cómo te va a ti?

Raimundo se sentó, mareado y desorientado. —Recibí un mensaje de Cloé —dijo.

—Sabía eso —dijo ella—. Me lo dijiste en O'Hare. ¿Tu esposa y tu hijo están bien?

—No.

—¿No?

Raimundo se quedó callado. ¿Qué más había que decir?

—¿Sabes algo con certeza? —preguntó Patty.

—Temo que sí —dijo él—. Sus ropas de dormir están aquí.

—¡Oh, no, Raimundo, lo siento! ¿Hay algo que pueda hacer?

—No, gracias.

—¿Quieres compañía?

—No, gracias.

—Tengo miedo.

—Yo también, Patty.

—¿Qué vas a hacer?

—Seguir tratando de comunicarme con Cloé. Espero que ella pueda venir a casa o que yo pueda ir donde ella.

—¿Dónde está ella?

—En Stanford, Palo Alto.

—Mi gente está en California también —dijo Patty—. Allá han tenido toda clase de problemas, aun peores que aquí.

—Me imagino que es debido a la diferencia de hora —dijo Raimundo—. Más gente en los caminos, esa clase de cosas.

—Tengo un miedo mortal de lo que le haya pasado a mi familia.

—Hazme saber lo que averigües, Patty, ¿está bien?

—Lo haré, pero se suponía que tú me llamarías. Por supuesto, mi teléfono no funcionaba y luego, yo no podía comunicarme contigo.

—Quisiera poder decir que traté de llamarte, Patty, pero no fue así. Esta situación es muy difícil para mí.

—Déjame saber si me necesitas Raimundo. Ya sabes, sólo alguien con quien conversar o estar.

—Lo haré. Y tú cuéntame lo que averigües de tu familia.

Él casi deseaba no haber agregado eso. Perder a su esposa e hijo lo hizo darse cuenta de cuán vacía era la relación que él había estado buscando con una mujer de veintisiete años de edad. Apenas la conocía y, por cierto, no le importaba mucho lo que le había pasado a su familia, no más de lo que le interesaba el escuchar de alguna tragedia lejana en el noticiero. Él sabía que Patty no era mala persona. En realidad era simpática y amistosa. Pero no era por eso que él había estado interesado en ella. Lo suyo había sido una mera atracción física. Algo que él había tenido la suficiente inteligencia o suerte o ingenuidad de no haber concretado. Se sentía culpable por haberlo deseado, y ahora su pena borraba todo sentimiento, salvo la cortesía común de "preocuparse" sencillamente por una compañera de trabajo.

—Ahí está mi llamada en espera —dijo ella. —¿Puedes esperar?

—No, adelante y recíbela. Yo te llamaré después.

—Yo te llamaré de nuevo Raimundo.

—Bueno, está bien.

Camilo Williams se había puesto de nuevo en la fila y obtuvo acceso a un teléfono público. Esta vez no trató de enchufarle su computadora. Simplemente quería ver cuántas llamadas personales podía hacer. Primero obtuvo la máquina de mensajes de Ken Ritz:

> Este es el servicio de alquiler de aviones de Ritz. He aquí lo que ofrecemos durante este tiempo de crisis. Al presente tengo aviones *Learjets* disponibles en los pueblos de Palwukee y Waukegan, pero perdí a mi otro piloto. Puedo ir a cualquiera de esos dos aeropuertos, pero al presente no dejan a nadie usar las pistas principales. No hay acceso a los siguientes aeropuertos: Milwaukee, O'Hare, Kennedy, Logan, National, Dulles, Dallas, Atlanta. Puedo aterrizar en algunos de los aeropuertos más pequeños de las afueras. Le damos prioridad de servicio a la mejor oferta. Lamento ser tan oportunista pero cobro dos dólares por milla, al contado por anticipado. Si puedo hallar a alguien que quiera volver desde donde usted vaya, pudiera darle un pequeño descuento. Hoy en la noche escucharé esta cinta y despegaré mañana a primera hora de la mañana. Me

decidiré por el viaje más largo con dinero contante y sonante. Si su parada está en el camino, trataré de incluirlo. Déjeme un mensaje y yo le devolveré la llamada.

Eso era ridículo. ¿Cómo podría Ken Ritz hablar con Camilo? Con su teléfono celular poco fiable lo único que se le ocurrió fue dejar su número del correo de voz en Nueva York:

Señor Ritz, me llamo Camilo Williams y tengo que llegar lo más cerca de la ciudad de Nueva York que usted pueda llevarme. Le pagaré la tarifa completa que pide en cheques de viajero cobrables en la divisa que usted desee.

A veces, eso era atractivo para los contratistas particulares porque se las ingeniaban con las diferencias de las divisas y podían sacar un pequeño margen en el cambio.

Estoy en O'Hare y trataré de encontrar un lugar para quedarme en los suburbios. Para ahorrarle tiempo, déjeme elegir un sitio donde encontrarnos entre aquí y Waukegan. Si consigo un nuevo número, le llamaré para dárselo. Mientras tanto puede dejarme un mensaje en el siguiente número de Nueva York.

Camilo seguía sin poder comunicarse directamente con su oficina pero el número de su correo de voz funcionaba. Oyó los mensajes nuevos, la mayoría eran de compañeros de trabajo que querían saber de él y lamentaban la pérdida de amigos mutuos. Además estaba el mensaje de bienvenida de Marga Potter, que tuvo la iniciativa de pensar en dejárselo ahí:

Camilo, si oyes esto, llama a tu papá en Tucson. Él y tu hermano Federico están juntos y, detesto decirte esto pero tienen problemas para comunicarse con la esposa e hijos de Fede. Ellos debieran tener noticias para cuando tú les llames. Tu padre estaba muy agradecido de saber que estás bien.

El correo de voz de Camilo también señalaba que aún había otro mensaje grabado. Este era aquel de Desi Burton que había, en primer término, causado este viaje. Tendría que oírlo de nuevo cuando tuviera tiempo. Mientras tanto, dejó un mensaje para Marga de que si tenía tiempo y una línea abierta, tendría que decirle a Desi que el vuelo de Camilo nunca llegó a Heathrow. Por supuesto, Desi ya sabría eso a estas alturas pero tenía que saber que Camilo no estaba entre los desaparecidos y que a su debido tiempo llegaría allá.

Camilo colgó y llamó a su padre. La línea estaba ocupada pero no era el tono que indica que las líneas se cayeron o que todo el sistema dejó de funcionar. Tampoco era esa irritante grabación a la que estaba tan acostumbrado. Sabía que era cosa de tiempo antes de que pudiera comunicarse. Fede debía estar vuelto loco sin saber de su esposa Sharon y los niños. Ellos tenían sus diferencias y hasta estuvieron separados antes de que nacieran los niños, pero durante varios años, el matrimonio había mejorado. La esposa de Fede había demostrado ser perdonadora y reconciliadora. El mismo Fede admitía que le dejaba estupefacto que ella lo aceptara de nuevo. Una vez le dijo a Camilo: "Dime que no la merezco pero estoy agradecido". El hijo y la hija de ellos, que se parecían a Fede, eran preciosos.

Camilo sacó el número que le había dado la bella aeromoza rubia y se molestó consigo mismo por no tratar de hablarle antes. Le llevó un tiempo para que ella contestara.

—Patty Durán, este es Camilo Williams.

—¿Qué?

—Camilo Williams, del *Semanario Mundial*...

—¡Oh, sí! ¿Alguna novedad?

—Sí, señora, buenas noticias.

—¡Oh, gracias a Dios, dígame!

—Alguien de mi oficina me dijo que hablaron con su mamá y que ella y sus hermanas están bien.

—¡Oh, gracias, gracias, gracias! ¿Me pregunto por qué no habrán llamado aquí? Quizá trataron. Mi teléfono no ha estado bien.

—Hay otros problemas en California señora. Líneas caídas, esa clase de cosas. Puede que pase un rato antes de que usted pueda hablar con ellas.

—Lo sé, lo oí. Bueno, verdaderamente agradezco esto. ¿Cómo está usted? ¿Ha podido comunicarse con su familia?

—Supe que mi papá y mi hermano están bien. Todavía no sabemos de mi cuñada y los niños.

—Oh. ¿Qué edad tienen los niños?

—No me acuerdo. Ambos, menos de diez pero no sé exactamente.

—Oh —Patty sonaba triste, circunspecta.

—¿Por qué? —preguntó Camilo.

—Oh, nada. Sólo que...

—¿Qué?

—No puede guiarse por lo que yo diga.

—Dígame señorita Durán.

—Bueno, usted recuerda lo que le dije en el avión. Y por las noticias parece como que todos los niños desaparecieron, hasta los que estaban por nacer.

—Sí.

—No digo que los hijos de su hermano estén...

—Lo sé.

—Siento haber hablado de esto.

—No, está bien. Esto es demasiado raro, ¿no cree?

—Sí. Acabo de hablar con el capitán que pilotaba el vuelo en que usted iba. Él perdió a su esposa e hijo pero su hija, que también está en California, está bien.

—¿Qué edad tiene?

—Supongo que cerca de veinte. Ella está en Stanford.

—Oh.

—Señor Williams, ¿cómo dijo que se llamaba?

—Macho. Es un apodo.

—Bueno, Macho, no debiera haber dicho lo que dije de su sobrina y sobrino. Espero que haya excepciones y los suyos estén bien —empezó a llorar.

—Señorita Durán, no se agobie. Tiene que reconocer que nadie está en sus cabales en este momento.

—Puede llamarme Patty.

Eso le pareció gracioso dadas las circunstancias. Ella había estado disculpándose por ser inoportuna, pero no quería ser demasiado formal. Si él era Macho, ella era Patty.

—Supongo que no debiera ocupar esta línea —dijo él—. Sólo quería darle las noticias. Pensé que quizá usted ya supiera a estas alturas.

—No, y gracias nuevamente. ¿Le importaría llamarme otra vez en algún momento, si se acuerda? Usted parece simpático y le agradezco lo que hizo por mí. Sería bueno saber de usted otra vez. Esta es una época tan aterradora y solitaria...

Él decidió no comentar sobre su manera de subestimar la situación. Le pareció gracioso que la petición de Patty hubiera sonado como cualquier cosa menos una insinuación sensual. Parecía totalmente sincera y él estaba seguro de que lo era. Una mujer sola, asustada y simpática, cuyo mundo se había derrumbado tal como el suyo y el de los demás que él conocía.

Cuando Camilo colgó el teléfono vio a la joven del mostrador que le hacía señas.

—Oiga —susurró ella—, me han prohibido hacer un anuncio que seguro desataría una estampida, pero, acabamos de escuchar algo muy interesante. Las compañías de limosinas acaban de unificarse y han trasladado su centro de comunicaciones a una pista intermedia cerca del cruce del Camino Mannheim.

—¿Dónde es eso?

—Justo afuera del aeropuerto. De todos modos no hay tráfico hacia las terminales. Todo está cerrado. Pero si puede caminar hasta ese cruce, se supone que encontrará a todos esos hombres con intercomunicadores tratando de traer y llevar limosinas desde allí.

—Me imagino los precios.

—No, probablemente no pueda.

—Puedo imaginarme la espera.

—Como esperar en fila por un automóvil de alquiler en la ciudad de Orlando —dijo ella.

Camilo nunca había hecho algo así, pero podía imaginárselo también. Y ella tenía razón. Después de haber caminado junto con una multitud hasta el cruce Mannheim, encontró una muchedumbre que rodeaba a los despachadores. Los anuncios intermitentes captaban la atención de todos.

—Estamos llenando cada automóvil. Cien dólares por cabeza por el viaje hacia cualquier suburbio. Dinero contante y sonante únicamente. Nada va a Chicago.

—¿Nada de tarjetas? —gritó alguien.

—Lo diré de nuevo —dijo el despachador—. Solamente dinero contante y sonante. Si usted sabe que tiene dinero o un libro de cheques en casa, puede hablar con el conductor para que confíe hasta que usted llegue allá.

Nombró una lista de cuáles compañías se dirigían en qué direcciones. Los pasajeros corrieron a llenar los automóviles a medida que se alineaban en la orilla de la autopista de alta velocidad.

Camilo le pasó un cheque de viajero de cien dólares al despachador hacia los suburbios del norte. Una hora y media después, se unió a varios otros en una limosina. Luego de volver a revisar su teléfono celular sin obtener resultado alguno, ofreció cincuenta dólares al chofer por el uso de su teléfono.

—Sin garantías —dijo el chofer—. A veces me comunico, a veces, no.

Camilo comprobó en el directorio de teléfonos de su computadora portátil el número del teléfono de la casa de Lucinda Washington y marcó. Un adolescente respondió.

—Familia Washington.

—Camilo Williams, del *Semanario Mundial* llama a Lucinda.

—Mi mamá no está aquí —dijo el joven.

—¿Todavía está en la oficina? Necesito una recomendación para saber dónde quedarme cerca de Waukegan.

—Ella no está en ninguna parte —dijo el muchacho—. Yo soy el único que quedó. Mamá, papá, todos los demás se fueron. Desaparecieron.

—¿Estás seguro?

—Sus ropas están aquí, justo donde estaban sentados. Los lentes de contacto de mi papá están todavía encima de su bata de baño.

—¡Oh, muchacho! Lo siento, hijo.

—Está bien. Yo sé donde están y ni siquiera puedo decir que estoy sorprendido.

—¿Sabes dónde están?

—Si usted conocía a mi mamá, entonces debe saber dónde está ella. Está en el cielo.

—Sí, bueno, ¿tú estás bien? ¿Hay alguien que te cuide?

—Mi tío está aquí. Y uno de nuestra iglesia. Probablemente el único de nuestra iglesia que aún está aquí.

—¿Entonces estás bien?

—Yo estoy bien.

Camilo dobló el teléfono y se lo devolvió al chofer. —¿Tiene alguna idea de dónde puedo quedarme esta noche, ya que mi vuelo sale desde Waukegan en la mañana?

—Los hoteles probablemente estén llenos, pero hay un par de tugurios en Washington donde podría meterse. Estaría bastante cerca del aeropuerto. Usted es el último que se baja.

—Está bien. ¿Tienen teléfonos en esas cuevas?

—Es más probable que tengan teléfono y televisor que agua corriente.

Seis

Habían pasado muchos años desde que Raimundo Steele se había emborrachado por última vez. Irene nunca había sido una gran bebedora, pero en los últimos años se volvió abstemia. Insistía en que él ocultara cualquier bebida fuerte si la traía a casa. No quería que Raimundito siquiera supiera que su papá todavía bebía.

—Eso es deshonesto —había contestado Raimundo.

—Es prudente —decía ella—. Él no sabe todo y no tiene que saberlo todo.

—¿Cómo concuerda eso con tu insistencia en que seamos totalmente veraces?

—Decir toda la verdad no siempre significa decir todo lo que sabes. Tú le dices a tu tripulación que te vas al baño, pero no entras en detalles de lo que vas a hacer allí, ¿cierto?

—¡Irene!

—Estoy diciendo que no tienes que dar señales obvias a tu hijo, aún ni siquiera adolescente, de que bebes licor fuerte.

Él había encontrado que era difícil discutir el criterio de ella, por lo tanto, guardaba su *whisky* bien arriba y fuera de la vista. Si alguna vez había un momento en que era necesario un trago fuerte, éste era aquel. Tanteó por detrás del envase vacío que estaba en el gabinete más alto por encima del lavaplatos y sacó una botella de *whisky* a medio terminar. Sabiendo que nadie que a él le importara lo vería jamás, deseó empinar la botella y tomar de ella. Pero aun en momentos como éste había que conservar los buenos modales. Beber directo de la botella no era su estilo.

Raimundo se sirvió tres pulgadas en un ancho vaso de cristal y se lo echó al coleto como si fuera un veterano. Eso era todo lo fuera de carácter con que podía sentirse cómodo. El licor le quemó la garganta, dándole un escalofrío mientras bajaba que le hizo estremecerse y quejarse. *¡Qué idiota!* —pensó— *Y con el estómago vacío también.*

Estaba ya mareándose cuando volvió a poner la botella en su sitio, y entonces, lo pensó mejor. La tiró a la basura debajo del lavaplatos. ¿Sería esto un lindo recordatorio para Irene; terminar por fin hasta con el ocasional licor fuerte? Ahora no habría ningún beneficio para Raimundito, pero no se sentía bien con esto de beber solo. ¿Tendría la capacidad de convertirse en un borracho que esconde su vicio? —*¿Quién no?* —se preguntó—. A pesar de todo él no iba a dejar de ser maduro debido a lo que había pasado.

El sueño de Raimundo había sido profundo, pero no lo bastante largo. Tenía unas pocas tareas inmediatas. Primero tenía que conectarse con Cloé. Segundo, tenía que averiguar qué querría Pan-Con de él en la próxima semana. Los reglamentos normales lo hubieran dejado en tierra después de un vuelo extremadamente largo y un aterrizaje de emergencia con itinerario cambiado pero, ¿quién sabía qué estaba pasando ahora?

¿Cuántos pilotos habían perdido? ¿Cuándo quedarían despejadas las pistas? ¿Los vuelos programados? Si algo sabía de las aerolíneas era que todo sería cuestión de dólares. Mientras más rápido lanzaran al aire esas máquinas, podrían comenzar a tener ganancias de nuevo. Bueno, la aerolínea Pan-Con había sido buena con él. Se quedaría ahí y haría su parte. Pero ¿qué se suponía que él hiciera con su pena, esta desesperación, este dolor vacío?

Finalmente entendió a los desconsolados cuando se quejaban porque el cuerpo de un ser querido estaba demasiado destrozado para verlo o había sido destruido. A menudo se quejaban de que no había una sensación de finalidad, y que el proceso de duelo era más difícil, porque les costaba mucho imaginar que su ser querido había muerto realmente.

Eso siempre le había parecido raro. ¿Quién querría ver a una esposa o hijo estirados y arreglados para el funeral? ¿No querría uno recordarles vivos y felices como fueron? Pero ahora sabía más. No tenía dudas de que su esposa e hijo se habían ido tan ciertamente como si hubieran muerto, tal y como sucedió con sus propios padres años antes. Irene y Raimundito no volverían, y él no sabía si había segundas oportunidades en todo este asunto del cielo.

Él anhelaba poder ver sus cuerpos por lo menos, en la cama, en el ataúd, en cualquier parte. Hubiera dado cualquier cosa por un último vistazo. No los hubiera hecho menos muertos para él, pero quizás, no se sentiría tan abandonado, tan vacío.

Raimundo sabía que probablemente no habría conexiones telefónicas entre los estados de Illinois y California durante horas, quizá días. Sin embargo, tenía que probar. Marcó el número principal de la administración de la Universidad de Standford, y ni siquiera obtuvo una señal de ocupado o un mensaje grabado. Marcó el número del cuarto de Cloé. Todavía nada. Cada media hora apretaba el botón del remarcado. Rehusaba esperanzarse con que ella respondería; si lo hacía, sería una sorpresa maravillosa.

Raimundo se halló hambriento y supo que era mejor que se echara algo en el estómago antes que las pocas onzas de trago le hicieran efecto. Subió las escaleras de nuevo deteniéndose en el cuarto de Raimundito para recoger el montoncito de ropa con que recordaría al niño. Lo puso en una caja de regalos que encontró en el guardarropas de Irene, luego puso el camisón de dormir de ella, el relicario y el anillo en otra.

Llevó las cajas abajo, junto con las dos galletitas que ella le había mandado por correo. El resto de esas galletitas tendría que estar en alguna parte por ahí. Las encontró en un envase plástico en el armario de la loza. Dio gracias por que su olor y sabor le recordarían a Irene hasta que se acabaran.

Raimundo agregó un par a las dos que había bajado, las puso en un plato de papel y se sirvió un vaso de leche. Se sentó en la mesa de la cocina, cerca del teléfono, pero no se pudo obligar a comer. Se sentía paralizado. Para ocuparse en algo borró las llamadas registradas en el contestador automático y agregó un nuevo mensaje de recepción: "Este es Raimundo Steele. Deje un breve mensaje si debe hacerlo. Trato de tener libre esta línea para mi hija. Cloé, si eres tú, estoy durmiendo o estoy cerca, así que dame la oportunidad de contestar. Si por alguna razón no nos comunicamos, haz lo que sea para llegar a casa. Cualquier aerolínea puede cobrarme. Te quiero".

Y después de eso comió despacio sus galletitas, cuyo olor y sabor le traían imágenes de Irene en la cocina, y la leche le hacía anhelar a su hijo. Esto iba a ser duro, sumamente duro.

Estaba agotado y, sin embargo, no podía irse de nuevo arriba. Sabía que tendría que obligarse a dormir en su propio dormitorio esa noche. Por ahora, se estiraría en el sofá de la sala y esperaría a que Cloé se comunicara. Ociosamente apretó de nuevo el botón del remarcado, y esta vez obtuvo la señal rápida de ocupado que le dijo que algo estaba pasando. Por lo menos, estaban reparando las líneas. Eso era un adelanto. Él sabía que ella estaba pensando en él mientras él pensaba en ella. Pero ella no tenía idea de lo que podía haber pasado a su madre o hermano. ¿Tendría que decírselo por teléfono? Eso temía. Con toda seguridad le preguntaría.

Se dejó caer en el sofá y se estiró, con un sollozo en la garganta pero sin más lágrimas para acompañarlo. Si tan sólo Cloé recibiera de alguna forma su mensaje y volviera a casa, al menos podría decírselo cara a cara.

Raimundo siguió ahí doliéndose, sabiendo que la televisión estaría llena de las escenas que él no quería ver, dedicada las veinticuatro horas a la tragedia y el caos en todo el mundo. Y entonces se dio cuenta. Se sentó, mirando a la ventana en la oscuridad. Él no podía fallarle a Cloé. La amaba y ella era todo lo que le quedaba. Tenía que averiguar cómo habían pasado por alto todo lo que Irene había estado tratando de decirles. ¿Por qué había sido tan difícil aceptar y creer? Por sobre todo, él tenía que estudiar, aprender, estar preparado para lo que sucediera luego.

Si las desapariciones eran de Dios, si habían sido obra Suya, ¿era esto el fin? ¿Los cristianos, los creyentes de verdad, llevados y el resto dejado para dolerse y lamentarse y darse cuenta de su error? Quizás era así. Quizás ese era el precio. *Pero, entonces, ¿qué pasa cuando morimos?* —pensaba—. *Si el cielo es real, si el Rapto era un hecho, ¿qué dice eso del infierno y el juicio? ¿Es ese nuestro destino? ¿Pasamos por este infierno de arrepentimiento y remordimiento y, después, literalmente vamos al infierno también?*

Irene siempre hablaba de un Dios amante, pero aun el amor y la misericordia de Dios tenían que tener límites. ¿Sería que quienes se negaron a aceptar la verdad excedieron los límites del amor de Dios? ¿No habría más misericordia, ni una segunda oportunidad? Quizá no la había y si era así, nada se podía hacer.

Pero si había opciones, si aún había una manera de encontrar la verdad y creer o aceptar o lo que fuera que Irene decía que uno tenía que hacer, Raimundo iba a averiguarlo. ¿Significaría admitir que él no lo sabía todo? ¿Que él había confiado en sí mismo y que ahora se sentía estúpido, débil e indigno? Él podía admitirlo. Luego de toda una vida de logros, de destacarse, de ser mejor que la mayoría y el mejor en la mayoría de los círculos, lo habían humillado tanto como era posible de un golpe.

Había tanto que no sabía, tanto que no entendía. Pero si las respuestas estaban aún ahí, él las hallaría. No sabía a quién preguntarle o dónde empezar, pero esto era algo que él y Cloé podían hacer juntos. Siempre se habían llevado bien. Ella había pasado por la típica independencia adolescente, pero nunca había hecho nada estúpido o irreparable hasta donde él sabía. De hecho probablemente habían estado demasiado cercanos; ella era muy parecida a él.

Sencillamente era la edad e inocencia de Raimundito lo que había permitido que su madre influyeran tanto en él. Era su espíritu. Él no tenía ese instinto asesino, la actitud del *yo primero* que Raimundo pensaba que necesitaría para triunfar en el mundo real. No era afeminado pero su padre se había preocupado de que pudiera llegar a ser un *hijito de mamá*: demasiado compasivo, demasiado sensible, demasiado afectuoso. Siempre estaba cuidando a otra persona cuando Raimundo pensaba que debía estar preocupado por lograr ser el primero.

Cuán agradecido estaba ahora de que Raimundito hubiera salido como su madre más que como su padre. Y cuánto deseaba que hubiese habido algo de eso en Cloé. Ella era competitiva, emprendedora, alguien a quien había que convencer y persuadir. Podía ser amable y generosa cuando era necesario para lograr su propósito, pero era como su papá. Sabía cuidarse sola.

Buen trabajo, gran tipo —se dijo Raimundo a sí mismo—. *La niña de quien tanto te enorgullecías porque era parecida a ti, está en tu misma situación.*

Eso, decidió, tendría que cambiar. Tan pronto como se volvieran a comunicar, todo *cambiaría*. Ellos estarían en misión, en una búsqueda de la verdad. Si él estaba ya demasiado atrasado, tendría que vérselas y aceptar el hecho. Siempre había sido uno que iba en pos de una meta y aceptaba las consecuencias. Sólo que estas consecuencias eran eternas. Él esperaba contra toda esperanza que hubiera otra oportunidad para la verdad y el conocimiento allá, en alguna parte. El único problema era que aquellos que conocían la verdad habían desaparecido.

El motel Punto Medio de la calle Washington, a corta distancia del pequeño aeropuerto de Waukegan, Illinois, era lo suficientemente vulgar como para no tener una lista de espera. Camilo Williams se sorprendió agradablemente de que no hubieran subido sus tarifas debido a la crisis. Cuando vio el cuarto supo por qué y se preguntó de cuáles otros dos lugares de este mundo era el *punto medio* este hoyo. Fuera cuales fueran, tenían que ser mejor. Sin embargo, había un teléfono, una ducha, una cama y un televisor. Ruinoso como era, bastaría. Primero, Camilo llamó a su correo de voz en Nueva York. Nada de este tipo Ritz ni nada nuevo, así que escuchó al mensaje grabado de Desi Burton, que le recordó por qué le había parecido tan importante ir a Londres. Macho lo grabó en su computadora portátil a medida que lo oía:

> Camilo, siempre me dices que este centro de mensajes es confidencial y espero que tengas razón. Ni siquiera voy a identificarme pero sabes quién soy. Déjame decirte algo grande y animarte a que vengas aquí lo más rápido posible. El hombre grande, tu compatriota, el que yo llamo el financista de poder supremo internacional, se reunió el otro día aquí con aquel que yo llamo nuestro comerciante de basura. Sabes a quién me refiero. Había un tercero en la reunión. Todo lo que sé es que ese viene de Europa, probablemente de Europa Oriental. No sé qué planes tienen con él, pero evidentemente es algo en enorme escala. Mis fuentes me dicen que tu hombre se ha reunido con cada uno de sus personas clave y este mismo europeo en diferentes localidades. Él lo presentó a gente de China, el Vaticano, Israel, Francia, Alemania, aquí y en Estados Unidos. Algo se está cocinando y ni siquiera deseo sugerir qué es, sino en persona. Ven a verme lo más pronto que puedas. En caso de que no sea posible, déjame tan sólo animarte a esto: mira las noticias de la instalación de un nuevo líder en Europa. Si dices, como yo dije, que no hay elecciones programadas y que no hay cambios de poder inminentes, entonces comprenderás lo que digo. Ven pronto, amigo.

Camilo llamó al correo de voz de Ken Ritz para decirle dónde estaba. Luego, trató de volver a llamar al oeste y finalmente, se comunicó. Se sorprendió del alivio que sintió al oír la voz de su padre, aunque sonaba cansado, descorazonado y no poco aterrado.

—¿Todos están bien allá, papá?

—Bueno, no todos. Fede estaba aquí conmigo pero se llevó el auto de tracción a las cuatro ruedas para ver si puede llegar al sitio del accidente donde se vio por última vez a Sharon.

—¿Accidente?

—Ella estaba recogiendo a los niños en un retiro o algo parecido; algo relacionado con su iglesia. Ella ya no va con nosotros, tú sabes. El cuento es que nunca llegó allá. El auto estaba volcado. Ni trazas de ella, salvo su ropa y tú sabes lo que eso significa.

—¿Desapareció?

—Parece que sí. Fede no puede aceptarlo. Él lo está tomando a la tremenda. Quiere verlo por sí mismo. El problema es que los muchachos también desaparecieron, todos ellos. Todos sus amigos, todos los de ese retiro en las montañas. La policía del estado halló todas las ropas de los niños, como cien juegos de ropa y una especie de merienda nocturna quemándose en la cocina.

—¡Uf, muchacho! Dile a Fede que pienso en él. Si quiere hablar, aquí estoy.

—No puedo imaginar qué quiera hablar, Camilo, a menos que tú tengas algunas respuestas.

—Eso no lo tengo, papá. No sé quién las tenga. Tengo la sensación de que quien sea que tiene la respuesta, se fue.

—Esto es horrible, Camilo. Desearía que estuvieras aquí con nosotros.

—Sí, ¡cómo no!

—¿Estás siendo sarcástico?

—Sólo expresando la verdad papá. Si me quisieras por allá, sería la primera vez.

—Bueno, este es uno de esos momentos en que quizá cambiemos de idea.

—¿De mí? Lo dudo.

—Camilo, no nos metamos en eso, ¿eh? Por una vez, piensa en otra persona fuera de ti mismo. Ayer perdiste una cuñada y una sobrina y un sobrino, y probablemente tu hermano nunca se recupere de esto.

Camilo se mordió la lengua. ¿Por qué siempre tenía que hacer esto, especialmente ahora? Su papá tenía razón. Si tan sólo Camilo admitiera eso, quizá podrían seguir adelante. Él había estado resentido con la familia desde que se había ido a la universidad, persiguiendo proezas académicas hasta llegar a la *Ivy League*. Donde él se crió se suponía que los muchachos seguían a sus padres en el negocio. El de su papá era el transporte de combustible entre estados, mayormente de Oklahoma a Texas. Era un negocio rudo donde la gente local siempre pensó que los recursos debían venir a todos de su propio estado. Fede se abrió camino en el pequeño negocio, empezando en la oficina, luego manejando un camión, y ahora, dirigiendo las operaciones diarias.

Había habido mucha mala sangre, especialmente desde que Camilo había estado lejos estudiando cuando su madre cayó enferma. Ella había insistido en que él se quedara en la escuela, pero cuando no vino para unas Navidades por problemas de dinero, su papá y su hermano nunca se lo perdonaron. Su madre murió mientras él estaba lejos y ellos lo trataron con frialdad hasta en el funeral de ella.

Con el transcurso de los años algo había mejorado, sobre todo porque a su familia le encantaba alardear y jactarse de él cuando se hizo famoso como un prodigio del periodismo. Él había dejado que lo pasado fuera pasado, pero se resentía de que ahora lo acogieran porque era alguien. Así que iba a visitarlos en raras ocasiones. Había mucho que reconciliar aún, pero él de todos modos se reprochó a sí mismo por abrir viejas heridas en un momento en que su familia estaba sufriendo.

—Si hay alguna especie de servicio memorial o algo así, trataré de ir papá, ¿está bien?

—¿Tú *tratarás*?

—Eso es todo lo que puedo prometer. ¿Te imaginas cuán atareado está todo en el *Semanario* en este momento? No hace falta decir que esto es la historia del siglo.

—¿Serás tú quien va a escribir el artículo de portada?

—Tendré mucho que ver con la cobertura, sí.

—¿Pero la portada?

Camilo suspiró, súbitamente cansado. No era de asombrarse. No había dormido casi por veinticuatro horas. —No sé, papá. Ya he recopilado mucho material. Supongo que este próximo número será un especial enorme con muchas cosas de todas partes. Es improbable que mi artículo sea el único de la portada. Parece que estoy asignado a un asunto de gran magnitud en dos semanas más.

Él esperaba que esto satisfaría a su papá. Quería marcharse y dormir algo. Pero no.

—¿Qué significa eso? ¿Cuál es la historia?

—Oh, voy a juntar las notas de varios escritores sobre las teorías detrás de lo sucedido.

—Eso será un trabajo grande. Todo aquel con quien converso tiene una idea diferente. Tú sabes que tu hermano teme que haya sido el último juicio de Dios o algo así.

—¿Eso cree?

—Sí, pero yo no pienso así.

—¿Por qué no, papá? —realmente no quería meterse en una discusión larga pero esto lo sorprendió.

—Porque le pregunté a nuestro pastor. Dijo que si era Jesucristo llevándose gente al cielo, él, yo, tú y Fede también nos hubiéramos ido. Tiene sentido.

—¿Lo crees? Yo nunca he proclamado ninguna devoción a la fe.

—¡Cómo que no! Tú siempre te mezclas en toda esa tontería liberal de la costa este del país. Sabes muy bien que nosotros te llevamos a la iglesia y a la escuela dominical desde que eras un bebé. Eres tan cristiano como cualquiera de nosotros.

Camilo quiso decir, "precisamente de eso se trata", pero no lo hizo. Fue la falta de toda relación entre la asistencia a la iglesia de su familia con sus vidas diarias, lo que le hizo dejar de ir a la iglesia el mismo día en que pudo elegir.

—Sí, bueno, dile a Fede que estoy pensando en él, ¿quieres? Y si puedo hacer los arreglos, iré por allá para lo que él vaya a hacer respecto a Sharon y los muchachos.

Camilo dio gracias porque el "Punto Medio" tuviera al menos mucha agua caliente para una larga ducha. Se había olvidado de la molesta punzada de su nuca hasta que el agua lo tocó y se soltó el vendaje. No tenía nada con que volver a vendarse, así que dejó que sangrara un poco, y luego encontró algo de hielo. Por la mañana buscaría un vendaje, sólo por verse bien. Por ahora no podía ya más. Estaba agotado hasta los huesos.

No había control remoto para el televisor, y de ninguna manera se levantaría una vez acostado. Puso la CNN bajito para que no interrumpiera su sueño y miró el resumen de noticias internacionales antes de dormirse. Las imágenes de todo el globo eran más de lo que podía soportar pero las noticias eran su oficio. Recordó los muchos terremotos y guerras de la última década y la cobertura nocturna que era tan conmovedora. Ahora se podía observar mil veces más de lo mismo, y todo en el mismo día. Nunca en la historia más gente había sido muerta en un día que aquellos que desaparecieron todos de una sola vez. ¿Habían sido muertos? ¿Estaban muertos? ¿Volverían?

Camilo no podía apartar sus ojos, pesados como estaban, de la pantalla al ir mostrando imagen tras imagen las desapariciones tomadas en video aficionados. De algunos países llegaron cintas profesionales de programas televisivos en vivo que se estaban transmitiendo; el micrófono de un anfitrión cayendo sobre sus ropas vacías, rebotando de sus zapatos y haciendo giros mientras rodaba por el suelo. La audiencia gritaba. Una de las cámaras tomó imágenes de la multitud que había llenado todo el estudio un momento antes. Ahora, varios asientos estaban vacíos, las ropas dobladas sobre ellos.

Nadie pudiera haber escrito un libreto así —pensó Camilo, parpadeando lentamente—. Si alguien tratara de vender un drama de millones de personas que desaparecen dejando todo salvo sus cuerpos, haría el mayor ridículo.

Camilo no se dio cuenta de que estaba dormido hasta que el barato teléfono sonó tan fuerte que retumbaba como si se fuera a tirar de encima de la mesa. Se estiró para alcanzarlo.

—Lamento molestarlo, señor Williams, pero me di cuenta de que no estaba hablando por teléfono. Mientras usted hablaba, lo llamaron. Un tipo llamado Ritz. Dice que usted lo puede llamar o esperarlo afuera a la seis de la mañana.

—Bueno. Gracias.

—¿Qué va a hacer? ¿Llamarlo o encontrarlo?

—¿Por qué tienes que saber?

—Oh, no soy curioso ni nada. Sólo que si usted se va a las seis, tengo que pedir que me pague por anticipado. Usted recibió la llamada de larga distancia y todo eso. Y yo no me levanto hasta la siete.

—Te diré algo este... ¿cómo te llamas?

—Marcos.

—Te diré qué haremos, Marcos. Te dejé el número de mi tarjeta de crédito, así que sabes que no me voy a fugar de ti. Pero por la mañana voy a dejarte en el cuarto un cheque de viajero, cubriendo el precio del cuarto y mucho más que suficiente por la llamada telefónica. ¿Entiendes lo que quiero decir?

—¿Una propina?

—Sí, señor.

—Eso será lindo.

—Lo que yo necesito que hagas por mí es pasarme por debajo de la puerta un vendaje.

—Tengo uno. ¿Lo quiere ahora? ¿Está usted bien?

—Estoy bien. No ahora. Cuando te vayas. Callado. Y desconecta mi teléfono, ¿sí, por si acaso? Si voy a levantarme tan temprano necesito un buen descanso ahora mismo. ¿Puedes hacer eso por mí, Marcos?

—Seguro que sí. Lo desconectaré ahora mismo. ¿Quiere que le llame para despertarlo?

—No, gracias —dijo Camilo y sonrió cuando se dio cuenta de que el teléfono estaba mudo en sus manos. Marcos cumplía su palabra. Si encontraba ese vendaje por la mañana, le dejaría una buena propina a Marcos. Camilo se obligó a levantarse y apagar el televisor y la luz. Era del tipo que podía mirar su reloj antes de acostarse y despertarse precisamente cuando se decía que tenía que hacerlo. Era casi medianoche. Se levantaría a las cinco y media.

Cuando tocó el colchón, estaba dormido. Cuando se despertó, cinco horas y media más tarde, no había movido un músculo.

Raimundo se sentía como si hubiera estado sonámbulo mientras atravesaba la cocina para subir a los altos. No podía creer lo cansado que estaba aún después de su larga siesta y su espasmódico cabeceo en el sofá. El periódico seguía enrollado y con la banda de goma alrededor en la silla donde lo había tirado. Si tenía problemas para dormir arriba, quizá le diera una mirada. Sería interesante leer las noticias carentes de sentido de un mundo que no se percató de que iba a sufrir el peor trauma de su historia, justo después que el periódico había sido impreso.

Raimundo empujó el botón de remarco del teléfono y caminó lentamente hacia las escaleras, escuchando sólo a medias. ¿Qué era eso? El tono de marcar había sido interrumpido y el teléfono del cuarto de Cloé en el dormitorio estaba sonando. Se apresuró al contestar una muchacha.

—¿Cloé?

—No. ¿Señor Steele?

—¡Sí!

—Esta es Amy. Cloé está tratando de llegar allá. Ella tratará de llamarlo desde el camino, a alguna hora mañana. Si no puede comunicarse, lo llamará cuando llegue o conseguirá un taxi para ir a casa.

—¿Está en camino?

—Sí. Ella no quiso esperar. Trató de llamar y llamar pero...

—Sí, yo sé. ¿Estás bien?

—Con un miedo mortal, como todos los demás.

—Me imagino. ¿Perdiste a alguien?

—No, y me siento como culpable por eso. Parece como que todos los que conozco perdieron a alguien. Quiero decir, yo perdí unos cuantos amigos pero nadie cercano, nadie de la familia.

Raimundo no sabía si expresar felicitaciones o remordimiento. Si esto era lo que ahora creía que había sido, esta pobre chica apenas conocía a nadie que hubiera sido llevado al cielo.

—Bueno —dijo—, me alegro de que estés bien.

—¿Y usted? —dijo ella—. ¿La mamá y el hermano de Cloé?

—Me temo que desaparecieron, Amy.

—¡Oh, no!

—Pero te agradecería que me dejaras decírselo a Cloé, por si acaso ella habla contigo antes que conmigo.

—Oh, no se preocupe; no creo que pudiera decírselo aunque usted me lo pidiera.

Raimundo se quedó en la cama varios minutos y, entonces, ociosamente hojeó la primera sección del periódico. Hmm. Una movida sorpresiva en Rumania.

> Las elecciones democráticas quedaron en el pasado cuando, con el aparente consenso unánime del pueblo y de ambas cámaras del gobierno, un popular y joven empresario y político asumió el cargo de presidente del país. Nicolás Carpatia, de 33 años, nacido en Cluj, había arrebatado a la nación con su persuasivo discurso popular, encantando a las masas, amigos y enemigos por igual. Las reformas que propone para el país lo vieron surgir a la eminencia y el poder.

Raimundo miró la fotografía del joven Carpatia, un rubio llamativamente buen mozo que lucía no muy distinto al actor Robert Redford, cuando era joven. *¿Me pregunto si él hubiera querido el puesto si hubiera sabido lo que estaba por pasar?* —pensó Raimundo—. *Sea lo que sea que él tiene para ofrecer, no vale un comino ahora.*

Siete

Ken Ritz aceleró su auto hasta llegar al motel Punto Medio precisamente a las seis, bajó el cristal de su ventanilla y preguntó: —¿Es usted, Williams?

—Yo soy su hombre —respondió Camilo. Subió al último modelo de tracción en las cuatro ruedas con su única valija en mano. Palpándose la cabeza recién vendada, Camilo sonrió al pensar en Marcos, quien estaría disfrutando sus veinte dólares de propina.

Ritz era alto y delgado, con una cara arrugada por el clima y un toque de pelo canoso.

—Hablemos de negocio —dijo—, son 740 millas desde O'Hare a JFK[1] y 746 millas desde Milwaukee a JFK. Lo llevaré lo más cerca que pueda a JFK y estamos equidistantes entre O'Hare y Milwaukee, así que digamos que son 743 millas aéreas. Multiplique eso por dos dólares la milla, y estamos hablando de mil cuatrocientos ochenta y seis dólares. Redondeé a mil quinientos por el servicio de taxi y tenemos un trato.

—Hecho —dijo Camilo sacando sus cheques y empezando a firmar—. Un taxi bastante caro.

—Especialmente para un tipo que sale del motel Punto Medio —Ritz se rió.

—Fue una experiencia encantadora.

Ritz estacionó en un hangar metálico Quonset en el aeropuerto de Waukegan y conversó mientras llevaba a cabo los procedimientos previos al vuelo. —No se cayeron aquí —dijo—. En Palwaukee

1 Aeropuerto Internacional John Fitzgerald Kennedy, en Nueva York.

se cayeron dos. Aunque aquí perdieron un par de personas. Lo más extraño del mundo, ¿no crees?

Camilo y Ritz se contaron historias de parientes perdidos, dónde estaban durante lo sucedido y exactamente quiénes eran.

—Nunca antes llevé a un escritor —dijo Ken—. En un vuelo fletado, quiero decir. Debo haber llevado un montón de gente como usted cuando estaba como piloto de vuelos comerciales.

—¿Más dinero en trabajar por su cuenta?

—Sí, pero no lo sabía cuando cambié. No decidí yo.

Estaban abordando el Lear cuando Camilo le miró fijamente y preguntó.

—¿Le prohibieron volar?

—No se preocupe, socio —dijo el piloto—. Lo llevaré a su destino sin inconvenientes.

—Me debe contar si lo obligaron a permanecer en tierra.

—Me despidieron. Hay una diferencia.

—Depende de por qué fue despedido, ¿no?

—Cierto. Esto debiera hacerle sentirse muy bien. Me echaron por ser demasiado cuidadoso. Tráguese esa.

—Cuénteme —dijo Camilo.

—¿Se acuerda hace mucho tiempo cuando hubo todo ese lío por los aviones que llamábamos saltadores de charcos, que se caían en condiciones de temperatura helada?

—Sí, hasta que hicieron unos ajustes o algo así.

—Correcto. Bien, ¿usted recuerda que un piloto rehusó volar aun después que le dijeron a él y al público que podían estar seguros; que todo lo acontecido tenía una simple explicación o que los temores eran falsos?

—Uh, uh.

—¿Y se acuerda de que hubo otro accidente justo después de aquello, lo cual demostró que el piloto tenía la razón?

—Vagamente.

—Bueno, yo lo recuerdo tan claro como el mediodía, porque el piloto soy yo.

—Ahora me siento mejor.

—¿Usted sabe cuántos de esos mismos modelos saltadores de charcos andan volando hoy? Ni uno. Cuando uno tiene la razón, la tiene, pero ¿me repusieron? No. Una vez conflictivo, siempre conflictivo. Muchos de mis colegas me lo agradecieron de todos modos. Y las viudas de algunos pilotos se enojaron mucho de que me ignoraran y luego me despidieran, demasiado tarde para sus maridos.

—¡Aay!

Al rugir el avión camino hacia el Este, Ritz quiso saber qué pensaba Camilo de las desapariciones.

—Es gracioso que me lo pregunte —respondió Camilo—, porque tengo que empezar a trabajar con afán en eso hoy. ¿Cuál es su opinión? ¿Le importaría si grabo lo que diga?

—Está bien —dijo Ritz—. La cosa más maldita que haya visto jamás. Por supuesto, yo no soy el único. Tengo que decir que, de todos modos, siempre he creído en los OVNIs.

—¡Está bromeando! ¿Un piloto como usted consciente de la seguridad, y con la cabeza donde debe estar?

Ritz asintió. —No hablo de los *hombrecitos* verdes o extraños del espacio que raptan gente. Me refiero al asunto más documentado, como lo que algunos astronautas y pilotos han visto.

—¿Ha visto algo alguna vez?

—No. Bueno, un par de cosas inexplicables. Unas luces o espejismos. Una vez pensé que iba volando muy cerca de una escuadrilla de helicópteros. No demasiado lejos de aquí tampoco. Base Aeronaval de Glenview. Transmití una advertencia, entonces, los perdí de vista. Supongo que eso es explicable. Pude haber ido más rápido de lo que pensaba y no haber estado tan cerca como creía. Pero nunca obtuve una respuesta, ni reconocimiento de que siquiera estuvieran en el aire. Glenview no lo confirmaría. Lo eché en saco roto, pero unas pocas semanas más tarde, cerca del mismo lugar, mis instrumentos se enloquecieron. Los indicadores daban vueltas, los de medición se pegaban, esa clase de cosas.

—¿Qué opinó de eso?

—Campo magnético o una fuerza similar. También podría ser explicable. Usted sabe que no vale el esfuerzo informar sobre ocurrencias extrañas o avistamientos raros cerca de una base militar, porque de entrada, ellos lo niegan todo. Ni siquiera toman en serio cualquier cosa rara que ocurra a varias millas de un aeropuerto comercial. Por eso nunca oyen historias de OVNIs cerca de O'Hare. Ni siquiera las consideran.

—¿Así que usted no se cree eso de los extraterrestres del espacio que raptan, sino que relaciona las desapariciones con los OVNIs?

—Sólo digo que no es como E.T.[2] con criaturas y todo eso. Pienso que nuestras ideas de cómo luciría la gente del espacio es demasiado simple y rudimentaria. Si hay vida inteligente allá afuera, y tiene que haberla sólo por las puras probabilidades...

—¿Qué quiere decir?

—Lo vasto del espacio.

—Oh, tantas estrellas y tanto espacio que algo tiene que haber allá en alguna parte.

—Exactamente. Y estoy de acuerdo con la gente que piensa que esos seres son más inteligentes que nosotros. De lo contrario, no hubieran llegado hasta aquí, si es que están aquí. Y si están, pienso que son lo bastante sofisticados y avanzados para poder hacer cosas que nosotros nunca hemos soñado.

—Como hacer desaparecer gente sin su ropa.

—Sonaba muy tonto hasta la otra noche, ¿no?

Camilo asintió.

—Yo siempre me he reído de la gente que supone que estos seres podrían leer nuestros pensamientos o meter cosas en nuestra cabeza —continuó Ritz—, pero mire quiénes faltan. Toda la gente de quienes he leído u oído o sabido que ahora está desaparecida, o eran menores de doce años o eran de personalidad no muy común.

—Con toda la gente que desapareció, ¿cree usted que tenían algo en común?

—Bueno, ahora tienen algo en común ¿no?

—Pero algo que los pusiera aparte, que les hiciera más fáciles de agarrar? —preguntó Camilo.

—Eso es lo que pienso.

—Así que nosotros todavía estamos aquí porque fuimos bastante fuertes para resistir o quizás no valíamos la pena.

Ritz asintió. —Algo así. Es casi como que una fuerza o poder pudo leer el nivel de resistencia o debilidad y, una vez que esa fuerza se metió, pudo sacar a esa gente de la tierra. Ellos desaparecieron en un instante, así que tienen que haber sido desmaterializados. La cuestión es si fueron destruidos en el proceso o pudieron ser reconstituidos.

—¿Qué piensa, señor Ritz?

---

2 Película de ciencia ficción sobre extraterrestres.

—Al principio hubiera dicho que no. Pero una semana atrás le hubiese dicho que la desaparición de millones de personas de todo el mundo suena como una mala película. Al reconocer que en realidad tal cosa ha sucedido, debo pensar en lo más lógico. Quizás estén en algún sitio específico y de alguna manera puedan retornar.

—Esa es una idea reconfortante —dijo Camilo—, pero ¿será algo más que una expresión de buenos deseos?

—Difícil. Esa idea y cincuenta centavos valdrían medio dólar. Yo vuelo aviones por dinero. No tengo la menor pista. Aún estoy tan atolondrado como cualquiera y no me importa decir que tengo miedo.

—¿De qué?

—De que ocurra de nuevo. Si fue algo como lo que yo pienso que fue, quizá todo lo que esta fuerza necesite ahora es aumentar de alguna forma el poder y llevarse gente mayor, gente más inteligente, gente con más resistencia, que ignoraron la primera vez.

Camilo se encogió de hombros y se quedó callado en su asiento por unos minutos. Por fin dijo:

—Hay un agujerito en su argumento. Yo conozco algunas personas que faltan que parecen tan fuertes como cualquiera.

—No hablaba de fuerza física.

—Tampoco yo —Camilo pensó en Lucinda Washington—. Perdí a una amiga y colega que era brillante, sana, feliz, fuerte y de una personalidad enérgica.

—Bueno, no digo que lo sepa todo o siquiera algo. Usted quería mi teoría, y ahí la tiene.

Raimundo Steele yacía de espaldas, mirando fijamente el techo. Dormir le había sido difícil e intermitente y odiaba la sensación de torpeza. No quería mirar las noticias. No quería leer el periódico aun sabiendo que habían tirado uno nuevo en el portal antes del amanecer. Todo lo que quería era que Cloé llegara a casa para poder condolerse juntos. Nada había más solitario que la pena —pensó.

Él y su hija tendrían trabajo que hacer también. Él quería investigar, aprender, saber, actuar. Empezó buscando una Biblia. No la Biblia de la familia que había acumulado polvo en su estante durante años, sino la de Irene. La suya tendría anotaciones, quizá algo que pudiese orientarlo en la dirección correcta.

No fue difícil encontrarla. Estaba habitualmente al alcance de la mano de donde ella dormía. La encontró en el suelo, cerca de la cama. ¿Habría alguna guía? ¿Un índice? ¿Algo que se refiriera al Rapto o al juicio o algo? Si no, quizá empezaría por el principio. Si, *Génesis* significaba *principio*. Quizás *Apocalipsis* tuviera algo que ver con el final, aunque no significaba eso. El único versículo de la Biblia que Raimundo podía citar de memoria era Génesis 1:1: "En el principio creó Dios los cielos y la tierra". Esperaba que hubiese algún versículo correspondiente al final de la Biblia que dijera algo como: *En el final se llevó Dios a Su gente al cielo y le dio a todos los demás una oportunidad más.*

Pero no hubo tal suerte. El último versículo de la Biblia no le significó nada. Decía: "La gracia de nuestro Señor Jesucristo sea con todos vosotros. Amén". Y sonaba como conjuro religioso que había oído en la iglesia. Retrocedió un versículo y leyó: "El que da testimonio de estas cosas dice: Ciertamente vengo en breve. Amén; sí, ven, Señor Jesús".

Por fin una pista. ¿Quién era éste que da testimonio de estas cosas y cuáles eran estas cosas? Las palabras citadas estaban en rojo. ¿Qué quería decir eso? Hojeó la Biblia y luego se fijó en el lomo del libro: *Las palabras de Cristo en rojo*. Así que Jesús dijo que viene pronto. ¿Había venido? Y si la Biblia era tan vieja como parecía, ¿qué significaba *pronto*? No debe haber significado en seguida a menos que fuera desde la perspectiva de alguien con un enfoque amplio de la historia. Quizá Jesús quiso decir que cuando viniera, lo haría rápidamente. ¿Era de eso de lo que se trataba todo lo sucedido? Raimundo echó un vistazo al último capítulo completo. Había otros tres versículos con letras rojas y dos de ellos repetían eso de venir pronto.

Raimundo no lograba encontrarle sentido al texto del capítulo. Parecía antiguo y formal pero, cerca del final del capítulo, había un versículo que terminaba con palabras que hicieron un raro impacto en él. Sin indicios de su significado, leyó: "Y el que tiene sed, venga; y el que quiera, tome del agua de la vida gratuitamente".

Jesús no hubiera sido el que tenía sed. Él no hubiera sido aquel que deseaba tomar del agua de la vida. Eso, supuso Raimundo, se refería al lector. Le impresionó que él mismo tuviera sed, sed del alma. Pero, ¿qué era el agua de la vida? Ya había pagado un precio terrible por no tener esa agua. Fuera lo que fuese, había estado en este libro por cientos de años.

Raimundo hojeó al descuido la Biblia, pasando a otros pasajes, ninguno de los cuales tuvo sentido para él. Lo descorazonaron porque no parecía que hubiese unidad entre ellos, ni referencia mutua ni dirección alguna. El lenguaje y los conceptos extraños para él no le ayudaban.

Aquí y allá vio notas en los márgenes con la delicada letra de Irene. A veces ella sencillamente escribió, *Precioso*. Él estaba decidido a estudiar y hallar a alguien que pudiera explicarle esos pasajes. Se vio tentado a escribir *precioso* al lado de ese versículo de Apocalipsis sobre tomar agua de vida gratuitamente. Sonaba precioso para él, aunque aún no podía encontrarle el sentido.

Lo peor de todo era que temía estar leyendo la Biblia demasiado tarde. Claramente era demasiado tarde para haber ido al cielo con su esposa e hijo pero, ¿era demasiado tarde para él?

En el interior de la portada estaba el boletín de la iglesia del domingo pasado. ¿Qué era hoy, miércoles por la mañana? ¿Dónde había estado él hacía tres días? En el garaje. Raimundito le había rogado que fuera con ellos a la iglesia. Él prometió que sí, el próximo domingo.

—Eso es lo que dijiste la semana pasada —había alegado el niño.

—¿Quieres que te arregle este cuatroruedas o no? No tengo todo el tiempo del mundo.

Raimundito no era de los que presionan haciéndolo sentirse culpable. Se limitó a repetir:

—¿El próximo domingo?

—Seguro —había dicho Raimundo. Y ahora deseaba que el próximo domingo hubiera llegado. Deseaba aun más que Raimundito estuviera aquí para ir con él porque *iría*. ¿O querría? ¿Estaría libre del trabajo ese día? ¿Habría iglesia? ¿Habría quedado alguien de esa congregación? Tomó el boletín de la Biblia de Irene y encerró el número del teléfono en un círculo. Más tarde, el mismo día, después de llamar a Pan-Continental, llamaría a la oficina de la iglesia para ver si algo estaba pasando.

Estaba por poner la Biblia en la mesa de noche cuando sintió curiosidad y la abrió de nuevo. En la primera página de papel blanco vio la dedicatoria. Él le había dado esta Biblia a Irene en su primer aniversario de bodas. ¿Cómo podía haberse olvidado y en qué había estado pensando? Ella no era más devota que él en aquel entonces, pero ella hablaba de tomarse en serio esto de ir a la iglesia antes que llegaran los hijos. Él había estado tramando algo o tratando de impresionarla. Quizá pensó que ella pensaría que él era espiritual si le regalaba algo así. Quizás esperaba que ella lo dejara tranquilo y fuera sola a la iglesia si él demostraba tener sensibilidad espiritual con este regalo.

Durante años él había sido tolerante respecto a la iglesia. Habían ido a una que exigía poco y ofrecía mucho. Hicieron muchas amistades y hallaron en esa iglesia a su médico, su dentista, su agente de seguros y hasta su ingreso al club campestre. Raimundo era reverenciado, presentado con orgullo como capitán de 747 a los recién llegados e invitados y hasta sirvió en la junta de la iglesia por varios años.

Cuando Irene descubrió la radioemisora cristiana y lo que ella llamaba *enseñanza y prédica verdaderas,* se fue desencantando de su iglesia y empezó a buscar una nueva. Eso le dio a Raimundo la oportunidad de dejar de ir, diciéndole que cuando ella hallara una que realmente le gustara, él empezaría a ir de nuevo. Ella encontró una y él fue ocasionalmente pero la prédica era demasiado literal, personal y desafiante para él. Allí no lo reverenciaban. Se sentía como un proyecto. Y se alejó bastante.

Raimundo vio otra nota escrita con la letra de Irene. Estaba marcada como su lista de oración y él estaba en el primer lugar. Ella había escrito: "Raimundo, por su salvación y que yo sea una esposa amante para él. Cloé, que ella vaya a Cristo y viva con pureza. Raimundito, que él nunca se descarríe de su firme fe infantil". Luego, había anotado a su pastor, líderes políticos, misioneros, el conflicto mundial y varios amigos y otros parientes.

—Por su salvación —susurró Raimundo—. Salvación. Otra palabra sin valor que nunca le había impresionado mucho. Él estaba consciente de que la nueva iglesia de Irene se interesaba en salvar almas, algo que nunca oyó en la iglesia anterior. Pero mientras más cerca llegaba del concepto, más alejado del mismo se sentía. ¿No tenía la salvación algo que ver con la confirmación, el bautizo, testificar, llenarse de religión, ser santo? Él no había querido saber nada sobre el asunto, fuera lo que fuese. Y ahora estaba desesperado por saber exactamente cuál era su significado y de qué se trataba.

Ken Ritz habló por radio a los aeropuertos de los suburbios de Nueva York, obteniendo finalmente permiso para aterrizar en Easton, Pennsylvania.

—Si tiene suerte, se encontrará con Larry Holmes —dijo Ritz—. Este es su territorio.

—¿El viejo boxeador? ¿Todavía respira?

Ritz se encogió de hombros. -No sé cuán viejo sea ahora, pero le apuesto a que él no desapareció. Quienquiera haya sido que estaba llevándose la gente, hubiera recibido un buen puñetazo del viejo Larry.

El piloto preguntó al personal de Easton si podían arreglar un viaje a la ciudad de Nueva York para su pasajero.

—Estás de broma, *Lear*, ¿no?

—No era la intención, paso.

—Tenemos un tipo que puede dejarlo a un par de millas del tren subterráneo. Todavía no entran ni salen automóviles de la ciudad, y hasta los trenes tienen una especie de ruta complicada que evita las zonas malas.

—¿Zonas malas? —repitió Camilo.

—Repita —transmitió Ritz.

—¿No han estado mirando las noticias? Algunos de los peores desastres de la ciudad fueron por causa de los conductores y despachadores de vehículos desaparecidos. Hubo seis trenes que chocaron de frente, con montones de muertos. Varios chocaron con la parte trasera de otros. Pasarán días antes que se despejen todas las vías y se reemplacen los vagones. ¿Seguro que su hombre quiere ir al centro?

—Entendido. Parece ser un tipo que puede tolerar la situación.

—Espero que tenga buenas botas para trepar, paso.

Le costó a Camilo otra cantidad grande obtener un transporte que lo dejara lo suficientemente cerca del tren para poder caminar el resto del camino. Su chofer no había sido taxista ni el vehículo era un taxi. Pero bien podría haber sido. El vehículo estaba tan decrépito e inseguro como uno.

Una caminata de dos millas lo llevó a la plataforma del tren cerca del mediodía, donde esperó más de cuarenta minutos, junto con una masa humana, sólo para encontrarse entre los que tenían que esperar otra media hora por el próximo tren. El viaje tardó dos horas en llegar a Manhattan dando tumbos y durante todo el viaje Camilo golpeó las teclas de su computadora portátil o miró por la ventana a la aglomeración de automóviles que se alargaba por millas. Él sabía que muchos de sus colegas locales ya habrían entregado informes semejantes, así que su única esperanza de ganar ventaja con Esteban Plank y hacer que su artículo se publicara, era si la suya era escrita con más vigor o elocuencia. Estaba tan lleno de asombro por la escena ante él, que dudaba que pudiera lograrlo. Por lo menos, estaba agregando drama a sus propios recuerdos. La ciudad de Nueva York estaba detenida y la mayor sorpresa era que dejaran entrar gente. Sin duda que muchos de ellos, como él, vivían allí y tenían que llegar a sus casas y apartamentos.

El tren se detuvo en una parada, bastante lejos de donde le habían dicho que llegaría. Del enredado anuncio, lo más que pudo entender, informaba a los pasajeros que ésta era la nueva última parada. El próximo tramo los hubiera dejado en medio de un sitio donde las grúas estaban sacando los vehículos de los rieles. Camilo calculó que tenía una caminata de unas quince millas hasta su oficina y otras cinco hasta su apartamento.

Afortunadamente Camilo estaba en muy buen estado físico. Puso todo en su bolsa y acortó el tirante para poder llevarla cerca de su cuerpo sin que oscilara. Se puso a caminar a lo que estimó era un ritmo de cuatro millas por hora y tres horas después estaba dolorido. Estaba seguro de que tenía ampollas y su cuello y hombros estaban cansados por causa de la bolsa y el tirante. El sudor empapaba su ropa y no había forma de que pudiera llegar a su apartamento antes de pasar por su oficina.

—Oh, Dios, ayúdame —exhaló Camilo, más por exasperación que oración. Pero si había un Dios, decidió, Dios tenía sentido del humor. Apoyada contra un muro de ladrillos en un callejón a plena vista había una bicicleta amarilla con un letrero de cartón pegado, que decía: *Tómese prestada esta bicicleta. Llévela dondequiera. Déjela para otra persona que la necesite. Gratis.*

Únicamente en Nueva York sucede esto —pensó—. *Nadie roba algo que es gratis.*

Pensó en decir una oración de gracias pero, de alguna forma, el mundo al que miraba no mostraba ninguna otra prueba de un Creador benévolo. Se subió a la bicicleta, pensó en el tiempo que hacía desde que había andado en una, y salió dando tumbos hasta que se equilibró. No pasó mucho tiempo antes de que llegara al centro, por en medio de las pilas de escombros y demoledores. Sólo unas pocas personas más viajaban con tanta eficiencia como él:

varios mensajeros llevando el correo en sus bicicletas, otros dos en bicicletas amarillas como la suya y policías a caballo.

La seguridad era enorme en el edificio del *Semanario Mundial,* cosa que, de cierta forma, no le sorprendió. Luego de identificarse a un nuevo empleado subió al piso veintisiete, se detuvo en el baño público para refrescarse, y finalmente entró a las oficinas principales de la revista. La recepcionista llamó de inmediato a la oficina de Esteban Plank, y ambos Esteban y Marga Potter se apresuraron en salir a abrazarlo y darle la bienvenida.

El Macho Williams se sintió arropado por una emoción nueva y extraña. Casi lloró. Se dio cuenta de que, junto con todos los demás, estaba sufriendo un odioso trauma y que, sin duda, había estado funcionando a base de adrenalina. De alguna forma, el haber vuelto a territorio conocido, especialmente con el gasto y el esfuerzo hecho, lo hizo sentirse como si hubiera vuelto a casa. Estaba con la gente que se preocupaba por él. Esta era su familia. Se sentía realmente feliz de verlos y parecía que el sentimiento era mutuo.

Se mordió el labio para contener las lágrimas y siguió a Esteban y a Marga por el pasillo, pasando por su diminuta y repleta oficina. Entró a la espaciosa oficina y salón de conferencias de Esteban preguntando si habían sabido de Lucinda Washington.

Marga se detuvo en el corredor, llevándose las manos a la cara.

—Sí —pudo decir—, y no iba a hacer esto de nuevo. Perdimos a varios. ¿Dónde empieza y termina el dolor?

Al escuchar esto Camilo no pudo contenerse. No podía fingir más, aunque estaba tan sorprendido como todos por su propia sensibilidad. Esteban rodeó con su brazo a su secretaria y la guió a ella y a Camilo a su oficina, donde esperaban otros de la junta de dirección.

Dieron gritos de alegría cuando vieron a Camilo. Esta gente, aquellos con quienes él había trabajado, peleado, luchado, y a quienes había mortificado, parecían ahora genuinamente contentos de verlo. No podían tener idea de cómo se sentía él.

—Hombre, es bueno estar de regreso —dijo, y luego se sentó y enterró la cabeza en sus manos. Su cuerpo empezó a temblar y no pudo contener más las lágrimas. Empezó a sollozar, ahí mismo frente a sus colegas y rivales.

Trató de enjugarse las lágrimas y componerse pero cuando miró para arriba, forzando una sonrisa avergonzada, se dio cuenta de que todos los demás estaban emocionados.

—Está bien, Macho —dijo uno—, si éste es tu primer llanto, descubrirás que no es el último. Todos estamos tan asustados, atónitos y afligidos como tú.

—Sí —dijo otro—, pero su relato personal será sin duda alguna el de más urgencia —lo que hizo que todos rieran y lloraran más.

Raimundo se obligó a llamar al Centro de Vuelos de Pan-Con temprano por la tarde. Supo que tenía que presentarse para un vuelo del viernes, dos días más tarde.

—¿Realmente? —dijo.

—No cuentes con volar en realidad —le dijeron—. No se espera que muchos vuelos despeguen para entonces. Ciertamente ninguno hasta mañana tarde, y quizá, ni siquiera entonces.

—¿Hay alguna posibilidad de que me llamen para cancelar antes de que salga de casa?

—Más que una posibilidad, pero esa es su asignación por ahora.

—¿Cuál es la ruta?

—ORD a BOS a JFK

—Mmm, Chicago, Boston, Nueva York. ¿Cuándo será el regreso a casa?

—El sábado por la noche.

—Bien.

—¿Por qué? ¿Tiene una cita?

—Eso no tiene gracia.

—Oh, ay, lo siento, capitán. Me olvidé con quién estaba hablando.

—¿Sabe sobre mi familia?

—Todos aquí lo saben, señor. Lo sentimos. Lo supimos por la jefe de aeromozas de su vuelo cancelado a Heathrow. ¿Usted supo de su primer oficial de ese vuelo, ¿no?

—Algo supe pero nunca recibí el comunicado oficial.

—¿Qué oyó?

—Suicidio.

—Correcto. Horrible.

—¿Puede revisar algo para mí?

—Si está en mi poder, capitán.

—Mi hija está tratando de volver para acá desde California.

—Improbable.

—Lo sé, pero ella está en camino. Por lo menos lo está intentando. Es más que probable que trate de volar en Pan. ¿Puede revisar y ver si está en cualquiera de los manifiestos de pasajeros que vienen al Este?

—No debe ser difícil revisar. Hay muy pocos vuelos y usted sabe que ninguno estará aterrizando aquí.

—¿Y en Milwaukee?

—No lo creo —contestó mientras tecleaba en la computadora—. ¿De dónde se originaría el vuelo de ella?

—De algún sitio cerca de Palo Alto.

—Nada de bueno.

—¿Por qué?

—Casi nada está saliendo de allá. Déjeme ver.

Raimundo podía oír al hombre hablando consigo mismo, probando alternativas, sugiriendo opciones.

—Air California a Utah ¡Oye! ¡La encontré! ¿El nombre Cloé va con su apellido?

—¡Esa es ella!

—Verificó su reservación en Palo Alto. Pan la puso en un autobús hacia una pista en las afueras. Voló hasta Lake Salt City, Utah, en Air California. Apuesto que era el primer vuelo fuera del Estado para ese avión. Consiguió un vuelo con Pan-Con oh, un avión viejo, y la llevaron a, hum, ay, hermano, Enid, Oklahoma.

—¿Enid? Eso nunca ha estado en nuestras rutas.

—Sin bromas. Ellos fueron afectados también por causa del reflujo de Dallas. De todos modos, ella está volando en Ozark a Springfield, Illinois.

—¡Ozark!

—Capitán, yo sólo trabajo aquí.

—Bueno, por lo menos alguien está tratando de hacer que esto funcione, ¿no es así?

—Sí, y la buena nueva es que tenemos uno o dos turbohélices ahí que pueden traerla a esta zona, pero no dice dónde podría aterrizar. Puede que ni siquiera salga en esta pantalla porque no lo sabrán hasta que se acerquen al área.

—¿Cómo sabré dónde ir a buscarla?

—Puede que no sepa. Estoy seguro de que ella le llamará cuando aterrice. ¿Quién sabe? Quizá aparezca de pronto.

—Eso sería bello.

—Bueno, lamento lo que está pasando, señor, pero puede dar gracias de que su hija no viniera directo en Pan-Con desde Palo Alto. El último vuelo desde allá se estrelló anoche. No hubo sobrevivientes.

—¿Y eso fue después de las desapariciones?

—Justamente anoche. Aunque sin relación alguna.

—¿No sería eso como una patada en los dientes? —dijo Raimundo.

—Efectivamente.

Ocho

Cuando los otros escritores y editores principales regresaron a sus oficinas, Esteban Plank insistió en que Camilo Williams fuera a su casa y descansara antes de regresar para una reunión a las ocho de esa noche.

—Preferiría terminar ahora e irme a casa para quedarme.

—Lo sé —dijo el editor ejecutivo—, pero tenemos mucho que hacer y te quiero aguzado.

Camilo seguía renuente:

—¿Cuán pronto puedo irme a Londres?

—¿Qué tienes allá?.

Camilo le contó a Esteban de su pista sobre la reunión del financiero norteamericano con colegas internacionales y la presentación de un ascendente político europeo.

—Oh, hombre, —exclamó Esteban—. Eso ya pasó. Hablas de Carpatia.

Camilo quedó estupefacto:

—¿Sí?

—Él es el tipo con quien se impresionó tanto Rosenzweig.

—Sí, pero piensas que él es aquél del cual mi informante...

—Hombre, *has* estado fuera de contacto —dijo Esteban—. No es cosa tan grande. El hombre de finanzas tiene que ser Jonatán Stonagal, quien parece estar patrocinándolo. Te dije que Carpatia iba a hablar en las Naciones Unidas, ¿no?

—Así que él es el nuevo embajador rumano a las Naciones Unidas —dijo Camilo.

—No precisamente.

—¿Entonces qué?

—Presidente del país.

—¿No acaban de elegir un líder... hace dieciocho meses? —dijo Camilo recordando el dato de Desi de que un nuevo líder surgiría fuera de tiempo y lugar.

—Una buena sacudida ha ocurrido ahí —dijo Esteban—. Mejor que lo compruebes.

—Lo haré.

—No hablo de ti. En realidad no pienso que haya una gran historia. El muchacho es joven y atrevido y todo eso; encantador y convincente según tengo entendido. Se convirtió en una estrella meteórica en los negocios, y se enriqueció cuando los mercados rumanos se abrieron al Occidente años atrás. Pero aun la semana pasada ni siquiera estaba en el Senado de ellos. Estaba solamente en la cámara baja.

—La Cámara de Diputados —dijo Camilo.

—¿Cómo supiste eso?

Camilo sonrió. —Rosenzweig me educó.

—Por un minuto pensé que realmente sabías todo. Ya sabes que te acusan de eso por aquí.

—¡Qué delito!

—Pero te la juegas con tanta humildad.

—Así soy yo. Bien, Esteban, ¿por qué no crees que es importante que un tipo como Carpatia salga de la nada para desbancar al presidente de Rumania?

—Él no salió exactamente de la nada. Sus empresas fueron edificadas con financiamiento de Stonagal. Y Carpatia ha sido uno que aboga a favor del desarme, llegando a ser muy popular con sus colegas y con el pueblo.

—Pero el desarme no encaja con Stonagal. ¿No es él un halcón escondido?

Plank asintió.

—Así que hay misterios.

—Algunos pero, Macho, ¿qué podría ser más grande que la historia en que estás trabajando? No tienes tiempo para perder con un tipo que se vuelve presidente de un país no estratégico.

—De todos modos ahí hay algo, Esteban. Mi hombre de Londres me dio la pista. Carpatia está ligado con el no-político más influyente del mundo. Va de la Cámara de Diputados a presidente sin una elección popular.

—Y...

—¿Hay más? ¿En qué lado de este asunto estás tú? ¿Hizo matar al presidente electo o algo así?

—Interesante que digas eso, porque la única arruga en la historia de Carpatia son unos rumores de que era despiadado con sus competidores de negocios años atrás.

—¿Cuán despiadado?

—La gente no se despertaba.

—Oh, Esteban, hablas como un *gángster*.

—Y escucha, el presidente anterior renunció por Carpatia. Insistió en que él fuera instalado como presidente.

—¿Y dices que no hay historia ahí?

—Macho, esto es como los viejos golpes de Estado en Sudamérica. Uno nuevo por semana. Gran cosa. Así que Carpatia está ligado a Stonagal. Todo eso significa que Stonagal no tendrá frenos en el mundo financiero de un país de Europa Oriental que piensa que lo mejor que le pasó fue la destrucción de Rusia.

—Esteban, pero esto es como un congresista nuevo que llegue a ser presidente de Estados Unidos en un año sin elecciones, sin votación, con presidentes que dimiten y todo el mundo feliz.

—No, no, no, hay una gran diferencia. Camilo, aquí estamos hablando de Rumania. *Rumania.* Carente de una posición estratégica, producto nacional bruto bajo, nunca invadió a nadie, nunca fue el aliado estratégico de nadie. Ahí no hay nada sino política interna de bajo nivel.

—Todavía huelo algo grande —dijo Camilo—. Rosenzweig estaba entusiasmado con este hombre, y él es un observador astuto. Ahora, Carpatia viene a hablar en las Naciones Unidas. ¿Luego qué?

—Te olvidas de que ya él venía a las Naciones Unidas *antes* de que llegara a ser presidente de Rumania.

—Eso es otro rompecabezas. Él era un don nadie.

—Él es un nombre y rostro nuevo del desarme. Podrá lograr su buena temporada bajo el sol y sus quince minutos de fama. Créeme, no volverás a oír de él otra vez.

—Stonagal tenía que estar detrás del asunto de las Naciones Unidas también —dijo Camilo—. Tú sabes que Juan Diamante es amigo personal de nuestro embajador.

—Macho, Stonagal es amigo personal de todo funcionario electo, desde el presidente hasta los alcaldes de la mayoría de las ciudades de tamaño medio, ¿y qué? Él sabe cómo jugar el juego. Él me recuerda al viejo Joe Kennedy [1] o a uno de los Rockefellers, ¿está bien? ¿Cuál es tu idea?

—Sólo que Carpatia está hablando en las Naciones Unidas debido a la influencia de Stonagal.

—Probablemente ¿Y qué?

—Él anda metido en algo.

—Stonagal siempre está metido en algo, manteniendo las ruedas engrasadas para uno de sus proyectos. Bien, así pues, mete a un empresario en la política rumana, quizás hasta lo pone de presidente. Quien sabe. Quizás hasta le consiguió su tiempito con Rosenzweig, lo que nunca llegó a nada. Ahora, expone a Carpatia un poco a nivel internacional. Eso pasa todo el tiempo debido a los tipos como Stonagal. ¿Preferirías andar detrás de esta no-historia a producir un artículo de primera plana que trata de poner en perspectiva el fenómeno más monumental y trágico de la historia del mundo?

—Mmm, déjame pensarlo —dijo Camilo sonriendo, mientras Plank le daba puñetazos jugando.

—Hombre, seguro que puedes ir tras las pistas que no te llevan a ningún lugar —dijo el editor ejecutivo.

—Te solían gustar mis instintos.

—Todavía me gustan, pero ahora estás un poco falto de sueño.

—¿Definitivamente no voy a Londres? Porque tengo que decírselo a mi hombre.

—Marga trató de hablar con el hombre que se suponía esperara tu vuelo. Ella puede decirte cómo comunicarte y todo eso. Pero vuelve aquí a las ocho. Estoy reuniendo a los editores de los departamentos interesados en las diversas reuniones internacionales que habrá aquí durante este mes. Tú estarás enlazando toda esa cobertura, de modo que...

—¿De modo que todos ellos puedan odiarme en la misma reunión? —dijo Camilo.

—Ellos se sentirán importantes.

—¿Pero *es* importante? ¿Tú quieres que yo ignore a Carpatia pero vas a complicar mi vida con... ¿qué era?, una convención

---

1 Padre de John Kennedy, expresidente de Estados Unidos.

religiosa ecuménica y una confabulación para la divisa única mundial?

—*Estás* falto de sueño, ¿verdad Macho? Por eso es que aún soy tu jefe. ¿No lo entiendes? Sí, quiero coordinación y quiero un artículo bien escrito. Pero piensa en esto. Esto te da acceso automático a todos esos dignatarios. Estamos hablando de los líderes judíos nacionalistas interesados en un gobierno mundial único de...

—Improbable y escasamente apremiante.

—...judíos ortodoxos de todo el mundo que procuran reconstruir el templo, o algo como...

—Estoy siendo invadido por los judíos.

—...monetaristas internacionales que construyen el escenario para una sola divisa mundial...

—También improbable.

—Pero esto te permitirá mantener un ojo en tu agente comercial favorito...

—Stonagal.

—Correcto, y los jefes de varios grupos religiosos en pos de la cooperación internacional.

—¿Por qué me sigues aburriendo? ¡Por favor! Esta gente discute imposibilidades. ¿Desde cuándo han podido los grupos religiosos llevarse bien?

—Macho, todavía no lo captas. Vas a tener acceso a toda esta gente: religiosos, ricos, políticos, mientras que tratas de escribir un artículo sobre lo que pasó y por qué pasó. Puedes conseguir las ideas de las mentes más grandes desde los puntos de vista más diversos.

Camilo se encogió de hombros rindiéndose. —Tienes un punto. Pero sigo diciendo que los editores de departamento van a resentirse conmigo.

—Hay algo que decir a favor de la persistencia.

—Yo todavía quiero tratar de llegar a Carpatia.

—Eso no será difícil. Él ya es el favorito de la prensa de Europa. Ansioso por hablar.

—Y Stonagal.

—Tú sabes que él nunca habla con la prensa, Macho.

—Me gusta el desafío.

—Vete a casa y descansa bien. Te veo a las ocho.

Marga Potter estaba preparándose para irse cuando Camilo se acercó. —Oh, sí —dijo Marga, dejando de lado sus cosas y hojeando su libreta de anotaciones—. Traté de hablar con Desi Burton varias veces. Me comuniqué una vez con su *voice mail* [2] y le dejé tu mensaje. No recibí confirmación. ¿Está bien?

—Gracias.

Camilo no estaba seguro de que podría descansar en casa con todo volando por su cerebro. Se sorprendió agradablemente cuando llegó a la calle al ver que había representantes de varias compañías de taxis dispuestos afuera de los edificios de oficinas, dirigiendo a la gente a los taxis que podían llegar a ciertas zonas por rutas indirectas. Por supuesto, por tarifas elevadas. A Camilo lo dejaron, por treinta dólares en un taxi compartido, a dos cuadras de su apartamento. Tendría que estar de regreso en su oficina dentro de tres horas, así que hizo arreglos con el chofer del taxi para que lo recogiera en el mismo punto a las siete y cuarenta y cinco. Decidió que eso sería un milagro. Con todos los taxis de Nueva York nunca antes tuvo que hacer tal arreglo y, por lo que sabía, nunca había visto dos veces al mismo chofer de taxi.

Raimundo se paseaba de un lado a otro sintiéndose miserable. Llegó a la penosa conclusión de que ésta era la peor época de su vida. Nunca antes había pasado por una época remotamente similar. Sus padres habían sido mayores en edad que los de sus compañeros. Cuando ellos murieron, a dos años uno del otro, había sido un alivio. No estaban bien, no estaban lúcidos. Él los quería, y no eran una carga, pero en realidad habían muerto para él años antes debido a infartos y otras dolencias. Cuando murieron, Raimundo se entristeció de cierto modo, pero mayormente fue tan sólo algo sentimental. Él tenía buenos recuerdos y apreciaba la bondad y las expresiones de pésame que recibió en los funerales, y siguió adelante con su vida. Las lágrimas que pudo derramar no eran por remordimiento ni dolor. Se sentía primordialmente nostálgico y melancólico.

El resto de su vida había transcurrido sin complicaciones ni penas. Llegar a ser piloto era como subir a cualquier otro nivel profesional de alta remuneración. Uno tenía que ser inteligente, disciplinado y competente. Subió de rango en la forma habitual:

---

2 Grabadora de mensajes teléfonicos.

reserva militar, aviones pequeños, luego los más grandes, entonces los jets y los de combate. Finalmente, había alcanzado la cumbre.

Había conocido a Irene en la universidad estando en el Cuerpo de Entrenamiento de Oficiales de Reserva. Ella había sido una hija del ejército que nunca se había rebelado. Muchas de sus amigas le habían dado la espalda a la vida militar sin querer mirar hacia atrás. El padre de ella había muerto en Vietnam y su madre se casó con otro militar, así que Irene había visto o vivido en casi toda base militar de Estados Unidos.

Se casaron cuando Raimundo estaba por graduarse de la universidad e Irene empezaba. Ella dejó los estudios cuando él se fue a la fuerza aérea, y desde entonces, todo había estado programado. Tuvieron a Cloé en su primer año de matrimonio, pero debido a complicaciones, esperaron ocho años más por Raimundo hijo. Raimundo estaba entusiasmado con ambos niños pero tuvo que confesar que había anhelado tener primero un varón que llevara su nombre.

Desafortunadamente, Raimundito llegó durante un período malo para Raimundo. Tenía treinta años y se sentía más viejo, y no le gustaba tener una esposa embarazada. Muchos pensaban que él era más viejo, debido a su pelo canoso prematuro, pero no poco atractivo; así que tenía que soportar los chistes de ser un padre viejo. Fue un embarazo particularmente difícil para Irene, y Raimundito se retrasó un par de semanas. Cloé era una vigorosa niña de ocho años. Así que Raimundo se desentendió lo más que pudo.

Él pensaba que Irene cayó en una leve depresión durante ese tiempo manifestando mal carácter y siempre se mostró llorosa con él. En el trabajo Raimundo estaba en completo control, donde todos lo escuchaban y admiraban. Había sido catalogado para ser piloto de los aviones más grandes, nuevos y sofisticados de Pan-Continental. Su vida de trabajo transcurría con fluidez y no disfrutaba nada el volver a casa.

Había bebido más durante esa época que nunca antes o después y el matrimonio había pasado por su período más difícil. Llegaba frecuentemente tarde a casa, y a veces, hasta mentía sobre su horario para poder irse un día antes o regresar un día después. Irene lo acusaba de toda clase de aventuras, y como ella estaba equivocada, él las negaba muy enérgicamente, sintiendo que podía justificar su ira.

La verdad era que él estaba esperando e inclinándose por lo que ella precisamente le acusaba. Lo que le frustraba mucho era que a pesar de su buen aspecto físico y porte elegante, no estaba en él consumar sus deseos. No tenía las movidas, la labia, el estilo. Una aeromoza le dijo que era buen mozo en cierta ocasión, pero él se sentía como un idiota. Seguro que tenía acceso a cualquier mujer por un precio, pero eso estaba por debajo de él. Mientras acariciaba la idea y esperaba por tener una aventura al estilo antiguo, de alguna manera no lograba rebajarse para hacer algo tan barato como pagar por relaciones sexuales.

Si Irene hubiera sabido cuánto se empeñaba él por serle infiel, lo habría abandonado. Como estaban las cosas, él se dio el gusto en aquella sesión de la fiesta de Navidad, antes que naciera Raimundito, pero estaba tan borracho que apenas podía recordarlo.

La culpa y la casi ruina de su imagen lo enderezaron y le hicieron cortar su hábito de bebida. Ver nacer a Raimundito lo puso aun más sobrio. Era hora de crecer y asumir tanto la responsabilidad de marido y padre como la de piloto.

Pero ahora, mientras Raimundo pasaba revista a todos esos recuerdos en su mente, sintió el más profundo remordimiento y pena que pueda sentir un hombre. Se sentía fracasado. No era merecedor de Irene. De alguna forma supo ahora, aunque nunca se había permitido considerarlo antes, que ella no podía haber sido, de ninguna manera, tan ingenua o estúpida como él había pensado e imaginado. Ella tuvo que haber sabido cuán vacío era él, cuán superficial, y sí, cuán barato. Y sin embargo, se había quedado a su lado, amándolo y luchando por mantener unido el matrimonio.

Él no podía discutir que ella se había convertido en una persona diferente después de haber cambiado de iglesia, y haber tomado en serio su fe. Seguro que primero le había predicado. Estaba entusiasmada y quería que él descubriera lo que ella había hallado. Él huyó. Llegó el momento en que ella o se rindió o se resignó al hecho de que él no iba a cambiar porque ella le rogara o persuadiese con halagos deliberados. Ahora, al ver su lista, supo que ella nunca se había rendido. Sencillamente se había puesto a orar por él.

No era de asombrarse entonces que Raimundo nunca hubiera llegado muy cerca de contaminar su matrimonio con Patty Durán. ¡Patty! ¡Cuán avergonzado estaba de ese tonto intento! Por lo que él sabía Patty era inocente. Ella nunca había hablado mal de su esposa o del hecho de que él estuviera casado. Nunca sugirió nada inapropiado, al menos para su edad. La gente joven era más dada a acariciar y coquetear, y ella no reclamaba tener un código moral o religioso. Que se hubiera obsesionado con las posibilidades con Patty, mientras que probablemente, ella apenas lo sabía, le hacía sentirse más necio aún.

¿De dónde venía esta culpa? Él había mirado a Patty a los ojos muchas veces, y habían pasado horas a solas juntos comiendo en varias ciudades, pero ella nunca le había invitado a su cuarto ni tratado de besarlo o ni siquiera de tomarle la mano. Tal vez ella hubiera reaccionado si él hubiese tomado la iniciativa, pero quizá no. Ella podría sencillamente haberse ofendido, sentido insultada y decepcionada.

Raimundo meneó la cabeza. No sólo era culpable de lujuria por una mujer a la que no tenía derecho, sino que seguía siendo tan torpe que ni siquiera supo cómo enamorarla.

Ahora él enfrentaba la hora más negra de su alma. Estaba nervioso por Cloé. Desesperaba por tenerla en casa y a salvo, esperando que al tener a su propia carne y sangre en casa, de alguna manera su pena y su dolor se calmaran. Sabía que debía tener hambre de nuevo pero nada le atraía. Hasta las galletitas olorosas y sabrosas que creyó iba a tener que racionar se habían convertido en un doloroso recordatorio de Irene. Quizá mañana.

Raimundo encendió el televisor, no por interés en ver más del desastre caótico sino con la esperanza de ver algunas noticias de orden, del tráfico despejándose, de la gente comunicándose. Luego de uno o dos minutos de más de lo mismo, lo volvió a apagar. Rechazó la idea de llamar a O'Hare sobre la posibilidad de ir a buscar su automóvil, porque no quería ocupar el teléfono ni por un minuto por si Cloé trataba de comunicarse. Habían pasado horas desde que supo que ella se había ido de Palo Alto. ¿Cuánto tiempo tomaría hacer todas esas conexiones locas, y finalmente, subirse a un vuelo Ozark desde Springfield a la zona de Chicago? Recordaba los viejos chistes de la industria aeronáutica: deletreando al revés Ozark sale Krazo.[3] Sólo que ahora no le parecía nada divertido.

Saltó cuando sonó el teléfono pero no era Cloé.

---

3 Loco de remate.

—Lo siento, capitán —dijo Patty—. Prometí llamarte de nuevo pero me dormí después de la llamada que recibí y estuve durmiendo desde entonces.

—Eso está bien, Patty. De hecho yo tengo que...

—Quiero decir, que no quería molestarte en ninguna forma en un momento como este.

—No, está bien, sólo que yo...

—¿Has hablado con Cloé?

—Estoy esperando que ella llame, así que en realidad, ¡tengo que cortar!

Raimundo había sido más cortante de lo que quería, y Patty se quedó callada.

—Bueno, está bien, lo siento.

—Yo te llamaré, Patty. ¿De acuerdo?

—Está bien.

Había sonado dolida. Lamentaba eso, pero no el haberse librado de ella por ahora. Sabía que ella sólo trataba de ayudar y ser amable pero no había estado escuchando. Ella estaba sola y asustada igual que él y, sin duda, ya había sabido de su familia. ¡Oh, no! ¡Ni siquiera le había preguntado por ellos! Ella lo detestaría y ¿por qué no? *¡Cuán egoísta puedo ser!* —se preguntó.

Ansioso como estaba por saber de Cloé, tuvo que arriesgar un par de minutos más en el teléfono. Discó el número de Patty pero su línea estaba ocupada.

Camilo trató de llamar a Desi Burton en Londres tan pronto como llegó a casa sin querer esperar más tiempo, dada la diferencia de hora. Obtuvo una respuesta intrigante. La máquina de mensajes de Desi pasó su mensaje habitual pero, tan pronto como sonó el indicador de dejar el mensaje, un tono más largo señaló que la cinta estaba llena. Raro. O Desi estuvo durmiendo durante todo aquello o...

Camilo no había considerado que Desi hubiera podido desaparecer. Además de dejarlo con un millón de preguntas sobre Stonagal, Carpatia, Todd-Cothran y todo el fenómeno, Desi era uno de sus mejores amigos de Princeton. *Oh, por favor, que esto sea una coincidencia* —pensó—. *Permita Dios que esté de viaje.*

El teléfono sonó en cuanto Camilo colgó. Era Patty Durán. Estaba llorando.

—Lamento molestarlo, señor Williams, y me había prometido que nunca usaría el número de su casa...

—Está bien, Patty, ¿Qué pasa?

—Bueno, realmente es tonto pero acaba de pasarme algo, y no tengo a nadie con quien hablar de eso. No pude comunicarme con mi madre o hermanas, y bueno, sólo pensé que quizá usted entendería.

—Dígame.

Le contó de su llamada al capitán Steele y lo puso al día sobre quién era Steele. Le informó que había perdido a su esposa e hijo y que ella había acabado de llamarlo, luego de oír las buenas noticias de parte de Camilo.

—...y entonces él simplemente me cortó porque está esperando una llamada de su hija.

—Puedo entender eso —dijo Camilo, mirando para arriba. ¿Cómo se había metido en este club de corazones solitarios? ¿No tenía ella alguna amiga para descargarse?

—También puedo —dijo ella—. Es precisamente eso. Y sé que él está dolido porque es como si su esposa e hijo hubieran muerto, pero él sabía que yo estaba muy angustiada por mi familia y no me preguntó siquiera.

—Bueno, estoy seguro de que todo eso es sólo parte de la tensión del momento, de la pena, como usted dice, y...

—Oh, lo sé. Sólo quería hablar con alguien y pensé en usted.

—Bueno, oiga, cuando guste —mintió Camilo—. *Ay, hombre* —pensó: *El número de mi casa definitivamente lo tendré que eliminar de la próxima partida de tarjetas de presentación*—. Escuche, debo dejarla ahora. Tengo una reunión de negocios esta noche y...

—Bueno, gracias por escuchar.

—Entiendo —dijo él, aunque dudaba que alguna vez entendiera. Quizá Patty mostraba mayor profundidad y sentido cuando no estaba tensa. Esperaba que fuera así.

Raimundo se alegró de que la línea de Patty diera ocupada porque podía decirle que había intentado llamarla de inmediato, pero no había podido ocupar su teléfono por más tiempo. Un minuto después, el teléfono volvió a sonar.

—Capitán, soy yo de nuevo. Lo lamento, no le hablaré mucho tiempo pero pensé que usted trataría de llamarme y he estado hablando así que...

—Efectivamente, lo hice, Patty. ¿Qué supiste de tu familia?

—Están bien —ella lloraba.

—Oh, gracias a Dios —dijo él.

Raimundo se preguntó qué le estaba pasando. Dijo que estaba contento por ella pero había llegado a la conclusión de que aquellos que no habían desaparecido se habían perdido el acontecimiento más grandioso de la historia cósmica. Pero ¿qué se suponía que dijera: *Oh, lamento que también tu familia fuera dejada?*

Cuando colgó Raimundo se sentó al lado del teléfono con un molesto sentimiento de que ciertamente esta vez se había perdido la llamada de Cloé. Eso lo enojó. Su estómago gruñía y sabía que debía comer pero había decidido que lo postergaría lo más que pudiera, esperando comer con Cloé cuando llegara. La conocía bien: ella no habría comido.

Nueve

El sistema subconsciente para despertarse de Camilo le falló esa noche, pero a las 8:45 P.M.estaba de regreso en la oficina de Esteban Plank, desarreglado y disculpándose. Había tenido razón. Sintió el resentimiento de los veteranos editores de departamento. Juan Ortiz, el jefe de la sección de política internacional, estaba indignado de que Camilo tuviera algo que ver con la conferencia cumbre que Juan planeaba cubrir dentro de dos semanas.

—Los nacionalistas judíos están discutiendo un asunto que he estado siguiendo por años. ¿Quién hubiera creído que estuvieran contemplando aceptar un solo gobierno mundial? Que tan siquiera consideraran la discusión, es monumental. Se están reuniendo aquí antes que en Jerusalén o Tel Aviv porque su idea es sumamente revolucionaria. La mayoría de los nacionalistas israelitas piensan que la Tierra Santa ya ha llegado muy lejos con su liberalidad. Esto es histórico.

—Entonces, ¿cuál es tu problema —dijo Plank— con que yo agregue a nuestro hombre número uno a la cobertura?

—Porque *yo* soy tu número uno en esto.

—Yo trato de que todas estas reuniones tengan sentido —dijo Plank.

Jaime Borland, el editor de religión terció: —Entiendo las objeciones de Juan, pero yo tengo dos reuniones al mismo tiempo. Agradezco la ayuda.

—Ahora estamos llegando a alguna parte —dijo Plank.

—Pero te seré franco, Macho —agregó Borland—, quiero que mi opinión cuente en el producto final.

—Por supuesto —dijo Plank.

—No tan rápido —intervino Camilo—. No quiero que aquí me traten como si fuera un periodista de relleno. Yo voy a traer mi propio ángulo sobre estas reuniones y no trato de meterme en sus territorios de expertos. No quiero hacer las coberturas de las reuniones individuales mismas. Quiero dar cierta coordinación, encontrar el sentido, el denominador común. Jaime, tus dos grupos: los judíos religiosos que quieren reconstruir el templo y los ecuménicos que quieren una especie de orden religioso mundial único, ¿van a estar oponiéndose unos a otros? ¿Habrá judíos religiosos...

—Ortodoxos.

—Bien, judíos ortodoxos en la reunión ecuménica? Porque parece que su propósito es contrario al de la reconstrucción del templo.

—Bueno, por lo menos piensas como un editor de religión —dijo Jaime—. Eso da ánimo.

—Pero, ¿qué piensas tú?

—No sé. Eso es lo que hace tan interesante esto. Que ellos se reúnan al mismo tiempo en la misma ciudad es demasiado bueno para ser verdad.

La editora de finanzas, Bárbara Donahue, puso fin a la discusión:

—Yo he tratado antes contigo en este tipo de esfuerzo, Esteban —dijo—. Y aprecio la manera en que dejas que todos se desahoguen sin amenazas. Pero todos sabemos que estás decidido tocante a la participación de Camilo, así que lamamos nuestras heridas y sigamos adelante con el asunto. Si todos ponemos nuestro empeño propio en la cobertura desde nuestros departamentos y cada cual aporta algo al artículo general que supongo va en la página principal, entonces sigamos adelante con esto.

Hasta Ortiz asintió aunque a Camilo le pareció renuente.

—Camilo es el mariscal de campo —dijo Plank—, así que manténganse en contacto con él. Él me informará. ¿Quieres decir algo, Macho?

—Sólo que muchas gracias —dijo tristemente haciendo que todos se rieran entre dientes—. Bárbara, tus monetaristas se están reuniendo justo en las Naciones Unidas, como hicieron cuando lo de las tres divisas.

Ella asintió. —El mismo lugar y casi la misma gente.

—¿Cuán involucrado en esto está Jonatán Stonagal?

—¿Abiertamente, quieres decir?

—Bueno, todos saben que él es circunspecto. Pero, ¿hay influencia de Stonagal?

—¿Los patos tienen labios?

Camilo se sonrió y escribió una nota. —Consideraré eso como un sí. Me gustaría estar por ahí cerca de esa, quizá tratar de llegar a Juan Diamante.

—Buena suerte. Probablemente no mostrará su cara.

—Pero estará en la ciudad, ¿no, Bárbara? ¿No estuvo en el hotel Plaza la última vez?

—Tú sí que sabes de todo, ¿no? —dijo ella.

—Bueno, él sólo dejaba subir a su habitación a uno de los jefes por día.

Juan Ortiz levantó la mano. —Yo voy a seguir esto y no tengo nada personal contra ti, Camilo, pero no creo que haya forma de coordinar esta historia sin inventar algún enlace. Quiero decir, si quieres hacer una crónica diciendo que hubo cuatro importantes reuniones internacionales en la ciudad casi de una sola vez, está bien, pero interrelacionarlas, sería estirar la cosa.

—Si encuentro que no están interrelacionadas, no habrá ninguna nota general —dijo Camilo—. ¿Suficientemente justo?

Raimundo Steele estaba casi enloquecido de preocupación, complicada por su pena. ¿Dónde estaba Cloé? Él había estado en casa todo el día, yendo y viniendo, apenado, pensando. Se sentía seco y claustrofóbico. Había llamado a Pan-Continental y le dijeron que su automóvil podría quedar libre para cuando él volviera de su vuelo del fin de semana. Las noticias de la televisión mostraban el sorprendente progreso realizado en despejar los caminos y hacer que funcionara de nuevo el transporte masivo. Pero el paisaje se vería desastrado por meses. Grúas y demoledores se habían quedado sin espacio donde poner los escombros, así que los restos retorcidos permanecían amontonados peligrosamente a los lados de los caminos y vías de acceso rápido.

Cuando Raimundo por fin decidió llamar a la iglesia de su esposa, era ya fuera de horario y agradeció que no tuviera que hablar con nadie. Como lo esperaba, halló un mensaje nuevo en la máquina contestadora de ellos, aunque era comunicado por una voz masculina que sonaba estupefacta:

> Se ha comunicado con la Iglesia Centro de la Nueva Esperanza. Estamos planeando un estudio bíblico semanal, pero por ahora, nos reuniremos solamente una vez cada domingo a las 10:00 de la mañana. Aunque se

fue todo nuestro personal, salvo yo, y la mayoría de nuestra congregación, los pocos que quedamos estamos manteniendo el edificio y repartiendo una cinta de video que nuestro pastor titular preparó para un momento como este. Usted puede pasar por la oficina de la iglesia en cualquier momento a buscar una copia gratis, y esperamos verle el domingo por la mañana.

Bien, por supuesto —pensó Raimundo—, *ese pastor había hablado a menudo del Rapto de la iglesia.* Por eso Irene estaba tan encantada con eso. ¡Qué idea más ocurrente, grabar un mensaje para los que serían dejados atrás! Él y Cloé tendrían que ir a buscar uno al día siguiente. Él esperaba que ella se interesara tanto como él por descubrir la verdad.

Raimundo miró por la ventana principal a la oscuridad, justo a tiempo para ver a Cloé con una valija grande en el suelo, pagándole al chofer de un taxi. Salió corriendo de la casa en medias y la rodeó con sus brazos.

—¡Oh, papá! —gimió ella—. ¿Cómo están todos?

Él meneó su cabeza.

—No quiero oír eso —dijo ella, alejándose de él y mirando a la casa como si esperara que su mamá o su hermano aparecieran en el umbral de la puerta.

—Sólo quedamos tú y yo, Cloé —dijo Raimundo, y se quedaron juntos de pie en la oscuridad, llorando.

No fue hasta el viernes que Camilo pudo encontrar a Desi Burton. Se comunicó con el supervisor de la zona de Desi en la Bolsa de Londres.

—Tiene que decirme exactamente quién es usted y cuál es su relación específica con el señor Burton antes que yo sea autorizado a informarle en cuanto a su situación —dijo Miguel Leonardo—. Además me veo obligado a informarle que esta conversación será grabada, empezando de inmediato.

—¿Cómo?

—Estoy grabando nuestra conversación, señor. Si eso es un problema para usted, puede colgar.

—No entiendo.

—¿Qué hay que entender? Usted sabe lo que es una cinta grabadora, ¿o no?

—Por supuesto, y estoy encendiendo la mía ahora también si no le importa.

—Bueno, *me* importa, señor Williams, ¿por qué tendría *usted* que grabar?

—¿Por qué tendría que hacerlo *usted*?

—Nosotros somos los que estamos en una situación sumamente desafortunada y tenemos que investigar todas las pistas.

—¿Qué situación? ¿Desi estaba entre los que desaparecieron?

—Me temo que nada tan limpio como eso.

—Dígame.

—Primero, su razón para preguntar.

—Soy un viejo amigo. Fuimos compañeros de universidad.

—¿Dónde?

—Princeton.

—Muy bien. ¿Cuándo?

Camilo se lo dijo.

—Muy bien. ¿Cuándo fue la última vez que usted habló con él?

—No me acuerdo, ¿está bien? Hemos estado intercambiando mensajes en el *voice-mail*.

—¿Su ocupación?

Camilo vaciló. —Cronista principal *Semanario Mundial*, de Nueva York.

—¿Su interés sería de naturaleza periodística?

—No eliminaría eso —dijo Camilo tratando de no dejar que se trasluciera su ira—, pero no puedo imaginar que mi amigo, con todo lo importante que es para mí, fuera de interés para mis lectores.

—Señor Williams —dijo Miguel cuidadosamente—, permítame manifestar categóricamente, para nuestras dos grabaciones, evidentemente, que lo que voy a decir es estrictamente extraoficial. ¿Entiende?

—Yo...

—Porque me doy cuenta de que en su país, como en el Reino Unido, se protege todo lo que se diga luego de afirmar que estamos en postura no oficial.

—Concedido —dijo Camilo.

—¿Perdóneme?

—Me oyó. Concedido. Estamos hablando de manera extraoficial. Ahora, ¿dónde está Desi?

—El cuerpo del señor Burton fue hallado en su apartamento esta mañana. Había sufrido una herida de bala en la cabeza. Lo siento, pues usted era amigo suyo, pero se ha determinado suicidio.

Camilo se quedó casi sin habla. —¿Por quién? —pudo decir.

—Las autoridades.

—¿Cuáles autoridades?

—Scotland Yard y personal de seguridad de aquí de la Bolsa.

¿Scotland Yard? —pensó Camilo. *Lo veremos*. —¿Por qué está involucrada la Bolsa?

—Protegemos nuestra información y a nuestro personal, señor.

—El suicidio es imposible, usted sabe —dijo Camilo.

—¿Lo sé?

—Si usted es su supervisor, debe saberlo.

—Ha habido incontables suicidios desde las desapariciones, señor.

Camilo estaba meneando su cabeza como si Miguel pudiera verlo desde el otro lado del Atlántico. —Desi no se mató y usted lo sabe.

—Señor, puedo apreciar sus sentimientos pero no sé más que usted de lo que estaba en la mente del señor Burton. Yo lo estimaba pero no estaría en posición de cuestionar la conclusión del médico forense.

Camilo colgó violentamente y entró a la oficina de Esteban Plank. Le dijo a Esteban lo que había oído.

—Eso es terrible —dijo Esteban.

—Yo tengo un contacto en Scotland Yard que conocía a Desi pero no me atrevo a hablarle por teléfono. ¿Puedo hacer que Marga me reserve asiento en el próximo vuelo a Londres? Volveré a tiempo para todas estas reuniones cumbres pero tengo que ir.

—Si puedes conseguir un vuelo. No sé si JFK esté siquiera abierto todavía.

—¿Qué tal La Guardia?[1]

—Pregúntale a Marga. Tú sabes que Carpatia estará aquí mañana.

—Tú mismo dijiste que él es poca cosa. Quizá todavía esté aquí cuando yo vuelva.

---

1 Aeropuerto Internacional en la ciudad de Nueva York, junto al John F. Kennedy.

Raimundo Steele no había podido convencer a su apenada hija para que saliera de la casa. Cloé se había pasado horas en el dormitorio de su hermanito y, luego, en el de sus padres, eligiendo de sus efectos personales para agregar a las cajas de recuerdos que su padre había preparado. Raimundo se sentía muy mal por ella. Había abrigado la esperanza secreta de que ella le sirviera de consuelo. Sabía que lo sería más adelante pero, por ahora, ella necesitaba tiempo para hacer frente a su pérdida. Una vez que terminó de llorar, estuvo dispuesta a hablar. Y después que hubo recordado el pasado hasta el punto en que Raimundo no sabía si su corazón podría resistir más, finalmente, cambió el tema al fenómeno de las desapariciones mismas.

—Papá, en California están actualmente creyéndose la teoría de la invasión espacial.

—Estás bromeando.

—No. Quizá sea porque fuiste siempre tan práctico y escéptico sobre todas las cosas de esos tabloides, pero yo sencillamente no puedo aceptarlo. Quiero decir, tiene que ser algo sobrenatural o de otro mundo pero...

—¿Pero qué?

—Es que me parece que si una fuerza extraña fuera capaz de hacer todo esto, también sería capaz de comunicarse con nosotros. ¿No querrían ahora invadir o pedir rescate o hacer que nosotros hagamos algo por ellos?

—¿Quiénes? ¿Los marcianos?

—¡Papá! No estoy diciendo que lo creo. Digo que no, pero ¿mi razonamiento no tiene sentido?

—No tienes que convencerme. Yo admito que no hubiera soñado que nada de esto fuera posible hace una semana, pero mi lógica se ha visto forzada hasta el punto de ruptura.

Raimundo esperaba que Cloé le preguntara su teoría. No quería empezar directo con un tema religioso. Ella siempre había rechazado la religión, habiendo dejado de ir a la iglesia cuando estaba en la secundaria. Irene y él dejaron de pelear con ella por eso. Era una niña buena, nunca se metía en problemas. Tenía notas lo bastante buenas para conseguirse una beca académica parcial, y aunque en ocasiones se quedó fuera de la casa hasta muy tarde y pasó por un período de embobamiento por los muchachos, nunca tuvieron que sacarla de la cárcel, ni hubo evidencias de uso de drogas. Él siempre estuvo muy pendiente de eso.

Raimundo e Irene sabían que Cloé había vuelto a casa de más de una fiesta lo bastante ebria como para pasarse la noche vomitando. La primera vez él e Irene optaron por ignorarlo, actuando como si no hubiera pasado. Creyeron que era suficientemente equilibrada como para saber que la siguiente vez no debía hacerlo. Cuando llegó la siguiente vez, Raimundo tuvo una charla con ella.

—Lo sé, lo sé, lo sé, ¿está bien papá? No tienes que empezar con eso conmigo.

—No estoy empezando nada contigo. Quiero cerciorarme de que sabes lo suficiente para no conducir si bebes mucho.

—Por supuesto que sí.

—Y sabes cuán estúpido y peligroso es beber mucho.

—Pensé que no estabas empezando conmigo.

—Sólo dime que lo sabes.

—Creo que ya lo dije.

Él había meneado la cabeza sin decir nada.

—Papá, no te rindas conmigo. Adelante, dame con todo. Demuestra que te importa.

—No te rías de mí —había dicho él—. Un día vas a tener un hijo y tampoco sabrás qué decir. Cuando amas a alguien con todo tu corazón y todo lo que te importa es su bienestar...

Raimundo no había podido continuar. Por primera vez en su vida adulta se atragantó con un nudo en su garganta. Nunca le había pasado en sus peleas con Irene. Siempre había estado muy a la defensiva, muy preocupado por presentar su argumento para pensar en cuánto le importaba ella. Pero con Cloé, realmente quería decir lo correcto, protegerla de sí misma. Quería que ella supiera cuánto la amaba y todo le estaba saliendo mal. Era como si él estuviera castigando, sermoneando, reprendiendo, condescendiendo. Eso le había hecho quebrantarse.

Aunque no lo había planeado, esta muestra involuntaria de emoción le llegó a Cloé. Ella había estado alejándose de él por meses, de ambos padres. Había estado resentida, fría, independiente, sarcástica, desafiante. Él sabía que todo era parte del proceso de crecer y de afirmar su propia personalidad, pero era una época dolorosa e intimidante.

Mientras se mordía el labio y respiraba profundamente esperando recobrar la compostura y no avergonzarse a sí mismo, Cloé se le había acercado y le había echado los brazos al cuello, como cuando era niñita. —Oh, papá, no llores —había dicho—. Yo sé que me quieres. Sé que te importo. No te preocupes por mí. Aprendí mi lección y no volveré a ser estúpida, te lo prometo.

Él se había deshecho en lágrimas y ella también. Se habían unido como nunca antes. Él no recordaba haber tenido que volver a llamarle la atención, y aunque ella no había regresado a la iglesia, él había empezado a alejarse en ese entonces. Se habían hecho amigos y ella estaba creciendo hasta llegar a ser como él. Irene le había hecho bromas de que sus hijos tenían, cada uno, su progenitor preferido.

Ahora, sólo días después de que Irene y Raimundito hubieran desaparecido, Raimundo esperaba que la relación que realmente había empezado con un momento emotivo cuando Cloé estaba en la secundaria, floreciera para que pudieran hablar. ¿Qué era más importante que lo que había pasado? Él sabía ahora lo que creían sus locas amistades de la universidad y el californiano típico. ¿Qué novedad era esa? Siempre generalizaba que la gente de la costa Oeste daban a los tabloides el mismo valor que los del Medio Oeste le daban al *Chicago Tribune* o hasta el *New York Times*.

Tarde el viernes, Raimundo y Cloé concordaron con renuencia en que debían comer y se afanaron juntos en la cocina, preparando una sana mezcla de frutas y verduras. Había algo tranquilizante y sanador en esto de trabajar con ella en silencio. Por un lado era doloroso porque todo lo doméstico le recordaba a Irene. Y cuando se sentaron a comer, ocuparon automáticamente sus puestos de costumbre en cada extremo de la mesa: lo que hacía resaltar mucho más los otros dos puestos vacíos.

Raimundo se dio cuenta de que Cloé se entristecía de nuevo y supo que ella sentía como él. No había transcurrido tanto tiempo desde que habían disfrutado juntos en familia tres o cuatro comidas por semana. Irene siempre se sentaba a su izquierda, Raimundito a su derecha y Cloé directamente al frente. El vacío y el silencio lastimaban.

Raimundo tenía hambre y se terminó una tremenda ensalada. Cloé dejó de comer poco después de haber empezado y lloró en silencio, con su cabeza gacha, las lágrimas cayendo en su regazo. Su padre le tomó la mano y ella se paró y se sentó en sus rodillas, escondiendo su cara y sollozando. Con el corazón dolorido por ella, Raimundo la meció hasta que se calló.

—¿Dónde están ellos? —gimió por fin.

—¿Quieres saber dónde yo creo que están? —respondió él— ¿Realmente quieres saber?

—¡Por supuesto!

—Yo creo que están en el cielo.

—¡Oh, papá! Había unos chiflados religiosos en la escuela que estaban diciendo eso, pero si ellos sabían tanto de eso, ¿cómo es que no se fueron?

—Quizá se dieron cuenta de que habían estado equivocados y que se perdieron la oportunidad.

—¿Crees que eso es lo que nosotros hemos hecho? —dijo Cloé, volviendo a su silla.

—Me temo que sí. ¿No te dijo tu madre que ella creía que Jesús volvería un día y se llevaría a su gente directamente al cielo antes de que murieran?

—Seguro, pero ella siempre fue más religiosa que el resto de nosotros. Pensé que estaba yendo demasiado lejos.

—Buena elección de palabras.

—¿Mmm?

—Ella fue llevada lejos, Cloé. Raimundito también.

—¿En realidad tú no crees eso, no?

—Sí, lo creo.

—Eso es casi tan loco como la teoría de la invasión marciana.

Raimundo se puso a la defensiva. —¿Ah sí? pues ¿cuál es *tu* teoría?

Cloé empezó a quitar la mesa y habló de espaldas a él.

—Soy suficientemente honesta para admitir que no sé.

—¿Así que, ahora yo no estoy siendo honesto?

Cloé se volvió hacia él, con simpatía en su cara.

—¿No ves papá? Tú te has ido a la posibilidad menos dolorosa. Si estuviéramos votando, mi primera elección sería que mi mamá y mi hermanito están en el cielo con Dios, sentados en las nubes, tocando sus arpas.

—Así que yo me estoy engañando a mí mismo, ¿eso es lo que estás diciendo?

—Papá, no te culpo. Pero tienes que reconocer que esto es muy inverosímil.

Ahora Raimundo estaba enojado. —¿Qué es más inverosímil que la gente desaparezca y deje su ropa? ¿Quién más podría hacer eso? Hace años hubiéramos culpado a los soviéticos, diciendo que habían desarrollado alguna supertecnología nueva, algún rayo mortal que afectaba solamente a los seres humanos. Pero ya no hay amenaza soviética y los rusos también perdieron gente. Y ¿cómo es que esto... esto sea lo que sea... cómo eligió a quién tomar y a quién dejar?

—¿Estás diciendo que la única explicación lógica es Dios, que él se llevó a los suyos y dejó al resto de nosotros?

—Eso es lo que estoy diciendo.

—No quiero oír eso.

—Cloé, tu propia familia es un cuadro perfecto de lo que pasó. Si lo que digo es correcto, lo lógico fue que se fueran esas dos personas, y se quedaran las otras dos.

—¿Tú piensas que yo soy una pecadora?

—Cloé, escucha. Seas lo que seas, yo lo soy. No te estoy juzgando. Si tengo la razón en esto, nosotros nos perdimos algo. Siempre me catalogué de cristiano, mayormente porque fui criado de esa manera y porque no era judío.

—¿Ahora dices que no eres cristiano?

—Cloé, pienso que los cristianos se fueron.

—¿Así que yo tampoco soy cristiana?

—Eres mi hija y el único miembro de mi familia que todavía queda; te quiero más que a nada en la tierra, pero si los cristianos se fueron y todos los demás quedaron, no creo que nadie sea cristiano.

—Una especie de supercristiano, querrás decir.

—Sí, un cristiano verdadero. Evidentemente aquellos que fueron tomados, fueron reconocidos por Dios como verdaderamente suyos. ¿De qué otro modo más puedo decirlo?

—Papá, ¿qué hace esto de Dios? ¿Un sádico dictador enfermo?

—Cuidado, querida. Piensas que yo estoy equivocado pero ¿qué si tengo la razón?

—Entonces Dios es rencoroso, aborrecible, malo. ¿Quién quiere ir al cielo con un Dios así?

—Si es allá donde están tu madre y Raimundito, allá es donde yo quiero estar.

—¡También yo quiero estar con ellos, papá! Pero dime ¿cómo encaja esto con un Dios amante y misericordioso? Cuando iba a la iglesia, me cansaba de oír cuán amoroso es Dios. Él nunca contestó *mis* oraciones y nunca sentí como que Él me conociera o se interesara por mí. Ahora, tú dices que yo tenía la razón. Él no lo hizo. ¿Yo no pasé el examen, así que fui dejada? No debes esperar tener la razón.

—Pero si no tengo la razón, ¿quién, Cloé? ¿Dónde están ellos? ¿Dónde están todos?

—¿Ves? Te has aferrado a esta cosa del cielo porque te hace sentir mejor. Pero a mí me hace sentir peor. No lo acepto. Ni siquiera quiero considerarlo.

Raimundo dejó el tema y se fue a mirar televisión. Se había reiniciado la programación habitual limitada, pero todavía pudo hallar cobertura continuada de noticias. Le impactó el nombre raro del nuevo presidente rumano, del cual había leído recientemente: Carpatia. Se esperaba que llegara al aeropuerto La Guardia en Nueva York el sábado y diera una conferencia de prensa el lunes por la mañana, antes de hablar en las Naciones Unidas.

Así que La Guardia estaba abierto. Allí era donde se suponía que Raimundo volara más tarde esa noche, con un vuelo sobrevendido. Llamó a Pan-Continental en O'Hare.

—Me alegra que llamaras —dijo un supervisor—. Estaba por llamarte. ¿Está al día tu calificación para 757?

—No. Yo los volaba habitualmente, pero prefiero el 747 y no he sido calificado este año para el 757.

—Eso es todo lo que estamos volando al Este en este fin de semana. Tendremos que conseguir a otro. Y tú tienes que calificarte pronto, para que tengamos flexibilidad.

—Ya tomé nota. ¿Qué es lo próximo para mí?

—¿Quieres un viaje el lunes a Atlanta volviendo el mismo día?

—¿En un...?

—747.

—Suena perfecto. ¿Puedes decirme si hay espacio en ese vuelo?

—¿Para?

—Un familiar.

—Déjame ver.

Raimundo oyó las teclas de la computadora y la voz distraída.

—Mientras reviso, ah, tenemos un pedido de una tripulante para ser asignada a tu próximo vuelo, sólo que creo que ella estaba pensando que ibas a salir en la vuelta de esta noche, Logan a JFK y regreso.

—¿Quién? ¿Patty Durán?

—Déjame ver. Correcto.

—Así que está asignada a Boston y Nueva York?

—Ah, ah.

—Y yo no, así que esa cuestión es debatible, ¿correcto?

—Supongo que sí. ¿Alguna preferencia en uno u otro sentido?

—¿Cómo?

—Ella va a pedir de nuevo, es lo que yo supongo. ¿Tienes alguna objeción para que sea asignada a uno de tus próximos vuelos?

—Bueno, no será Atlanta, ¿correcto? Eso es muy pronto.

—Correcto.

Raimundo suspiró. —No tengo objeciones, creo. No, espera. Deja que pase lo que debe pasar.

—No te entiendo, capitán.

—Sólo digo que si ella es asignada en el curso normal, no objeto, pero no hagamos ningún malabarismo para que eso suceda.

—Capté. Y tu vuelo a Atlanta parece como que pudiera dar lugar a tu pasaje gratis ¿Nombre?

—Cloé Steele.

-La pondré en primera clase pero si lo venden todo, sabes que tendré que ponerla en segunda clase.

Cuando Raimundo colgó el teléfono Cloé entró a la sala.

—No vuelo esta noche —dijo él.

—¿Eso es buena o mala noticia?

—Me alivia. Así tengo más tiempo para estar contigo.

—¿Después de la manera en que te hablé? Me figuraba que querrías que yo estuviese fuera de tu vista y de tu mente.

—Cloé, podemos hablar con franqueza uno al otro. Eres mi familia. Detesto pensar en estar lejos de ti en absoluto. El lunes tengo un vuelo de ida y vuelta a Atlanta y te puse en primera clase si quieres ir.

—Seguro.

—Y sólo deseo que no hubieras dicho una sola cosa.

—¿Cuál?

—Que ni siquiera quieres considerar mi teoría. Siempre te han gustado mis teorías. No me importa que digas que no la aceptas. No sé lo suficiente para expresarla en una forma que tenga sentido. Pero tu madre hablaba de esto. Una vez hasta me advirtió que si no sabía con seguridad que yo me iría si Cristo volvía por su gente, no debía ser impertinente al respecto.

—¿Pero lo eras?

—Seguro que sí. Pero nunca más.

—Bueno, papá, no soy impertinente al respecto; sólo que no puedo aceptarla, eso es todo.

—Eso está bien. Pero no digas que ni siquiera la considerarás.

—Bueno, ¿consideraste la teoría de los invasores espaciales?

—Efectivamente, sí.

—Estás de broma.

—Consideré todo. Esto fue algo tan fuera de la experiencia humana, ¿qué se supone que pensemos?

—Bien, así que si me retracto de que ni siquiera la consideraría, ¿qué significa eso? De pronto llegamos a ser fanáticos religiosos, empezamos a ir a la iglesia, ¿no? ¿Y quién dice que no sea demasiado tarde? Si tienes razón, quizá nos perdimos nuestra oportunidad para siempre.

—Eso es lo que tenemos que averiguar, ¿no crees? Comprobemos esto, veamos si hay algo en esto. Si lo hay, no querremos nada más que saber si aún hay una oportunidad de poder estar de nuevo con mamá y Raimundito algún día.

Cloé se sentó meneando la cabeza. —Caray, papá, no sé.

—Escucha, llamé a la iglesia a la que estaba yendo tu mamá.

—Oh, por favor.

Le contó de la grabación y el ofrecimiento de la cinta.

—¡Papá! ¿Una grabación para los que fueron dejados atrás? ¡Por favor!

—Enfocas esto como una escéptica, tan seguro es que te parece ridículo. No veo otra explicación lógica, así que no puedo esperar más para oír la cinta.

—Estás desesperado.

—¡Naturalmente! ¿Tú no?

—Me siento desgraciada y asustada, pero no estoy tan desesperada que voy a perder mis facultades. Oh, papá, lo siento. No me mires así. No te culpo por haber probado esto. Adelante, y no te preocupes por mí.

—¿Irás conmigo?

—Preferiría no ir. Pero si quieres que yo...

—Puedes esperarme en el automóvil.

—No es eso. No me asusta conocer a alguien con quien estoy en desacuerdo.

—Iremos para allá mañana —dijo Raimundo, desilusionado por su reacción, pero no menos decidido a seguir adelante, por ella tanto como por él mismo. Si él tenía la razón, no quería faltarle a su propia hija.

Diez

Camilo Williams se convenció que no debía llamar al amigo de él y de Desi Burton en Scotland Yard antes de salir de Nueva York. Con las comunicaciones tan difíciles como estaban hacía días y luego de la rara conversación con el supervisor de Desi, Camilo no quería arriesgarse a que alguien escuchara. Lo último que quería era comprometer la integridad de su contacto en Scotland Yard.

Camilo tomó tanto su pasaporte real como el falso ambos visados —precaución acostumbrada por seguridad—. Tomó un vuelo a Londres tarde en la noche del viernes, saliendo desde La Guardia, y llegó al aeropuerto Heathrow en Londres el sábado por la mañana. Se registró en el Hotel Tavistock y durmió hasta pasada la media tarde. Entonces se puso a averiguar la verdad sobre la muerte de Desi.

Empezó llamando a Scotland Yard y preguntando por su amigo Alan Tompkins, un empleado de nivel medio. Eran casi de la misma edad y Tompkins era un investigador delgado, de pelo oscuro y un poco despeinado, a quien Camilo había entrevistado para un artículo sobre el terrorismo británico.

Se habían entendido bien y hasta disfrutado una noche en un bar londinense con Desi. Los tres se habían hecho amigos y cada vez que Camilo estaba de visita, se reunían. Ahora por teléfono, trató de comunicarse con Tompkins en forma tal que Alan entendiera rápidamente y no demostrara que eran amigos, por si acaso la línea estaba vigilada.

—Señor Tompkins, usted no me conoce pero mi nombre es Camilo Williams del *Semanario Mundial.* —Antes que Alan se echara a reír y saludara a su amigo, Camilo siguió rápidamente—. Estoy aquí en Londres para hacer una nota preliminar a la conferencia monetaria internacional en las Naciones Unidas.

Alan sonó súbitamente serio. —¿Cómo puedo ayudarle señor? ¿Qué tiene que ver eso con Scotland Yard?

—Estoy teniendo problemas en localizar al sujeto de mi entrevista y sospecho que hay juego sucio.

—¿Y su sujeto?

—Se llama Burton, Desi Burton. Trabaja en la Bolsa.

—Déjeme revisar un poco y le llamaré de vuelta.

Pocos minutos después sonó el teléfono de Camilo.

—Aquí, Tompkins del Yard. Me pregunto si usted sería tan amable como para venir a verme.

Temprano en la mañana del sábado, en Mount Prospect, Illinois, Raimundo Steele volvió a llamar a la Iglesia Centro de la Nueva Esperanza. Esta vez contestó un hombre. Raimundo se presentó como el marido de una ex feligresa.

—Lo conozco, señor —dijo el hombre—. Nos hemos conocido. Yo soy Bruno Barnes, el pastor de las visitas.

—Oh, sí, hola.

—¿Por ex feligresa supongo que me dice que Irene ya no está con nosotros?

—Correcto, ni nuestro hijo.

—¿Raimundo hijo, cierto?

—Correcto.

—¿Ustedes también tenían una hija mayor, verdad, una que no asistía?

—Cloé.

—¿Y ella..?

—Está aquí conmigo. Me preguntaba qué entiende usted de todo esto: ¿Cuánta gente ha desaparecido? ¿Se reúnen todavía? cosas como esas. Sé que tienen un servicio el domingo y que están ofreciendo una grabación.

—Bueno, entonces usted lo sabe casi todo, señor Steele. Casi todos los miembros y asistentes habituales de esta iglesia se fueron. Yo soy la única persona del personal que queda. He pedido a unas pocas mujeres que ayuden en la oficina. No tengo idea de cuántos vendrán el domingo pero sería un privilegio volver a verlo.

—Estoy muy interesado en esa grabación.

—Tendré mucho gusto en darle una por anticipado. El domingo en la mañana cambiaremos impresiones acerca de ella.

—No sé cómo preguntar esto, señor Barnes.

—Bruno.

—Bruno, ¿va a enseñar o predicar o qué?

—Conversar. Pasaré la cinta para todos los que no la hayan escuchado y luego la debatiremos.

—Pero usted... quiero decir, ¿cómo explica el hecho de que usted aún esté aquí?

—Señor Steele, hay una sola explicación para eso y yo preferiría conversar al respecto en persona con usted. Si supiera cuándo puede venir a buscar la grabación, me aseguraría de estar aquí.

Raimundo le dijo que él y quizá Cloé irían esa tarde.

Alan Tompkins esperaba justo adentro del vestíbulo de Scotland Yard. Cuando llegó Camilo estrechó formalmente su mano y lo guió a un automóvil viejo compacto, el cual condujo rápidamente a un oscuro bar a unas pocas millas de distancia.

—No hablemos hasta llegar allá —dijo Alan, fijándose continuamente en los espejos—. Tengo que concentrarme.

Camilo nunca había visto a su amigo tan agitado y sí, asustado.

Ambos llevaron cerveza negra a un aislado rincón, pero Alan no tocó la suya. Camilo, que no había comido desde el vuelo, cambió su vaso vacío por el lleno de Alan y se lo tomó también. Cuando vino la camarera por los vasos, Camilo pidió un sandwich. Alan declinó y Camilo, conociendo su límite, pidió una soda.

—Sé que esto será como echar petróleo sobre las llamas —empezó Alan—, pero lo que tengo que decirte es algo peligroso que debes desear distanciarte de ello lo más lejos que puedas.

—Claro que estás abanicando mi llama —dijo Camilo—. ¿Qué está ocurriendo?

—Bueno, ellos dicen que es suicidio pero...

—Pero tú y yo sabemos que eso es una tontería. ¿Cuál es la prueba? ¿Estuviste en la escena?

—Sí. Disparo en la sien, revólver en su mano. Ninguna nota de suicidio.

—¿Faltaba algo?

—No parece pero, Camilo, tú sabes de qué se trata esto.

—¡No!

—Vamos, vamos, hombre. Desi era un teórico de la conspiración, siempre olfateando en torno de la participación de Todd-Cothran con financieros internacionales, su papel en la conferencia de las tres divisas y hasta su asociación con tu hombre, Stonagal.

—Alan, hay libros sobre esta basura. La gente se hace el hábito de atribuir toda clase de maldad a la Comisión Trilateral, los Iluminados, hasta los Masones, por favor. Desi pensaba que Todd-Cothran y Stonagal eran parte de algo llamado el Consejo de los Diez o el Consejo de los Sabios. ¿Y qué? Es todo tan inocente.

—Pero cuando un empleado, a todas luces alejados por varios niveles del líder de la Bolsa, trata de conectar a su jefe con las teorías de la conspiración, él se mete en problemas.

Camilo suspiró. —Así que le llaman la atención, quizá lo despiden. Pero dime cómo lo matan o empujan al suicidio.

—Voy a decirte algo, Camilo —dijo Alan— yo sé que fue asesinado.

—Bueno, también estoy seguro, pues pienso que yo hubiese tenido indicios si él hubiera manifestado alguna tendencia hacia el suicidio.

—Están tratando de achacarlo a la pena por haber perdido familiares en la gran desaparición, pero eso nadie se lo cree. Él no perdió a nadie cercano según tengo entendido.

—Pero ¿tú *sabes* que fue asesinado? Palabras muy fuertes para un investigador.

—Lo sé porque lo conocía, no porque sea un investigador.

—Eso no lleva mucho peso —dijo Camilo—. Yo también puedo decir que lo conocía y que él no podría haberse suicidado, pero yo estoy prejuiciado.

—Camilo, esto es tan sencillo que sería un cliché si Desi no fuera nuestro amigo. ¿De qué le hacíamos bromas siempre?

—De muchas cosas ¿por qué?

—Lo embromábamos porque era tan torpe.

—Sí, ¿y qué?

—Si él estuviera con nosotros ahora mismo, ¿dónde estaría sentado?

Súbitamente se le aclaró a Camilo a qué se refería Alan. —Estaría sentado a la izquierda de alguno de nosotros y él era tan torpe porque era zurdo.

—Él fue baleado por la sien derecha y la así llamada arma suicida fue hallada en su mano derecha.

—¿Y qué dijeron tus jefes cuando les dijiste que él era zurdo y que esto tenía que ser un asesinato?

—Eres la primera persona a quien se lo digo.

—¡Alan! ¿Qué estás tratando de decir?

—Digo que amo a mi familia. Mis padres viven todavía y tengo un hermano mayor y una hermana. Tengo una ex esposa a la cual todavía quiero. No me importaría liquidarla yo mismo pero, por cierto, no quiero que nadie le haga daño.

—¿De qué tienes miedo?

—Tengo miedo de quien esté detrás del asesinato de Desi, por supuesto.

—¡Pero tú tendrías a todo Scotland Yard respaldándote, hombre! Te llamas oficial de la ley y ¿vas a dejar que esto pase?

—Sí, ¡y eso es precisamente lo que tú vas a hacer!

—Yo, no. No podría vivir conmigo mismo.

—Haz algo respecto a este asunto y no vivirás para contarlo.

Camilo le hizo señas a la camarera para que viniera y pidió saladitos. Ella trajo una masa apilada y grasosa. Era justo lo que él quería. La cerveza le había hecho efecto y el sandwich no había sido suficiente para contrarrestarlo. Se sentía con la cabeza liviana y temía que no volvería a tener hambre por un largo tiempo.

—Te escucho —susurró—. ¿Qué estás tratando de decirme? ¿Quién te asusta?

—Si me crees, no te va a gustar.

—No tengo razón para no creerte y ya no me está gustando. Ahora, habla.

—La muerte de Desi fue dictaminada como suicidio y se acabó la cosa. Se limpió la escena, se cremó el cadáver. Yo pedí una autopsia y se me rieron en la cara. Mi oficial superior, el capitán Sullivan, me preguntó si yo pensaba que la autopsia mostraría algo. Le dije, magulladuras, rasguños, señales de pelea. Él preguntó si yo pensaba que era sensato que un idiota luchara consigo mismo antes de dispararse. Me guardé para mí todo el conocimiento personal.

—¿Por qué?

—Olí algo.

—¿Qué si hago una nota en una revista internacional que señale las discrepancias? Algo tendría que suceder.

—Me dijeron que te diga que te vayas a casa y te olvides de que alguna vez supiste de este suicidio.

Camilo miró de reojo incrédulo. —Nadie sabía que yo venía.

—Puede que sea verdad, pero alguien supuso que podrías venir. Yo no me sorprendí de que vinieras.

—¿Por qué estar sorprendido? Mi amigo está muerto, evidentemente por su propia mano. No iba a ignorar eso.

—Vas a ignorarlo ahora.

—¿Crees que voy a acobardarme sólo porque tú lo hiciste?

—Camilo, tú me conoces y no debes decir eso.

—¡Me pregunto si te conozco en absoluto! Pensé que éramos almas gemelas. Somos monstruos de la justicia, Alan. Buscadores de la verdad. Yo soy periodista, tú eres un investigador. Somos escépticos. ¿Qué es esto de huir de la verdad, especialmente cuando concierne a un amigo?

—¿Me oíste? Dije que me dijeron que te alejara de todo esto si en algún momento te presentabas.

—Entonces, ¿por qué me dejaste ir al Yard?

—Yo hubiera tenido problemas si te hubiera avisado de antemano.

—¿Con quién?

—¿Pensé que nunca ibas a preguntar. Me visitó lo que en tus Estados Unidos llaman un matón.

—¿Un peso pesado?

—Precisamente.

—¿Te amenazó?

—Lo hizo. Dijo que si no quería que lo sucedido a mi amigo me pasara a mí o a mi familia, tendría que hacer lo que él me dijera. Temí que fuera el mismo tipo que asesinó a Desi.

—Y probablemente era. Y entonces, ¿por qué no informaste de la amenaza?

—Iba a hacerlo. Empecé tratando de manejarlo yo mismo. Le dije que no tendría que preocuparse por mí. Al día siguiente fui a la Bolsa y pedí una reunión con el señor Todd-Cothran.

—¿El mismísimo hombre grande?

—En persona. No tenía una cita, naturalmente, pero insistí en que era cosa de Scotland Yard y él me hizo pasar. Su oficina misma es muy intimidante. Todo caoba y cortinaje verde oscuro. Bueno, voy derecho al grano. Le digo: "Señor, creo que a usted le asesinaron a un empleado". Y tan tranquilo me dice: *Jefe, le diré que*, —jefe es una palabra que usan los hampones entre sí, no es una forma en que gente de su nivel usaría para tratar a personas del mío. De todos modos, dice: "Jefe, le diré que, la próxima vez que alguien visite su apartamento a las diez de la noche, como lo hizo cierto caballero anoche, salúdelo de parte mía, ¿quiere?"

—¿Qué le dijiste?

—¿Qué podía decir? ¡Me quedé estupefacto sin habla! Sólo lo miré y asentí con la cabeza. "Y déjame decirte algo más -dice él- dile a tu amigo Camilo Williams, que se mantenga fuera de esto". Yo dije: "¿Camilo Williams?" como si no supiera de quién hablaba. Él no pone atención a eso porque, por supuesto, lo sabe bien.

—Alguien escuchaba el *voice-mail* de Desi.

—Sin duda. Y él dice: "Si necesita que lo convenzan, sólo dile que soy tan parcial como él es con su papá y Fede". ¿Ese es tu hermano?

Camilo asintió. —¿Así que cediste?

—¿Qué se suponía que hiciera? Traté de jugar al valiente diciendo: —Yo podría estar grabando esta conversación—. Frío como el acero responde: —El detector de metales lo hubiera captado. —Tengo buena memoria. Lo denunciaré —le dije—. Él contestó: —Bajo su propio riesgo, jefe. ¿Quién va a creerte a ti y no a mí? Ni siquiera Mariana te creería; por supuesto, ella podría no estar lo suficientemente sana como para entender...

—¿Mariana?

—Mi hermana. Pero esto no es ni la mitad. Como si necesitara remachar el clavo, llamó a mi capitán usando el micrófono del teléfono y le dijo: "Sullivan, si uno de sus hombres viniera a mi oficina a hostigarme por cualquier cosa, ¿qué debo hacer?" Y Sullivan, uno de mis ídolos, sonó como un bebito. Dijo: "Señor Todd-Cothran, señor, usted haga lo que tenga que hacer". Y Todd-Cothran dijo: "¿Qué si tuviera que matarlo donde esté sentado?" Y Sullivan dijo: "Señor, estoy seguro de que sería un homicidio justificable". Ahora, oye esto. Todd-Cothran dijo ahí mismo por teléfono a Scotland Yard, donde tú sabes que graban todas las llamadas que entran, y Todd-Cothran lo sabe bien. "¿Qué si su nombre fuera Alan Tompkins?" Así no más, claro como el día. Y Sullivan dijo: "Yo mismo iría para allá a disponer del cadáver". Bueno, capté la idea.

—Así que no tienes a nadie a quien recurrir.

—No puedo pensar en nadie.

—Y se supone que yo meta la cola entre las piernas y huya.

Alan asintió. —Tengo que informar a Todd-Cothran de que entregué el mensaje. Él espera que te vayas en el siguiente avión.

—¿Y si no me voy?

—No hay garantías, pero yo no me atrevería.

Camilo echó los platos a un lado y empujó su silla hacia atrás.
—Alan, tú no me conoces bien, pero tienes que saber que no soy el tipo de hombre que se traga esas cosas sentado.

—Eso es lo que me temía. Yo tampoco, pero ¿adónde recurro? ¿Qué hago? Tú piensas que alguien en algún sitio podría ser confiable pero, ¿quién puede hacer algo? Si esto demuestra que Desi tenía la razón, que llegó muy cerca a algo clandestino en que Todd-Cothran estaba metido, ¿dónde termina esto? ¿Incluye esta situación a tu hombre Stonagal? ¿Y qué hay con los demás del equipo internacional de financistas con que ellos se reúnen? ¿Has considerado que pueden ser los dueños de todos? Yo crecí leyendo historias sobre los mafiosos de tu Chicago, que pagaban a policías y jueces y hasta a políticos. Nadie podía tocarlos.

Camilo asintió. —Nadie pudo tocarlos excepto aquellos a quienes no pudieron comprar.

—¿Los Intocables?

—Aquellos fueron mis héroes —dijo Camilo.

—Los míos también —dijo Alan—. Por eso soy investigador. Pero si el Yard está sucio, ¿a quién recurro?

Camilo apoyó su mentón en la mano. —¿Piensas que te vigilan? ¿que te siguen?

—He estado esperando eso. Hasta ahora, no.

—¿Nadie sabe dónde estamos ahora?

—Traté de cuidar de que no nos siguieran. En mi opinión profesional, estamos aquí inadvertidos. ¿Qué vas a hacer, Camilo?

—Hay muy poco que yo pueda hacer aquí, aparentemente. Quizá regrese inmediatamente usando un nombre diferente, y haga parecer a quien se interese, como que soy porfiado y me he quedado aquí.

—¿Para qué?

—Puede que tenga miedo Alan, pero buscaré mi ángulo. Y de algún modo encontraré a la persona con el poder suficiente para ayudar. No conozco bastante tu país para saber en quién confiar. Por supuesto, confío en ti, pero ya te han incapacitado, neutralizado.

—¿Crees que soy débil, Camilo? ¿Ves que tenga alguna opción?

Camilo meneo su cabeza. —Lo siento por ti —dijo—. En tu lugar no sabría qué hacer.

La camarera estaba haciendo una especie de anuncio, preguntando algo a los clientes, mesa por medio o algo así. Al acercarse a ellos, Camilo y Alan se callaron para oír.

—¿Alguien maneja un sedán verde claro? Un hombre dice que la luz de adentro está encendida.

—Ese es el mío —dijo Alan—. No recuerdo haber dejado encendida la luz interior.

—Yo tampoco —dijo Camilo—, pero había luz afuera cuando llegamos aquí. Quizá no nos dimos cuenta.

—Iré a ver. Probablemente no dañó nada, pero la batería de ese viejo cacharro no soporta mucho.

—Cuidado —dijo Camilo—, asegúrate de que nadie estuvo forzándola.

—Improbable. Recuerda que estamos justo al frente.

Camilo se paró de su silla y siguió a Alan con sus ojos mientras el investigador caminaba. Seguro, la luz interior del vehículo podía verse desde el bar. Alan dio la vuelta para ir al lado del chofer y se estiró para apagar la luz. Cuando volvió dijo:

—Me estoy poniendo tonto con la vejez. Lo próximo será dejar encendidas las luces delanteras.

Camilo sentía pena al pensar en la situación de su amigo. Qué difícil, trabajar en algo que uno quiso hacer toda la vida y saber que los jefes estaban vinculados con lo que resultaba ser una mafia internacional.

—Voy a llamar al aeropuerto para ver si puedo conseguir un vuelo esta noche.

—Nada va en tu dirección a esta hora de la noche —dijo Alan.

—Tomaré algo a Frankfurt y de ahí, saldré en la mañana. No creo que deba probar mi suerte aquí.

—Hay un teléfono público al lado de la puerta. Yo pagaré a la camarera.

—Insisto —dijo Camilo, deslizando un billete de cincuenta marcos por la mesa.

Camilo habló por teléfono con Heathrow, mientras Alan contaba el cambio dado por la camarera. Consiguió un asiento en un vuelo a Frankfurt que salía cuarenta y cinco minutos después, lo que le permitiría tomar el vuelo del domingo en la mañana hacia JFK.

—Oh, Kennedy está abierto, ¿sí? —dijo él.

—Justo hace una hora —dijo la mujer—. Los vuelos están limitados pero su Pan-Continental sale desde Alemania por la mañana. ¿Cuántos pasajeros?

—Uno.

—¿Nombre?

Camilo rebuscó en su billetera para recordar el nombre de su pasaporte británico falso. —¿Perdón? —dijo demorándose mientras se acercaba Alan.

—Su nombre, señor.

—Oh, lo siento, Oreskovich. Jorge Oreskovich.

Alan le informó que estaría en el automóvil. Camilo asintió.

—Muy bien, señor —dijo la mujer—. Está confirmado con un vuelo a Frankfurt esta noche, continuando a JKF, Nueva York, mañana. ¿Puedo hacer algo más por usted?

—No, gracias.

Mientras Camilo colgaba el recibidor, la puerta del bar voló hacia adentro del salón y un relámpago cegador y un ruido ensordecedor mandó a los clientes al suelo gritando. Mientras la gente se arrastraba hacia la puerta para ver qué había pasado, Camilo miró horrorizado el marco y los neumáticos fundidos de lo que había sido el sedán de Alan, dado por Scotland Yard. Las ventanas habían volado por toda la cuadra y una sirena ya estaba sonando. Una pierna y parte del torso tirados en la acera: los restos de Alan Tompkins.

Al ir saliendo los clientes para ir a mirar los restos ardientes, Camilo se abrió camino entre ellos, sacando su pasaporte e identificación reales de su billetera. En la confusión tiró los documentos cerca de lo que quedó del automóvil esperando que no se quemaran quedando ilegibles. Quien fuera que lo quería muerto, podría suponerlo muerto. Entonces, se deslizó por en medio de la multitud al ahora vacío bar y corrió hacia el fondo. Pero no había puerta trasera, sólo una ventana. La levantó y se salió por ella encontrándose en un callejón angosto entre los edificios. Raspándose la ropa a ambos lados mientras se apresuraba hacia una calle lateral, corrió dos cuadras y detuvo a un taxi. —Al Tavistock —dijo.

Pocos minutos después, cuando el chofer del taxi estaba a tres cuadras del hotel, Camilo vio autos patrulleros frente al lugar y bloqueando el tráfico.

—Sólo lléveme a Heathrow, por favor —dijo. Se dio cuenta de que había dejado su computadora portátil entre sus cosas pero no tenía alternativa. Ya había transferido electrónicamente lo mejor pero, ¿quién sabía quien tendría acceso a su material ahora?

—¿Entonces no necesita nada del hotel? —dijo el chofer.

—No. Iba sólo a ver a alguien.

—Muy bien, señor.

Más autoridades parecían estar desmenuzando Heathrow. —¿Usted no sabría donde un tipo podría comprarse un sombrero como el suyo, no? —preguntó Camilo al chofer mientras le pagaba.

—¿Esta cosa vieja? Podrían convencerme que me separara de él. Tengo más de uno como este. ¿Un recuerdo, eh?

—¿Alcanzará con esto? —dijo Camilo, apretando un billete grande en su mano.

—Más que suficiente, señor, y muchas gracias.

El chofer se sacó su placa oficial de chofer de taxi de Londres, y le pasó la gorra.

Camilo se caló hasta las orejas el sombrero estilo pescador, demasiado grande para él, y se apresuró a entrar a la terminal. Pagó al contado por sus pasajes a nombre de Jorge Oreskovich, un polaco naturalizado inglés, camino a unas vacaciones en Estados Unidos, vía Frankfurt. Estaba en el aire antes de que las autoridades supieran que se había ido.

Once

Raimundo se alegró de poder sacar a Cloé para pasear el sábado después de haber estado encerrados con su pena. Se alegraba de que ella hubiera accedido a acompañarlo a la iglesia.

Cloé había estado soñolienta y callada todo el día. Mencionó la idea de darse de baja en la universidad por un semestre y tomar algunas clases localmente. A Raimundo le gustó la idea. Pensaba en ella. De pronto se dio cuenta de que ella estaba pensando en él, y se sintió conmovido.

Mientras charlaban durante el corto viaje en automóvil, él le recordó que el lunes, después de su viaje a Atlanta, tendrían que volver a casa, manejando por separado, desde O'Hare para que él pudiera recuperar su automóvil. Ella le sonrió.

—Creo que puedo manejar eso ahora que tengo veinte años.

—Te trato como niñita a veces, ¿no? —dijo él.

—Ya no tanto como antes —dijo ella—, aunque puedes hacer algo para remediarlo.

—Sé lo que vas a decir.

—A que no sabes —dijo ella—. Prueba.

—Vas a decir que puedo probar que ya no te trato como una niña dejándote hacer lo que quieras hoy, no tratando de convencerte de nada.

—Espero que eso ni haya que discutirlo. Pero te equivocas, muchacho astuto. Iba a decirte que puedes convencerme de que me miras como una adulta responsable dejándome manejar *tu* automóvil de regreso desde el aeropuerto el lunes.

—Eso es fácil —dijo Raimundo, cambiando de pronto a una voz infantil—. ¿Eso te haría sentir como niña grande? Bien, papá lo hará.

Ella lo pellizcó y sonrió, y luego se puso seria.

—Es asombroso las cosas que me divierten hoy día —dijo ella—. Qué horror, me siento como una persona espantosa.

Raimundo dejó ese comentario en el aire al doblar la esquina y quedar a la vista la bonita y pequeña iglesia.

—No le des importancia a lo que acabo de decir —dijo Cloé—. No tengo que entrar, ¿verdad?

—No, pero yo te lo agradecería.

Ella hizo mueca con los labios y meneó la cabeza, pero cuando él estacionó y se bajó, ella lo siguió.

Bruno Barnes era bajo y ligeramente gordo, de pelo crespo y anteojos con marco metálico. Se vestía informalmente pero con clase y Raimundo adivinó que tendría unos treinta años. Salió del santuario con una pequeña aspiradora de polvo en sus manos.

—Perdón —dijo—. Ustedes deben ser los Steele. Yo soy casi todo el personal aquí ahora, salvo por Loreta.

—Hola —dijo una señora mayor desde atrás de Raimundo y Cloé. Estaba en el umbral de las oficinas de la iglesia, con los ojos hundidos y despeinada, como si acabara de pasar por una guerra. Luego de las formalidades, se fue a un escritorio en la oficina de afuera.

—Ella está preparando un pequeño programa para mañana —dijo Barnes—. Cosa dura ésta, no tenemos idea de cuántos esperar. ¿Vendrán ustedes?

—No estoy seguro aún —dijo Raimundo—. Es probable que venga.

Ambos miraron a Cloé. Ella sonrió cortés y dijo: —Probablemente yo no —dijo.

—Bueno, tengo la cinta para usted —dijo Barnes—. Pero me gustaría pedirle unos minutos de su tiempo.

—Tengo tiempo —dijo Raimundo.

—Yo estoy con él —dijo Cloé con resignación.

Barnes los condujo a la oficina del pastor titular. —No me siento en su escritorio ni uso su biblioteca —dijo el hombre joven—, pero trabajo aquí en su mesa de conferencias. No sé qué va a pasar conmigo o con la iglesia, y por cierto, no quiero ser presuntuoso. No puedo imaginar que Dios me llamara a encargarme de esta obra pero si lo hace, quiero estar listo.

—¿Y cómo lo llamaría él? —dijo Cloé, con una sonrisa jugueteando en sus labios—. ¿Por teléfono?

Barnes no respondió en la misma forma. —Para decirle la verdad, no me sorprendería. No sé a usted, pero a mí me llamó la atención la semana pasada. Una llamada telefónica desde el cielo hubiera sido menos traumatizante.

Cloé arqueó sus cejas, evidentemente rendida a su argumento.

—Amados, Loreta se ve como yo me siento. Estamos conmovidos y devastados porque sabemos exactamente lo que pasó.

—O creen que lo saben —dijo Cloé. Raimundo trató de mirarla a los ojos para animarla a retractarse, pero ella no parecía dispuesta a mirarlo—. Hay toda clase de teoría deseable en cada programa de televisión del país.

—Ya lo sé —dijo Barnes.

—Y cada cual responde a su propio interés —añadió ella—. Los tabloides dicen que fueron invasores del espacio, lo que demostraría las estúpidas historias que han estado publicando durante años. El gobierno dice que es una especie de enemigo, así que podremos gastar más en defensa de alta tecnología. Usted dirá que fue Dios para poder empezar a reconstruir su iglesia.

Bruno Barnes se sentó y miró a Cloé, luego a su padre. —Voy a pedirle algo —dijo volviéndose a ella—. ¿Podría dejarme contar mi historia brevemente, sin interrumpir ni decir nada, a menos que haya algo que no entienda?

Cloé lo miró fijo sin contestar.

—No quiero ser maleducado pero tampoco quiero que usted lo sea. Le pedí unos momentos de su tiempo. Si aún dispongo de ellos, quiero usarlos. Luego, la dejaré tranquila. Usted puede hacer lo que quiera con lo que yo diga. Decirme que estoy loco, decirme que me intereso sólo en mí. Pueden irse y no volver jamás. Eso es cosa suya pero, ¿puedo hacer uso de la palabra por unos minutos?

Raimundo pensó que Barnes era brillante. Había puesto a Cloé en su lugar sin darle ocasión a ningún comentario astuto. Ella movió la mano dando permiso por lo cual Barnes le agradeció y empezó.

—¿Puedo llamarlos por su primer nombre?

Raimundo asintió. Cloé no respondió.

—¿Raimundo, verdad? Y ¿Cloé? Estoy aquí ante ustedes como un hombre quebrantado. ¿Y Loreta? Si hay alguien que tiene derecho a sentirse tan mal como yo, es Loreta. Ella es la única persona de todo su clan que aún está aquí. Tenía seis hermanos y hermanas vivos, no sé cuántas tías y tíos y primos y primas y sobrinas y sobrinos. Tuvieron una boda aquí el año pasado, y debe haber tenido, ella sola, unos cien parientes. Todos se fueron, todos y cada uno de ellos.

—Eso es espantoso —dijo Cloé—. Nosotros perdimos a mi mamá y mi hermanito, usted sabe. Oh, lo siento. No iba a decir nada.

—Está bien —dijo Barnes—. Mi situación es casi tan mala como la de Loreta, sólo que en menor escala. Por supuesto, no es pequeña para mí. Déjenme que les cuente mi caso —tan pronto como empezó con detalles aparentemente inocuos, su voz se puso más gruesa y apagada—. Yo estaba acostado junto a mi esposa. Ella dormía. Yo leía. Nuestros hijos se habían dormido hacía un par de horas. Tenían cinco, tres y un año de edad. La mayor era niña, los otros dos, niños. Eso era normal para nosotros: yo leyendo mientras mi esposa dormía. Ella trabajaba tanto con los niños y también en un trabajo de media jornada, que siempre caía rendida a eso de las nueve.

«Yo estaba leyendo una revista de deportes, tratando de dar vueltas a las páginas sin hacer ruido, y cada tanto ella suspiraba. Una vez hasta me preguntó cuánto tiempo más tardaría. Sabía que tenía que irme a la otra pieza o sólo apagar la luz y tratar de dormirme. Pero le dije: "No mucho" esperando que se durmiera y yo leyera toda la revista. Por lo general puedo decir, por su respiración, si su sueño es lo suficientemente profundo para que mi luz no le moleste. Y después de un rato oí esa respiración profunda.

«Me alegré. Mi plan era leer hasta la medianoche. Estaba apoyado sobre un codo, dándole la espalda, usando una almohada para tapar un poco la luz. No sé cuánto tiempo más estuve leyendo hasta que sentí que la cama se movía y que ella se había levantado. Supuse que iba al baño y sólo esperé que no se despertara al punto de regañarme por tener todavía la luz encendida cuando volviera. Ella es menudita y no me di cuenta de que no la oí caminar al baño. Pero, como digo, estaba absorto en mi lectura.

«Luego de unos minutos más, pregunté: "Querida, ¿estás bien?", y no oí nada. Empecé a preguntarme si sólo me había imaginado que ella se había levantado. Toqué atrás de mí y no estaba allí, así que volví a llamar. Pensé que quizás había ido a darles una vuelta a los niños, aunque por lo regular duerme tan profundamente, que a menos que oiga a uno, no va a verlos.

«Bueno, probablemente pasó otro minuto o dos, antes de que me diera vuelta y advirtiera que no sólo ella se había ido, sino que también había subido la sábana y la frazada hacia su almohada. Ahora, imagínense lo que pensé. Creí que se había enojado tanto conmigo por estar leyendo aún, que había dejado de esperar que yo apagara la luz y había decidido irse a dormir al sofá. Yo soy un marido bastante decente, así que fui a disculparme y a traerla de vuelta a la cama.

«Usted sabe lo que pasó. Ella no estaba en el sofá. No estaba en el baño. Metí la cabeza en cada uno de los dormitorios de los niños, y la llamé susurrando, pensando que quizá estaba meciendo a uno de ellos o sentada allí. Nada. Las luces estaban apagadas en toda la casa, salvo la de mi lado de la cama. No quería despertar a los niños gritando por ella, así que prendí la luz del pasillo y volví a mirar en sus cuartos.

«Me avergüenza decir que todavía no tenía idea, hasta que vi que mis dos hijos mayores no estaban en sus camas. Mi primer pensamiento fue que se habían ido al del bebé, como hacen a veces, para dormir en el suelo. Luego, pensé que mi esposa se había llevado a uno o ambos a la cocina por algo. Francamente, estaba un poco molesto por no saber lo que pasaba a medianoche.

«Cuando vi que el bebé no estaba en la cuna, prendí la luz, asomé la cabeza por el pasillo y llamé a mi esposa. Sin respuesta. Entonces noté el pijama del bebé en la cuna y comprendí lo que había sucedido. Lo supe. Me golpeó súbitamente. Corrí de cuarto en cuarto, retirando las frazadas y encontrando los pijamas de los niños. No quería hacerlo, pero retiré las frazada del lado de la cama de mi esposa y allí estaban su camisón de dormir, sus anillos y sus broches del cabello sobre la almohada».

Raimundo luchaba contra las lágrimas, recordando su propia experiencia similar. Barnes respiró profundo y exhaló, enjugando sus lágrimas.

—Bueno, empecé a llamar por teléfono —dijo—. Empecé por el pastor pero, naturalmente, conseguí sólo su máquina contestadora. También contestó la máquina en un par de otros lugares, así que tomé el directorio de la iglesia y empecé a buscar la gente mayor, la gente que pensé no les gustaría el contestador y no tendrían uno. Dejé que los teléfonos sonaran hasta el cansancio. Nadie respondió.

«Por supuesto, sabía que era improbable que hallara a alguien. Por alguna razón salí corriendo y salté dentro de mi automóvil y me vine veloz aquí a la iglesia. Aquí estaba Loreta, sentada en su automóvil con su bata de dormir, el pelo con rizadores, llorando hasta más no poder. Fuimos al vestíbulo y nos sentamos cerca de las plantas, llorando y abrazándonos uno al otro, sabiendo exactamente lo que había pasado. A la media hora llegaron otros pocos. Básicamente nos compadecimos mutuamente y preguntamos en voz alta qué se suponía hiciéramos enseguida. Entonces alguien recordó la grabación del pastor sobre el *Rapto*.

—¿Su qué? —preguntó Cloé.

—Nuestro pastor titular amaba predicar sobre la venida de Cristo a buscar a su Iglesia, a llevarse a los creyentes, vivos y muertos, al cielo antes de un período de tribulación en la tierra. Él se sintió inspirado de manera muy particular hace un par de años.

Raimundo se volvió a Cloé. —¿Recuerdas que tu mamá hablaba de eso? Estaba tan entusiasmada.

—Oh. Sí, me acuerdo.

—Bueno —dijo Barnes—, el pastor usó ese sermón y se filmó a sí mismo en esta oficina hablando directamente a la gente que fuera dejada. Lo puso en la biblioteca de la iglesia con instrucciones de sacarlo y pasarlo si la mayoría parecía haber desaparecido. Todos lo miramos un par de veces la otra noche. Unos pocos querían discutir con Dios, tratando de decirnos que realmente habían sido creyentes y que debieran haber sido llevados con los demás, pero todos conocíamos la verdad. Habíamos sido falsos. No había uno de nosotros que no supiera lo que significaba ser un cristiano verdadero. Sabíamos que no lo éramos y que habíamos sido dejados.

A Raimundo le costó trabajo hablar, pero tuvo que preguntar:

—Señor Barnes, usted era miembro del personal directivo aquí.

—Correcto.

—¿Cómo se lo perdió?

—Voy a decirle, Raimundo, porque ya no tengo nada que esconder. Me avergüenzo de mí y si antes nunca tuve el deseo o la motivación para hablarle a los demás de Cristo, seguro que ahora lo tengo. Me siento muy mal de que necesitara ser alcanzado por el suceso más catastrófico de la historia. Yo fui criado en la iglesia. Mis padres y hermanos y hermanas todos eran cristianos.

«Yo amaba la iglesia. Era mi vida, mi cultura. Pensaba que creía todo lo que había que creer en la Biblia. La Biblia dice que si uno cree en Cristo tiene vida eterna, así que supuse que estaba bien.

«Especialmente me gustaban las partes sobre el Dios que perdona. Yo era un pecador y nunca cambié. Sólo seguía pidiendo perdón porque pensaba que Dios estaba obligado a dármelo. Él tenía que perdonarme. Hay versículos que dicen que si confesábamos nuestros pecados él es fiel y justo para perdonarnos y limpiarnos. Yo sabía que había otros versículos que decían que uno tenía que creer *y* recibir, para confiar y permanecer, pero para mí eso era una especie de rompecabezas teológico. Quería la última línea, la ruta más fácil, la senda más simple. Sabía que había otros versículos que decían que no debemos seguir pecando sólo porque Dios ejerce su gracia.

«Pensé que llevaba la gran vida. Hasta fui a colegios bíblicos. En la iglesia y en la escuela, decía lo correcto y oraba en público y hasta animaba a la gente en sus vidas cristianas. Pero yo seguía siendo aún un pecador. Hasta lo decía. Le decía a la gente que yo no era perfecto, sino perdonado.

—Mi esposa decía eso —dijo Raimundo.

—La diferencia es —dijo Bruno—, que ella era sincera. Yo mentía. Le decía a mi esposa que habíamos dado el diezmo a la iglesia, usted sabe, que nosotros dábamos el diez por ciento de nuestro ingreso. Escasamente daba algo, salvo cuando se pasaba el plato en el cual echaba unos pocos billetes para que luciera bien. Cada semana le confesaba eso a Dios prometiendo mejorar la próxima vez.

«Yo exhortaba a la gente a compartir su fe, a decir a otras personas cómo llegar a ser cristianos. Pero por mi propia cuenta nunca hacía eso. Mi trabajo era visitar a diario gente en sus casas, y asilos de ancianos y hospitales. Era bueno para eso. Los animaba, sonreía, conversaba, oraba con ellos, hasta les leía las Escrituras. Pero nunca hice personalmente lo que enseñaba.

«Era perezoso. Economizaba esfuerzos. Cuando la gente pensaba que yo estaba visitando, estaba viendo una película en otro pueblo. También era lujurioso. Leía cosas que no debía haber leído, miraba revistas que alimentaban mis lujurias.

Raimundo hizo una mueca de dolor. Eso había golpeado demasiado cerca.

—Yo tenía toda una estafa montada —decía Barnes—, y me vendí a ella. En lo más profundo de mi ser sabía que no debía. Sabía que eso era demasiado bueno para ser cierto. Yo sabía que los cristianos verdaderos eran conocidos por lo que producían sus vidas y que yo no estaba dando fruto. Pero me consolaba diciéndome que había gente peor por ahí catalogándose de cristianos.

«No violaba ni abusaba los niños, tampoco era adúltero, aunque muchas veces fui infiel a mi esposa debido a mis lujurias. Pero siempre había orado y confesado y me sentía como si estuviera limpio. Debiera haberme sido evidente. Cuando la gente sabía que yo estaba en la planta pastoral de Nueva Esperanza, les hablaba del estupendo pastor y la linda iglesia, pero era tímido para hablarles de Cristo. Si me desafiaban y preguntaban si Nueva Esperanza era una de esas iglesias donde se decía que Jesús era el único camino a Dios, yo hacía de todo salvo negarlo. Quería que pensaran que yo era simpático, que estaba en la onda. Me decía: Podré ser cristiano y aún pastor, pero que no me pongan en el mismo grupo con los fanáticos. Por sobre todo, que no hicieran eso.

«Ahora veo, por supuesto, que Dios *es* un Dios que perdona el pecado porque somos humanos y lo necesitamos. Pero tenemos que recibir su dádiva, permanecer en Cristo y dejar que Él viva por medio de nosotros. Yo usé lo que pensé era mi seguridad como permiso para hacer lo que quería. Podía vivir básicamente en pecado fingiendo ser devoto. Tenía una familia estupenda y un agradable ambiente de trabajo. Y por muy desgraciado que me sintiera por dentro durante la mayor parte del tiempo, realmente creía que iría al cielo cuando muriera.

«Apenas leía mi Biblia salvo cuando preparaba una charla o lección. No tenía la *mente de Cristo*. Sabía vagamente que *cristiano* significaba *uno de Cristo* o *uno como Cristo*. Seguro que ese no era yo y lo supe en la peor manera posible.

«Déjenme decirles a ustedes dos: esta es su decisión. Estas son sus vidas. Pero yo sé, y Loreta sabe y unos cuantos otros que andaban jugando por los límites aquí en esta iglesia, también saben con exactitud lo que pasó hace unas pocas noches. Jesucristo volvió a buscar a su verdadera familia y el resto de nosotros fuimos dejados.

Bruno miró a Cloé a los ojos. —No dudo que hemos presenciado el *Rapto*. Mi mayor temor, una vez que me di cuenta de la verdad, fue que no hubiera más esperanza para mí. Lo había perdido, había sido un falso. Había establecido mi propia clase de cristianismo que me proveyó una vida de libertad, pero que en el proceso me costó el alma. Había oído a gente que decía que cuando la iglesia fuera arrebatada, el Espíritu de Dios se iría de la tierra. La lógica era que cuando Jesús se fue al cielo después de Su resurrección, el Espíritu Santo que Dios dio a la iglesia, fue encarnado en los creyentes. Así que cuando ellos fueran tomados, el Espíritu se iría y no habría más esperanza para los que se quedaron. Usted no puede imaginarse el alivio que sentí cuando en la grabación el pastor me demostró lo contrario.

«Nos dimos cuenta de cuán estúpidos habíamos sido; pero aquéllos de esta iglesia, por lo menos los que se sintieron atraídos a este edificio la noche en que todos los demás desaparecieron, son ahora tan fervorosos como se pueda ser. Nadie que venga aquí se irá sin saber exactamente qué creemos y qué pensamos que es necesario para que ellos tengan una relación con Dios.

Cloé se paró y se paseaba con sus brazos cruzados. —Esa es una historia muy interesante —dijo—. ¿Qué le pasó a Loreta? ¿Cómo fue que perdió la oportunidad cuando todos sus familiares eran cristianos verdaderos?

—Usted tendría que oírla alguna vez —dijo Bruno—. Pero ella me dice que fue orgullo y vergüenza lo que la mantuvieron lejos de Cristo. Ella era una de las hijas del medio de una familia muy creyente, y dijo que estaba terminando su adolescencia antes de que siquiera pensara seriamente en su fe personal. Se había limitado a seguir a su familia a la iglesia y todas las actividades afines. Al crecer se casó, fue madre y abuela, dejando que todos supusieran que era una gigante espiritual. Era respetada aquí. Sólo que nunca había creído en Cristo ni lo había recibido personalmente.

—Entonces —dijo Cloé—, ¿esta cosa de creer y recibir, este vivir por Cristo o dejar que él viva a través de usted es lo que mi madre quería decir cuando hablaba de la salvación, de ser salvo?

Bruno asintió. —Del pecado, del infierno y del juicio.

—Mientras tanto, no somos salvos de todo eso.

—Correcto.

—Usted realmente cree esto.

—Sí.

—Es una cuestión bastante extraña, tiene que admitirlo.

—No para mí. Ya no.

Raimundo, siempre en pos de la precisión y el orden, preguntó: —Entonces ¿qué hizo usted? ¿Qué hizo mi esposa? ¿Qué hizo de ella más cristiana o, ah, qué, uh...

—¿La salvó? —dijo Bruno.

—Sí —dijo Raimundo—. Eso es exactamente lo que quiero saber. Si usted tiene la razón y ya le dije a Cloé que pienso que ahora entiendo esto, tenemos que saber cómo funciona. ¿Cómo se hace?

¿Cómo pasa una persona de un estado al otro? Evidentemente, ahora no estábamos a salvo de ser dejados atrás y estamos aquí para enfrentar la vida sin nuestros seres queridos que eran cristianos verdaderos. Así que, ¿cómo llegamos a ser cristianos verdaderos?

—Les voy a enseñar paso a paso —dijo Bruno—. Y lo voy a mandar a su casa con la grabación. Y voy a repetir esto en detalle mañana por la mañana a las diez, para los que vengan. Probablemente cubra la misma lección cada domingo por la mañana mientras haya gente que tenga que saber. De una cosa estoy seguro, por importante que todos los otros sermones y lecciones sean, nada importa más que esto.

Mientras Cloé estaba de pie con su espalda apoyada en la pared, los brazos todavía cruzados, observando y escuchando, Bruno se dio vuelta a Raimundo.

—Realmente es bien sencillo. Dios lo hizo sencillo. Eso no significa que no sea un intercambio sobrenatural o que podamos escoger y elegir las partes buenas, como yo traté de hacer. Pero si vemos la verdad y actuamos basándonos en ella, Dios no retendrá la salvación de nosotros.

«Primero, tenemos que vernos como Dios nos ve. La Biblia dice que todos hemos pecado, que no hay nadie justo, ni siquiera uno. También dice que no podemos salvarnos a nosotros mismos. Mucha gente pensaba que se podían ganar su camino a Dios o al cielo haciendo cosas buenas pero, probablemente, eso sea el malentendido más grande que hay. Pregúntele a cualquiera en la calle qué piensan que dice la Biblia o la iglesia sobre eso de irse al cielo y nueve de cada diez dirán que tiene algo que ver con hacer el bien y vivir bien.

«Tenemos que hacer eso, por supuesto, pero no para que nos ganemos la salvación. Tenemos que hacer eso como *respuesta* a nuestra salvación. La Biblia dice que no es por obras de justicia que hayamos hecho, sino por Su gracia que Dios nos salvó. También dice que somos salvados por gracia por medio de Cristo, no por obras, para que no podamos jactarnos de nuestra bondad.

«Jesús llevó nuestros pecados y pagó el castigo por ellos para que nosotros no tuviéramos que hacerlo. El pago es la muerte y Él murió en nuestro lugar porque nos amaba. Cuando decimos a Cristo que nos reconocemos como pecadores y perdidos y que recibimos su regalo de salvación, Él nos salva. Tiene lugar una transferencia. Vamos de las tinieblas a la luz, de ser perdidos a ser encontrados;

somos salvos. La Biblia dice que a los que le recibieron, Él les da el poder de llegar a ser hijos de Dios. Jesús es eso: el Hijo de Dios. Cuando llegamos a ser hijos de Dios, tenemos lo que tiene Jesús: una relación con Dios, la vida eterna y debido a que Jesús pagó nuestro castigo, tenemos también el perdón de nuestros pecados.

Raimundo se sentó, atónito. Le echó una mirada a Cloé. Ella parecía helada pero no que lo rechazara. Raimundo sintió que había hallado exactamente lo que andaba buscando. Era lo que había sospechado y oído en trocitos por aquí y allá a través de los años, pero nunca lo había podido juntar todo. A pesar de sí mismo, aún seguía bastante reservado para querer reflexionar sobre esto, ver y oír la grabación y discutirla con Cloé.

—Tengo que preguntarles —dijo Bruno—, algo que nunca quise preguntar antes a la gente. Quiero saber si están listos para recibir a Cristo ahora mismo. Yo estaría feliz de orar con ustedes y guiarlos a cómo hablar con Dios sobre esto.

—No —dijo rápidamente Cloé, mirando a su papá como asustada de que él fuese a hacer algo tonto.

—¿No? —Bruno estaba claramente sorprendido. —¿Necesita más tiempo?

—Por lo menos —dijo Cloé—. Seguro que esto no es algo en que uno se precipita.

—Bueno, déjeme decirle —dijo Bruno—. Es algo en que desearía haberme precipitado. Creo que Dios me ha perdonado y que tengo un trabajo que hacer aquí. Pero no sé qué va a pasar ahora que todos los verdaderos cristianos se han marchado. Seguramente yo hubiera preferido llegar a este punto años atrás y no ahora, cuando es casi demasiado tarde. Usted puede imaginarse que yo preferiría mejor estar en el cielo con mi familia en este preciso momento.

—Pero entonces, ¿quién nos hablaría de esto? —preguntó Raimundo.

—Oh, agradezco esta oportunidad —dijo Bruno—. Pero me ha costado muy caro.

—Entiendo —Raimundo podía sentir los ojos de Bruno quemándolo como si el joven supiera que él estaba casi listo para hacer un compromiso. Pero éste nunca se había apurado por nada en su vida. Y mientras no pusiera esto en la misma balanza, como tratando con un vendedor, necesitaría tiempo, un período de enfriamiento. Él era analítico, y aunque súbitamente esto tenía un mundo de sentido para él y no dudaba en absoluto de la teoría de Bruno sobre las desapariciones, no actuaría inmediatamente.

—Agradecería la cinta grabada y puedo garantizarte que regresaré mañana.

Bruno miró a Cloé. —No le garantizo nada —dijo ella—, pero agradezco su tiempo y miraré la cinta.

—Eso es todo lo que puedo pedir —dijo Bruno—. Pero permítame que les deje con un pequeño recordatorio de urgencia. Puede que durante todas sus vidas hayan estado oyendo esto una y otra vez, como yo. Quizá no. Pero tengo que decirles que no tienen ninguna garantía. Es demasiado tarde para que ustedes desaparezcan igual que sus seres queridos hace unos pocos días. Pero la gente muere cada día en accidentes de automóviles, caídas de aviones —oh, lo siento, estoy seguro de que usted es un buen piloto—, toda clase de tragedias. No voy a presionarlos a algo para lo cual no están listos, pero tan sólo permítanme que les exhorte a que no lo posterguen si Dios les inculca que esto es verídico. ¿Qué sería peor que hallar finalmente a Dios, y luego, morir sin él porque esperaron mucho tiempo?

Doce

Camilo se registró con su nombre falso en el Hotel Hilton del aeropuerto de Frankfurt, consciente de que tenía que llamar a Estados Unidos antes de que su familia y sus colegas oyeran que estaba muerto. Empezó por buscar un teléfono público en la entrada del hotel y marcó el número de su padre en Arizona. Debido a la diferencia de hora, allá era poco después de mediodía del sábado.

—Papá, realmente lamento esto pero vas a escuchar que fui muerto en una especie de atentado con bombas a un automóvil, un ataque terrorista, esa clase de cosa.

—¿Qué diablos está pasando Camilo?

—No puedo hablar de eso ahora papá. Sólo quiero que sepas que estoy bien. Estoy llamando desde el extranjero, pero prefiero no decir desde dónde. Regresaré mañana pero no podré dejarme ver mucho por un tiempo.

—El servicio fúnebre en memoria de tu cuñada, sobrina y sobrino es mañana en la noche —dijo el señor Williams.

—Oh, no. Papá, sería realmente evidente que yo apareciera ahí. Lo lamento. Dile a Fede cuánto lo siento en realidad.

—Bueno, ¿tenemos que jugar esta charada? Quiero decir ¿si tendríamos que hacer un servicio en memoria de ti también?

—No. No podré jugar al muerto por tanto tiempo. En cuanto la gente del *Global* sepa que estoy bien, el secreto no durará mucho.

—¿Vas a estar en peligro cuando lo sepa quienquiera sea que piensa que te mataron?

—Probablemente, pero, papá, tengo que colgar ahora. Habla con Fede por mí, ¿de acuerdo?

—Lo haré. Ten cuidado.

Camilo se fue a otro teléfono y llamó al *Semanario*. Disfrazando su voz, pidió a la recepcionista que lo pasara al *voicemail* de Esteban Plank.

Esteban, tú sabes quién soy. No importa lo que escuches en las próximas veinticuatro horas. Estoy bien. Te llamaré mañana y podremos vernos. Deja que por el momento los demás crean lo que oigan. Voy a tener que permanecer de incógnito hasta que pueda hallar a alguien que pueda ayudarme en realidad. Te llamo pronto, Esteban.

Cloé estuvo silenciosa en el automóvil. Raimundo luchó contra el impulso de hablar sin pensar. No era natural en él, pero sentía la misma urgencia que había captado en Bruno Barnes. Él quería seguir siendo racional, analítico. Quería estudiar, orar, estar seguro pero ¿eso no era precisamente inseguridad? ¿Podría él estar más seguro?

¿Qué había hecho al criar a Cloé que la hizo ser tan cautelosa, tan cuidadosa, que pudiera desdeñar lo que era tan evidente para él? Él había hallado la verdad y Bruno tenía razón. Ellos tenían que actuar basándose en la verdad antes de que les pasara algo.

El noticiero estaba repleto de crímenes, motines, delincuentes aprovechándose del caos. La gente estaba siendo baleada, mutilada, violada, asesinada. Los caminos eran más peligrosos que nunca. Las unidades de emergencia tenían poco personal, había menos controladores del tráfico aéreo y terrestre que manejaran los aeropuertos, menos pilotos y tripulantes calificados que hicieran volar los aviones.

La gente revisaba las tumbas de sus seres queridos para ver si sus cadáveres habían desaparecido, y los inescrupulosos fingían hacer lo mismo mientras que buscaban cosas valiosas que pudieran haber sido enterradas con los ricos. De la noche a la mañana el mundo se había puesto feo y Raimundo estaba preocupado por la seguridad de Cloé y la suya. No quería seguir mucho más sin mirar la cinta grabada y concretar la decisión que había hecho.

—Podemos verla juntos —sugirió.

—Preferiría que no, papá. Puedo ver adónde vas con esto y todavía no me siento cómoda con ello. Esto es muy personal, no es cuestión de grupo o de familia.

—No estoy tan seguro de eso.

—Bueno, no me presiones. Tú ocúpate con lo tuyo, y yo lo haré más tarde.

—Sabes que estoy preocupado y que te quiero y me preocupo por ti, ¿no?

—Por supuesto.

—¿La verás antes de la reunión de la iglesia de mañana?

—Papá, por favor. Vas a lograr que me aleje si sigues molestándome con eso. No estoy segura de querer siquiera meterme en eso. Ya oí su ángulo hoy y él mismo dijo que sería lo mismo mañana.

—Bueno, ¿qué si yo decido llegar a ser cristiano mañana? Me gustaría que estuvieras allí.

Cloé lo miró. —No sé, papá. No es como la graduación o algo así.

—Quizá lo sea. Siento como que tu mamá y tu hermano fueron ascendidos y yo no.

—Grandioso.

—En serio. Ellos calificaron para el cielo. Yo no.

—No quiero hablar de esto ahora.

—Bueno, pero déjame decirte una cosa más. Si no vas mañana, deseo que veas la cinta mientras yo no estoy.

—Bueno, yo...

—Porque realmente me gustaría que arreglaras esto antes de nuestro vuelo el lunes. El viaje aéreo se está volviendo más peligroso y uno nunca sabe qué puede suceder.

—¡Papá, vamos! Toda mi vida he oído que tú le aclaras bien a la gente cuán seguro es volar. Cada vez que hay una caída de avión, alguien te pregunta si no tienes miedo o si alguna vez has estado cerca de estrellarte, y tú citas todas esas estadísticas de que volar es tantas veces más seguro que andar en automóvil. Así que no me vengas con esas.

Raimundo se rindió. Trataría con su propia alma y oraría por su hija pero, claramente, no la empujaría más a la fe.

Cloé se fue temprano a la cama el sábado por la noche mientras que Raimundo se sentó frente al televisor y puso el video. "Hola", se oyó la agradable voz del pastor que Raimundo había visto varias veces. Estaba hablando, sentado en el borde del escritorio de la misma oficina en que Raimundo acababa de estar. "Me llamo Bernardo Billings, y soy el pastor de la Iglesia Centro de la Nueva Esperanza, en Mount Prospect, Illinois. Sólo puedo imaginar el miedo y la desesperación de su cara mientras usted mira esta cinta, pues la estoy grabando para ser vista solamente después de la desaparición del pueblo de Dios de la tierra".

«Que usted mire esto indica que fue dejado atrás. Sin dudas que está atónito, asombrado, asustado y lleno de remordimiento. Me gustaría que considerara lo que tengo que decirle aquí como instrucciones para vivir después que Cristo arrebató a Su iglesia. Eso es lo que pasó. Todo aquel de ustedes que conozca o conociera a quien había depositado su confianza sólo en Cristo para la salvación, ha sido llevado al cielo por Él.

«Déjeme mostrarle en la Biblia exactamente lo que pasó. Usted no necesitará esta prueba ahora porque habrá vivido el suceso más estremecedor de la historia. Pero como esta cinta fue grabada de antemano, y yo confío en que me iré, pregúntese ¿cómo supo él? He aquí cómo, en 1 Corintios 15:51-57».

La pantalla empezó a mostrar el pasaje de la Escritura. Raimundo tocó el botón de la pausa y corrió a buscar la Biblia de Irene. Le costó un poco encontrar 1 Corintios y aunque la traducción era un poquito diferente, el significado era el mismo.

El pastor dijo: "Déjenme leerles lo que escribió el gran misionero evangelizador, el apóstol Pablo, a los cristianos de la iglesia de la ciudad de Corinto:

> *He aquí, os digo un misterio: No todos dormiremos; pero todos seremos transformados, en un momento, en un abrir y cerrar de ojos, a la final trompeta; porque se tocará la trompeta, y los muertos serán resucitados incorruptibles, y nosotros seremos transformados. Porque es necesario que esto corruptible se vista de incorrupción, y esto mortal se vista de inmortalidad. Y cuando esto corruptible se haya vestido de incorrupción, y esto mortal se haya vestido de inmortalidad, entonces se cumplirá la palabra que está escrita: Sorbida es la muerte en victoria. ¿Dónde está, oh muerte, tu aguijón? ¿Dónde, oh sepulcro, tu victoria? Ya que el aguijón de la muerte es el pecado, y el poder del pecado, la ley. Mas gracias sean dadas a Dios, que nos da la victoria por medio de nuestro Señor Jesucristo.*

Raimundo estaba confundido. Podía seguir algo de eso pero el resto era como un galimatías para él. Dejó que rodara la cinta. El pastor Billings siguió: "Permitan que parafrasee algo de eso para que lo entiendan con claridad. Cuando Pablo dice que no todos dormiremos, quiere decir que no todos moriremos. Y dice que este ser corruptible debe ser puesto en un cuerpo incorruptible que durará toda la eternidad. Cuando hayan pasado estas cosas, cuando los cristianos que ya murieron y aquellos que aún viven reciban sus cuerpos inmortales, habrá tenido lugar el Rapto de la iglesia.

«Toda persona que creía en Jesús y aceptó Su muerte sacrificial, sepultura y resurrección, esperaba Su venida por ellos. Cuando usted mire esta cinta, todos ellos ya habrán visto el cumplimiento de la promesa de Cristo que dijo:

Vendré otra vez, y os tomaré a mí mismo, para que donde yo estoy, vosotros también estéis.

«Creo que toda esa gente fue, literalmente, sacada de la tierra, dejando todo lo material. Si han descubierto que faltan millones de personas y que se desaparecieron los bebés y los niños, ya sabe que estoy diciendo la verdad. Hasta una cierta edad, que es probablemente diferente para cada individuo, creemos que Dios no considerará responsable al niño por una decisión que debe ser hecha con el corazón y la mente, plenamente conocedores de las consecuencias. Puede que también sepa que han desaparecido de los vientres de sus madres los niños aún no nacidos. Solamente puedo imaginar el dolor y aflicción de un mundo sin los preciosos niños y la profunda desesperación de los padres que tanto los echarán de menos.

«La carta profética de Pablo a los de Corinto dijo que esto ocurriría en un abrir y cerrar de ojos. Puede que usted haya visto a un ser querido de pie delante de usted, y súbitamente se fue. No le envidio ese momento de gran conmoción.

«La Biblia dice que los corazones de los hombres desfallecerán de miedo. Eso significa para mí, que habrá ataques al corazón debidos a la impresión, que la gente se suicidará en su desesperación, y usted conoce mejor que yo el caos que resultará por la desaparición de los cristianos de los diversos medios de transporte, con la pérdida de bomberos y oficiales de la policía y trabajadores de los servicios de emergencia de toda clase.

«Dependiendo de cuando esté viendo esta cinta, puede que ya sepa que rige la ley marcial en muchos lugares, que se han tomado medidas de emergencia para tratar de impedir que los malos elementos saqueen y peleen por los despojos de lo que fue dejado. Los gobiernos caerán y habrá desorden internacional.

«Puede que se pregunte por qué esto ha sucedido. Algunos creen que éste es el juicio de Dios para un mundo impío. Realmente, eso viene después. Por raro que esto le parezca, este es el esfuerzo final de Dios para obtener la atención de toda persona que lo ha ignorado o lo ha rechazado a Él. Ahora Él permite que haya un gran período de pruebas y tribulaciones que ha de venir sobre ustedes, los que han quedado. Él ha sacado a Su iglesia de un mundo corrupto que busca su propio camino, sus propios placeres, sus propios fines.

«Creo que el propósito de Dios en esto es el de permitir que aquellos que fueron dejados atrás, se examinen y abandonen su frenética búsqueda de placer y autorrealización, y se vuelvan a la Biblia en pos de la verdad y a Cristo por la salvación.

«Permítame que le anime diciéndole que sus seres queridos, sus hijos y bebés, sus amigos y sus conocidos, no fueron raptados por alguna fuerza mala o alguna invasión del espacio exterior. Probablemente esas sean explicaciones corrientes. Lo que antes les sonaba ridículo, les parezca ahora lógico pero no lo es.

«Además, las Escrituras indican que habrá una gran mentira, anunciada con ayuda de los medios de comunicación, y perpetrada por un supuesto líder mundial. El mismo Jesús profetizó de esa persona. Dijo:

Yo he venido en nombre de mi Padre, y no me recibís; si otro viniera en su propio nombre, a ése recibiréis.

«Déjenme advertirles personalmente que tengan cuidado con ese tal líder de la humanidad que puede surgir en Europa. Resultará ser un gran engañador que saldrá adelante con señales y prodigios que serán tan impresionantes que muchos creerán que él es de Dios. Ganará muchos seguidores entre quienes sean dejados, y muchos creerán que él puede hacer milagros.

«El engañador prometerá fuerza y paz y seguridad, pero la Biblia dice que él hablará contra el Altísimo y acabará con los santos del Altísimo. Por eso les advierto que tengan cuidado ahora con un nuevo líder con gran carisma que trata de dominar el mundo durante este terrible tiempo de caos y confusión. Esta persona es conocida en la Biblia como el anticristo. Hará muchas promesas pero no las cumplirá. Usted debe confiar en las promesas del Dios Todopoderoso por medio de su Hijo Jesucristo.

«Yo creo que la Biblia enseña que el Rapto de la iglesia anuncia un período de prueba y tribulación de siete años, durante el cual pasarán cosas terribles. Si usted no ha recibido a Cristo como su

Salvador, su alma está en peligro. Y debido a los hechos cataclísmicos que tendrán lugar durante este período, su misma vida está en peligro. Si usted se vuelve a Cristo, todavía puede morir como mártir».

Raimundo detuvo la cinta. Él había sido preparado para esto de la salvación pero, ¿pruebas y tribulación? ¿No bastaba con la pérdida de sus seres queridos, enfrentar el orgullo y egocentrismo que le habían impedido ir al cielo? ¿Habría *más*?

¿Y qué era esto del *gran engañador* del que había hablado el pastor? Quizá había llevado muy lejos este asunto de la profecía. Pero éste no era un vendedor de aceite de serpiente. Este era un hombre sincero, honesto, confiable, un hombre de Dios. Si lo que el pastor decía sobre las desapariciones era cierto, y Raimundo sabía en su corazón que lo era, entonces el hombre merecía su atención y su respeto.

Era hora de ir más allá de ser un crítico, un analista nunca satisfecho con la evidencia. La prueba estaba frente a él: las sillas vacías, la cama solitaria, el agujero en su corazón. Había solamente un curso de acción. Él apretó el botón para seguir.

"A estas alturas no tiene importancia por qué usted sigue estando en la tierra. Puede que haya sido demasiado egoísta u orgulloso, o quizá sencillamente no se tomó el tiempo para examinar por sí mismo los reclamos de Cristo. Ahora se trata de que usted tiene otra oportunidad. No se la pierda.

«La desaparición de los santos y los niños, el caos que quedó, y la desesperación de los quebrantados de corazón, son evidencia de que es verdad lo que yo digo. Ruegue que Dios le ayude. Reciba ahora mismo su regalo de la salvación y resista las mentiras y los esfuerzos del anticristo, que ciertamente está por surgir pronto. Recuerde que él engañará a muchos. No sea contado entre ellos.

«Casi ochocientos años antes de que Jesús viniera por primera vez a la tierra, Isaías profetizó en el Antiguo Testamento, que los reinos de las naciones estarán en gran conflicto y sus caras serán como llamas. Para mí esto predice la Tercera Guerra Mundial, una conflagración termonuclear que borrará a millones.

«La profecía de la Biblia es la historia escrita por anticipado. Les insto a que busquen libros sobre el tema o busquen personas que puedan haber sido expertos en el tema pero que por alguna razón, no recibieron a Cristo antes y fueron dejados. Estudie para que sepa lo que está por venir y pueda estar preparado.

«Verá que el gobierno y la religión cambiarán, que estallará la guerra y la inflación, que habrá amplia muerte y destrucción, martirio de los santos, y hasta un terremoto devastador. Prepárese. Dios quiere perdonar sus pecados a usted y asegurarle el cielo. Escuche a Ezequiel 33:11:

Vivo yo, dice el Señor, que no quiero la muerte del impío, sino que se vuelva el impío de su camino, y que viva.

«Si usted acepta el mensaje de salvación de Dios, el Espíritu Santo vendrá sobre usted y le hará nacer espiritualmente de nuevo. No tiene que entender todo esto en forma teológica. Puede llegar a ser un hijo de Dios orando a Él ahora mismo mientras le voy guiando...»

Raimundo detuvo de nuevo la cinta y vio la preocupación en la cara del pastor, la compasión en sus ojos. Sabía que sus amigos y conocidos pensarían que estaba loco, quizá hasta su propia hija. Pero esto le sonaba verídico. Raimundo no entendía eso de los siete años de tribulación y de este nuevo dirigente, el mentiroso que se suponía surgiera. Necesitaba el perdón del pecado y la seguridad de que un día se uniría a su esposa e hijo en el cielo.

Se sentó con la cabeza entre las manos, con su corazón latiendo fuerte. No había ruido arriba donde descansaba Cloé. Estaba solo con sus pensamientos, a solas con Dios, y sentía Su presencia. Raimundo se arrodilló en la alfombra. Nunca antes se había arrodillado en adoración, pero sentía la seriedad y la reverencia del momento. Apretó el botón para continuar escuchando la cinta y tiró el control remoto a un lado. Apoyó las manos delante de él en el suelo y apoyó la frente sobre ellas, con la cara en el piso. El pastor dijo: "Repitan la oración conmigo" y Raimundo lo hizo:

Amado Dios, admito que soy un pecador. Lamento mis pecados. Por favor, perdóname y sálvame. Te lo pido en el nombre de Jesús, quien murió por mí. Ahora mismo confío en Él. Creo que la sangre sin pecado de Jesús es suficiente para pagar el precio de mi salvación. Gracias por oírme y recibirme. Gracias por salvar mi alma.

Mientras el pastor seguía pronunciando palabras de reafirmación, citando versículos que prometían que sería salvo todo el que invocara el nombre del Señor y que Dios no rechazaría a nadie que le buscara, Raimundo se quedó donde estaba. Al terminar la cinta, el pastor dijo: " Si usted fue sincero, está salvo, nacido de nuevo, es hijo de Dios" . Raimundo quería hablar más con Dios. Quería ser específico sobre su pecado. Sabía que estaba perdonado pero como un niño, quería que Dios supiera que él sabía qué clase de persona había sido.

Confesó su orgullo. El orgullo por su inteligencia. El orgullo por su aspecto físico. El orgullo por sus habilidades. Confesó sus lujurias, cómo había descuidado a su esposa, cómo había procurado su propio placer. Cuánto había adorado el dinero y las cosas. Cuando terminó se sentía limpio. La cinta lo había asustado, todo eso que decía de los tiempos duros por venir, pero sabía que prefería enfrentarlos como verdadero creyente que en el estado en que había estado.

Su primera oración a continuación fue por Cloé. Se preocuparía y oraría por ella constantemente hasta que estuviera seguro de que se había unido a él en esta nueva vida.

Camilo llegó a JFK y llamó de inmediato a Esteban Plank.

—Quédate donde estás, Camilo, renegado. ¿Sabes quién quiere hablar contigo?

—No podría adivinar.

—Nicolás Carpatia en persona.

—Sí, claro.

—En serio. Está aquí y tiene consigo a tu viejo amigo Jaime Rosenzweig. Evidentemente Jaime le cantó alabanzas sobre tu persona, y cómo toda la prensa está en pos de él, está preguntando por ti. Así que iré a buscarte, me dirás en qué cosa loca te metiste, te anularemos el estado de muerto, y podrás tener esa gran entrevista que has estado esperando.

Camilo colgó y aplaudió. *Esto es demasiado bueno para ser verdad* —pensó—. *Si hay alguien que está por encima de estos terroristas y matones internacionales y aun por encima de la basura de la Bolsa de Londres y Scotland Yard, será este Carpatia. Si le gusta a Rosenzweig, tiene que ser un buen tipo.*

Raimundo no podía contenerse para ir a Nueva Esperanza a la mañana siguiente. Empezó a leer el Nuevo Testamento y buscó en la casa libros o guías de estudio que Irene hubiera reunido. Aunque gran parte de eso era aún difícil de entender, estaba tan hambriento y sediento de la historia de la vida de Cristo que leyó completos todos los cuatro Evangelios hasta que se hizo tarde y se quedó dormido.

Durante toda la lectura, Raimundo sólo pensaba en que ahora era miembro de esta familia que comprendía a su esposa e hijo. Aunque estaba asustado de lo que el pastor había predicho en la grabación, sobre todas las cosas malas que pasarían en el mundo ahora que la iglesia había sido arrebatada, también estaba emocionado por su nueva fe. Sabía que un día él estaría con Dios y Cristo y quería eso para Cloé más que nunca.

Se contuvo para no molestarla. Decidió no contarle lo que había hecho a menos que le preguntara. Ella no preguntó antes que él se fuera para la iglesia en la mañana, pero se disculpó por no ir con él.

—Iré contigo en otra ocasión —dijo—. Te lo prometo. No estoy en contra. Sólo que no estoy lista.

Raimundo luchó contra el impulso de advertirle que no esperara mucho. También quería rogarle que viera la cinta pero ella sabía que él la había visto y no le preguntó nada sobre eso. Él la había rebobinado y dejado en el VCR[1] esperando y orando para que ella la viera mientras él no estaba.

Llegó a la iglesia justo antes de las diez y se sorprendió por tener que estacionar a tres cuadras. El lugar estaba repleto. Pocos llevaban Biblias y casi ninguno estaba muy bien vestido. Esta era gente asustada y desesperada que llenaba las bancas, incluso las del segundo piso. Raimundo terminó de pie en la parte de atrás sin tener donde sentarse.

Bruno empezó justo a las diez pero le pidió a Loreta que se quedara junto a la puerta, para asegurarse de que todos los que llegaran tarde fueran bienvenidos. A pesar de la multitud, no usó las luces de la plataforma ni se paró en el púlpito. Había puesto un solo micrófono al frente de la primera hilera de bancas, y sencillamente le habló a la gente.

Bruno se presentó y dijo: "No estoy en el púlpito porque ése es un lugar para gente preparada y llamada a ocuparlo. Estoy dirigiendo y enseñando hoy por falta de otro. Normalmente en esta

---

1 Máquina de cintas de video.

iglesia nos emocionaríamos de ver una multitud como esta, pero no voy a decirles qué grandioso es verlos aquí. Sé que están aquí procurando saber qué les pasó a sus hijos y seres queridos, y creo que tengo la respuesta. Evidentemente no la tenía antes, o yo también habría desaparecido. No cantaremos ni haremos anuncios, excepto decirles que tenemos programado un estudio de la Biblia para el miércoles a las siete de la noche. No recogeremos ninguna ofrenda aunque tendremos que empezar a hacerlo la próxima semana para financiar nuestros gastos. La iglesia tiene algo de dinero en el banco, pero tenemos una hipoteca y yo tengo gastos para vivir".

Bruno contó enseguida lo mismo que le había dicho a Raimundo y Cloé el día anterior, y su voz era el único sonido del lugar. Muchos lloraban. Mostró el video, y más de cien personas oraron junto con el pastor al final. Bruno les instó a empezar a venir a la Nueva Esperanza.

Agregó: "Sé que muchos de ustedes pueden estar aún escépticos. Pueden creer que lo que pasó fue de Dios pero aún no les gusta y están resentidos con Él por eso. Si quieren volver y ventilar alguna duda y hacer preguntas esta tarde, yo estaré aquí. Pero prefiero no dar esa oportunidad en esta mañana porque tantos aquí son tan nuevos en la fe, que no quiero confundir las cosas. Estén seguros de que estaremos abiertos a cualquier pregunta honesta.

«Yo quiero dar la palabra a cualquiera que haya recibido a Cristo en esta mañana y quisiera confesarlo delante de nosotros. La Biblia nos dice que hagamos eso, que demos a conocer nuestra decisión y nuestra postura. Siéntanse libres de venir al micrófono».

Raimundo fue el primero en moverse, pero al ir caminando por el pasillo, sintió que muchos venían detrás de él. Docenas esperaban para contar sus casos, para decir dónde habían estado en su jornada espiritual. La mayoría era como él, habiendo estado al borde de la verdad por medio de un ser querido o amigo, pero sin aceptar nunca la verdad de Cristo.

Sus historias eran conmovedoras y casi nadie se fue, aunque el reloj había pasado el mediodía y quedaban cuarenta o cincuenta más en la fila. Parecía que todos necesitaban hablar de quienes se habían marchado. A las dos de la tarde, cuando todos estaban hambrientos y cansados, Bruno dijo: "Voy a tener que terminar esto. Hoy yo no iba a hacer algo que fuera de iglesia por tradición, incluyendo el canto. Pero siento que debemos alabar al Señor por lo que ha pasado hoy aquí. Déjenme enseñarles un sencillo coro de adoración".

Bruno cantó un cántico breve de las Escrituras, honrando a Dios Padre, Jesús Su Hijo y al Espíritu Santo. Cuando la gente se puso a cantar, quieta y reverentemente de todo corazón, Raimundo estaba demasiado emocionado para cantar. Uno por uno dejaron de cantar y modular las palabras o canturrear, de tan sobrecogidos que estaban. Raimundo creyó que era el momento más conmovedor de su vida. Cuánto ansiaba compartirlo con Irene y Raimundito y Cloé.

La gente parecía no querer irse aun después que Bruno cerró con oración. Muchos se quedaron para conocerse y se hizo evidente que había empezado una nueva congregación. El nombre de la iglesia era más apropiada que nunca: la Nueva Esperanza. Bruno estrechó las manos de la gente a medida que se iban yendo y nadie lo esquivó o se apresuró a pasar. Cuando Raimundo le dio la mano, Bruno le preguntó:

—¿Está ocupado esta tarde? ¿Podría venir conmigo a comer algo?

—Yo quisiera llamar primero a mi hija, pero sí, seguro.

Raimundo hizo saber a Cloé donde estaba. Ella no preguntó por la reunión de la iglesia, salvo para decir: —Duró mucho, ¿eh? ¿Había mucha gente ahí?

Él sencillamente le dijo que sí a ambas cosas. Estaba comprometido a no decir nada más, a menos que ella preguntara. Esperaba y rogaba que su curiosidad sacara lo mejor de ella y si así era, entonces él podría hacer justicia a lo que había sucedido allí ese día; quizá ella hubiera deseado haber estado allí. Por lo menos, tendría que reconocer cuánto le había afectado a él.

En un pequeño restaurante cerca de los Altos de Arlington, Bruno pareció exhausto pero feliz. Le dijo a Raimundo que sentía tal mezcla de emociones que apenas sabía qué hacer con ellas.

—Mi pena por la pérdida de mi familia está aún tan a flor de piel que apenas puedo funcionar. Aún siento vergüenza por mi falsedad. Y sin embargo, desde que me arrepentí de mis pecados y recibí verdaderamente a Cristo, en unos pocos días Él me ha bendecido más allá de todo lo que hubiera podido imaginar. Mi casa está sola y fría y tiene recuerdos dolorosos. Y no obstante, mire lo que pasó hoy. Me ha sido dado este rebaño nuevo para pastorear, una razón para vivir.

Raimundo se limitó a asentir. Comprendió que Bruno simplemente necesitaba a alguien con quien hablar.

—Raimundo —dijo Bruno—, las iglesias suelen ser edificadas por pastores preparados en el seminario y ancianos que han sido cristianos casi la mayor parte de sus vidas. Nosotros no tenemos ese lujo. No sé que clase de modelo de liderazgo vamos a tener. No tiene sentido tener ancianos cuando el mismo pastor interino —que es todo lo que puedo llamarme— es un cristiano totalmente nuevo y así todos los demás. Pero vamos a necesitar un núcleo de gente que se interese y preocupe uno por otro y estén consagrados al cuerpo. Loreta y unas pocas personas con las que me junté en la noche del Rapto ya son parte de ese equipo. Junto con un par de hombres mayores que llevaban años en la iglesia pero que, de alguna manera, se perdieron el punto también.

«Sé que esto es muy nuevo para usted pero siento como si debiera pedirle que se integre a nuestro grupito central. Estaremos en la iglesia para la reunión matutina del domingo, la reunión vespertina ocasional del domingo, el estudio bíblico de los miércoles por la noche y nos reuniremos en mi casa una noche a la semana. Ahí es donde oraremos unos por otros, nos mantendremos responsables de rendir cuentas, y estudiar un poco más profundo para estar al frente de la nueva congregación. ¿Está dispuesto?

Raimundo se recostó en la silla. —Vaya —dijo—. No sé. Soy tan nuevo en esto.

—Todos lo somos.

—Sí, pero usted fue criado en eso, Bruno. Usted conoce esta cosa.

—Sólo me perdí el punto más importante.

—Bueno, le diré lo que me atrae de esto. Tengo hambre de conocer la Biblia y necesito un amigo.

—Yo también —dijo Bruno—. Ese es el riesgo. Podemos terminar lastimándonos mutuamente.

—Estoy dispuesto a correr el riesgo si tú también lo haces —dijo Raimundo—, en la medida en que no se espere que yo asuma un papel de liderazgo.

—Trato hecho —dijo Barnes extendiendo su mano. Raimundo se la estrechó. Ninguno sonrió. Raimundo tenía la sensación de que éste era el comienzo de una relación nacida de la tragedia y la necesidad. Sólo esperaba que funcionara. Cuando al final Raimundo llegó a su casa, Cloé estaba ansiosa por oírlo todo. Se asombró de lo que su padre le contó y dijo que le daba vergüenza decir que ella aún no había visto la grabación.

—Pero lo haré ahora papá, antes que vayamos a Atlanta. Realmente te metiste en esto, ¿no? Suena como algo que yo quisiera comprobar, aunque no haga nada al respecto.

Raimundo había estado en casa como veinte minutos y se había puesto el pijama y la bata para descansar por el resto de la velada, cuando Cloé lo llamó.

—Papá, casi me olvidé. Una Patty Durán te llamó varias veces. Sonaba muy agitada. Dijo que trabaja contigo.

—Sí —dijo Raimundo—. Ella quería ser asignada a mi próximo vuelo y yo la evité. Probablemente lo supo y quiere saber por qué.

—¿Por qué la *evitaste*?

—Eso es una larga historia. Te la contaré alguna vez.

Raimundo estaba estirándose para tomar el teléfono cuando sonó. Era Bruno. —Me olvidé de confirmar —dijo—. Si has acordado ser parte del equipo central, la primera responsabilidad es la reunión de esta noche con los desencantados y los escépticos.

—Tú *vas a ser* un supervisor duro, ¿verdad?

—Entenderé si no lo tenías pensado.

—Bruno —dijo Raimundo—, excepto por el cielo, no hay otro lugar donde prefiera estar. No me lo perdería. Puede que hasta consiga que Cloé vaya a esta reunión.

—¿Qué reunión? —preguntó Cloé cuando él colgó.

—En un minuto —dijo él—. Déjame llamar a Patty y calmar las aguas.

Raimundo se sorprendió de que Patty nada dijera de sus asignaciones de vuelo.

—Acabo de saber una noticia desconcertante —dijo ella—. ¿Te acuerdas de ese periodista del *Semanario Mundial* que estaba en nuestro vuelo, aquel que conectó su computadora con el teléfono del avión?

—Vagamente.

—Se llama Camilo Williams y hablé con él por teléfono un par de veces desde el vuelo. Traté de llamarlo desde el aeropuerto de Nueva York anoche pero no pude comunicarme.

—Ah, ah.

—Acabo de oír en el noticiero que lo mataron en Inglaterra con una bomba en un automóvil.

—¡Bromeas!

—No. ¿No es raro eso? Raimundo, a veces no sé cuánto de esto puedo soportar. Apenas conocí a este muchacho pero me impactó tanto que me quebranté cuando lo oí. Lamento molestarte con esto, pero pensé que podías acordarte de él.

—No, está bien, Patty. Y sé cuán abrumador es esto para ti porque también lo ha sido para mí. En realidad, tengo mucho que hablar contigo.

—¿Sí?

—¿Podemos reunirnos pronto en algún momento?

—Solicité para trabajar en uno de tus vuelos —dijo ella—. Quizá si eso funciona.

—Quizá —dijo él—. Y si no funciona, quizá tú puedas venir a cenar con Cloé y conmigo.

—Me gustaría eso, Raimundo. Realmente que me gustaría.

Trece

Camilo Williams se sentó cerca de una salida en el aeropuerto JFK, leyendo su propia nota necrológica. *Se supone muerto a periodista de revista*, decía el titular.

Se teme que Camilo Williams, de 30 años, el periodista titular más joven del personal de cualquier semanario, haya muerto por una misteriosa bomba puesta a un automóvil en las afueras de un bar de Londres en la noche del sábado, la cual le quitó la vida a un detective de Scotland Yard.

Williams, empleado por cinco años del *Semanario Mundial*, había ganado un Pulitzer como periodista del *Boston Globe* antes de unirse a la revista como reportero a los 25 años. Subió rápidamente al puesto de reportero jefe, y desde entonces, ha escrito más de tres docenas de historias de portada, siendo asignado cuatro veces a escribir la crónica del Notición del Año del *Semanario*. El periodista ganó el prestigioso premio "Ernest Hemingway" como corresponsal de guerra cuando hizo la crónica de la destrucción de la fuerza aérea rusa sobre Israel hace 14 meses. Según Esteban Plank, editor ejecutivo del *Semanario Mundial*, la administración de la revista rehúsa confirmar el informe de la muerte de Williams *hasta que veamos evidencia tangible*.

El padre de Williams y un hermano casado residen en Tucson, donde Williams perdió a su cuñada, sobrina y sobrino en las desapariciones de la semana pasada. Scotland Yard informa que la bomba de Londres parece ser obra de terroristas de Irlanda del Norte y podría haber sido un caso de venganza. El capitán Howard

Sullivan dijo que la víctima, su subordinado Alan Tompkins, de 29 años, era *un buen hombre y uno de los detectives más brillantes con que he tenido el privilegio de trabajar*. Sullivan agregó, que Williams y Tompkins se habían hecho amigos después que el periodista había entrevistado al investigador para hacer un artículo sobre el terrorismo en Inglaterra hace varios años. Los dos acababan de salir del bar "Armitage Arms", cuando una bomba explotó en el vehículo de Scotland Yard que usaba Tompkins. Los restos de Tompkins han sido identificados aunque sólo se recuperaron elementos de identificación personal de Williams en la escena.

Raimundo Steele tenía un plan. Había decidido ser honesto con Cloé sobre su atracción por Patty Durán y cuán culpable se sentía por eso. Sabía que desilusionaría a Cloé aunque no la impactara. Pensaba hablar de su nuevo deseo de compartir su fe con Patty, esperando poder progresar algo con Cloé sin que ella se sintiera amenazada. Cloé había ido con él a la reunión de la iglesia para escépticos en la noche anterior, como lo prometió. Pero se había ido a poco más de la mitad. Ella cumplió también su promesa de mirar el video que había grabado el pastor anterior. No habían discutido ni la reunión ni el video.

—¿Y piensas que esto fue obra de Dios? —dijo Cloé, sin falta de respeto.

—Sí.

—Pensé que se suponía que Dios fuera un Dios de amor y orden —dijo ella.

—Creo que lo es. Este era su plan.

—Ha habido muchas tragedias y muertes sin sentido antes de esto.

—No entiendo todo eso tampoco —dijo Raimundo—. Pero como dijo anoche Bruno, vivimos en un mundo caído. Dios le dejó bastante control a Satanás.

—Oh, por favor —dijo ella—. ¿Te preguntas por qué me fui?

—Pensé que fue debido a que las preguntas y respuestas estaban tocándote muy de cerca.

—Quizá, pero todo eso de Satanás y la caída y el pecado y todo eso... —Ella se detuvo y meneó su cabeza.

—No quiero hacer ver como que lo entienda mejor que tú, querida —dijo Raimundo—, pero sé que soy un pecador y que este mundo está lleno de ellos.

—Y tú me consideras una.

—Si eres como todos nosotros, entonces, sí. ¿Tú no lo crees así?

—No a propósito.

—¿Nunca eres egoísta, llena de avaricia, celosa, mezquina, rencorosa?

—Trato de no serlo, al menos no a costa de otra persona.

—Pero, ¿piensas que estás exenta de lo que dice la Biblia que todos somos pecadores, que no hay una sola persona justa en ninguna parte, *ni siquiera una*?

—No sé, papá. No tengo idea.

—Tú sabes que estoy preocupado por eso, naturalmente.

—Sí, lo sé. Tú crees que queda poco tiempo. Crees que en este nuevo mundo peligroso voy a esperar demasiado para decidir qué voy a hacer, y entonces, será demasiado tarde.

—Yo mismo no lo hubiera dicho mejor Cloé. Sólo espero que sepas que estoy pensando solamente en ti, en nadie más.

—No tienes que preocuparte por eso, papá.

—¿Qué piensas del video? ¿Tuvo sentido para ti?

—Tuvo un montón de sentido si es que te crees todo eso. Quiero decir, tienes que empezar con eso como base. Luego todo funciona de lo más bien. Pero si no estás seguro de que existe Dios, ni de lo que dice la Biblia, ni el pecado, el cielo y el infierno, entonces aún uno sigue preguntándose qué pasó y por qué.

—¿Y ahí es dónde te encuentras tú?

—No sé dónde estoy, papá.

Raimundo luchó contra el impulso de rogarle. Si tenían suficiente tiempo durante el almuerzo en Atlanta, trataría de abordar con ella el tema de Patty. Se suponía que el avión estuviera en tiempo de descanso sólo cuarenta y cinco minutos antes de volver a O'Hare. Raimundo se preguntó si sería justo orar por una demora.

—Lindo gorro —dijo Esteban Plank apresurándose en JFK y palmeando a Camilo en el hombro—. ¿Y esto qué es? ¿Dos días de crecimiento?

—Yo nunca serví mucho para los disfraces —dijo Camilo.

—No eres lo bastante famoso para necesitar esconderte —dijo Esteban—. ¿Estás quedándote lejos de tu apartamento por un tiempo?

—Sí, y probablemente del tuyo también. ¿Seguro que no te siguieron?

—Estás un poco paranoico, Camilo, ¿no crees?

—Tengo razón para estarlo —respondió éste al subirse a un taxi—. Parque Central —informó al conductor. Entonces le contó toda la historia a Esteban.

—¿Qué te hace pensar que Carpatia va ayudar? —Plank preguntó después mientras paseaban por el parque—. Si el Yard y la Bolsa están detrás de esto, y tú crees que Carpatia está enlazado con Todd-Cothran y Stonagal, puede que le estés pidiendo a Carpatia que se vuelva contra sus propios ángeles.

Paseaban por debajo de un puente para eludir el fuerte sol primaveral.

—Tengo una corazonada sobre este individuo —dijo Camilo, con su voz haciendo eco en las paredes de adoquines—. No me sorprendería descubrir que él se reunió con Stonagal y Todd-Cothran el otro día. Pero tengo que creer que es un peón.

Esteban señaló un banco y se sentaron. —Bueno, yo me reuní con Carpatia esta mañana en su conferencia de prensa —dijo Esteban—, y todo lo que puedo decir es que espero que tengas razón.

—Rosenzweig estaba muy impresionado con él, y mira que tiene intuición ese viejo científico.

—Carpatia es impresionante —concedió Esteban—. Es buen mozo como el actor Robert Redford cuando era joven y esta mañana habló en nueve idiomas tan fluidamente que hubieras pensado que cada uno era su lengua nativa. La prensa se lo está comiendo.

—Dices eso como si tú no fueras la prensa —dijo Camilo.

Esteban se encogió de hombros. —Estoy demostrando mi propio punto de vista. He aprendido a ser escéptico, a dejar que *People* y los tabloides anden a la caza de las personalidades. Pero aquí hay un tipo de peso, con cerebro y con algo que decir. Me gustó. Quiero decir, lo vi solamente en el escenario de una conferencia de prensa pero parece que tiene un plan. Te gustará y eso que tú eres un escéptico más grande que yo. Además de que él quiere verte.

—Háblame de eso.

—Ya te dije. Él tiene un pequeño grupo de don nadies que siempre le acompañan, con una excepción.

—Rosenzweig.

—Correcto.

—¿Cuál es la conexión con Jaime?

—Nadie está seguro todavía pero Carpatia parece atraer expertos y consultores que lo mantienen al día en asuntos de tecnología, política, finanzas y todo eso. Y sabes, Macho, no es mucho mayor que tú. Yo creo que dijeron esta mañana que tiene treinta y tres años.

—¿Nueve idiomas?

Plank asintió.

—¿Te acuerdas cuáles?

—¿Por qué preguntas eso?

—Sólo estoy pensando.

Esteban sacó de su bolsillo lateral una libreta de apuntes de periodista. —¿Los quieres en orden alfabético?

—Seguro.

—Alemán, árabe, chino, español, francés, húngaro, inglés, rumano y ruso.

—Una vez más —dijo Camilo pensando.

Esteban los repitió. —¿Qué tienes en mente?

—Este muchacho es el político consumado.

—No lo es. Confía en mí, esto no era un truco. Él sabía bien esos idiomas y los usó efectivamente.

—Pero, ¿no ves qué idiomas son, Esteban? Piensa en ello.

—Ahórrame el esfuerzo.

—Los seis idiomas de las Naciones Unidas más los tres de su propio país.

—¿No bromeas?

Camilo asintió. —¿Así que voy a encontrarme pronto con él?

El vuelo a Atlanta estaba lleno y muy atareado y Raimundo tuvo que cambiar de altura continuamente para evitar turbulencias. Fue a ver a Cloé sólo por unos segundos mientras su primer oficial estaba en la cabina de pilotaje y el avión en piloto automático. Raimundo caminó apresuradamente pero no hubo tiempo para charlar.

Consiguió lo que quería en Atlanta. Otro 747 tenía que ser llevado de vuelta a Chicago a media tarde y el único otro piloto disponible tenía que estar de regreso temprano. Chicago coordinó con Atlanta, cambió las dos asignaciones y halló también un asiento para Cloé. Eso dio a Raimundo y Cloé más de dos horas para almorzar, tiempo suficiente para salir del aeropuerto.

Su chofer de taxi, una mujer joven con un hermoso acento en la voz, les preguntó si querían ver *una vista verdaderamente increíble*.

—Si no está fuera del camino.

—Sólo a un par de cuadras de donde ustedes van —respondió.

Maniobró alrededor de varios desvíos y grúas de construcción y luego por en medio de dos calles dirigidas por policías del tránsito.

—Allá —dijo señalando, y se acercó a un estacionamiento arenoso bordeado por muros de concreto de tres pies—. ¿Pueden ver ese garaje de estacionamiento al otro lado del camino?

—¿Qué cosa es esa? —dijo Cloé.

—Raro, ¿no? —dijo la chofer del taxi.

—¿Qué pasó? —preguntó Raimundo.

—Esto ha estado pasando desde las desapariciones —explicó ella.

Ellos miraron atentamente a un garaje de seis pisos con automóviles evidentemente metidos uno dentro de otro en todos los ángulos, en una red tan apretada y enroscada que las grúas trabajaban para levantarlos por los lados abiertos de la estructura.

—Estaban todos ahí adentro después de un juego de pelota que terminó tarde esa noche —dijo ella—. La policía dice que de todos modos era malo, largas filas de automóviles tratando de salir, la gente dando vueltas, entrando y muchos de ellos no dando vueltas en absoluto. Así que algunas personas que se cansaron de esperar, trataron de adelantarse y hacer que otros los dejaran pasar, usted sabe.

—Sí.

—Y entonces ¡puf!, dicen que más de un tercio de los automóviles quedaron sin chofer así de golpe. Si tenían espacio al frente seguían andando hasta chocar con otros vehículos o con la pared. Si no tenían espacio, sencillamente empujaban contra el automóvil de delante. Aquellos que fueron dejados atrás no podían ir en una ni otra dirección. Era tal el enredo que la gente dejó sus automóviles y treparon por encima de los otros vehículos y se fueron en busca de socorro. Empezaron en la madrugada a mover los vehículos de los niveles de tierra con remolcadores, luego trajeron las grúas a eso del mediodía y en eso han estado desde entonces.

Raimundo y Cloé se sentaron a mirar meneando las cabezas. Las grúas que normalmente se usaban para subir vigas a los edificios nuevos, estaban enroscando cables en torno a los autos, halando, tirando, arrastrándolos y sacándolos por aberturas en el concreto, a fin de despejar el garaje. Parecía que eso llevaría varios días más.

—¿Qué le pasó a usted? —preguntó Raimundo a la chofer.— ¿Perdió gente?

—Sí, señor. Mi mamá, mi abuela y dos hermanitas bebés. Pero sé donde están. Están en el cielo, como siempre decía mi mamá.

—Creo que tiene razón —dijo Raimundo—. Mi esposa y mi hijo desaparecieron también.

—¿Es usted salvo ahora? —preguntó la muchacha.

Raimundo se sorprendió con la franqueza de ella, pero sabía exactamente lo que quería decir.

—Sí, lo soy —dijo.

—Yo también. Uno tiene que estar ciego o algo por el estilo para no ver la luz ahora.

Raimundo quería mirar a Cloé pero no lo hizo. Le dio una generosa propina a la joven cuando llegaron al restaurante. Almorzando le contó a Cloé de su historia con Patty. Tal como era.

Ella se quedó callada por largo tiempo y cuando habló, su voz era débil.

—¿Así que en realidad nunca hiciste nada? —dijo ella.

—Afortunadamente, no. No hubiera sido capaz de seguir viviendo conmigo mismo.

—Hubiera roto el corazón de mamá, eso es seguro.

Él asintió, sintiéndose miserable. —A veces me siento tan mal como si le hubiera sido infiel. Pero justificaba mis consideraciones porque tu mamá estaba demasiado obsesionada con su fe.

—Lo sé. Aunque es curioso: Eso me mantuvo más derecha en la escuela de lo que pudiera haber sido de otro modo. Quiero decir, estoy segura de que mamá se hubiera desilusionado de saber muchas de las cosas que he dicho y hecho mientras estuve fuera, no preguntes cuáles. Pero el saber cuán sincera y devota era ella, y cuán elevadas esperanzas y expectativas tenía para mí, me impidió hacer algo realmente estúpido. Yo sabía que ella oraba por mí. Me lo decía cada vez que me escribía.

—¿Te habló también de los últimos tiempos, Cloé?

—Seguro. Todo el tiempo.

—Pero así y todo, ¿todavía no lo aceptas?

—Quiero, papá, en realidad quiero, pero tengo que ser intelectualmente honesta conmigo misma.

Era todo lo que Raimundo podía hacer para seguir tranquilo. ¿Había sido él tan falsamente sofisticado a esa edad? Por supuesto que sí. Había pasado todo por ese enloquecedor filtro intelectual; hasta hacía poco, cuando lo sobrenatural llegó rompiendo a través de toda su pretensión académica. Pero tal como había dicho la chofer del taxi, uno tenía que estar ciego para no ver la luz ahora, independientemente de lo educado que uno pensara que era.

—Voy a invitar a Patty a comer con nosotros esta semana —dijo él.

Cloé entrecerró los ojos. —¿Qué, te sientes ahora disponible?

Raimundo se asombró con su propia reacción. Tuvo que contenerse para no abofetear a su propia hija, algo que nunca había hecho. Apretó los dientes.

—¿Cómo puedes decir eso después de todo lo que acabo de contarte? —dijo—. Eso es insultante.

—También era un insulto lo que estabas esperando hacer con esta Patty Durán, papá. ¿Piensas que ella no se daba cuenta de lo que estaba pasando? ¿Cómo crees que interpretará esto? Puede que venga a ti con todas las intenciones.

—Voy a aclarar bien cuáles son mis intenciones, que son totalmente honorables, más honorables de lo que pudieron haber sido nunca, porque no tenía nada valioso que ofrecerle.

—Así que ahora vas a cambiar el asediarla por el predicarle.

Él quiso discutir pero no pudo. —Me preocupo por ella como persona y quiero que sepa la verdad y sea capaz de actuar basada en ella.

—¿Y qué si no lo hace?

—Eso es su opción. Yo sólo puedo hacer mi parte.

—¿Así es cómo te sientes por mí también? Si no hago como tú quieres, te sentirás satisfecho de haber hecho tu parte?

—Debiera, pero obviamente me preocupo mucho más por ti que por Patty.

—Tú debieras haber pensado eso antes de arriesgarte a todo para perseguirla.

Raimundo se volvió a ofender pero se había acarreado esto y sentía que se lo merecía. —Quizá por eso nunca hice nada al respecto —dijo—. ¿Nunca se te ocurrió eso?

—Esto es todo novedad para mí —dijo ella—. Espero que te frenaras a ti mismo por causa de tu esposa e hijos.

—Estuve a punto de no hacerlo.

—Así lo entiendo. ¿Qué si esta estrategia con Patty sólo te hace más atractivo para ella? ¿Qué te impide ser atraído a ella también? No es como si continuaras casado, si es que estás tan convencido de que mamá está en el cielo.

Raimundo pidió postre y puso su servilleta sobre la mesa. —Quizá sea ingenuo, pero que tu madre esté en el cielo es como haberla perdido por muerte súbita. Lo último en mi mente es otra mujer, y menos Patty. Ella es demasiado joven e inmadura, y para empezar, estoy demasiado disgustado conmigo mismo por haberme sentido tentado por ella. Quiero ser directo con ella y ver qué dice. Será instructivo saber si todo esto estaba sólo en mi mente.

—¿Quieres decir para referencia futura?

—Cloé, te quiero, pero te estás portando mal.

—Ya sé. Lo siento. No debiera haber dicho eso. Pero en serio, ¿cómo sabrás si te dice la verdad? Si le dices que te interesó con malas intenciones y que ya eso pasó, ¿por qué debiera ella ser vulnerable como para admitir que pensó que ustedes dos tenían posibilidades juntos?

Raimundo se encogió de hombros. —Puede que tengas razón. Pero tengo que ser honesto con ella aunque ella no lo sea conmigo. Le debo eso. Quiero que me tome en serio cuando le diga lo que pienso que ahora necesita.

—No sé, papá. Pienso que es demasiado pronto para empujarla a Dios.

—¿Cloé, cuán pronto es demasiado pronto? No hay garantías, y mucho menos ahora.

Esteban sacó del bolsillo de arriba dos juegos de credenciales de prensa, que permitían que los portadores asistieran al discurso de Nicolás Carpatia en la Asamblea General de las Naciones Unidas esa misma tarde. Las credenciales de Camilo estaban a nombre de Jorge Oreskovich.

—¿Te cuido o qué?

—Increíble —dijo Camilo—. ¿Cuánto tiempo tenemos?

—Poco más de una hora —dijo Esteban levantándose para llamar un taxi—. Y tal como te dije, él quiere conocerte.

—Él lee ¿no? Tiene que pensar que estoy muerto.

—Supongo. Pero me recordará de esta mañana y podré asegurarle que será tan valioso para él ser entrevistado por Jorge Oreskovich como por el legendario Camilo Williams.

—Sí, pero Esteban, si es como los demás políticos, estará aferrado a mantener la imagen, y a ser entrevistado por los periodistas de renombre. Te guste o no, eso es lo que yo he llegado a ser. ¿Cómo vas a hacer que transe por un desconocido?

—No sé. Quizá le diré que realmente eres tú. Entonces, mientras estás con él, yo entregaré el informe de que tu nota necrológica estuvo equivocada, y que en ese mismo momento estás haciendo una entrevista de portada a Carpatia.

—¿Un artículo de portada? Has avanzado mucho desde llamarlo un burócrata de nivel inferior de un país no estratégico.

—Estuve en la conferencia de prensa, Macho. Lo conocí. Y al menos puedo calibrar la competencia. Si no lo ponemos en eminencia, seremos la única revista nacional que no lo haga.

—Como digo, si él es como el político típico...

—Puedes sacarte eso de la cabeza, Macho. Vas a ver que este hombre es lo más distante del político típico que hayas visto. Vas a agradecerme por conseguirte la entrevista exclusiva con él.

—Pensé que era idea suya debido a mi nombre colosal —dijo Camilo sonriendo.

—¿Y qué? Yo podría haberlo rechazado entonces.

—Sí, y convertirte en el editor ejecutivo de la única revista nacional que falla en cubrir la cara nueva más excitante que visita Estados Unidos.

—Créeme, Macho —dijo Esteban durante el viaje al edificio de las Naciones Unidas—, esto va a ser un cambio refrescante de la muerte y tristeza que hemos estado escribiendo y leyendo por días.

Los dos usaron sus credenciales de prensa para entrar, pero Camilo se quedó fuera de la vista de sus colegas y de la competencia hasta que todos estuvieron sentados en la Asamblea General. Esteban guardó un asiento para él en la parte de atrás, donde no llamaría la atención cuando se deslizara en el último minuto. Mientras tanto, Esteban usaría su teléfono celular para dar a conocer la historia de la reaparición de Camilo de modo que llegara a las noticias al final del día.

Carpatia entró a la asamblea de modo digno aunque desfavorable, pese a que tenía un séquito de una media docena, incluido

Jaime Rosenzweig y un mago de las finanzas del gobierno francés. Carpatia parecía una o dos pulgadas por encima de los seis pies de altura, de hombros anchos, pecho abultado, esbelto, atlético, bronceado y rubio. Su espesa cabellera estaba limpiamente recortada alrededor de las orejas, las patillas y el cuello; y su traje de tela azul a rayas y corbata al tono eran exquisitamente conservadores.

Aun a distancia, el hombre parecía manejarse con un sentido de humildad y propósito. Su presencia dominaba la sala, y sin embargo, no parecía preocupado o impresionado consigo mismo. Sus joyas no lucían importantes. Tenía mandíbula y nariz romanas y firmes, y penetrantes ojos azules bajo gruesas cejas.

A Camilo le impresionó que Carpatia no llevara una libreta de apuntes, y supuso que el hombre debía tener notas de su discurso en el bolsillo de arriba. Eso, o un ayudante las llevaba. Camilo se equivocó en ambas suposiciones.

El Secretario General de las Naciones Unidas, Mwangati Ngumo de Botswana, anunció que la asamblea tendría el privilegio de oír brevemente al nuevo presidente de Rumania y que la presentación formal de su invitado sería hecha por el Honorable doctor Jaime Rosenzweig, a quien todos conocían.

Rosenzweig se dirigió rápidamente al podio con un vigor que desmentía su edad, e inicialmente recibió una respuesta más entusiasta que Carpatia. El popular estadista y sabio israelí dijo sencillamente que le complacía mucho presentar *a este digno y augusto cuerpo a un joven que yo respeto y admiro tanto como a todos los que he conocido. Por favor, den la bienvenida a su Excelencia Nicolás Carpatia, Presidente de Rumania.*

Carpatia se levantó, se volvió hacia la asamblea y saludó humildemente, luego dio la mano cálidamente a Rosenzweig. Con modales corteses permaneció a un lado del atril hasta que el anciano se sentó, entonces se ubicó, relajado y sonriente antes de hablar improvisando. No sólo no usó apuntes, sino que también no vaciló nunca, ni se equivocó al hablar, ni quitó sus ojos del auditorio.

Habló con fervor, con pasión, con una sonrisa frecuente, y con humor ocasional pero apropiado. Mencionó respetuosamente que se daba cuenta de que aún no había pasado una semana desde la desaparición de millones de personas en todo el mundo, incluidos muchos que hubieran estado *en esta misma sala.* Carpatia habló primordialmente en un inglés perfecto con sólo un ligero acento rumano. No usó contracciones y enunciaba cada sílaba de cada palabra. Nuevamente usó todos los nueve idiomas que dominaba, traduciéndose a sí mismo del inglés.

En una de las escenas más conmovedoras que Camilo hubiera presenciado jamás, Carpatia empezó por anunciar que él se sentía humilde y emocionado por visitar —"por primera vez este lugar histórico, donde nación tras nación ha manifestado sus puntos de vista. Una por una han venido de todo el planeta en peregrinaciones tan sagradas como cualquiera a las Tierras Santas, exponiendo sus rostros al calor del sol naciente. Aquí han asumido su postura por la paz en un compromiso firme como una roca y de una vez por todas, para dejar atrás la locura de la guerra y del derramamiento de sangre. Estas naciones, grandes y pequeñas, han tenido su cuota de muerte y de mutilación de sus ciudadanos más promisorios en lo mejor de su juventud".

«Nuestros antepasados pensaban globalmente mucho antes de que yo naciera —dijo Carpatia—. En 1944, el año en que se establecieron el Fondo Monetario Internacional y el Banco Mundial, esta gran nación anfitriona, Estados Unidos, junto con el Reino Unido y la Unión de Repúblicas Socialistas Soviéticas, se reunieron en la famosa Conferencia de Dumbarton Oaks para proponer el nacimiento de este cuerpo».

Desplegando su manejo de la historia y su memoria fotográfica de fechas y lugares, Carpatia prosiguió: —Desde su nacimiento oficial el 24 de octubre de 1945 y de aquella primera reunión de su Asamblea General en Londres, el 10 de enero de 1946, a la fecha, las tribus y las naciones se han reunido para garantizar su compromiso de todo corazón con la paz, la hermandad y la comunidad global».

Empezó casi susurrando: —De tierras distantes y cercanas han venido: desde el Afganistán, Albania, Argelia... —Continuó, con su voz subiendo y bajando dramáticamente con la pronunciación cuidadosa del nombre de cada país miembro de las Naciones Unidas. Camilo percibió pasión, amor por esos países y los ideales de las Naciones Unidas. Carpatia se emocionó claramente al seguir adelante, mencionando país tras país, sin demorarse pero tampoco apurándose.

Al minuto de estar dando la lista, los representantes advirtieron que con cada nombre alguien de ese país se paraba con dignidad y seguía de pie, como si votara de nuevo por la paz de las naciones. Carpatia sonreía y asentía a cada uno que se iba parando, y casi todos los países estaban representados. Debido al trauma cósmico que el mundo había sufrido, ellos habían venido en busca de respuestas, ayuda y apoyo. Ahora habían recibido la oportunidad de volver a asumir su postura.

Camilo estaba cansado y se sentía sucio, con ropa de dos días de uso. Pero se olvidó de sus preocupaciones al seguir adelante Carpatia. Cuando éste llegó a la *S* de su listado alfabético, los que estaban de pie habían empezado a aplaudir calladamente a cada nuevo país mencionado. Esta muestra de respeto y admiración era algo poderoso y digno, una nueva acogida en la asamblea global. El aplauso no era tan fuerte que impidiera que todos oyeran a Carpatia, pero era tan de corazón y conmovedor que Camilo no pudo evitar sentir un nudo en la garganta. Entonces notó algo peculiar. Los representantes de la prensa de diversos países estaban poniéndose de pie con sus embajadores y delegaciones. Hasta la objetividad de la prensa mundial se había desvanecido temporalmente en lo que antes hubieran tachado rápidamente de patriotería, superpatriotismo o beatería.

Camilo se sintió ansioso de pararse también, arruinando el hecho de que su país estuviera casi al final del alfabeto[1] pero sintiendo que iban creciendo por dentro el orgullo y la expectativa. Al ser nombrados más y más países mientras su gente se paraba orgullosamente, el aplauso fue haciéndose más fuerte, por el simple aumento de la cantidad. Carpatia estaba dedicado a la tarea, con la voz volviéndose más emotiva y poderosa con cada nuevo nombre de país.

Seguía y seguía atronando al irse parando la gente y aplaudiendo. —¡España! (*Spain*), ¡Siria!, ¡Somalia!, ¡Sri Lanka!, ¡Suazilandia!, ¡Sudáfrica!, ¡Sudán!, ¡Suecia!, ¡Surinam!

Carpatia no había perdido ni una entonación habiendo pasado más de cinco minutos recitando. No había vacilado nunca ni tartamudeado ni pronunciado mal una sílaba. Camilo estaba sentado al borde de su silla, mientras el orador pasaba por las *T* y llegaba a —¡Emiratos Árabes Unidos!, ¡Estados Unidos!, ¡Reino Unido!, ¡Ucrania!, ¡Uganda!— Camilo se paró de un salto y Esteban junto con él, al mismo tiempo docenas de otros miembros de la prensa.

---

1 United States of América (Estados Unidos de América).

Algo había pasado en las desapariciones de los seres queridos de todo el mundo. El periodismo nunca podría ser el mismo. Oh, habría escépticos y quienes adoraran la objetividad pero ¿qué había pasado con el amor fraternal? ¿Qué se había hecho eso de depender unos de otros? ¿Qué había pasado con la hermandad de los hombres y las naciones?

Había vuelto. Y aunque nadie esperaba que la prensa pudiera llegar a ser la agencia de relaciones públicas de un nuevo astro político, Carpatia los tenía, por cierto, en su bolsillo esa tarde. Al final de su letanía de casi doscientas naciones, el joven Nicolás hablaba en un febril tono emocional. Con tal electricidad y poder en el simple hecho de nombrar a todos los países que habían anhelado estar unidos unos con otros, Carpatia había puesto de pie a toda la multitud que daba vivas y aplaudía a todo dar; la prensa y los representantes por igual. Hasta los cínicos Esteban Plank y Camilo Williams siguieron aplaudiendo y dando vivas, sin parecer avergonzados ni una vez por su pérdida de una fría objetividad.

Y hubo más mientras proseguía su curso la fuerza inexorable e irresistible de Nicolás Carpatia. En la media hora siguiente desplegó un conocimiento tan íntimo de las Naciones Unidas que era como si él mismo hubiera inventado y desarrollado la organización. Para alguien que nunca antes había puesto el pie en suelo norteamericano y menos visitado las Naciones Unidas, mostró una comprensión asombrosa de sus funciones internas.

Durante su discurso mencionó al pasar el nombre de cada secretario general, desde Trygve Lie de Noruega a Ngumo y mencionó sus períodos en el cargo, no sólo por el año sino también por el día y fecha específicos de su instalación y término del oficio. Demostró tener conciencia y entender cada uno de los seis órganos principales de las Naciones Unidas, sus funciones, sus miembros actuales y sus desafíos particulares.

Luego pasó por las dieciocho agencias de las Naciones Unidas, mencionando a cada una, su director presente y la ciudad de sus oficinas centrales. Fue un despliegue asombroso, y de súbito dejó de sorprender que este hombre hubiera ascendido tan rápidamente en su propia nación; dejó de maravillar que el líder anterior se hubiera echado a un lado. No asombraba que Nueva York ya lo hubiera aceptado.

Después de esto, Camilo supo que Nicolás Carpatia sería aceptado por todos los Estados Unidos. Y luego, por el mundo.

Catorce

El avión de Raimundo aterrizó tarde en Chicago durante la hora tope del tráfico vespertino del lunes. Para cuando él y Cloé llegaron a sus autos no habían tenido oportunidad de reanudar la conversación.

—Recuerda que prometiste dejarme manejar tu automóvil a casa —dijo Cloé.

—¿Eso es tan importante para ti? —preguntó él.

—En realidad no. Sólo que me gusta. ¿Puedo?

—Seguro. Sólo déjame sacar el teléfono. Quiero ver cuándo puede venir Patty a cenar con nosotros. Eso te parece bien, ¿no?

—En la medida en que no esperes que yo cocine, o algo machista y doméstico como eso.

—Ni siquiera había pensado en eso. A ella le gusta la comida china. Pediremos algo.

—¿A ella le gusta la comida china? —repitió Cloé—. Estás familiarizado con esta mujer, ¿verdad que sí?

Raimundo meneó la cabeza. —No es eso. Quiero decir... sí, probablemente sé más de ella de lo que debiera. Pero puedo decirte las preferencias culinarias de una docena de tripulantes y apenas sé nada más de ellos.

Raimundo sacó su teléfono del BMW[1] y movió el interruptor de encendido lo suficiente para leer el medidor de gasolina.

—Elegiste el automóvil correcto —dijo—. Está casi lleno. Me ganarás en llegar a casa. El automóvil de tu mamá marca vacío.

---

1. Auto deportivo alemán.

¿Vas a estar bien a solas por unos minutos? Creo que compraré algunos pocos comestibles ya que estoy afuera.

Cloé vaciló. —Allá adentro es horripilante cuando uno está solo, ¿no? —dijo ella.

—Un poco, pero tenemos que acostumbrarnos a eso.

—Tienes razón —dijo ella rápidamente—. Ellos se fueron y yo no creo en fantasmas. Estaré bien. Pero no te demores.

Después de la presentación de Nicolás Carpatia de Rumania en la conferencia de prensa en las Naciones Unidas, Camilo se halló brevemente en el centro de la atención. Alguien lo reconoció y expresó sorpresa y placer de que estuviera vivo. Camilo trató de acallarlos a todos y decirles que había sido un malentendido pero el furor siguió al verlo Jaime Rosenzweig y venir rápido a su lado, cubriendo la mano de Camilo con las dos suyas y estrechándola vigorosamente.

—Oh, estoy tan contento de verte vivo y bien —dijo—. Oí noticias horribles de tu desaparición. Y el Presidente Carpatia también estaba desilusionado de saberlo. Él quería tanto conocerte y había acordado una entrevista exclusiva.

—¿Podemos hacerla todavía? —susurró Camilo, ante el abucheo de la competencia.

—Harías cualquier cosa por conseguir adelantarte a los demás —se quejó alguien—. Hasta hacerte volar a ti mismo en pedazos.

—Probablemente no será posible sino hasta tarde en la noche —dijo Rosenzweig. Su mano señaló la sala, llena de cámaras de televisión, luces, micrófonos y la prensa—. Su programa está lleno todo el día y tiene una toma de fotografías con la revista *People* temprano esta tarde. Quizá después de esto. Hablaré con él.

—¿Cuál es su conexión? —preguntó Camilo, pero el viejo llevó un dedo a sus labios y se alejó para volver a sentarse cerca de Carpatia al empezar la conferencia de prensa.

El joven rumano no era menos impresionante y convincente de cerca, empezando la sesión con su propia declaración antes de responder las preguntas. Se condujo como un profesional, aunque Camilo sabía que sus relaciones de prensa en Rumania y las otras zonas limitadas de Europa que había visitado no le hubieran provisto de esta experiencia.

En uno y otro punto Camilo advirtió que Carpatia miraba a los ojos de cada persona de la sala, a lo menos brevemente. Nunca miró hacia abajo, nunca desvió la vista, nunca miró hacia arriba. Era como si no tuviera nada que ocultar y nada que temer. Era dueño de sí mismo y evidentemente no le afectaba el alboroto y la atención.

Parecía tener una vista extraordinariamente buena; era claro que podía leer en las credenciales los nombres de las personas a través de la sala. Cada vez que hablaba a un miembro de la prensa, se dirigía a ellos por el nombre como señor y señora tal y tal. Insistía en que la gente lo llamara como les quedara cómodo. —Hasta Nicky —dijo sonriendo, pero nadie lo hizo. Todos obedecieron su sugerencia y le llamaban, señor Presidente, o señor Carpatia.

Carpatia hablaba con los tonos bien articulados y apasionados que había usado en su discurso. Camilo se preguntó si esto era siempre lo mismo en público y en privado. Cualquier cosa más que aportara a la escena mundial, tenía un dominio de la comunicación hablada de primer orden.

—Permítanme comenzar diciendo qué honor es para mí estar en este país y en este lugar histórico. Ha sido un sueño mío desde que era un muchachito en Cluj, poder ver algún día este lugar.

Terminadas las amenidades iniciales, Carpatia se lanzó en otro minidiscurso, mostrando de nuevo un increíble conocimiento y comprensión de las Naciones Unidas y su misión.

—Ustedes recordarán —decía—, que en el siglo pasado las Naciones Unidas parecían estar decayendo. Ronald Reagan, el presidente de Estados Unidos, incrementó las controversias Este-Oeste y las Naciones Unidas parecieron cosa del pasado con su énfasis en los conflictos Norte-Sur. Esta organización pasó por problemas financieros, pues pocos miembros estaban dispuestos a pagar sus cuotas. Sin embargo, con el fin de la guerra fría en los 90, el próximo presidente, el señor Bush, reconoció lo que denominó *el nuevo orden mundial,* lo cual resonó muy profundo dentro de mi joven corazón. La base original del estatuto de las Naciones Unidas prometía cooperación entre los primeros cincuenta y un miembros, incluyendo a las grandes potencias.

Carpatia prosiguió discutiendo las variadas acciones militares para perpetuar la paz que emprendió Naciones Unidas a partir del conflicto coreano de los 50.

—Como ustedes saben —dijo, hablando de nuevo de cosas acontecidas mucho antes de que él naciera—, Naciones Unidas tiene su legado de la Liga de las Naciones que, yo creo, fue el primer cuerpo internacional para mantener la paz. Se organizó alrededor del final de la Primera Guerra Mundial, pero cuando fracasó en evitar la Segunda, se volvió anacrónico. De ese fracaso salieron las Naciones Unidas, las cuales deben permanecer siendo fuertes para impedir la Tercera Guerra Mundial, que produciría el final de la vida como la conocemos.

Después que Carpatia esbozó su fervor por apoyar a las Naciones Unidas en toda forma posible, alguien interpuso una pregunta sobre las desapariciones. Él se puso serio súbitamente sin sonreír y habló con compasión y calor.

—Mucha gente de mi país perdió a sus seres queridos en este fenómeno horrible. Sé que mucha gente de todo el mundo tiene sus teorías y no deseo denigrar a nadie ni a nada, ni a la gente, ni a sus ideas. He pedido al doctor Jaime Rosenzweig, de Israel, que trabaje con un equipo para tratar de darle sentido a esta gran tragedia y permitirnos dar pasos para prevenir que algo similar vuelva a pasar.

«Cuando sea el momento apropiado, yo permitiré que el doctor Rosenzweig hable por él mismo, pero por ahora, puedo decirles que la teoría que para mí tiene mayor sentido es brevemente la que sigue: El mundo ha estado acumulando armas nucleares durante incontables años. Desde que Estados Unidos tiró bombas atómicas a Japón en 1945 y la Unión Soviética detonó sus primeras armas de ese tipo el 23 de septiembre de 1949, el mundo ha estado corriendo el riesgo de un holocausto nuclear. El doctor Rosenzweig y su equipo de renombrados sabios están cerca de descubrir un fenómeno atmosférico que podría haber causado la desaparición de tanta gente en forma instantánea.

—¿Qué clase de fenómeno? —preguntó Camilo.

Carpatia miró brevemente el nombre en su credencial y luego a sus ojos.

—No quiero ser prematuro, señor Oreskovich —dijo. Varios miembros de la prensa hicieron una mueca pero Carpatia nunca perdió su ritmo— ¿O debiera decir señor Camilo Williams del *Semanario Mundial?* —Esto suscitó un aplauso divertido en toda la sala. Camilo se quedó estupefacto.

«El doctor Rosenzweig cree que una confluencia de electromagnetismo en la atmósfera, combinada con una hasta ahora desconocida o inexplicable ionización atómica del poder y armamento nuclear de todo el mundo, podría haber encendido o disparado —quizá por una causa natural como los rayos, o hasta de parte de una forma de vida inteligente que descubrió esta posibilidad antes que nosotros— y causó esta acción instantánea en todo el mundo.

—Una especie como de alguien que prende un fósforo en un cuarto lleno de vapores de gasolina? —sugirió un periodista.

Carpatia asintió pensativo.

—¿En qué forma se diferencia eso de la idea de los extraterrestres del espacio exterior que raptaron a todos?

—No es totalmente diferente —concedió Carpatia—, pero yo me inclino más a creer en la teoría natural, de que un rayo reaccionó con un campo subatómico.

—¿Por qué las desapariciones fueron tan al azar? ¿Por qué algunas personas sí y otras no?

—No lo sé —dijo Carpatia—. Y el doctor Rosenzweig me dice que tampoco ellos han llegado a conclusiones sobre eso. En este momento está postulando que los niveles de electricidad de ciertas personas los hicieron más probables a ser afectados. Eso daría cuenta de todos los niños y bebés y hasta material fetal que desaparecieron. El electromagnetismo de ellos no estaba desarrollado al punto en que podría resistir lo que pasara.

—¿Qué dice a la gente que cree que esto fue obra de Dios, que Él arrebató a su iglesia?

Carpatia sonrió compasivamente. —Permítame ser cuidadoso en decir que no critico ni criticaré ningún sistema de creencias de una persona sincera. Esa es la base de la verdadera armonía y hermandad, paz y respeto entre las personas. No acepto esa teoría porque conozco a mucha, muchísima más gente que se hubiera ido si los justos hubieran sido llevados al cielo. Si hay un Dios respetuosamente yo planteo que ésta no es la forma caprichosa en que él obraría. Por la misma razón, no me oirán expresar ninguna falta de respeto por aquellos que disientan.

Entonces Camilo se quedó atónito al oír que Carpatia decía que él había sido invitado a hablar en la próxima conferencia religiosa ecuménica, programada para ese mes en Nueva York.

—Allí discutiré mis puntos de vista del milenialismo, la escatología, el juicio final, y la segunda venida de Cristo. El doctor Rosenzweig fue lo bastante amable para coordinar esa invitación, y hasta entonces, pienso que sería óptimo si no tratara de hablar informalmente de esos temas.

—¿Cuánto tiempo más estará en Nueva York?

—Si el pueblo de Rumania me permite, quizá esté aquí todo un mes. Detesto estar lejos de mi gente pero ellos entienden que estoy preocupado por el mayor bien global, y con la tecnología que hay hoy y la maravillosa gente en puestos de poder en Rumania, me siento confiado de poder mantenerme en contacto y que mi nación no sufrirá por mi corta ausencia.

Al llegar la hora de los noticieros vespertinos de las grandes cadenas ya había nacido una nueva estrella internacional. Hasta tenía un apodo: San Nicky. Se había tomado de la conferencia de las Naciones Unidas y la de la prensa algo más que buenos trozos. Carpatia disfrutó de varios minutos en cada emisión televisiva, logrando que se pusiera en pie el auditorio de las Naciones Unidas con el recitado de los países y llamando con urgencia a un nuevo compromiso hacia la paz mundial.

Había evitado cuidadosamente hablar en forma específica del desarme global. El suyo era un mensaje de amor y paz y comprensión y hermandad, sin que pareciera necesario hablar de cesar las luchas. Sin duda que volvería a machacar en esa idea, pero mientras tanto, Carpatia estaba dando el paseo encantado de su vida.

Los comentaristas de las emisoras instaban a que él fuera nombrado como asesor adjunto del secretario general de las Naciones Unidas y que visitara cada oficina central de las variadas agencias de las Naciones Unidas en todo el mundo. Cuando se hizo tarde esa noche, fue invitado a comparecer en cada una de las reuniones internacionales programadas para las próximas semanas.

Fue visto en compañía de Jonatán Stonagal, lo que no sorprendió en absoluto a Camilo. Inmediatamente después de la conferencia de prensa, fue llevado rápidamente a otros compromisos. El doctor Rosenzweig buscó a Camilo.

—Pude conseguir un compromiso de él para esta noche, tarde —dijo el anciano—. Él tiene varias entrevistas, principalmente con gente de la televisión, y luego aparecerá en directo en la Edición Nocturna de la ABC[2] con Wallace Theodore. Luego de eso, regresará

2. Cadena americana de teledifusión.

a su hotel y tendrá el gusto de darte una media hora sin interrupciones.

Camilo le dijo a Esteban que quería ir a su casa, refrescarse, ver sus mensajes, correr a la oficina y educarse lo más rápido posible con los archivos, y estar totalmente preparado para la entrevista. Esteban estuvo de acuerdo en acompañarlo.

—Pero todavía estoy paranoico —admitió Camilo—. Si Stonagal está relacionado de alguna forma con Todd-Cothran, y sabemos que lo está, ¿quién sabe qué piense de lo que pasó en Londres?

—Eso es un tiro al aire —dijo Esteban—. Aunque si esa basura va a la Bolsa y Scotland Yard, eso no significa que Stonagal tuviera algún interés en ello. Yo pensaría que él querría estar lo más lejos posible de eso.

—Esteban, pero tienes que estar de acuerdo en que es probable que Desi Burton haya sido asesinado porque se acercó demasiado a las conexiones secretas de Todd-Cothran con el grupo internacional de Stonagal. Si ellos liquidan a la gente que consideran enemigos, hasta a los amigos de sus enemigos como éramos Alan Tompkins y yo, ¿dónde se detendrán?

—Pero estás suponiendo que Stonagal sabía lo que pasó en Londres. Él es más grande que eso. Todd-Cothran o el tipo del Yard pueden haberte visto como una amenaza, pero probablemente Stonagal nunca haya sabido de ti.

—¿No piensas que él lee el *Semanario*?

—No te ofendas. Eres como un mosquito para él si es que conoce tu nombre.

—Esteban, ¿sabes lo que un golpe repentino con una revista puede hacerle a un mosquito?

—Hay un tremendo agujero en tu argumento —dijo Esteban después, cuando entraban al apartamento de Camilo—. Si Stonagal *es* peligroso para ti ¿en qué convierte eso a Carpatia?

—Como dije, Carpatia puede ser solamente un peón.

—¡Macho! Acabas de oírlo ¿Me equivoqué al catalogarlo?

—No.

—¿No te hizo volar?

—Sí.

—¿Luce como el peón de alguien?

—No. Así que solamente puedo suponer que él nada sabe de esto.

—¿Estás muy seguro de que él se reunió con Todd-Cothran y Stonagal en Londres antes de venir aquí?

—Eso tenía que ser por negocios —dijo Camilo—. Planificar el viaje y su participación con los asesores internacionales.

—Estás corriendo un gran riesgo —dijo Esteban.

—No tengo alternativa. De todos modos, estoy dispuesto. Hasta que él demuestre lo contrario, voy a confiar en Nicolás Carpatia.

—Hmm —dijo Esteban.

—¿Qué?

—Es que habitualmente tú trabajas de la otra manera. Tú desconfías de cualquiera a menos que demuestren lo contrario.

—Bueno, es un nuevo mundo, Esteban. Nada es lo mismo que era la semana pasada, ¿no crees?

Y Camilo apretó el botón de su *voice mail* mientras empezaba a desvestirse para ducharse.

Raimundo llegó a la entrada de automóviles de su casa con una bolsa de comestibles puesta en el asiento al lado suyo. Había hablado con Patty Durán, que quiso mantenerlo hablando por teléfono hasta que él rogó que cortara. Estaba encantada con la invitación a comer y dijo que podría ir tres noches después, el jueves.

Raimundo adivinó que estaba atrasado media hora respecto de Cloé y se impresionó de que ella le hubiera dejado abierta la puerta del garaje. Sin embargo, se preocupó cuando halló cerrada la puerta entre el garaje y la casa. Golpeó. No hubo respuesta.

Raimundo volvió a abrir la puerta del garaje para dar la vuelta por el frente pero justo antes de cerrarla al salir, se detuvo. Algo era diferente en el garaje. Prendió la luz para aumentar la luz del bombillo único del abridor de la puerta. Los tres automóviles estaban en su lugar pero...

Raimundo caminó alrededor del jeep hasta el fondo. ¡Faltaban las cosas de Raimundito! Su bicicleta. Su cuatroruedas. ¿Qué era esto?

Raimundo trotó a la puerta principal. El vidrio de la ventana de tormentas estaba roto y la puerta colgaba de un gozne. Habían abierto a patadas la puerta principal. No poca cosa, pues la puerta era enorme y pesada, con un perno de seguridad. Todo el marco había sido arrancado y yacía en pedazos en el suelo de la entrada. Raimundo corrió hacia adentro llamando a Cloé.

Corrió de cuarto en cuarto, rogando que nada le hubiera sucedido al único familiar que le quedaba. Todo lo de valor material inmediato había desaparecido. Radios, televisores, VCR,[3] joyas, tocadiscos para discos compactos, juegos de video, la platería, hasta la loza. Para su alivio no había señal de sangre ni lucha.

Raimundo estaba hablando por teléfono a la policía cuando sonó su aviso de llamada en espera. —No quiero ponerlo en espera —dijo—, pero esa puede ser mi hija. Era.

—Oh, papá —dijo llorando—. ¿Estás bien? Entré por el garaje y vi todo eso que falta. Pensé que quizá volverían, así que cerré la puerta que da al garaje e iba a cerrar la del frente pero vi el vidrio y la madera y todo, así que salí corriendo por atrás. Estoy a tres casas.

—Querida, ellos no volverán —dijo él—. Iré a buscarte.

—El señor Anderson dijo que él me acompañaría a casa.

Pocos minutos después Cloé estaba meciéndose en el sillón, con sus brazos cruzados por encima de su estómago. Ella le dijo al oficial de policía lo que había dicho a su padre; luego él tomó la declaración de Raimundo.

—¿Ustedes no usan alarma contra robos?

Raimundo meneó la cabeza. —Es culpa mía. La usamos por años cuando no la necesitábamos y me cansé de ser despertado a medianoche por falsa alarma y el... el.. ah....

—Las llamadas de nosotros, lo sé —dijo el policía. —Eso es lo que dice todo el mundo. Pero esta vez hubiera valido la pena, ¿no?

—Retropercepción y todo eso —dijo Raimundo—. Realmente nunca pensamos que necesitaríamos la seguridad en este vecindario.

—Esta clase de crimen aumentó en doscientos por ciento aquí, tan sólo en la última semana —dijo el oficial—. Los chicos malos saben que no tenemos el tiempo ni el personal para hacer nada al respecto.

---

3. Máquina de grabar video.

—Bueno, ¿podrá tranquilizar a mi hija y le dirá que ellos no se interesan por herirnos y que no volverán?

—Eso es correcto, señorita —dijo él—. Su papá debiera volver a poner esta puerta afirmándola con madera hasta que la arreglen y yo activaría ese sistema de seguridad. Pero no hay que esperar otra visita, al menos no de la misma banda. Hablamos con la gente del frente. Vieron una especie de minifurgón de servicio de alfombras parado aquí por una media hora esta tarde. Entraron por el frente, salieron, abrieron la puerta del garaje, estacionaron en el espacio vacío, y cargaron sus cosas casi frente a sus narices.

—¿Nadie los vio romper el frente?

—Sus vecinos no tienen una vista clara de su entrada. Nadie en realidad la tiene. Trabajo de primera.

—Me alegro de que Cloé no se los topara —dijo Raimundo.

El policía asintió mientras salía. —Puede agradecer eso. Imagino que su seguro cubrirá mucho de esto. No espero recuperar nada de las cosas. No hemos tenido suerte con los otros casos.

Raimundo abrazó a Cloé, que aún temblaba. —¿Papá, puedes hacerme un favor? —dijo ella.

—Cualquier cosa.

—Quiero otra copia de ese video, del de ese pastor.

—Llamaré a Bruno y lo recogeremos esta noche.

De repente Cloé se rió.

—¿Qué es lo cómico ahora? —dijo Raimundo

—Acabo de pensar algo —dijo ella sonriendo a través de sus lágrimas—. ¿Qué te parece si los ladrones miran esa cinta?

Quince

Uno de los primeros mensajes en el *voice mail* de Camilo era de la aeromoza que había conocido la semana anterior.

Señor Williams, esta es Patty Durán —dijo ella—, estoy en Nueva York con otro vuelo y pensé llamar para saludarlo y volverle a agradecer por ayudarme a ponerme en contacto con mi familia. Esperaré un segundo y seguiré insistiendo, por si usted está filtrando sus llamadas. Sería entretenido juntarnos para tomar un trago o algo pero no se sienta obligado. Bueno, quizás en otra ocasión.

—¿Y quién es esa? —gritó Esteban, pues Camilo vaciló cerca de la puerta del baño, esperando oír todos los mensajes antes de meterse en la ducha.

—Sólo una chica —dijo.

—¿Bonita?

—Más que bonita. Preciosa.

—Mejor que le devuelvas la llamada.

—No te preocupes.

Había varios otros mensajes sin importancia. Entonces hubo dos que habían sido dejados esa misma tarde. El primero era del capitán Howard Sullivan, de Scotland Yard.

Ah, sí, señor Williams. Siento tener que dejarle este mensaje en su máquina pero quisiera hablar con usted en cuanto pueda. Como sabe, dos caballeros con los que usted estuvo asociado han encontrado inoportunas muertes aquí en Londres. Quisiera hacerle unas pocas preguntas. Puede que le llamen de otras agencias, pues lo vieron con una de las víctimas justo antes del desafortunado final. Por favor, llámeme. Y dejaba un número.

El siguiente mensaje, menos de media hora después del anterior era de Jorge Lafitte, un operador de Interpol, la organización internacional de policía con oficinas centrales en Lyons, Francia.

> Señor Williams —decía con marcado acento francés—, quisiera que me llamara desde la estación de policía más cercana, en cuanto reciba este mensaje. Ellos sabrán cómo ponerse en contacto directo con nosotros y tendrán una hoja impresa con información sobre el porqué tenemos que hablar con usted. Por su propio bien, le insto a que no demore.

Camilo se inclinó para mirar fijo a Esteban, que lucía tan perplejo como él.

—¿Qué eres ahora? —preguntó Esteban—. ¿Un sospechoso?

—Mejor que no sea. Después de lo que supe de Sullivan por Alan, y cómo está en el bolsillo de Todd-Cothran, ni modo de que vaya a Londres y me ponga voluntariamente en la custodia de ellos. Estos mensajes no son obligatorios, ¿cierto? No tengo que responder a ellos sólo porque los escuché, ¿o crees que debo?

Esteban se encogió de hombros. —Nadie sino yo sabe que los escuchaste. De todos modos, las agencias internacionales no tienen jurisdicción aquí.

—¿Piensas que me pudieran extraditar?

—Si es que tratan de enlazarte con una de esas muertes.

Cloé no quiso quedarse sola esa noche. Fue con su padre a la iglesia donde Bruno Barnes los esperaba y les dio otro video. Meneó la cabeza cuando supo lo del robo. —Se está convirtiendo en una epidemia —dijo—. Es como si el casco urbano se hubiera mudado a los suburbios. Ya no estamos seguros aquí.

Fue todo lo que Raimundo pudo hacer para evitar decirle a Bruno que reemplazar la cinta robada era idea de Cloé. Él quería decir a Bruno que siguiera orando, que ella debía estar aún pensando cosas. Quizás el robo en la casa la había hecho sentirse vulnerable. Quizá estaba captando la idea de que el mundo era ahora mucho más peligroso, que no había garantías, que su propio tiempo podía ser corto. Pero Raimundo también sabía que podía ofenderla, insultarla, alejarla si usaba esta situación para que Bruno la acosara. Ella tenía suficiente información; sólo tenía que dejar que Dios obrara en ella. De todos modos, se sentía animado y quería contarle a Bruno lo que estaba pasando, pero suponía que tendría que esperar un momento más oportuno.

Raimundo aprovechó la salida para comprar cosas que tenían que reemplazarse de inmediato, incluyendo un televisor y VCR. Dispuso que se arreglara la puerta principal y empezó el trámite con el seguro. Más importante, activó el sistema de seguridad. Sabía, no obstante, que él y Cloé no dormirían profundamente esa noche.

Llegaron a casa cuando llamaba Patty Durán. Raimundo pensó que se sentía solitaria. No parecía tener una razón real para llamar. Sencillamente le dijo que estaba agradecida por la invitación a comer y que estaba esperándola. Él le contó lo que había pasado en su casa y ella pareció genuinamente turbada.

—Las cosas se están poniendo tan raras —dijo ella—. Tú sabes que yo tengo una hermana que trabaja en una clínica de embarazo.

—Ah, ah —dijo Raimundo—. Lo has mencionado.

—Ellos proveen planificación y consejería familiar y dan referidos para terminar embarazos.

—Correcto.

—Y están preparados para hacer abortos allí mismo.

Patty parecía estar esperando una señal afirmativa o de reconocimiento de que él estaba oyendo. Raimundo se impacientó y permaneció en silencio.

—De todos modos —dijo ella—, no te demoraré. Pero mi hermana me dijo que no tienen actividad alguna.

—Bueno, eso tendría sentido dadas las desapariciones de bebés nonatos.

—Mi hermana no parecía demasiado feliz por eso.

—Patty, imagino que todos están horrorizados por eso. Los padres están sufriendo en todo el mundo.

—Pero las mujeres que mi hermana y su gente aconsejaban *querían* abortos.

Raimundo buscó una respuesta coherente. —Sí, quizá sea que aquellas mujeres agradezcan que no tuvieron que hacerse el aborto.

—Quizá, pero mi hermana y sus jefes y el resto del personal están sin trabajo ahora hasta que la gente comience a quedar embarazada de nuevo.

—Entiendo. Es cuestión de dinero.

—Tienen que trabajar. Tienen gastos y familias.

—Y fuera de aconsejar abortos y hacer abortos ¿no tienen nada que hacer?

—Nada. ¿No es horroroso? Quiero decir, lo que sea que sucedió dejó sin trabajo a mi hermana y a mucha gente como ella, y nadie sabe realmente si alguien podrá volver a quedar embarazada otra vez.

Raimundo tuvo que admitir que nunca había hallado culpable de inteligencia a Patty pero ahora deseaba poder mirarla a los ojos.

—Patty, mm..., no sé cómo preguntarte esto pero ¿estás diciendo que tu hermana espera que las mujeres puedan quedar embarazadas de nuevo para que quieran abortar y ella pueda seguir trabajando?

—Bueno, seguro. De otro modo, ¿qué hará ella? Los trabajos de consejera en otros campos son muy difíciles de encontrar, tú sabes.

Él asintió, sintiéndose estúpido, sabiendo que ella no podía verlo. ¿Qué clase de locura era esta? Él no debiera desperdiciar sus energías discutiendo con alguien que claramente, no tenía ni la más mínima idea, pero no pudo contenerse.

—Supongo que siempre pensé que las clínicas como esa donde trabaja tu hermana consideraban como una molestia a esos embarazos no deseados. ¿No debieran estar contentos si tales problemas desaparecieran, y aun más felices de que nunca más haya embarazos, salvo la pequeña complicación de que la raza humana dejará de existir finalmente?

Patty no captó la ironía. —Pero Raimundo, ese es su trabajo. Todo el centro se trata de eso. Es como tener una estación de servicio sin que nunca más nadie necesite gasolina o aceite o neumáticos.

—Oferta y demanda.

—¡Exactamente! ¿Entiendes? Ellos necesitan embarazos no deseados porque ese es su negocio.

—¿Algo así como que los médicos quieran que la gente se enferme o se lesione para que ellos tengan algo que hacer?

—Ahora lo captaste, Raimundo.

Luego que Camilo se hubo afeitado y bañado, Esteban le dijo:

—Hace un minuto me llamaron. Hay detectives de la ciudad de Nueva York buscándote en tu oficina. Desafortunadamente, alguien les dijo que más tarde estarías en el Hotel Plaza con Carpatia.

—¡Brillante!

—Lo sé. Quizá debieras enfrentar esto.

—Todavía no, Esteban. Déjame hacer la entrevista a Carpatia y empezar el artículo. Luego puedo salir de este enredo.

—Esperas que Carpatia pueda ayudar.

—Precisamente.

—¿Y si no puedes llegar a él antes de que alguien te agarre?

—Tengo que hacerlo. Todavía tengo mi credencial de prensa e identificación de Oreskovich. Si los policías me están esperando en el Plaza, quizá no me reconozcan de inmediato.

—Vamos, Macho. ¿Crees que ya no saben de tu identidad falsa, después que te fuiste de Europa usando la misma? Déjame cambiarme por ti. Si creen que yo soy tú tratando de pasar como Oreskovich, eso te puede dar tiempo suficiente para entrar a ver a Carpatia.

Camilo se encogió de hombros. —Vale la pena probar —dijo—. No quiero quedarme aquí pero quiero ver a Carpatia en *Edición Nocturna*.

—¿Quieres ir a mi casa?

—Probablemente me buscarán allá antes que pase mucho tiempo.

—Déjame llamar a Marga. Ella y su esposo no viven lejos.

—No uses mi teléfono.

Esteban hizo una mueca. —Te comportas como en una película de espías.

Esteban usó su teléfono celular. Marga insistió en que fueran de inmediato allá. Dijo que a su esposo le gustaba mirar la repetición de los programas viejos de M*A*S*H*[1] a esa hora de la noche, pero que ella le diría que esa noche lo grabara.

Camilo y Esteban vieron dos automóviles patrulleros sin identificación que se detenían frente al edificio de apartamentos de Camilo cuando subían a un taxi.

—*Es* como una película de espías —dijo Camilo.

Al marido de Marga no le agradó mucho que le quitaran su lugar favorito y su programa favorito, pero hasta él se intrigó cuando *Edición Nocturna* empezó. Carpatia se veía muy en su ambiente o estaba bien entrenado. Miraba directo a la cámara cada

1. Serie de televisión americana.

vez que era posible y parecía estar hablando a los televidentes en forma individual.

—Su discurso en las Naciones Unidas —empezó Wallace Theodore—, que hoy estuvo en medio de dos conferencias de prensa, parece haber electrizado a Nueva York y debido a que se ha mostrado tanto en los noticieros de la tarde y la noche, usted se ha convertido de golpe en un hombre popular en este país.

Carpatia sonrió. —Como cualquiera de Europa, especialmente de Europa Oriental, me asombra la tecnología de ustedes. Yo...

—¿Pero no es cierto señor que sus raíces están realmente en Europa Occidental? Aunque nació en Rumania, ¿no es realmente italiano por herencia?

—Eso es verdad, al igual que muchos rumanos nativos. De ahí viene el nombre de nuestro país. Pero como estaba diciendo de su tecnología, es sorprendente, pero confieso que no vine a su país para llegar a ser o a ser hecho una celebridad. Yo tengo una meta, una misión, un mensaje y no tiene nada que ver con mi popularidad o mi personali...

—¿Pero no es cierto que usted viene de una sesión de fotografías con la revista *People*?

—Sí, pero yo...

—¿Y no es cierto también que ellos ya lo nombraron como el nuevo "Hombre vivo más sexy"?

—No sé realmente lo que eso significa. Me sometí a una entrevista que fue mayormente sobre mi infancia y mis negocios y mi carrera política, y tenía la idea de que ellos hacen esa cobertura del hombre más *sexy* en enero de cada año, así que es muy prematuro para la del año próximo y demasiado tarde para la de este año.

—Sí, y estoy seguro, señor Carpatia, de que usted se emocionó tanto como nosotros por el joven astro de la canción que fue nombrado así hace dos meses, pero...

—Lamento decir que yo no sabía del joven antes de ver su fotografía en la portada de la revista.

—Pero, señor, ¿dice que no sabía que en efecto la revista *People* está rompiendo la tradición al destronar a su actual hombre más *sexy* e instalarlo a usted en su lugar en el próximo ejemplar?

—Yo creo que ellos trataron de decirme eso pero yo no entiendo. El joven hizo cierto daño en un hotel o algo así, y...

—De modo que usted fue un reemplazo conveniente para él.

—No sé nada de eso, y para ser perfectamente honesto, yo no debiera haberme sometido a esa entrevista, dadas las circunstancias. No me considero *sexy.* Yo estoy en una cruzada para ver que los pueblos del mundo se unan. No busco una posición de poder o autoridad. Sencillamente pido ser escuchado. Espero que mi mensaje llegue también por medio del artículo de la revista.

—Usted ya tiene una posición de poder y autoridad, señor Carpatia.

—Bueno, nuestro pequeño país me pidió servir y yo estaba dispuesto.

—¿Cómo reacciona a aquellos que dicen que usted esquivó el protocolo y que su ascenso a la presidencia de Rumania fue efectuado, en parte, con tácticas de mano fuerte?

—Diría que esa es la manera perfecta de atacar a un pacifista, a uno que está dedicado al desarme no sólo de Rumania y el resto de Europa, sino también del planeta.

—¿Así que usted niega haber hecho asesinar a un rival de negocios hace siete años y usar la intimidación y amigos poderosos de Estados Unidos para usurpar la autoridad del presidente de Rumania?

—El así llamado rival asesinado era uno de mis más queridos amigos y hasta el día de hoy lamento amargamente su pérdida. Los pocos amigos norteamericanos que tengo pueden ser influyentes aquí, pero no tendrían ninguna influencia en la política rumana. Usted debe saber que nuestro anterior presidente me pidió por razones personales que lo sustituyera.

—Pero eso ignora completamente su procedimiento constitucional para la sucesión del poder.

—Esto fue por un voto del pueblo y por el gobierno y ratificado con una enorme mayoría.

—Después del hecho.

—Sí, en cierto modo. Pero, de otra manera, ellos no lo hubieran ratificado tanto a nivel popular como dentro de las casas de gobierno y yo hubiera sido el presidente en ejercicio de menos duración de la historia de nuestra nación.

El marido de Marga refunfuñó. —Este muchacho romano es ligero de pies.

—Rumano —corrigió Marga.

—Yo lo oí decir que él es todo un italiano por sangre —dijo su esposo. Marga guiñó un ojo a Esteban y Camilo.

Este estaba asombrado por los procesos mentales y el dominio de idiomas de Carpatia. Theodore le preguntó: —¿Por qué las Naciones Unidas? Algunos dirían que usted hubiera tenido mucho más impacto y obtenido más provecho de una presentación ante nuestro Senado y Cámara de Representantes.

—Ni siquiera hubiera soñado con tal privilegio —dijo Carpatia—. Pero vea usted, yo no andaba buscando provecho. Las Naciones Unidas fueron inicialmente concebidas como esfuerzo para mantener la paz. Debe volver a ese papel.

—Usted indicó hoy e incluso ahora acaba de repetirlo, que tiene un plan específico para las Naciones Unidas, que la mejoraría y que sería de ayuda durante esta etapa desacostumbradamente horrorosa de la historia.

—Sí. No creí que me correspondía sugerir tales cambios siendo un invitado; sin embargo, no vacilo al respecto. Yo soy un paladín del desarme. Eso no es secreto. Aunque me impresionan las capacidades, planes y programas de amplio alcance de las Naciones Unidas, creo que con unos pocos ajustes menores y la cooperación de sus miembros, puede llegar a convertirse en todo aquello para lo que fue concebido. Verdaderamente podemos llegar a ser una comunidad global.

—¿Puede esbozar brevemente eso en unos pocos segundos?

La risa de Carpatia pareció profunda y genuina. —Eso siempre es peligroso —dijo—, pero trataré. Como usted sabe, el Consejo de Seguridad de las Naciones Unidas tiene cinco miembros permanentes: Estados Unidos, la Federación Rusa, Bretaña, Francia y China. También hay diez miembros temporales, dos de cada una de las cinco diferentes regiones del mundo, que sirven por períodos de dos años.

«Yo respeto la naturaleza del derecho privado de los cinco originales. Propongo elegir a otros cinco, justamente uno de cada una de las cinco diferentes regiones del mundo. Terminar con los miembros temporales. Entonces uno tendría diez miembros permanentes del Consejo de Seguridad, pero el resto de mi plan es revolucionario. Actualmente los cinco miembros permanentes tienen poder de veto. Los votos de procedimiento requieren una mayoría de nueve votos; los votos sobre el contenido requieren una mayoría simple, incluyendo a todos los cinco miembros permanentes. Yo propongo un sistema más difícil. Yo propongo la unanimidad.

—¿Cómo dijo, perdone?

—Seleccionar cuidadosamente a los diez miembros representantes permanentes. Ellos deben obtener información y apoyo de todos los países de sus respectivas regiones.

—Eso suena como una pesadilla.

—Pero funcionaría y he aquí por qué. Pesadilla es lo que nos pasó la semana pasada. El tiempo está maduro para que los pueblos del mundo se levanten e insistan en que sus gobiernos se desarmen y destruyan todo su armamento salvo diez por ciento de sus armas. Ese diez por ciento sería, en efecto, donado a las Naciones Unidas de modo que pueda regresar y asumir la posición que debe ejercer como cuerpo mantenedor de la paz global, con la autoridad, el poder y el equipo para hacer el trabajo.

Carpatia siguió educando a la audiencia de que fue en 1965 que las Naciones Unidas modificaron su estatuto original para aumentar el Consejo de Seguridad de 11 a 15. Él dijo que el poder de veto original de los miembros permanentes había estorbado a los esfuerzos militares de paz, tales como en Corea y durante la Guerra Fría.

—Señor, ¿de dónde sacó su conocimiento enciclopédico de las Naciones Unidas y los asuntos mundiales?

—Todos nosotros encontramos tiempo para hacer lo que realmente queremos hacer. Esta es mi pasión.

—¿Cuál es su meta personal? ¿Un papel de dirigente en el Mercado Común Europeo?

—Rumania ni siquiera es miembro, como usted sabe. Pero no, no tengo una meta personal de liderazgo excepto como voz. Debemos desarmarnos, debemos dar poder a las Naciones Unidas, debemos movernos para tener una sola moneda y debemos llegar a ser una *nación* global.

Raimundo y Cloé se sentaron en silencio delante de su nuevo televisor, absortos con el rostro fresco y las alentadoras ideas de Nicolás Carpatia.

—¡Qué tipo! —dijo por fin Cloé—. No he oído un político que tenga algo que decir desde que era una niñita y en aquel entonces no entendía ni la mitad de lo que decía.

—Es algo considerable —concordó Raimundo—. Es especialmente agradable ver a alguien que no parece tener un programa personal.

Cloé sonrió. —¿Así que no vas a empezar a compararlo con el mentiroso del cual nos precavió la grabación del pastor, alguien de Europa que trata de dominar el mundo?

—Difícilmente —dijo Raimundo—. No hay nada de maldad o servicio propio en este tipo. Algo me dice que el engañador del cual hablaba el pastor sería un poco más obvio en su intento.

—Pero —dijo Cloé—, si es un engañador quizá sea uno bueno.

—Oye, ¿de qué lado de esta discusión estás tú? ¿Este tipo te luce como el anticristo?

Ella meneó su cabeza. —Me parece como una ráfaga de aire fresco. Si empieza a tratar furtivamente de abrirse camino al poder, sospecharía, pero un pacifista, ¿contento con ser presidente de un país pequeño? Su única influencia es su sabiduría y su único poder es su sinceridad y humildad.

El teléfono sonó. Era Patty, ansiosa por hablar con Raimundo. Estaba casi maníaca de elogios para Carpatia.

—¿Vieron ese hombre? ¡Es tan buen mozo! Sencillamente tengo que conocerlo. ¿Tienes algunos vuelos programados para Nueva York?

—El miércoles tengo un vuelo tarde por la mañana y vuelvo a la mañana siguiente. Entonces te veremos en la cena esa noche, ¿correcto?

—Sí, y eso es estupendo, pero Raimundo, ¿te importaría si yo tratara de trabajar en ese vuelo? Oí en las noticias que el informe de la muerte de ese periodista de revista estaba equivocado y que él está en Nueva York. Voy a ver si puedo encontrarme con él y hacer que él me presente a este Carpatia.

—¿Tú crees que él lo conoce?

—Camilo conoce a todo el mundo. Él cubre todas estas grandes historias internacionales. Tiene que conocerlo. Aunque no lo conozca, no me importaría ver a Camilo.

Eso fue un alivio para Raimundo. Así que Patty no tenía miedo de hablar de dos hombres más jóvenes por los que ella estaba claramente interesada en ver, o por lo menos conocer. Estaba seguro de que no estaba diciendo eso para probar su nivel de interés. Era obvio que ella sabía que él no se interesaba por nadie con su esposa tan recientemente desaparecida. Raimundo se preguntó si debiera seguir con su plan de sincerarse con ella sobre sus sentimientos pasados. Quizá él debiera ir directamente a instarle a que mirara la grabación del pastor.

—Bueno, buena suerte con eso —dijo Raimundo débilmente.

—¿Pero puedo pedir tu vuelo?

—¿Por qué no ves si ya viene así en el itinerario?

—¡Raimundo!

—¿Qué?

—¡Tú no me quieres en tu vuelo! ¿Por qué? ¿Dije o hice algo?

—¿Por qué piensas eso?

—¿Crees que no sé que rechazaste mi último pedido?

—No lo rechacé exactamente. Sólo dije...

—Muy bien podrías haberlo hecho.

—Dije lo que acabo de decirte. No me opongo a que trabajes en mis vuelos pero, ¿por qué no dejas que vengan como vengan?

—¡Tú conoces las posibilidades de eso! Si espero, las posibilidades están en contra mía. Si presiono por vuelos específicos, por causa de mis años de experiencia suelo obtenerlos. Ahora, ¿de qué se trata, Raimundo?

—¿Podemos hablar de esto cuando vengas a comer?

—Hablemos de eso ahora.

Raimundo se detuvo, buscando las palabras. —Mira lo que le hacen a los itinerarios tus pedidos especiales, Patty. Todos los demás tienen que moverse para acomodarte a ti.

—¿Esa es tu razón? ¿Te preocupas por todos los demás?

Él no quería mentir. —En parte —dijo.

—Eso nunca te molestó antes. Acostumbrabas a animarme para que pidiera tus vuelos, y a veces tú lo verificabas conmigo para cerciorarte que lo había hecho.

—Lo sé.

—Así pues ¿qué ha cambiado?

—Patty, por favor. No quiero discutir esto por teléfono.

—Entonces encuéntrate conmigo en otra parte.

—No puedo hacer eso. No puedo dejar a Cloé tan pronto después que nos han robado.

—Entonces yo iré para allá.

—Es tarde.

—¡Raimundo! ¿Estás esquivándome?

—Si estuviera esquivándote no te hubiera invitado a comer.

—¿Con tu hija en casa? Creo que estoy siendo preparada para la patada real.

—Patty ¿qué dices?

—Sólo que tú disfrutabas andar conmigo en privado, fingiendo que algo estaba pasando.

—Admito eso.

—Y yo me siento mal por tu esposa, Raimundo, en realidad lo siento. Probablemente te estés sintiendo culpable, aunque nunca hicimos nada para sentirse culpable. Pero no me eches a un lado antes de tener una oportunidad de recuperarte de tu pérdida y empezar a vivir de nuevo.

—No es eso. Patty, ¿qué es lo que hay para echar a un lado? No es como si hubiéramos tenido una relación. Si lo hicimos, ¿por qué estás tan interesada en este tipo de la revista y el rumano?

—Todos están interesados en Carpatia —dijo ella—. Y Camilo es el único modo que conozco para llegar a él. No puedes pensar que tengo planes con él. ¡Realmente! ¿Uno que hace noticia internacionalmente? ¡Vamos, Raimundo!

—No me importa si lo haces. Sólo digo, ¿cómo concuerda eso con lo que sea que hayas creído que teníamos nosotros?

—¿Tú quieres que yo no vaya a Nueva York y me olvide de los dos?

—No, en absoluto. No estoy diciendo eso.

—Porque yo lo haría. Si alguna vez hubiera pensado que había realmente una oportunidad contigo, la hubiera buscado, créeme.

Raimundo quedó perplejo. Sus temores y suposiciones eran ciertos, pero ahora se sentía a la defensiva. —¿Nunca pensaste que había una oportunidad?

—Tú casi no me diste señales. En lo que a mí concierne, tú pensabas que yo era una muchacha agradable, muy joven, entretenida para estar con ella pero sin que se pueda tocar.

—Hay algo de verdad en eso.

—¿Pero nunca deseaste que fuera algo más, Raimundo?

—De eso es lo que me gustaría hablarte, Patty.

—Puedes contestarlo ahora.

Raimundo suspiró. —Sí, hubo veces en que deseé que fuera algo más.

—Bueno, gloria sea. Me equivoqué. Ya me había dado por vencida creyendo que eras un intocable.

—Lo soy.

—Ahora, seguro. Lo puedo entender. Estás dolido, y probablemente peor aún porque estabas considerando a alguien además de tu esposa por un rato. Pero ¿eso significa que nunca yo pueda volar contigo, hablar contigo, tomarme un trago contigo? Podríamos regresar a como eran las cosas antes, y salvo por lo que está en tu mente, aún no habría nada malo con ello.

—No quiere decir que no puedas hablar conmigo o trabajar conmigo cuando coincidan nuestros itinerarios. Si yo no quisiera tener nada que ver contigo no te hubiera invitado.

—Puedo ver de qué se trata todo eso, Raimundo. Tú no puedes decirme que yo no iba a recibir la rutina del *seamos amigos*.

—Quizá eso y un poco más.

—¿Como qué?

—Justamente algo de lo que quiero hablarte.

—¿Qué si yo te digo que no me interesa esa clase de relación social? No espero que tú corras a mí ahora que tu esposa ha desaparecido, pero tampoco esperaba ser ignorada.

—¿Cómo puede ser ignorarte el invitarte a comer?

—¿Por qué antes no me invitaste nunca?

Raimundo se quedó callado.

—¿Bueno?

—Hubiera sido inapropiado —murmuró.

—¿Y ahora es inapropiado encontrarte conmigo en otra manera?

—Francamente, sí. Pero quiero hablar contigo y no es para darte la despedida brusca.

—¿Se supone que mi curiosidad me obligue a ir ahora, Raimundo? Porque te diré, tengo que declinar. Voy a estar ocupada. Acepta mis disculpas. Algo pasó, inevitable, entiendes.

—Por favor, Patty. Realmente queremos que vengas. Yo lo quiero.

—Raimundo, no te molestes. Hay muchos vuelos a Nueva York. No haré ningún malabarismo para estar en los tuyos. De hecho, me aseguraré de mantenerme lejos de ellos.

—No tienes que hacer eso.

—Por supuesto que sí. Sin resentimientos. Me hubiera gustado haber conocido a Cloé pero, probablemente, tú te hubieras sentido obligado a decirle que una vez casi caíste conmigo.

—Patty, ¿me escucharás por un segundo? Por favor.

—No.

—Quiero que vengas el jueves por la noche y realmente tengo algo importante para decirte.

—Dime qué es.

—No por teléfono.

—Entonces no voy.

—Si te lo digo en general, ¿vendrás?

—Depende.

—Bueno, yo sé de qué se trata todo esto de las desapariciones, ¿bien? Sé qué significan y quería ayudarte a conocer la verdad.

Patty se quedó callada por un largo rato. —¿No te has vuelto una especie de fanático, no?

Raimundo tuvo que pensar eso. La respuesta era sí, muy ciertamente él era eso, pero no iba a decirlo.

—Me conoces bien.

—Pensé que te conocía.

—Confía en mí, esto vale tu tiempo.

—Dime lo básico y te diré si quiero oírlo.

—Absolutamente, no —dijo Raimundo, sorprendiéndose a sí mismo con su firmeza—. No lo haré, salvo en persona.

—Entonces no voy.

—¡Patty!

—Adiós Raimundo.

—Pat...

Ella colgó.

Dieciséis

Yo no haría esto por cualquiera —dijo Esteban Plank después que él y Camilo le habían dado las gracias a Marga y se habían dirigido a taxis separados. —No sé por cuánto tiempo pueda retenerlos y convencerlos de que soy tú, pretendiendo ser otra persona. Así que no te demores mucho.

—No te preocupes.

Esteban tomó el primer taxi, con las credenciales de prensa de Camilo a nombre de Jorge Oreskovich en su bolsillo. Tenía que ir directo al Plaza Hotel, donde preguntaría por su cita con Carpatia. La esperanza de Camilo era que Esteban fuera interceptado de inmediato, arrestado como si fuera él, despejando el camino para que él entrara. Si Camilo era acosado por las autoridades, mostraría su identidad de Esteban Plank. Ambos sabían que el plan era muy débil, pero Camilo estaba dispuesto a tratar cualquier cosa para impedir ser extraditado y acusado por el asesinato de Alan Tompkins, y posiblemente, hasta por el de Desi Burton.

Camilo le pidió a su chofer que esperara un minuto después que Esteban se había ido para el Plaza. Llegó al hotel en medio de relampagueantes luces de la policía, un camión para prisioneros y varios automóviles no identificados como de la policía. Mientras se abría camino en medio de los espectadores, la policía empujaba a Esteban, con las manos esposadas por atrás de su espalda, sacándolo por la puerta y haciéndole bajar los escalones.

—Les estoy diciendo —decía Esteban— ¡Me llamo Oreskovich!

—Sabemos quién eres, Williams. Ahórrate la saliva.

—¡Ese no es Macho Williams! —dijo otro periodista, señalando y riéndose—. ¡Idiotas! Ese es Esteban Plank.

—Sí, eso es, Plank. Yo soy el jefe de Williams, ¡del *Semanario*!

—Seguramente que lo eres —dijo un hombre vestido de civil, metiéndolo en un vehículo sin identificar.

Camilo esquivó al periodista que había reconocido a Plank, pero cuando entró y tomó un teléfono de cortesía del hotel para llamar al cuarto de Rosenzweig, otro colega de la prensa, Eric Miller, giró y tapando su propio teléfono susurró:

—Williams, ¿qué está pasando? Los policías acaban de encerrar a tu jefe allá afuera, y declaraba que ¡él era tú!

—Hazme un favor —dijo Camilo—, guárdate esto en silencio por lo menos por media hora. Me debes eso.

—No te debo nada, Williams —dijo Miller—. Pero te ves bastante asustado. Dame tu palabra de que me dirás primero qué está pasando.

—Bueno. Serás el primer periodista de prensa a quien se lo contaré, de todos modos. No puedo prometer que no lo diré a alguien más.

—¿Quién?

—Buen intento.

—Camilo, si estás tratando de llamar a Carpatia, olvídalo. Nosotros hemos estado tratando toda la noche. Él no está dando más entrevistas esta noche.

—¿Ya está de regreso?

—Volvió pero está incomunicado.

Rosenzweig contestó la llamada de Camilo. —Jaime, es Camilo Williams. ¿Puedo subir?

Eric Miller colgó su teléfono y se acercó más.

—¡Camilo! —dijo Rosenzweig—. No puedo contigo. Primero estás muerto, luego estás vivo. Acabamos de recibir una llamada de que has sido arrestado en el vestíbulo y que serías interrogado por un asesinato en Londres.

Camilo no quería que Miller detectara nada.

—Jaime, tengo que moverme rápido. Usaré el nombre de Plank, ¿está bien?

—Lo arreglaré con Nicolás y lo traeré de alguna forma a mi habitación. Ven —y le dio el número.

Camilo se llevó un dedo a los labios para que Miller no preguntara pero no se lo pudo sacar de encima. Corrió al ascensor pero Eric entró con él. Una pareja trató de unirse a ellos.

—Lo siento, gente —dijo Camilo—. Este ascensor está andando mal.

La pareja salió pero Miller se quedó. Camilo no quería que él viera el piso al que él se dirigía, así que esperó hasta que se cerró la puerta, entonces paró el ascensor. Agarró el cuello de la camisa de Miller y lo apretó contra la pared.

—Escucha, Eric, te dije que te llamaría primero con lo que de aquí salga, pero si tratas de meterte en esto o seguirme voy a dejarte seco.

Miller se soltó y arregló su ropa. —¡Está bien, Williams! ¡Vaya! ¡Tranquilo!

—Si, me calmo y tú apareces husmeando.

—Ese es mi trabajo, hombre. No lo olvides.

—El mío también, Eric, pero no sigo las pistas ajenas. Hago las mías propias.

—¿Estás entrevistando a Carpatia? Sólo dime eso.

—No. Estoy arriesgando mi vida para ver si hay una estrella del cine en la casa.

—¿Así que entonces es Carpatia en realidad?

—No dije eso.

—¡Vamos, hombre, déjame en eso! ¡Yo te daré lo que sea!

—Tú dijiste que Carpatia no estaba dando más entrevistas esta noche —dijo Camilo.

—Y él no está dando más a nadie salvo a las cadenas y noticias nacionales, así que yo nunca lo conseguiré a él.

—Eso es problema tuyo.

—¡Williams!

Camilo se tiró sobre el cuello de Miller otra vez. —¡Me estoy yendo! —dijo Eric.

Cuando Camilo salió en el piso de los VIP,[1] se asombró al ver que Miller se le había adelantado en llegar de alguna forma, y estaba presentándose apresuradamente a un guarda uniformado como Esteban Plank.

—El señor Rosenzweig lo está esperando —dijo el guarda.

—¡Espere un momento! —gritó Camilo, mostrando las credenciales de prensa de Esteban. —Yo soy Plank. Saque a este impostor.

El guarda puso una mano en cada hombre. —Ustedes dos tendrán que esperar aquí mientras llamo al detective de la casa.

---

1. Siglas en inglés para *Very Important Person* = Persona muy importante.

Camilo dijo: —Sólo llame a Rosenzweig y haga que venga acá.

El guarda se encogió de hombros y marcó el número del cuarto en un teléfono portátil. Miller se inclinó, vio el número y corrió al cuarto. Camilo salió detrás de él, el guarda desarmado gritó tratando aún de comunicarse con alguien por el teléfono.

Camilo, más joven y en mejor estado físico, alcanzó a Miller y se tiró sobre él en el pasillo, haciendo que se abrieran puertas por todo el corredor.

—Largo a otra parte con sus peleas —gritó una mujer.

Camilo hizo pararse a Miller y agarrándolo por el cuello dijo: —Eres un payaso, Eric. ¿Realmente creíste que Rosenzweig dejaría entrar a su cuarto a un extraño?

—Hablando puedo abrirme camino en cualquier parte, Camilo, y tú sabes que harías lo mismo.

—El problema es que ya lo hice. Ahora, supera eso.

El guarda los alcanzó. —El doctor Rosenzweig saldrá en un minuto.

—Sólo tengo una pregunta para él —dijo Miller.

—No, tú no —dijo Camilo. Se volvió al guardia—. Él no.

—Que el anciano decida —dijo el guardia, haciéndose entonces a un lado súbitamente y arrastrando consigo a Camilo y Miller para despejar el pasillo. Ahí, pasando al lado de ellos, iban cuatro hombres con ropa oscura, rodeando al inconfundible Nicolás Carpatia.

—Permiso, caballeros —dijo Carpatia—. Perdónenme.

—Oh, señor Carpatia, señor, quiero decir Presidente Carpatia —dijo Miller.

—¿Señor? —dijo Carpatia, dándose vuelta para encararlo. Los guardias personales resplandecían.

—Oh, hola, señor Williams —dijo Carpatia viendo a Camilo—. ¿O debo decir señor Oreskovich? ¿O debiera decir señor Plank?

El intruso dio un paso adelante. —Eric Miller del *Seaboard Monthly*.

—Lo sé bien, señor Miller —dijo Carpatia—, pero estoy atrasado para una cita. Si me llama mañana, hablaré con usted por teléfono, ¿está bien?

Miller se vio sobrecogido. Asintió y retrocedió alejándose. —¡Pensé que había dicho que su nombre era Plank! —dijo el guarda, haciendo que todos menos Miller, sonrieran.

—Vamos, Macho —dijo Carpatia, haciendo el gesto de que le siguiera. Camilo se quedó callado—. ¿Así le llaman, no?

—Sí, señor —dijo Camilo, seguro de que ni aún Rosenzweig conocía ese detalle sobre él.

Raimundo se sentía muy mal por Patty Durán. Las cosas no podían haber salido peor. ¿Por qué no la había dejado que trabajara en su vuelo? De ningún modo ella hubiera sido más atinada y él podría haber facilitado el motivo real de invitarla a comer el jueves por la noche. Ahora había echado todo a perder.

¿Cómo iba a llegar a Cloé ahora? Su motivo real hasta para hablar con Patty era comunicarse con Cloé. ¿No había visto lo suficiente aún? ¿No debiera él sentirse más animado por su insistencia en reemplazar el video robado? Se preguntó si ella querría ir a Nueva York con él en el viaje de la noche. Ella dijo que prefería quedarse en casa y empezar a ver cómo tomar clases en la localidad. Él quería presionar pero no se atrevía.

Después que ella se fue a acostar, él llamó a Bruno Barnes y le contó sus frustraciones.

—Estás esforzándote demasiado, Raimundo —dijo el hombre más joven—. Yo pensé que hablar a los demás de nuestra fe debía ser más fácil ahora que nunca, pero me he encontrado con la misma clase de resistencia.

—Realmente es duro cuando se trata de la hija.

—Puedo imaginarlo —dijo Bruno.

—No, no puedes —dijo Raimundo—, pero está bien.

Jaime Rosenzweig estaba en una hermosa habitación. Los guardias fueron apostados afuera mientras que Carpatia invitaba a Camilo y a Rosenzweig a que entraran a una sala privada para reunirse solos los tres. Carpatia se sacó su sobretodo y lo puso cuidadosamente en el respaldo de un sillón.

—Acomódense, caballeros —dijo él.

—Yo no tengo que estar aquí, Nicolás —susurró Rosenzweig.

—¡Oh, doctor, insensateces! —dijo Carpatia—. ¿Macho, no le importa?

—En absoluto.

—¿Le importa que le diga Macho?

—No, señor, pero habitualmente es la gente de...

—Su revista, sí, lo sé. Ellos le dicen así debido a que usted resiste las tradiciones, tendencias y convenciones, ¿tengo razón?

—Sí, ¿pero cómo...?

—Macho, este ha sido el día más increíble de mi vida. Me he sentido tan bien acogido aquí. Y la gente se ha mostrado tan receptiva a mis propuestas. Estoy sobrecogido. Volveré a mi país como hombre satisfecho y feliz. Pero no tan pronto. Me han pedido que me quede más tiempo ¿Sabía eso?

—Lo supe.

—¿No es asombroso que todas esas diferentes reuniones internacionales, justo aquí en Nueva York en las próximas semanas, sean todas sobre la cooperación mundial por la cual me intereso?

—Lo es —dijo Camilo—. Y yo he sido asignado a cubrirlas.

—Entonces nos conoceremos mejor uno al otro.

—Espero eso, señor. Me conmoví mucho hoy en las Naciones Unidas.

—Gracias.

—Y el doctor Rosenzweig me ha hablado tanto de usted.

—Como me ha hablado él de usted.

Hubo un golpe en la puerta. Carpatia pareció apenado. —Esperaba que no nos molestaran.

Rosenzweig se paró lentamente y fue hasta la puerta y hubo una conversación en voz baja. Se deslizó de vuelta a Camilo. —Tendremos que darle un par de minutos, Camilo —susurró—, para una importante llamada telefónica.

—Oh, no —dijo Carpatia—. La contestaré después. Esta reunión es una prioridad para mí...

—Señor —dijo Rosenzweig—, le ruego me perdone: es el Presidente.

—¿El Presidente?

—De los Estados Unidos.

Camilo se levantó rápidamente para salir con Rosenzweig pero Carpatia insistió en que se quedaran.

—Yo no soy tal dignatario que no comparta este honor con mi viejo amigo y mi nuevo amigo ¡Siéntense!

Se sentaron y él apretó el botón del altoparlante del teléfono. —Este es Nicolás Carpatia al habla.

—Señor Carpatia, es Fitz. Gerardo Fitzhugh.

—Señor Presidente, me honra oírle a usted.

—Bueno, oye, ¡qué bueno que estés aquí!

—Aprecio su nota de felicitaciones por mi presidencia señor, y su inmediato reconocimiento de mi administración.

—Muchacho, eso fue una cosa estupenda, cómo asumiste allá. Primero, no estaba seguro de lo que había pasado pero no creo que tú tampoco.

—Eso es exactamente correcto. Aún me estoy acostumbrando a ello.

—Bueno, acepta de uno que lleva seis años en la montura: Nunca te acostumbras a ello. Sólo te salen callos en los lugares apropiados, si entiendes lo que quiero decir.

—Sí, señor.

—Escucha, el motivo de llamarte es este. Sé que vas a estar aquí un poco más de tiempo que lo que esperabas, así que quiero que pases una o dos noches aquí, conmigo y Wilma. ¿Puedes hacer eso?

—¿En Washington?

—Justamente aquí en la Casa Blanca.

—Eso sería un gran privilegio.

—Haremos que alguien hable con tu gente sobre el momento apropiado pero será pronto, debido a que el Congreso está en sesión y sé que ellos querrán oírte.

Carpatia meneó la cabeza y Camilo pensó que parecía emocionalmente abrumado.

—Estaré más que honrado, señor.

—Hablando de cosas estupendas, tu discurso de hoy y tu entrevista de esta noche, bueno, fueron notables. Espero conocerte.

—El sentimiento es mutuo, señor.

Camilo estaba sólo un poco menos emocionado que Carpatia y Rosenzweig. Hacía tiempo que había perdido su admiración por los presidentes de Estados Unidos, especialmente éste que insistía en que le dijeran Fitz. Él había escrito todo un artículo sobre Fitzhugh como El Notición del Año: la primera de Camilo, la segunda de Fitz. Por otro lado, no todos los días el presidente llama al cuarto donde uno está.

El resplandor de esa llamada pareció quedarse con Carpatia pero él cambió rápidamente el tema.

—Camilo, quiero contestar todas sus preguntas y darle lo que necesite. Usted ha sido tan bueno con Jaime, y yo estoy preparado para darle un secretito, usted lo llamaría una noticia exclusiva sensacional. Pero, primero, usted tiene graves problemas, amigo mío. Y yo quiero ayudarle si puedo.

Camilo no tenía idea de cómo supo Carpatia que él tenía problemas. ¿Así que ni siquiera tenía que ponerlo al día y pedir su ayuda? Esto era demasiado bueno para ser verdad. La cuestión era ¿qué sabía Carpatia y qué tenía que saber?

El rumano se inclinó hacia adelante y miró a Camilo directamente a los ojos. Eso dio a Camilo una sensación tal de paz y seguridad que se sintió libre para decirle todo. Todo. Hasta que su amigo Desi le había dado la pista de alguien que se reunía con Stonagal y Todd-Cothran y la suposición de Camilo de que era Carpatia.

—*Era* yo —dijo Carpatia—, pero déjeme dejar esto muy claro. Nada sé de ninguna conspiración. Nunca he oído siquiera de tal cosa. El señor Stonagal sintió que sería bueno para mí conocer algunos de sus colegas y hombres de influencia internacional. No me formé opiniones de ninguno de ellos ni estoy atado a ninguno.

«Le diré algo, señor Williams. Creo su historia. No le conozco a usted excepto por su trabajo y su fama con gente que respeto, como el doctor Rosenzweig. Pero su relato suena a verdad. Me han dicho que lo buscan en Londres por el asesinato del agente de Scotland Yard y que tienen varios testigos que jurarán que lo vieron a usted distraer a Tompkins, poner la bomba y activarla desde adentro del bar.

—Eso es absurdo.

—Bueno, por supuesto que lo es, si ustedes estaban lamentando la misteriosa muerte de su mutuo amigo.

—Eso es exactamente lo que estábamos haciendo, señor Carpatia. Estoy tratando de ir al fondo de la cuestión.

Rosenzweig fue llamado de nuevo a la puerta, y luego susurró al oído de Carpatia.

—Camilo, acérquese —dijo Carpatia parándose y llevando a Camilo a una ventana lejos de Rosenzweig—. Su plan de venir aquí mientras es perseguido fue sumamente ingenioso pero su jefe ha sido identificado y ahora saben que usted está aquí. Ellos quieren llevarlo en custodia y extraditarlo a Inglaterra.

—Si eso pasa y la teoría de Tompkins es correcta —dijo Camilo—, soy hombre muerto.

—¿Usted cree que lo matarán?

—Ellos mataron a Burton y mataron a Tompkins. Yo soy mucho más peligroso para ellos con mi potencial de lectores.

—Si este complot es como usted y sus amigos dicen que es, Camilo, escribir de esta gente, denunciarlos, no le protegerá.

—Lo sé. Quizá debiera hacerlo de todos modos. No veo otra salida.

—Yo puedo eliminar esto para usted.

La mente de Camilo súbitamente dio vueltas. Esto era lo que había querido pero había temido que Carpatia no pudiera hacer nada con la suficiente rápidez para impedir que él cayera en las manos de Stonagal y Todd-Cothran. ¿Era posible que Carpatia estuviera más metido con esta gente de lo que él había dejado traslucir?

—Señor, yo necesito su ayuda pero primero soy periodista. No me pueden comprar ni negociar conmigo.

—Oh, naturalmente que no. Nunca pediría tal cosa. Déjeme decirle lo que puedo hacer por usted. Arreglaré para que las tragedias de Londres sean investigadas y evaluadas de nuevo, exonerándole.

—¿Cómo hará eso?

—¿Importa si es la verdad?

Camilo pensó un momento. —*Es* la verdad.

—Por supuesto.

—Pero, ¿cómo hará eso? Usted ha mantenido esta inocencia, señor Carpatia, esta personalidad de hombre de ninguna parte. ¿Cómo puede afectar lo que ha acontecido en Londres?

Carpatia suspiró. —Camilo, le dije que su amigo Desi estaba equivocado sobre la conspiración. Eso es verídico. No estoy vendido a Todd-Cothran o Stonagal ni a ninguno de los otros líderes internacionales que he tenido el honor de conocer recientemente. Sin embargo, hay decisiones y acciones importantes futuras que les afectarán y tengo el privilegio de tener voz y voto en esos acontecimientos.

Camilo le preguntó a Carpatia si le importaba sentarse de nuevo. Carpatia hizo señas a Rosenzweig de que los dejara por unos pocos minutos.

—Mire —dijo Camilo cuando estuvieron sentados—, yo soy joven pero he corrido mundo. Me parece como si estuviera por averiguar justamente cuán a fondo está metido en esta... —bueno si no es una conspiración, es algo organizado— cuán profundamente metido en esto está usted. Yo puedo hacerle el juego y salvar mi vida o puedo rehusar y usted me deja correr mi suerte en Londres.

Carpatia levantó una mano y meneo la cabeza.

—Camilo, permita que reitere que estamos hablando de política y diplomacia, no de asuntos de piratas y crímenes.

—Escucho.

—Primero —dijo Carpatia—, un poco de trasfondo. Yo creo en el poder del dinero. ¿Usted?

—No.

—Creerá. Yo era un hombre de negocios mejor que el promedio en Rumania, mientras todavía estaba en la escuela secundaria. Estudiaba de noche muchos idiomas, los que necesitaba para triunfar. Durante el día manejaba mis propios negocios de importación y exportación y me hice rico. Pero lo que pensé que era riqueza, era insignificante comparado con lo que era posible. Tuve que aprender eso. Lo aprendí duramente. Pedí prestado millones a un banco europeo, luego supe que alguien de ese banco informaba de lo que yo estaba haciendo a mi mayor competidor. Fui derrotado en mi propio juego, derrotado en mi préstamo, y estuve luchando por la vida. Entonces, ese mismo banco me sacó y arruinó a mi rival. No tuve intenciones ni quise herir al rival. Él fue usado por el banco para atarme a una relación.

—¿Era ese banco propiedad de un norteamericano influyente?

Carpatia ignoró la pregunta. —Lo que tuve que aprender en sólo una década, es cuánto dinero hay allá afuera.

—¿Allá afuera?

—En los bancos del mundo.

—Especialmente en los de Jonatán Stonagal —sugirió Camilo.

Carpatia seguía sin morder la carnada. —Esa clase de capital es poder.

—Esta es la clase de cosas contra las que escribo.

—Se trata de salvar su vida.

—Sigo oyendo.

—Esa clase de dinero llama la atención del hombre. Él se presta a hacer concesiones por ello. Pronto comienza a entender la sabiduría de dejar que otra persona, un hombre más joven, alguien con más entusiasmo y vigor y visión fresca, asuma el poder.

—¿Eso es lo que pasó en Rumania?

—Macho, no me insulte. El anterior presidente de Rumania me pidió, por su propia voluntad, que lo reemplazara, y el apoyo de ese cambio fue unánime en el gobierno y casi totalmente favorable entre las masas. Todos están mejor.

—El anterior presidente está fuera del poder.

—Vive lujosamente.

Camilo no podía respirar. ¿Qué era lo que Carpatia implicaba? Lo miró fijamente, incapaz de moverse, incapaz de reaccionar. Carpatia continuó.

—El Secretario General Ngumo preside un país que se muere de hambre. El mundo está listo para adoptar mi plan de diez miembros del Consejo de Seguridad. Estas cosas trabajarán juntas. El secretario general debe dedicar su tiempo a los problemas de Botswana. Con el incentivo correcto, él hará eso. Él será un hombre feliz y próspero, con un pueblo feliz y próspero. Pero, primero, respaldará mi plan para el Consejo de Seguridad. Los representantes de cada uno de los diez serán una combinación interesante; algunos embajadores actuales, pero la gran mayoría, gente nueva con buenos antecedentes financieros e ideas progresistas.

—¿Me está diciendo que usted será el secretario general de las Naciones Unidas?

—Yo nunca buscaría ese puesto, pero ¿cómo podría rechazar tal honor? ¿Quién daría la espalda a tan enorme responsabilidad?

—¿Cuánta voz y voto tendrá usted sobre quien represente a cada uno de los diez miembros permanentes del Consejo de Seguridad?

—Yo estaré ahí únicamente para dar liderazgo servicial. ¿Tiene conciencia de ese concepto? Uno manda sirviendo, no dictaminando.

—Déjeme hacer una loca suposición —dijo Camilo—. Todd-Cothran está en línea para asumir un papel en su nuevo Consejo de Seguridad.

Carpatia se echó para atrás, como si estuviera aprendiendo algo. —¿No sería interesante eso? —dijo—. Una mente financiera brillante que no es política, uno que fue lo bastante sabio y lo bastante bueno y de concepción global suficiente para permitir que el mundo entrara al sistema de tres divisas, que no incluyó su propia libra esterlina? Él no trae equipaje viejo a tal puesto. El mundo tendría cierto nivel de consuelo con él, ¿no cree?

—Supongo que sí —dijo Camilo, su mente nublada con una depresión como si estuviera perdiendo su alma frente a sus propios ojos—. A menos, que Todd-Cothran estuviera mezclado en un suicidio misterioso, la explosión de un vehículo con una bomba, esa clase de cosas.

Carpatia sonrió. —Yo pensaría que un hombre en un puesto de gran potencial internacional como ese, quisiera ahora tener una casa muy limpia.

—¿Y usted podría hacer eso?

—Camilo, me sobreestima. Sólo digo que si usted tiene razón, yo podría tratar de detener lo que claramente es una acción ilegal e inmoral contra un hombre inocente: usted. No veo cómo habría nada malo en eso.

Raimundo Steele no podía dormir. Por alguna razón estaba sobrecogido de nuevo por la pena y los remordimientos causados por la pérdida de su esposa e hijo. Se deslizó fuera de la cama arrodillándose, enterrando su cara en la sábana del lado donde acostumbraba dormir su esposa. Había estado tan cansado, tan tenso, tan preocupado por Cloé, que había apartado de su corazón, mente y alma su terrible pérdida. Él creía a pie juntillas que su esposa e hijo estaban en el cielo y sabía que estaban mejor de lo que nunca habían estado.

Raimundo sabía que había sido perdonado por burlarse de su esposa, por nunca haber escuchado en realidad, por haber ignorado a Dios durante tantos años. Estaba agradecido de que se le hubiera dado una segunda oportunidad y de que ahora tuviera nuevos amigos y un lugar donde aprender Biblia. Pero eso no hacía cesar el doloroso vacío de su corazón, el anhelo de abrazar a su esposa e hijo, de besarlos y decirles cuánto les amaba. Rogó orando que se aminorara la pena, pero una parte de él quería, necesitaba, que permaneciera.

Él sentía de algún modo que merecía este dolor aunque no debía tenerlo. Estaba empezando a entender el perdón de Dios y Bruno le había dicho que no tenía que seguir sintiendo vergüenza por el pecado que había sido confesado.

Mientras Raimundo estaba de rodillas orando y llorando, una nueva angustia lo inundó: Se sintió desesperanzado por Cloé. Todo lo que había intentado, había fallado. Sabía que sólo habían pasado días desde la desaparición de la madre y el hermano de ella y aun menos tiempo desde su propia conversión. ¿Qué más podía decir o hacer? Bruno le había animado sólo a orar, pero él no estaba hecho así. Él oraría, por supuesto, pero siempre había sido un hombre de acción.

Ahora, cada acción parecía alejarla más. Él sentía que si decía o hacía algo más, sería responsable de que ella decidiera contra Cristo de una vez por todas. Raimundo nunca se había sentido más impotente y desesperado. Cuánto ansiaba tener a Irene y Raimundito con él en ese mismo momento. Y cuánto desesperaba por Cloé.

Había estado orando silenciosamente pero la tormenta creció dentro de él y, a pesar de sí mismo, oyó sus propios gritos ahogados, —¡Cloé! ¡Oh, Cloé! ¡Oh, Cloé!—

Lloraba amargamente en la oscuridad, cuando fue súbitamente sacudido por un crujido y pasos. Se dio vuelta rápidamente para ver a Cloé, la luz opaca de su cuarto perfilando su silueta vestida en el umbral. No sabía que ella lo había oído.

—¿Estás bien, papá? —preguntó ella quedamente.

—Sí.

—¿Pesadillas?

—No. Lamento haberte molestado.

—Yo también los echo de menos —dijo ella con voz temblorosa. Raimundo se dio vuelta y se sentó dando la espalda a la cama. Abrió sus brazos hacia ella. Ella vino y se sentó al lado de él, dejando que él la abrazara.

—Creo que los veré de nuevo algún día —dijo él.

—Sé que los verás —dijo ella sin insolencia en su voz—. Sé que los verás.

Diecisiete

Después de unos minutos Cloé dio a Raimundo pruebas de que había oído su llanto. —No te preocupes por mí, papá, ¿de acuerdo? En algún momento llegaré adonde quieres.

¿Llegar adónde? ¿Quería ella decir que su decisión era cosa de tiempo, o sencillamente, que estaba superando su pena? Él deseaba tanto decirle que estaba preocupado, pero ella lo sabía. Su misma presencia le trajo consuelo pero cuando ella regresó a su dormitorio, él volvió a sentirse desesperadamente solo.

No pudo dormir. Bajó en puntillas y encendió el nuevo televisor, sintonizando la CNN[1]. Desde Israel llegaba el informe más raro. La pantalla mostraba una muchedumbre frente al famoso Muro de los Lamentos, rodeando a dos hombres que parecían estar gritando.

> Nadie conoce a los dos hombres —dijo el periodista de CNN que estaba en el lugar—, quienes se llaman a sí mismos Eli, uno, y el otro, Moishe. Ambos han estado parados aquí, ante el *Muro de los Lamentos*, desde el amanecer, predicando en un estilo que francamente recuerda el de los antiguos evangelistas norteamericanos. Por supuesto, los judíos ortodoxos están enfurecidos, acusando a los dos hombres de estar profanando este lugar santo al proclamar que el Jesucristo del Nuevo Testamento es el cumplimiento de la profecía de la Tora[2] de un mesías.

---

1. Cadena de noticias internacionales.
2. Libro de la ley de los judíos.

Hasta ahora no ha habido violencia aunque los ánimos están enfurecidos, y las autoridades mantienen un ojo vigilante. La policía y el personal militar israelitas siempre han preferido no entrar a esta zona, dejando a los celotes religiosos que manejen sus propios problemas. Esta es la situación más explosiva en Tierra Santa desde la destrucción de la fuerza aérea rusa, y esta nación nuevamente próspera ha estado preocupada casi primordialmente por amenazas del exterior.

Este es Dan Bennet para CNN en Jerusalén.

Si no hubiera sido tan tarde, Raimundo hubiera llamado a Bruno Barnes. Se quedó sentado allí sintiéndose parte de la familia de creyentes a la cual evidentemente pertenecían los dos hombres de Jerusalén. Esto era exactamente lo que él había estado aprendiendo, que Jesús era el Mesías del Antiguo Testamento. Bruno le había dicho a él y al resto del grupo del núcleo de la Nueva Esperanza, que pronto habría 144.000 judíos que creerían en Cristo y empezarían a evangelizar alrededor del mundo.

¿Eran éstos los dos primeros?

La presentadora del noticiero de la CNN volvió a las noticias nacionales.

Nueva York todavía está zumbando luego de varias presentaciones en el día de hoy del nuevo presidente de Rumania, Nicolás Carpatia. El líder de treinta y tres años de edad, deleitó a los periodistas en una pequeña conferencia de prensa esta mañana, seguida por un discurso maestro a la Asamblea General de las Naciones Unidas, en la cual hizo que toda la multitud se pusiera de pie dando vivas, aun la prensa estaba en pie. Se informa que participó en una sesión de fotografías para la revista *People* y será su primer *Hombre más sexy vivo* que aparezca en menos de un año después del anteriormente designado.

Los asociados de Carpatia han anunciado que él ya ha ampliado su programa para incluir discursos en varias reuniones internacionales de Nueva York en las próximas dos semanas, y que ha sido invitado por el Presidente Fitzhugh para hablar a una sesión conjunta del Congreso y pasar la noche en la Casa Blanca.

En una conferencia de prensa de esta tarde, el presidente expresó apoyo por el nuevo líder.

La imagen del presidente llenó la pantalla.

En esta hora difícil de la historia mundial, es crucial que los amantes de la paz y la unidad den un paso al frente para recordarnos que somos parte de una comunidad global. Todo amigo de la paz es un amigo de los Estados Unidos, y el señor Carpatia es un amigo de la paz.

CNN transmitió una pregunta planteada al presidente.

Señor, ¿qué piensa de las ideas de Carpatia para las Naciones Unidas?

Déjeme decirle sólo esto: No creo que haya oído a nadie, dentro o fuera de las Naciones Unidas, demostrar un dominio tan completo de la historia, organización y dirección de la institución. Él ha estudiado y tiene un plan. Yo estaba escuchando. Espero que los respectivos embajadores y el Secretario General Ngumo también hayan oído. Nadie debiera considerar una visión nueva y fresca como amenaza. Estoy seguro de que todo líder del mundo comparte mi criterio de que necesitamos toda la ayuda que podamos conseguir en esta hora.

La presentadora continuó:

Llega un informe de Nueva York, tarde esta noche, de que un periodista del *Semanario Mundial* ha sido exonerado de todas las acusaciones y sospechas por la muerte de un detective de Scotland Yard. Se había temido que Camilo Williams, premiado escritor jefe del *Semanario*, hubiera muerto por el estallido de una bomba puesta a un automóvil que segó la vida del investigador Alan Tompkins, que también era conocido de Williams.

Los restos de Tompkins fueron identificados y se encontró el pasaporte y credencial de identidad de Williams entre los escombros luego de la explosión. La supuesta muerte de Williams fue reportada en los periódicos del país, pero él reapareció en Nueva York casi al anochecer y fue visto en la conferencia de prensa de las

Naciones Unidas luego del discurso de Nicolás Carpatia.

Temprano en esta noche, Williams era considerado como fugitivo internacional, buscado por Scotland Yard e Interpol para interrogarlo en relación con la muerte por la bomba. Ambas agencias han anunciado, desde entonces, que lo exoneraron de todas las acusaciones y se considera afortunado que haya escapado ileso.

Noticias del deporte: los equipos de béisbol de la Liga Mayor que están en el entrenamiento de primavera, enfrentan la intimidante tarea de reemplazar docenas de jugadores perdidos en las desapariciones cósmicas...

Raimundo no tenía sueño aún. Se preparó café, luego llamó a la línea de las veinticuatro horas que vigilaba las asignaciones de vuelos y tripulaciones. Tuvo una idea.

—¿Puedes decirme si todavía puedo hacer que asignen a Patty Durán a mi vuelo a JFK el miércoles? —preguntó.

—Veré qué puedo hacer —vino la respuesta—. Oh, no. Creo que no puedes. Ella está yendo a Nueva York. El vuelo tuyo es el de las 10 de la mañana, el de ella, el de las 8.

Camilo Williams había vuelto a su apartamento después de la medianoche, habiéndole asegurado Nicolás Carpatia que se habían acabado sus preocupaciones. Carpatia había llamado a Jonatán Stonagal, poniéndolo en el altoparlante del teléfono, y Stonagal había hecho lo mismo al llamar a medianoche a Londres, exonerando a Williams. Camilo oyó el acuerdo de la ronca voz de Todd-Cothran de detener al Yard y a la Interpol.

—¿Pero mi paquete está asegurado? —preguntó Todd-Cothran.

—Garantizado —había dicho Stonagal.

Lo más alarmante para Camilo era que Stonagal hizo su propio trabajo sucio, al menos en este caso. Camilo había echado una mirada acusadora a Carpatia, a pesar de su alivio y gratitud.

—Señor Williams —había dicho Carpatia—, yo confiaba en que Jonatán podía manejar esto, pero soy tan ignorante de los detalles como usted.

—¡Pero esto justamente prueba que Desi tenía razón! ¡Stonagal *está* conspirando con Todd-Cothran y usted lo sabía! Stonagal le prometió que su paquete estaba asegurado, sea lo que sea que eso signifique.

—Le aseguro que no sabía nada hasta que usted me lo dijo, Camilo. No tenía conocimiento previo.

—Pero ahora usted sabe. ¿Todavía puede con conciencia limpia permitir que Stonagal ayude a promoverlo a usted en la política internacional?

—Confíe en mí, yo me las veré con ambos.

—¡Pero debe haber muchos más! ¿Qué pasa con todos los otros así llamados dignatarios que usted conoció?

—Camilo, sólo tenga la seguridad de que alrededor mío no cabe la falta de sinceridad ni la injusticia. Yo me las veré con ellos en su debido momento.

—¿Y mientras tanto?

—¿Qué aconsejaría usted? A mí me parece que no estoy en posición de hacer nada ahora mismo. Ellos parecen dedicados a elevarme pero hasta que lo hagan, yo nada puedo hacer sino lo que su prensa llama hacer sonar el silbato. ¿Cuán lejos llegaría yo con eso, antes de saber cuán lejos se extienden sus tentáculos? Poco antes ¿no hubiera usted pensado que Scotland Yard era un sitio confiable para empezar?

Camilo asintió, sintiéndose miserable. —Sé lo que quiere decir, pero detesto esto. Ellos saben que usted sabe.

—Eso puede ser una ventaja para mí. Pueden pensar que estoy con ellos, que esto me hace aun más dependiente de ellos.

—¿No es así?

—Sólo de forma transitoria. Tiene mi palabra. *Yo me las veré* con esto. Por ahora, me alegro de haberlo sacado de una situación sumamente delicada.

—También me alegro, señor Carpatia. ¿Hay algo que pueda hacer por usted?

El rumano sonrió. —Bueno, necesito un secretario de prensa.

—Me temía que dijera eso. Yo no soy su hombre.

—Por supuesto que no. No hubiera soñado con pedírselo.

En broma Camilo sugirió.

—¿Qué tal el hombre que conoció en el pasillo?

Carpatia desplegó su prodigiosa memoria una vez más:

—¿Aquel tipo, Eric Miller?

—Él es el indicado. Lo querrá.

—Ya le dije que me llame mañana. ¿Puedo decirle que usted lo recomendó?

Camilo meneó la cabeza. —Era una broma —le contó a Carpatia lo que había pasado en el pasillo antes de que Miller se presentara a sí mismo. A Nicolás no le hizo gracia. —Estrujaré mi cerebro y veré si puedo pensar en otro candidato para usted —dijo Camilo—. Ahora bien, usted también me prometió una exclusiva esta noche.

—Cierto. Es información nueva pero no debe anunciarse si no hasta que yo tenga la habilidad de efectuarla.

—Escucho.

—Israel es particularmente vulnerable, como lo era antes de que Rusia tratara de invadirlo. Tuvieron suerte esa vez, pero el resto del mundo está resentido por la prosperidad de ellos. Necesitan protección. Las Naciones Unidas pueden dársela. El mundo estará contento de darles paz a cambio de la fórmula química que hace florecer al desierto. Si las otras naciones se desarman y rinden una décima parte de sus armas a las Naciones Unidas, éstas solamente tendrán que firmar un tratado de paz con Israel. Su primer ministro le ha dado al doctor Rosenzweig la libertad de negociar tal acuerdo porque él es el dueño verdadero de la fórmula. Por supuesto, ellos insisten en las garantías de la protección por no menos de siete años.

Camilo se sentó sacudiendo la cabeza.

—Usted va a ganarse el Premio Nóbel de la Paz, el Hombre del Año del *Times*, y nuestro Notición del Año.

—Esas no son, por cierto, mis metas.

Camilo dejó a Carpatia creyendo eso tan profundamente como había creído siempre todo. He aquí un hombre que no era afectado por el dinero que podía comprar a hombres de menor importancia.

En su apartamento Camilo descubrió otro mensaje telefónico de Patty Durán. Tenía que llamar a esa chica.

Bruno Barnes convocó al grupo directivo para una reunión de emergencia en la Iglesia Centro de la Nueva Esperanza para el martes por la tarde. Raimundo manejó hasta allá, esperando que valdría su tiempo y que a Cloé no le importaría estar sola en casa por un rato. Ambos habían estado nerviosos desde el robo.

Bruno los reunió a todos alrededor de su escritorio en la oficina. Empezó orando porque él tuviera la lucidez para instruir a pesar de su entusiasmo, y luego hizo que todos fueran al libro del Apocalipsis.

—No quiero retenerlos por mucho tiempo —dijo— pero estoy en algo profundo aquí y quería compartirlo. En cierto modo, quiero que todos estén cautelosos, que sean astutos como serpientes y mansos como palomas, como dice la Biblia.

«Como saben, he estado estudiando el Apocalipsis y varios comentarios sobre los postreros tiempos. Bueno, hoy encontré en los archivos del pastor uno de sus sermones sobre el tema. He estado leyendo la Biblia y los libros acerca del asunto, y esto es lo que encontré.

Bruno levantó la primera hoja en blanco de un atril para mapas y mostró una línea del tiempo que él había dibujado.

—Me tomaré el tiempo para enseñarles esto cuidadosamente en las próximas semanas, pero me parece, y a muchos de los expertos anteriores a nosotros, que este período de la historia en que nos encontramos ahora durará siete años. Los primeros veintiún meses abarcan lo que la Biblia llama los Juicios de los Siete Sellos o los Juicios del Rollo de los Siete Sellos. Luego, viene otro período de veintiún meses en que veremos los Juicios de las Siete Trompetas. En los últimos cuarenta y dos meses de estos siete años de tribulación, si sobrevivimos, soportaremos las pruebas más severas, los Juicios de las Siete Copas. Esa última mitad de los siete años se llama la Gran Tribulación, y si estamos vivos al final, seremos recompensados viendo la Manifestación Gloriosa de Cristo.

Loretta levantó la mano. —¿Por qué repite *si sobrevivimos*? ¿Qué son estos juicios?

—Empeoran progresivamente, y si estoy leyendo bien, éstos serán cada vez más difíciles de sobrevivir. Si morimos, estaremos en el cielo con Cristo y nuestros seres queridos. Pero podemos sufrir muertes horribles. Si de algún modo pasamos los siete años terribles, especialmente su última mitad, la Manifestación Gloriosa será tanto más gloriosa. Cristo volverá para establecer su reino de mil años en la tierra.

—¿El milenio?

—Exactamente. Ahora bien, eso tarda bastante, y por supuesto, podemos estar solamente a días del comienzo del primer período de veintiún meses. De nuevo, si estoy entendiéndolo bien, el anticristo pronto asumirá el poder, prometiendo paz y tratando de unir al mundo.

—¿Qué tiene de malo eso de unir al mundo? —preguntó alguien—. En una época como esta, parece que tenemos que unirnos.

—Puede que no haya nada malo en eso, salvo que el anticristo será un gran engañador, y cuando se revelen sus metas verdaderas se le opondrán. Esto resultará en una tremenda guerra, probablemente la Tercera Guerra Mundial.

—¿Cuán pronto?

—Me temo que será muy pronto. Tenemos que estar vigilando por el nuevo líder mundial.

—¿Qué pasa con el joven de Europa que es tan popular en las Naciones Unidas?

—Estoy impresionado con él —dijo Bruno—. Tendré que ser cuidadoso y estudiar lo que dice y hace. Parece demasiado humilde y desinteresado para encajar en la descripción de éste que dominará al mundo.

—Pero estamos en el momento exacto para que alguien haga precisamente eso —dijo uno de los hombres de mayor edad—. Yo mismo me hallé deseando que ese hombre fuera nuestro presidente.

Varios más concordaron.

—Tenemos que mantener un ojo en él —dijo Bruno—, pero por ahora, déjenme esbozar brevemente el Rollo de los Siete Sellos de Apocalipsis cinco, y luego los dejaré ir. Por otro lado, no quiero darle un espíritu de temor, pero todos sabemos que aún estamos aquí porque rechazamos la salvación antes del Rapto. Sé que todos agradecemos esta segunda oportunidad, pero no podemos esperar que escaparemos de las pruebas venideras.

Bruno explicó que los primeros cuatro sellos del Rollo eran descritos como jinetes de cuatro caballos: un caballo blanco, un caballo bermejo, un caballo negro y un caballo amarillo.

—El caballo blanco es evidentemente el anticristo, que inicia de uno a tres meses de diplomacia mientras se organiza y promete paz.

«El caballo bermejo significa guerra. Al anticristo se opondrán tres reyes del sur y millones morirán.

—¿En la Tercera Guerra Mundial?

—Eso supongo.

—Eso significaría dentro de los próximos seis meses.

—Me temo que sí. Inmediatamente después de eso, que llevará sólo de tres a seis meses debido al armamento nuclear disponible, la Biblia predice inflación y hambruna: el caballo negro. Al enriquecerse más el rico, el pobre se muere de hambre. Más millones morirán de esa manera.

—Así que si sobrevivimos la guerra, ¿tenemos que juntar comida?

—Yo lo haría —Bruno asintió.

—Debemos trabajar juntos.

—Buena idea, porque se empeora. Esa hambruna asesina puede durar tan poco como dos o tres meses antes de la llegada del Juicio del Cuarto Sello, el cuarto jinete del caballo amarillo: el símbolo de la muerte. Además de la hambruna que seguirá a la guerra, una plaga asolará a todo el mundo. Antes del Juicio del Quinto Sello, un cuarto de la actual población mundial habrá muerto.

—¿Qué es el Juicio del Quinto Sello?

—Bueno —dijo Bruno—, ustedes van a reconocerlo porque ya hemos hablado de eso. ¿Recuerdan que les dije de los 144.000 testigos judíos que tratan de evangelizar al mundo para Cristo? Muchos de sus convertidos, quizá millones, serán martirizados por el líder del mundo y la ramera, que es el nombre de la religión mundial única que niega a Cristo.

Raimundo tomaba apuntes furiosamente. Se preguntaba qué hubiera pensado de tan loca charla sólo tres semanas atrás. ¿Cómo podía haberse perdido esto? Dios había tratado de advertir a su pueblo poniendo por escrito su Palabra, siglos antes. Con toda su educación e inteligencia, sentía que había sido un necio. Ahora no lograba obtener bastante de esta información aunque se le estaba aclarando que las posibilidades estaban en contra de una persona viva hasta la Manifestación Gloriosa de Cristo.

—El Juicio del Sexto Sello —continuó Bruno—, es Dios que derrama su ira contra el asesinato de sus santos. Esto vendrá en forma de un terremoto mundial tan devastador que no habrá instrumentos que puedan medirlo. Será tan malo que la gente clamará para que las rocas caigan sobre ellos y les saquen de su miseria.

Varios presentes en la sala empezaron a llorar.

—El Séptimo Sello introduce los Juicios de las Siete Trompetas, que tendrán lugar en el segundo trimestre de este período de siete años.

—Los segundos veintiún meses —aclaró Raimundo.

—Correcto. No quiero meterme en esto esta noche, pero les advierto que son progresivamente peores. Quiero dejarlos con un poco de ánimo. ¿Recuerdan que hablamos brevemente de los dos testigos, y dije que estudiaría eso con más cuidado? Apocalipsis 11:13-14 deja claro que habrá dos testigos especiales de Dios, con poder sobrenatural para hacer milagros, que profetizarán durante mil doscientos sesenta días, vestidos de cilicio. Cualquiera que intente dañarlos será devorado. No lloverá durante el tiempo en que ellos profeticen. Podrán convertir el agua en sangre y golpear la tierra con plagas cada vez que quieran.

«Satanás los matará al final de tres años y medio y sus cuerpos yacerán en la calle de la ciudad donde fue crucificado Cristo. La gente que ellos atormentaron, celebrarán su muerte, no permitiendo que sean sepultados sus cuerpos. Pero, luego de tres días y medio, ellos resucitarán de entre los muertos y ascenderán al cielo en una nube, mientras sus enemigos observan. Dios mandará otro gran terremoto, una décima parte de la ciudad se desplomará, y morirán siete mil personas. El resto, aterrorizado, dará gloria a Dios.

Raimundo miró en torno suyo en la oficina, mientras la gente murmuraba entre sí. Todos habían visto el informe de los dos locos predicando de Jesús en el Muro de los Lamentos de Jerusalén.

—¿Son ellos? —preguntó alguien.

—¿Quién más podrían ser? —dijo Bruno—. No ha llovido en Jerusalén desde las desapariciones. Estos hombres salieron de la nada. Tienen el poder milagroso de santos como Elías y Moisés y se llaman uno al otro Eli y Moishe. En este momento esos hombres siguen predicando.

—Los testigos.

—Sí, los testigos. Si cualquiera de nosotros todavía abrigaba dudas o temores, inseguro de lo que ha estado pasando, estos testigos debieran borrar todo eso. Yo creo que estos testigos presenciarán la conversión de cientos de miles, los 144.000 que predicarán a Cristo al mundo. Estamos de su lado. Tenemos que hacer nuestra parte.

Camilo se comunicó con Patty Durán el martes en la noche por el teléfono de su casa.

—Así que pasarás por Nueva York —le dijo.

—Sí —dijo ella— y me encantaría verlo y quizá llegar a conocer a un VIP.

—¿Quiere decir otro que no sea yo?

—Tierno —dijo ella—. ¿Ya ha conocido a Nicolás Carpatia?

—Por supuesto.

—¡Lo sabía! El otro día estaba diciéndole a otra persona que me encantaría conocer a ese hombre.

—Sin promesas, pero veré qué puedo hacer. ¿Dónde debemos encontrarnos?

—Mi vuelo llega ahí cerca de las once y tengo una cita a la una en el Pan-Con Club. Pero si no regresamos a tiempo para eso, está bien. No vuelo hasta la mañana y no le dije al tipo que lo vería a la una.

—¿Otro hombre? —preguntó Camilo—. Tiene planeado un gran fin de semana.

—No es nada de eso —respondió ella—. Es un piloto que quiere hablarme de algo y yo no estoy segura de que siquiera desee escucharlo. Si estoy de vuelta y tengo tiempo, bien. Pero no me he comprometido a ello. ¿Por qué no nos encontramos en el club y vemos para dónde queremos ir desde allí?

—Trataré de arreglar una reunión con el señor Carpatia, probablemente en su hotel.

Era tarde en la noche del martes cuando Cloé cambió de idea y accedió a ir a Nueva York con su padre.

—Yo veo que no estás listo para salir sin mí —dijo ella, abrazándolo y sonriendo—. Es lindo ser necesitada.

—Para decirte la verdad —dijo él—, voy a insistir en una reunión con Patty, y te quiero allí.

—¿Para su protección o la tuya?

—No es broma. Le dejé un mensaje insistiendo que me vea en el Pan-Con Club de JFK a la una de la tarde. No sé si estará o no. De cualquier forma tú y yo vamos a pasar un rato juntos.

—Papá, tiempo juntos es todo lo que hemos tenido. Pensaría que a estas alturas ya estarías cansado de mí.

—Eso nunca sucederá, Cloé.

Temprano en la mañana del miércoles Camilo fue citado a la oficina de Sandalio Bailey, el editor del *Semanario Mundial*. En todos sus años de trabajo premiado, él había estado allí solamente dos veces; una para celebrar su premio Hemingway como corresponsal de guerra y otra vez en una Navidad en lo que los empleados llamaban envidiosamente, la Galería de Caoba.

Camilo entró primero a ver a Esteban, sólo para que Marga le dijera que él ya estaba con el editor. Sus ojos estaban enrojecidos e hinchados.

—¿Qué está pasando? —dijo él.

—Sabes que no puedo decir nada —dijo ella—. Sólo entra allí.

La imaginación de Camilo trabajaba febrilmente al entrar a la "suite" de oficinas habitadas por la jerarquía mayor. No había sabido que también habían citado a Plank. ¿Qué podría significar esto? ¿Estarían metidos en problemas por los engaños que habían hecho el lunes por la noche? ¿El señor Bailey se habría enterado de alguna manera de los detalles del asunto de Londres y cómo había escapado Camilo? Ciertamente esperaba que esta reunión terminara a tiempo para su cita con Patty Durán.

La recepcionista de Bailey le indicó la oficina externa del editor, donde su secretaria elevó una ceja y lo hizo pasar con un gesto.

—¿No va a anunciarme? —dijo él bromeando. Ella sonrió y volvió a su trabajo.

Camilo tocó suavemente en la puerta. Plank estaba sentado dando la espalda a Camilo y no se dio vuelta. Bailey no se levantó sino que le indicó que entrara.

—Siéntate ahí, al lado de tu jefe —dijo Bailey, cosa que Camilo pensó era una interesante elección de palabras. Por supuesto, era cierto, pero no era así como se trataba habitualmente a Esteban.

Camilo se sentó y dijo —¿Esteban?

Esteban asintió, pero siguió mirando a Bailey.

—Un par de cosas, Williams —empezó Bailey—, antes de que hable de trabajo. Estás limpio de todo en el exterior, ¿correcto?

Camilo asintió. —Sí, señor. Nunca debiera haber habido ni una duda.

—Bueno, por supuesto que no debiera pero tuviste suerte. Supongo que fue inteligente hacer creer que quienquiera estuviese detrás de ti te había agarrado, pero nos hiciste pensar eso por un instante también, sabes.

—Lo lamento. Me temo que fue inevitable.

—Y terminaste dándoles municiones para usar contra ti si querían arrestarte por alguna razón.

—Lo sé. Eso me sorprendió.

—Pero lo arreglaste.

—Correcto.

—¿Cómo?

—¿Señor?

—¿Qué parte del ¿cómo? no entiendes? ¿Cómo te desenredaste? Sabemos que hubo testigos que dijeron que tú lo habías hecho.

—Debe haber habido otra gente, que sabía la verdad. Tompkins era amigo mío. No tenía razón para matarlo y ciertamente no tenía los medios. No hubiera tenido la menor idea de cómo fabricar una bomba o transportarla o detonarla.

—Podrías haber pagado para que lo hicieran.

—Pero no lo hice. No me meto en esos círculos y si lo hiciera, no hubiera hecho matar a Alan.

—Bueno, la cobertura de la noticia es suficientemente vaga como para que ninguno de nosotros luzca mal. Sólo parece como un malentendido.

—Cosa que fue.

—Por supuesto que lo fue. Camilo, pedí verte esta mañana porque acabo de aceptar una de las renuncias menos bienvenidas que haya recibido jamás.

Camilo se sentó callado, con su cabeza dando vueltas.

—Esteban, aquí presente, me dice que esto será novedad para ti, así que déjame lanzarlo. Él está renunciando de inmediato para aceptar el puesto de secretario de prensa internacional de Nicolás Carpatia. Ha recibido una oferta que no podemos igualar, y aunque no pienso que sea sabio ni bueno, lo hace y es su vida. ¿Qué piensas de eso?

Camilo no pudo contenerse. —Pienso que hiede. Esteban. ¿Qué estás pensando? ¿Te vas a mudar a Rumania?

—Tendré oficinas centrales aquí, Camilo. En el Plaza.

—Bello.

—¡No digo yo si es bello!

—Esteban, éste no eres tú. Tú no eres un tipo de relaciones públicas.

—Carpatia no es un dirigente político corriente. Dime que no te paraste a darle vivas el lunes.

—Lo hice pero...

—Pero nada. Esta es la oportunidad de mi vida. Ninguna otra cosa me hubiera sacado de este trabajo.

Camilo meneó su cabeza. —No puedo creerlo. Sabía que Carpatia estaba buscando a alguien pero...

Esteban se rió. —Di la verdad, Camilo. Él te lo ofreció primero a ti, ¿no?

—No.

—Él me dijo que lo hizo.

—Bueno, no lo hizo. En realidad, le recomendé a Miller del *Seaboard.*

Plank retrocedió horrorizado y dio una ojeada a Bailey: —¿Realmente?

—Sí, ¿por qué no? Él da más el tipo.

—Camilo —dijo Esteban—. El cuerpo de Eric Miller apareció anoche en la playa de Staten Island. Se cayó del ferry y se ahogó.

—Bueno —resumió Bailey—, basta de ese feo asunto. Esteban te ha recomendado para reemplazarlo.

Camilo todavía tenía vértigos por la noticia de Miller, pero oyó la oferta.

—Oh, por favor —dijo— no habla en serio.

—¿No quieres el puesto? —preguntó Bailey—. Dar forma a la revista, determinar la cobertura, seguir escribiendo las historias más importantes personalmente? Claro que sí. Por norma casi duplica tu salario, y si eso es lo que necesito para que aceptes, te lo garantizo.

—No es eso —dijo Camilo—. Yo soy demasiado joven para el trabajo que ahora tengo.

—Tú no te crees lo que dices o no serías tan bueno en el trabajo como lo eres.

—Sí, pero eso es lo que piensa el resto del personal.

—¿Qué novedad es esa? —rugió Bailey—. Ellos piensan que yo soy demasiado viejo. Ellos pensaron que Esteban era demasiado lento. Otros pensaron que presionaba demasiado. Se quejarían aunque trajésemos a la fallecida Madre Teresa.

—Pensaba que ella había desaparecido.

—Sabes lo que quiero decir. Vamos, ¿acaba y acepta?

—Yo nunca podría reemplazar a Esteban, señor. Lo lamento. La gente puede haberse quejado, pero sabían que él era equitativo y del lado de ellos.

—Y así serías tú.

—Pero nunca me darían el beneficio de la duda. Ellos estarían ahí para sabotearme y quejarse desde el primer día.

—Yo no lo permitiría. Ahora bien, Camilo, esta oferta no va a estar indefinidamente sobre la mesa. Quiero que la aceptes y quiero poder anunciarla de inmediato.

Camilo se encogió de hombros y miró al suelo.

—¿Puedo tomarme un día para pensarlo?

—Veinticuatro horas. Mientras tanto, no digas una palabra a nadie. Plank, ¿alguien más fuera de ti sabe de lo tuyo?

—Sólo Marga.

—Podemos confiar en ella. Ella no se lo dirá a nadie. Yo tuve una aventura con ella que duró tres años y nunca me preocupé porque alguien lo supiera.

Esteban y Camilo vacilaron.

—Bueno —dijo Bailey—, ustedes nunca supieron, ¿no?

—No —dijeron al unísono.

—¿Ven qué boca cerrada es ella? —Esperó un instante—. ¡Es una broma, muchachos, es jugando!

Todavía se reía cuando ellos salieron de la oficina.

Dieciocho

Camilo siguió a Esteban. —¿Supiste de esos chiflados del Muro de los Lamentos? —dijo Esteban.

—Como si me interesaran esas cosas ahora —dijo Camilo—. Sí, los vi y no, no quiero cubrir ese artículo. ¿Ahora, qué es esto?

—Esto será tu oficina, Camilo. Marga será tu secretaria.

—No puedes pensar que yo quiero tu trabajo. Primero, no podemos darnos el lujo de perderte. Tú eres la única persona cuerda aquí.

—¿Incluyéndote a ti?

—Especialmente incluyéndome a mí. Realmente debes haberte interpuesto mucho por mí con Bailey si él se cree que yo sería otra cosa que una bolsa de pólvora en tu puesto.

—*Tu puesto.*

—Tú piensas que debo aceptarlo.

—Seguro que sí. No sugerí a nadie más y Bailey no tenía otros candidatos.

—Él tendría todos los candidatos que deseara si tan sólo anunciara la vacante. ¿Quién no querría este puesto, fuera de mí?

—Si es tal maravilla, ¿por qué no lo quieres?

—Me sentiría como si estuviera sentado en tu sillón.

—Bueno, pide tu propio sillón.

—Sabes lo que quiero decir, Esteban. No será igual sin ti. Este trabajo no es para mí.

—Míralo de este modo, Camilo. Si tú no lo aceptas, no tendrás voz ni voto tocante a quién sea tu nuevo jefe. ¿Hay alguien de este personal para quien quisieras trabajar?

—Sí, tú.

—Demasiado tarde. Me voy mañana. Ahora, en serio, ¿quieres trabajar para Juan?

—Tú no lo recomendarías.

—Yo no voy a recomendar a nadie sino a ti. Si tú no lo aceptas, queda por tu cuenta. Corres tus riesgos de terminar trabajando para un colega que ya está resentido contigo. ¿Cuántos cometidos importantes crees que tendrás entonces?

—Si me botan, amenazaré con irme al *Times* o a alguna parte. Bailey no dejaría que eso sucediera.

—Tú rechazas un ascenso, y él puede hacer que eso pase. Rechazar el ascenso no es una buena movida en la carrera.

—Yo sólo quiero escribir.

—Dime que a veces no has pensado que podrías manejar este departamento de la editorial mejor que yo.

—Muchas veces.

—Esta es tu oportunidad.

—Bailey nunca toleraría que yo me asignara todo lo mejor.

—Haz eso una condición de tu aceptación. Si no le gusta, es su decisión, no la tuya.

Por primera vez Camilo dejó que un rayito de luz penetrara su cabeza tocante a la posibilidad de aceptar el puesto de editor ejecutivo.

—Todavía no puedo creer que te vas para ser un secretario de prensa, Esteban. Ni siquiera para Nicolás Carpatia.

—¿Sabes lo que está reservado para él, Macho?

—Un poco.

—Hay un mar de poder e influencia y dinero detrás de él, que lo impulsará a la eminencia mundial, tan rápido que hará dar vueltas la cabeza de todos.

—Escúchate a ti mismo. Se supone que seas un periodista.

—Me oigo, Macho. No me sentiría de esta manera por nadie más. Ningún presidente de Estados Unidos haría dar vueltas mi cabeza así, ningún secretario general de las Naciones Unidas.

—Piensas que él será más grande que eso.

—El mundo está listo para Carpatia, Macho. Estuviste allí el lunes. Lo viste. Lo escuchaste. ¿Has conocido alguna vez a alguien como él?

—No.

—Tampoco conocerás otro. Si me preguntas, Rumania es muy pequeña para él. Europa es muy pequeña para él. Las Naciones Unidas son muy pequeñas para él.

—¿Qué va a ser él, Esteban, rey del mundo?

Esteban se rió. —Ese no será el título pero no lo pongas más allá de él. Lo mejor es que él ni siquiera se da cuenta de su propia presencia. Él no busca esos papeles. Le son impuestos debido a su intelecto, su poder, su pasión.

—Por supuesto, sabes que Stonagal está detrás de él.

—Por supuesto. Pero pronto él va a superar a Stonagal en influencia debido a su carisma. Stonagal no podrá ser demasiado visible, y así nunca tendrá a las masas detrás de él. Cuando Nicolás llegue al poder, en esencia tendrá jurisdicción sobre Stonagal.

—¿No será eso algo grandioso?

—Afirmo que sucederá más pronto de lo que cualquiera de nosotros puede imaginar, Macho.

—Salvo tú, por supuesto.

—Así es exactamente como me siento. Tú sabes que siempre he tenido buenas intuiciones. Estoy seguro que estoy sobre una de las más grandes subidas al poder de alguien en la historia. Quizá *la* más grande. Y yo estaré precisamente ahí, ayudando a que acontezca.

—¿Qué piensas de *mis* intuiciones, Esteban?

Esteban apretó sus labios. —Fuera de cómo escribes y reportas, tus intuiciones son las cosas que más te envidio.

—Entonces, quédate tranquilo. Mi corazonada es igual a la tuya. Y salvo que yo nunca podría ser el secretario de prensa de nadie, casi te envidio. *Estás* colocado en forma única para disfrutar la jornada de tu vida.

Esteban sonrió. —Estaremos en contacto. Tú siempre tendrás acceso a mí, y a Nicolás.

—No puedo pedir más que eso.

Marga interrumpió en el intercomunicador sin hacer señales primero.

—Enciende tu televisor, Esteban, o de quien sea ahora.

Esteban sonrió a Camilo y lo encendió. La telecadena CNN estaba transmitiendo directamente desde Jerusalén, donde dos hombres habían tratado de atacar a los predicadores del Muro de los Lamentos. Dan Bennett, de CNN, estaba en la escena:

> Fue un enfrentamiento feo y peligroso, pues muchos de los aquí presentes llaman profetas a los dos herejes, conocidos solamente como Moishe y Eli —decía Bennett—. Sabemos estos nombres sólo porque ellos se han tratado así uno al otro, pero hemos sido incapaces

de hallar a alguien que sepa algo más de ellos. No conocemos apellidos, ciudades de origen, familias ni amigos. Han estado turnándose para hablar —predicar, si usted quiere— por horas y seguir proclamando que Jesucristo es el Mesías. Han proclamado una y otra vez que las grandes desapariciones mundiales de la semana pasada, que incluyeron a muchos de aquí, en Israel, fueron prueba del Rapto de la iglesia por parte de Cristo.
Alguien interrumpió preguntando por qué ellos no habían desaparecido si sabían tanto. El llamado Moishe respondió, y yo cito: *Tú no puedes saber de dónde venimos ni adónde vamos.* Su compañero Eli, fue citado: *En la casa de mi Padre hay muchas mansiones,* aparentemente una cita del Nuevo Testamento atribuida a Cristo.

Esteban y Camilo intercambiaron miradas.

Rodeados por celotes[1] la mayor parte del día, los predicadores fueron finalmente atacados hace unos momentos por dos hombres de unos veinticinco años. Mire la cinta al captar la acción nuestras cámaras. Usted puede ver a los dos en la parte de atrás de la multitud. Abriéndose camino hacia el frente. Ambos llevan túnicas largas con capucha y tienen barbas. Usted puede ver que sacan armas al surgir de en medio de la multitud. Uno tiene una Uzi, arma automática, y el otro un cuchillo tipo bayoneta que parece proceder de un rifle militar, de los que dan los israelitas. El que esgrime el cuchillo se lanza hacia adelante primero, desplegando su arma a Moishe, que había estado hablando. Eli, detrás de él, se arrodilla de inmediato con su cara hacia el cielo. Moishe deja de hablar y simplemente mira al hombre, que parece tropezar. Se cae cuán largo es, mientras el hombre con la Uzi apunta el arma a los predicadores y parece apretar el gatillo. No hay ruido de balas pues la Uzi se traba evidentemente y el atacante parece tropezar con su compañero y ambos

---

1. Persona perteneciente a un grupo religioso del pueblo judío, caracterizado por la vehemencia y rigidez de su integrismo religioso.

terminan en el suelo. El grupo de espectadores ha retrocedido y corren buscando protección, pero mire de nuevo con cuidado al volver a pasar esto. El que tiene la automática parece caer por sí mismo. Mientras hablamos, ambos atacantes están a los pies de los predicadores que siguen predicando. Hay espectadores enojados que exigen ayuda para los atacantes y Moishe está hablando en hebreo. Oigamos y traduciremos simultáneamente.

Está diciendo: *¡Hombres de Sion, recojan a sus muertos! ¡Saquen de delante de nosotros a estos chacales que no tienen poder sobre nosotros!* Unos pocos de la multitud se acercan tentativamente, mientras se juntan soldados israelíes en la entrada al Muro. Los celotes los están despidiendo con señas. Eli está hablando.

Ustedes que ayudan al caído no están en peligro, a menos que vengan contra los ungidos del Altísimo —refiriéndose evidentemente a sí mismo y a su compañero. Los atacantes caídos son puestos de espaldas y los que los auxilian están llorando y gritando y retrocediendo. *¡Muertos! ¡Ambos muertos!* Dicen, y ahora la multitud parece querer que entren los soldados. Están despejando el camino. Por supuesto, los soldados están totalmente armados. No sabemos si tratarán de arrestar a los extraños pero, por lo que vimos, los dos predicadores no atacaron ni se defendieron de los hombres que ahora están en el suelo.

Moishe está hablando de nuevo: *¡El Señor Dios de los ejércitos dice: Llévense a sus muertos pero no se aproximen a nosotros!* Él ha dicho esto con tal volumen y autoridad que los soldados han comprobado el pulso y se han llevado a los hombres rápidamente. Informaremos toda noticia que recibamos sobre los dos que intentaron atacar a los predicadores, aquí en el Muro de los Lamentos de Jerusalén. En este momento, los predicadores han seguido hablando alto, proclamando: *Jesús de Nazaret, nacido en Belén, Rey de los judíos, el elegido, el rey de todas las naciones.*—

En Israel, Dan Bennett para CNN.

Marga y unos cuantos del personal habían llegado a la oficina de Esteban durante la transmisión.

—Si eso no se la gana a todo —dijo uno—. Qué par de chiflados.

—¿Cuál de los dos? —dijo Camilo—. No puedes decir que los predicadores, sean quienes sean, no les advirtieron.

—¿Qué está pasando allá? —preguntó alguien más.

—Todo lo que sé —dijo Camilo—, es que pasan cosas ahí que nadie puede explicar.

Esteban arqueó las cejas. —Si crees en el nacimiento virgen, eso ha sido cierto por siglos.

Camilo se paró. —Tengo que irme a JFK —dijo.

—¿Qué vas a hacer con el puesto?

—Tengo veinticuatro horas ¿recuerdas?

—No las agotes. Si respondes muy rápido parecerás estar ansioso; muy lento y aparentarás estar indeciso.

Camilo sabía que Esteban tenía la razón. Iba a tener que aceptar el ascenso sólo para protegerse de los otros pretendientes. No quería obsesionarse con eso todo el día. Se alegraba de tener la distracción de ver a Patty Durán. Su única pregunta ahora era si la reconocería. Se habían conocido en circunstancias sumamente traumáticas.

Raimundo y Cloé llegaron a Nueva York justo después del mediodía del miércoles y fueron directamente al Club Pan-Con para esperar a Patty Durán.

—Supongo que ella no vendrá —dijo Cloé.

—¿Por qué?

—Porque yo no vendría si fuera ella.

—Tú no eres ella, gracias a Dios.

—Oh, no la menosprecies, papá. ¿Qué te hace a ti mejor?

Raimundo se sintió muy mal. Cloé tenía razón. ¿Por qué tenía que pensar mal de Patty sólo porque ella pareciera tonta a veces? Eso no le había molestado cuando él la había mirado sólo como distracción física. Y ahora, sólo porque ella había sido antipática con él por teléfono, y no había aceptado su última invitación a encontrarse hoy, él la había clasificado como menos deseable o menos merecedora.

—Yo no *soy* mejor —concedió—, pero ¿por qué no vendrías tú si fueras ella?

—Porque tendría una idea de lo que tú tienes en mente. Tú vas a decirle que ya no sientes nada por ella, pero que ahora te interesa su alma eterna.

—Haces que eso suene barato.

—¿Por qué debiera impresionarla que te preocupes por su alma, cuando ella piensa que tú te interesabas en ella como persona?

—Precisamente de eso se trata, Cloé. Ni siquiera me interesaba en ella como persona.

—Ella no sabe eso. Como eras tan circunspecto y tan cuidadoso, ella pensó que eras mejor que la mayoría de los hombres, que serían directos yendo al grano. Estoy segura de que se siente mal por mamá, y probablemente entiende que no estás en condiciones mentales de empezar una relación nueva. Pero no la hace feliz ser alejada como si fuera culpa suya.

—Aunque *lo fue*.

—No, no lo fue, papá. Ella estaba disponible. Tú no debieras haberlo estado pero dabas señales como si lo estuvieras. En esta época, eso te hace presa justa.

Él meneó su cabeza. —Quizá por eso es que nunca fui bueno para este juego.

—Me alegro por mamá de que no lo fueras.

—Así, pues, ¿piensas que yo no debiera dejarla así como así, ni hablarle de Dios?

—Tú ya la dejaste, papá. Ella adivinó lo que ibas a decirle y tú lo confirmaste. Por eso digo que no vendrá. Ella está dolida todavía. Probablemente enojada.

—Oh, sí, estaba enojada.

—Entonces, ¿qué te hace pensar que estará receptiva a tu propuesta celestial?

—¡No es una propuesta! De todos modos, ¿no prueba eso que me intereso por ella en forma genuina, ahora?

Cloé se fue a buscar una bebida. Cuando volvió y se sentó al lado de su padre, puso una mano en su hombro.

—No quiero parecer como una sabelotodo —dijo—. Sé que me doblas de sobra la edad, pero déjame darte una idea de cómo piensa una mujer, especialmente alguien como Patty, ¿está bien?

—Soy todo oídos.

—¿Tiene ella algún antecedente religioso?

—No lo creo.

—¿Nunca le preguntaste? ¿Nunca habló de eso?

—Ninguno de los dos pensaba mucho en eso.

—¿Nunca te quejaste a ella de la obsesión de mamá, como a veces lo hacías conmigo?

—Pensándolo bien, sí lo hice. Por supuesto, estaba tratando de usar eso para probar que tu madre y yo no nos entendíamos.

—¿Pero Patty no dijo nada de sus propias ideas acerca de Dios?

Raimundo trató de recordar. —Sabes, creo que dijo algo afirmativo, o quizá simpático de tu mamá.

—Eso tiene sentido. Aunque hubiera querido interponerse entre ustedes, debe haber deseado asegurarse de que tú eras el que ponía la cuña entre tú y mamá, no ella.

—No te entiendo.

—De todos modos no es eso lo que quiero explicar. A lo que voy es a que no puedes esperar que a alguien que ni siquiera va a una iglesia, le importe un rábano el cielo y Dios y todo eso. Yo estoy teniendo problemas al tratar con eso y te quiero y sé que eso se ha vuelto lo más importante en tu vida. No puedes suponer que ella tenga algún interés, sobre todo si esto le llega a ella como una especie de premio de consuelo.

—¿Por?

—Por perder tu atención.

—Pero mi atención es más pura ahora, ¡más genuina!

—Quizá para ti. Para ella esto va a ser mucho menos atractivo que la posibilidad de tener a alguien que pudiera amarla y estar ahí para ella.

—Eso es lo que Dios hará por ella.

—Lo cual te suena muy bien a ti. Yo sólo te estoy diciendo, papá, que no será algo que ella quiera oír ahora.

—Así, pues, ¿qué si ella viene? ¿No debo hablarle de ello?

—No sé. Si ella se aparece, puede significar que aún espera que haya una posibilidad contigo. ¿La hay?

—¡No!

—Entonces debes dejarle eso bien claro. Pero no seas tan tajante y no elijas ese momento para tratar de venderle...

—Deja de hablar de mi fe como de algo que estoy tratando de vender o imponer.

—Lo siento. Sólo estoy tratando de reflejarte cómo va a sonarle a ella.

Raimundo no tenía qué decir o hacer con Patty ahora. Temía que su hija tuviera la razón y eso le dio un vistazo de dónde estaba su mente. Bruno Barnes le había dicho que la mayoría de la gente está ciega y sorda a la verdad hasta que la encuentran; entonces cobra todo el sentido del mundo. ¿Cómo podía discutir él? Eso es lo que le había pasado a él mismo.

Patty había corrido hacia Camilo cuando él llegó al club a eso de las once. Su expectativa de cualquier posibilidad se disipó cuando lo primero que salió de su boca fue:

—Así, pues, ¿voy a conocer a Nicolás Carpatia?

Cuando Camilo había prometido originalmente tratar de presentarla a Nicolás, no lo había pensado bien. Ahora, luego de oír a Esteban extasiarse con la fama de Carpatia, le parecía trivial llamar para preguntar si podía presentar a una amiga, a una adepta. Llamó al doctor Rosenzweig.

—Doctor, me siento tonto por esto, y quizá usted deba simplemente decir que no, que él está demasiado ocupado. Sé que él tiene mucho entre manos y esta chica no es alguien que él deba conocer.

—¿Es una chica?

—Bueno una joven. Ella es una aeromoza.

—¿Tú quieres que él conozca a una aeromoza?

Camilo no supo qué decir. Esa reacción era exactamente lo que había temido. Vaciló, oyó a Rosenzweig tapar el teléfono y llamar a Carpatia.

—¡Doctor, no! ¡No le pregunte!

Pero lo hizo. Rosenzweig regresó y dijo:

—Nicolás dice que todo amigo tuyo es amigo suyo. Tiene unos pocos momentos, pero sólo unos pocos momentos justamente ahora.

Camilo y Patty se apresuraron al Plaza en un taxi. Él se dio cuenta de inmediato cuán raro se sentía y cuánto más mal estaba por sentirse. Cualquiera fuera la fama que tenía con Rosenzweig y Carpatia como periodista internacional, iba a quedar manchada para siempre. Sería conocido como la lapa parásita que arrastró a una tipa para que le diera la mano a Nicolás.

Camilo no podía ocultar su malestar, y en el ascensor exclamó bruscamente.

—Realmente él tiene un segundo, así que no debemos quedarnos mucho.

Patty lo miró fijo. —Tú sabes que yo sé cómo tratar a los VIPs —dijo—. A menudo los atiendo en los vuelos.

—Por supuesto que sí.

—Quiero decir, si te avergüenzas de mí o...

—No es eso en absoluto, Patty.

—Si piensas que no sabré cómo comportarme...

—Lo siento. Yo sólo pienso en su agenda.

—Bueno, ahora mismo nosotros estamos en su agenda, ¿no?

Él suspiró, —Supongo que estamos. —*¿Por qué, oh, por qué me meto en estas cosas?*

En el pasillo Patty se detuvo frente a un espejo y se miró. Un guarda abrió la puerta, hizo un gesto a Camilo y miró a Patty de pies a cabeza. Ella lo ignoró, estirando su cuello para ver a Carpatia. El doctor Rosenzweig salió del vestíbulo.

—Camilo —dijo—, un momento por favor.

Camilo se excusó con Patty, que no podía lucir más complacida. Rosenzweig lo llevó a un lado y susurró:

—Él pregunta si podrías unirte a él primero a solas.

Aquí me llega pensó Camilo, echando una mirada de disculpa a Patty y levantando un dedo para indicar que no demoraría mucho. *Carpatia va a cortarme la cabeza por desperdiciar su tiempo.*

Halló a Nicolás de pie a poca distancia del televisor, mirando la CNN. Sus brazos estaban cruzados, su mentón en la mano. Miró en dirección a Camilo y le hizo gestos para que se le acercara. Este cerró la puerta detrás de él, sintiéndose como si lo hubieran enviado a la oficina del director de la escuela. Pero Nicolás no mencionó a Patty.

—¿Has visto este asunto en Jerusalén? —Camilo dijo que sí—. La cosa más rara que he visto.

—Yo no —dijo Camilo.

—¿No?

—Yo estaba en Tel Aviv cuando Rusia atacó.

Carpatia mantuvo sus ojos en la pantalla mientras la CNN pasaba una y otra vez el ataque a los predicadores y el colapso de los supuestos asesinos.

—Sí —murmuró—. Eso hubiera sido algo parecido a esto. Algo inexplicable. Ataques al corazón dicen.

—¿Perdón?

—Los atacantes murieron por ataques al corazón.

—No había oído eso.

—Sí. Y la Uzi[2] no se trabó. Está en perfectas condiciones de uso.

Nicolás parecía hipnotizado por las imágenes. Siguió mirando mientras hablaba.

—Me preguntaba qué pensarías de mi elección de secretario de prensa.

—Me quedé atónito.

—Pensé que eso mismo te pasaría. Mira esto. Los predicadores nunca tocaron a ninguno de los dos. ¿Cuáles son las posibilidades? ¿Recibieron un susto de muerte, o qué?

La pregunta era retórica. Camilo no contestó.

—Mm, mm, mm —exclamaba Carpatia, lo menos articulado que Camilo le hubiera oído jamás—. Indudablemente raro. Aunque es incuestionable que Plank puede hacer el trabajo, ¿estás de acuerdo?

—Por supuesto. Espero que sepa que ha dejado inválido al *Semanario.*

—¡Ah! Lo he fortalecido. ¿Qué mejor forma de tener la persona que quiero en la cumbre?

Camilo se estremeció, sintiéndose aliviado cuando, por fin, Carpatia desvió la vista del televisor.

—Esto me hace sentir justamente como Jonatán Stonagal, maniobrando a la gente a sus puestos.

Él se rió, y a Camilo le agradó ver que estaba bromeando.

—¿Supo lo que pasó con Eric Miller? —preguntó Camilo.

—¿Tu amigo del *Seaboard Monthly*? No. ¿Qué?

—Se ahogó anoche.

Carpatia pareció conmovido. —¡No digas! ¡Espantoso!

—Escuche, señor Carpatia...

—¡Macho, por favor! Dime Nicolás.

—No estoy seguro si me sentiré cómodo haciendo eso. Quiero disculparme por traer a esta chica para que le conociera. Ella es sólo una aeromoza y...

—Nadie es solamente cualquier cosa —dijo él, tomando el brazo de Camilo—. Cada uno es de igual valor, independientemente de sus posiciones.

---

2. Arma de fuego automática.

Carpatia condujo a Camilo a la puerta, insistiendo en ser presentado. Patty estuvo adecuada y reservada aunque se rió infantilmente cuando Carpatia la besó en cada mejilla. Él le preguntó por ella, por su familia, por su trabajo. Camilo se preguntaba si habría tomado alguna vez un curso Carnegie sobre cómo ganar amigos e influir sobre las personas.

—Camilo —susurró el doctor Rosenzweig—, teléfono.

Camilo tomó la llamada en la otra sala. Era Marga.

—Esperaba que estuvieras ahí —dijo—. Te acaba de llamar Carolina Miller, la esposa de Eric. Ella está muy alterada y realmente quiere hablar contigo.

—No puedo llamarla desde aquí, Marga.

—Bueno, llámala tan pronto como tengas un minuto.

—¿De qué se trata?

—No tengo idea pero sonaba desesperada. Aquí está su número.

Cuando Camilo volvió a entrar, Carpatia estaba estrechando la mano de Patty y luego le besó la mano.

—Estoy encantado —dijo—. Gracias, señor Williams. Y, señorita Durán, será mi placer si nuestros caminos se cruzan de nuevo.

Camilo la condujo afuera y la halló casi sobrecogida. —Qué tipo, ¿eeh? —dijo.

—¡Me dio su teléfono! —dijo ella, casi chillando.

—¿Su teléfono?

Patty le mostró a Camilo la tarjeta de negocios que Nicolás le había pasado. Mostraba su título de presidente de la República de Rumania pero su dirección no era Bucarest como era de esperar. Era el Plaza Hotel, su número de habitación, número de teléfono y todo. Camilo se quedó sin habla. Carpatia había escrito a mano otro número de teléfono, no el del Plaza, aunque también en Nueva York. Camilo se lo aprendió de memoria.

—Podemos comer en el Pan-Con Club —dijo Patty—. No quiero en realidad ver a este piloto a la una, pero creo que lo haré sólo para jactarme de haber conocido a Nicolás.

—Oh, ahora es Nicolás, ¿no? —se las arregló Camilo para decir, aún estupefacto por la tarjeta de Carpatia—. ¿Tratas de poner celoso a alguien?

—Algo parecido —contestó ella.

—¿Me disculparías un segundo? —preguntó él—, tengo que hacer una llamada antes de que regresemos.

Patty esperó en el vestíbulo del hotel mientras Camilo daba la vuelta a la esquina y marcaba el número teléfonico de Carolina Miller. Ella sonaba horrible, como si hubiera estado llorando por horas y no hubiera dormido, lo que era indudablemente cierto.

—Oh, señor Williams, agradezco su llamada.

—Por supuesto, señora y yo lamento su pérdida. Yo...

—¿Usted se acuerda de que nos conocimos?

—Lo lamento, señora Miller. Refresque mi memoria.

—En el yate presidencial hace dos veranos.

—¡Cierto! Perdóneme.

—Sólo quería que usted no pensara que nunca nos habíamos visto. Señor Williams, mi marido me llamó anoche antes de ir a tomar el "ferry".[3] Dijo que andaba en pos de una gran historia en el Plaza y que se había topado con usted.

—Es verdad.

—Me contó algo loco de cómo ustedes dos lucharon o algo así por una entrevista con este muchacho rumano que habló en...

—También es cierto. No fue nada serio, señora. Sólo un desacuerdo. Sin mala intención.

—Así es como lo entendí. Pero esa fue la última conversación que tuve con él y me está volviendo loca. ¿Sabe usted el frío que hacía anoche?

—Recuerdo que hizo un poco de frío —dijo Camilo, perplejo de su abrupto cambio de tema.

—Frío, señor. Demasiado frío para estar afuera en el "ferry", ¿no diría usted?

—Sí, señora.

—Y aunque hubiera estado afuera, él es un buen nadador. Él fue campeón en la secundaria.

—Con todo el debido respeto, señora, pero eso tuvo que ser... ¿qué... treinta años atrás?

—Pero él sigue siendo un buen nadador. Créame. Lo sé.

—¿Qué está diciendo, señora Miller?

—¡No sé! —gritó ella llorando—. Sólo me preguntaba si usted podría echar alguna luz. Quiero decir, él se cayó del "ferry", y ¿se ahogó? ¡Eso no tiene sentido para mí!

---

3. Transbordador acuático.

—Tampoco para mí, señora, y desearía poder ayudar. Pero no puedo.

—Lo sé —respondió ella—. Sólo estaba esperanzada.

—Señora, ¿hay alguien con usted, alguien cuidándola?

—Sí, estoy bien. Tengo familia aquí.

—Estaré pensando en usted.

—Gracias.

Camilo podía ver el reflejo de Patty. Ella parecía bastante paciente. Llamó a un amigo de la compañía de teléfonos. —¡Alex! Hazme un favor. ¿Puedes todavía decirme quién aparece en el directorio si yo te doy un número?

—Siempre que no le digas a nadie que lo hago.

—Me conoces, hombre.

—Adelante.

Camilo recitó el número que se había aprendido de memoria de la tarjeta que Carpatia le había dado a Patty. Alex estuvo de vuelta con él en segundos, leyendo la información que aparecía en la pantalla de su computadora.

—Nueva York, Naciones Unidas, oficina del secretario general, línea privada no publicada, pasa por alto la mesa central, pasa por alto a la secretaria ¿bien?

—Bien, Alex. Te debo una.

Camilo estaba perdido. No podía hallarle sentido a sus cómputos mentales. Se dirigió al trote hacia Patty.

—Voy a demorar otro minuto —dijo—. ¿Te importa?

—No. Siempre que podamos volver para la una. No sé cuánto esperará ese piloto. Anda con su hija.

Camilo regresó a los teléfonos, contento de no tener interés por competir con Carpatia o ese piloto por el afecto de Patty Durán. Llamó a Esteban. Marga respondió y él habló poco con ella. —Oye, soy yo. Comunícame de inmediato con Plank.

—Bueno, que tengas un buen día —dijo y lo comunicó.

—Esteban —dijo rápidamente—, tu chico acaba de cometer su primer error.

—¿De qué estás hablando, Camilo?

—¿Tu primer tarea será anunciar a Carpatia como el nuevo secretario general?

Silencio.

—¿Esteban? ¿Qué viene después?

—Eres un buen periodista, Camilo. El mejor. ¿Cómo se filtró esto?

Camilo le contó de la tarjeta.

—¡Fiu! Eso no parece cosa de Nicolás. No puedo imaginar que fuera un descuido. Debe haber sido a propósito.

—Quizá él supone que esta mujer Durán es demasiado tonta para averiguarlo —dijo Camilo—, o que ella no me lo mostraría. Pero, ¿cómo sabe él que ella no llamará a ese número demasiado pronto y preguntará por él?

—Siempre y cuando ella espere hasta mañana, Camilo, todo estará bien.

—¿Mañana?

—No puedes usar esto, ¿correcto? ¿Estamos hablando extraoficialmente?

—¡Esteban! ¿Con quién te crees que hablas? ¿Ya estás trabajando para Carpatia? Eres todavía mi jefe. No quieres que publique algo, solamente me lo dices ¿recuerdas?

—Bueno, te lo estoy diciendo. El Desierto del Kalahari cubre una buena parte de Botswana, de donde es el secretario general Ngumo. Él regresa mañana para allá como héroe, habiendo sido el primer líder que tiene acceso a la fórmula del fertilizante israelita.

—¿Cómo logró hacer eso?

—Por supuesto que por su diplomacia de astro.

—Y no puede esperarse que él maneje los deberes de las Naciones Unidas y Botswana a la vez, durante este momento estratégico de la historia de Botswana, ¿correcto, Esteban?

—¿Y por qué debiera hacerlo, cuando alguien está tan perfectamente calificado para asumir la posición? Estuvimos allá el lunes, Macho. ¿Quién va a oponerse a esto?

—¿Tú no?

—Yo pienso que es brillante.

—Vas a ser un secretario de prensa perfecto, Esteban. Y yo he decidido aceptar tu viejo trabajo.

—¡Bien por ti! Ahora te quedarás callado sobre esto hasta mañana, ¿lo entendiste?

—Prometido. Pero ¿me dirás una sola cosa más?

—Si puedo, Camilo.

—¿A qué se acercó demasiado Eric Miller? ¿Qué pista estaba siguiendo?

La voz de Esteban se puso hueca, su tono liso. —Todo lo que sé de Eric Miller —dijo—, es que se acercó demasiado a la barandilla del ferry de Staten Island.[4]

4. Transbordador acuático muy famoso que lleva pasajeros al otro lado del río en el estado de Nueva York.

Diecinueve

Raimundo observaba a Cloé que deambulaba por el Club Pan-Con, luego miraba fijamente por la ventana. Se sentía como un tonto. Se había dicho a sí mismo durante días, que no iba a presionarla, o acosarla. Él la conocía. Era como él. Se alejaría si él presionaba mucho. Hasta le había convencido de no ser tan directo con Patty Durán si ella venía.

¿Qué le pasaba a él? Nada era como antes ni nunca lo sería otra vez. Si Bruno Barnes tenía razón, la desaparición del pueblo de Dios era sólo el comienzo del período más cataclísmico de la historia del mundo. *Y heme aquí* —pensaba Raimundo—, *preocupado por ofender a la gente. Procuro "no ofender" a mi propia hija hasta que vaya directo hacia al infierno.*

Raimundo también se sentía mal por su enfoque de Patty. Había tratado con su propia maldad por haberla pretendido y lamentaba haberla inducido a ella. Pero no podía seguir tratándola con mano de terciopelo tampoco. Lo que más le asustaba era la impresión, por lo que Bruno estaba enseñando, de que mucha gente sería engañada durante estos días. Había que sospechar de cualquiera que saliera al frente con proclamas de paz y unidad. No habría paz. No habría unidad. Este era el principio del fin, y todo sería caos de ahora en adelante.

El caos haría únicamente que los pacifistas y los que hablaban bien fueran más atrayentes. Y para la gente que no quería admitir que Dios había estado detrás de las desapariciones, cualquier otra explicación tranquilizaría sus conciencias. No había ya más tiempo para la conversación educada, para la persuasión amable. Raimundo tenía que conducir gente a la Biblia, a las partes proféticas. Se sentía tan limitado por su poco conocimiento. Siempre había sido un lector erudito, pero esto del Apocalipsis, Daniel y Ezequiel eran algo nuevo y raro para él. Tenía sentido, por lo que intimidaba. Él había empezado a llevar consigo la Biblia de Irene a todas partes donde fuera, leyéndola cada vez que podía. Mientras el primer oficial leía revistas durante su tiempo en tierra, Raimundo sacaba la Biblia.

—¿Qué cosa es eso? —le preguntaron más de una vez.

Sin avergonzarse decía que estaba encontrando respuestas y orientación como nunca antes había visto. Pero, ¿con su propia hija y su amiga? Había sido demasiado cortés.

Raimundo miró su reloj. Todavía quedaban unos pocos minutos antes de la una. Captó la mirada de Cloé y le hizo señas de que iba a llamar por teléfono. Marcó el número de Bruno Barnes y le dijo lo que había estado pensando.

—Tienes razón, Raimundo. Yo pasé por unos días así, preocupado por lo que la gente pensaría de mí, no queriendo desanimar a nadie. Sólo que eso ya no tiene más sentido, ¿lo tiene?

—No, no. Bruno, necesito apoyo. Me temo que voy a empezar a ponerme molesto. Si Cloé quiere reírse o huir al otro lado, voy a forzarla a decidirse. Tendrá que saber exactamente lo que está haciendo. Tendrá que hacerle frente a lo que hemos hallado en la Biblia y vérselas con ello. Quiero decir, los dos predicadores en Israel bastan para darme la confianza de que las cosas están pasando exactamente en la forma en que la Biblia decía que acontecerían.

—¿Has estado mirando la televisión esta mañana?

—A distancia, aquí en la terminal. Siguen pasando de nuevo el ataque.

—Raimundo, vete a un televisor ahora mismo.

—¿Qué?

—Voy a colgar, Raimundo. Mira lo que pasó a los atacantes y ve si eso no confirma todo lo que leímos sobre los dos testigos.

—Bruno...

—Anda, Raimundo. Y empieza a testificar tú mismo, con total confianza.

Bruno colgó. Raimundo lo conocía bastante bien, pese a su corta relación, para estar más intrigado que ofendido. Se apresuró hacia una pantalla de televisión donde se quedó atónito al oír el informe de las muertes de los atacantes. Sacó la Biblia de Irene y leyó el pasaje del Apocalipsis del cual había hablado Bruno. Los hombres de Jerusalén eran los dos testigos, predicando a Cristo. Habían sido atacados y ni siquiera tuvieron que reaccionar. Los atacantes habían caído muertos y ningún daño había sido infligido a los dos testigos.

Ahora, en la CNN, Raimundo miró a las multitudes que se aproximaban a la zona frente al Muro de los Lamentos, para oír a los testigos. La gente se arrodillaba llorando, algunos con sus caras en el suelo. Esta era gente que había sentido que los predicadores estaban profanando el lugar santo. Ahora parecía que estaban creyendo lo que decían los testigos. ¿O simplemente era miedo?

Raimundo lo sabía. Él sabía que los primeros de los 144.000 evangelistas judíos estaban siendo convertidos a Cristo ante sus ojos. Sin sacar su vista de la pantalla, oró en silencio: *Dios, lléname de valor, poder, con lo que necesite para ser un testigo. No quiero seguir asustado. No quiero esperar más. No quiero preocuparme por ofender. Dame la capacidad de convencer, arraigada en la verdad de tu Palabra. Sé que es tu Espíritu el que atrae a la gente, pero úsame. Quiero alcanzar a Cloé. Quiero alcanzar a Patty. Por favor, Señor, ayúdame.*

Camilo Williams se sentía desnudo sin su bolsa de equipo. Se sentiría listo para trabajar sólo cuando tuviera su teléfono celular, su grabadora, y su computadora nueva. Pidió al chofer del taxi que se detuviera en la oficina del *Semanario Mundial* para que él pudiera recoger la bolsa. Patty esperó en el taxi pero le dijo que no iba a estar contenta si se perdía su cita. Camilo se paró al lado de la ventanilla del taxi. —Demoraré sólo un minuto —dijo—. Creí que no estabas segura de si querías ver a ese tipo.

—Bueno, ahora quiero, ¿bien? Llámalo venganza o restregárselo en la cara o lo que quieras, pero no es a menudo que una puede decirle al capitán que una ha conocido a alguien que él no.

—¿Hablas de Nicolás Carpatia o de mí?

—Muy gracioso. De todos modos, él te conoció.

—¿Este es el capitán de aquel vuelo donde nos conocimos tú y yo?

—Sí, ahora, ¡apúrate!

—Quisiera conocerlo.

—¡Anda!

Camilo llamó a Marga desde el vestíbulo.

—¿Podrías salir a encontrarme al ascensor con mi bolsa de equipo? Tengo un taxi esperando aquí.

—Sí —dijo ella—, pero Esteban y el viejo están preguntando por ti.

¿Ahora qué? —se preguntó—. Camilo miró su reloj, deseando que el ascensor fuera más rápido. Así era la vida en los rascacielos.

Tomó su bolsa de Marga, entró corriendo a la oficina de Esteban y preguntó:

—¿Qué pasa? Estoy de prisa.

—El jefe quiere vernos.

—¿De qué se trata? —quiso saber Camilo mientras caminaban por el pasillo.

—Eric Miller, creo. Quizá más. Tú sabes que Bailey no se entusiasmó por mi corto aviso. Solamente estuvo de acuerdo pensando que tú correrías hacia el ascenso, porque tú eres quien conoces donde está todo y lo que se planea para las próximas dos semanas.

En la oficina de Bailey, el jefe fue directo al punto.

—Voy a preguntarte dos cosas bien precisas y quiero unas respuestas rápidas y directas. Hay un montón de cosas por suceder aquí, ahora mismo, y vamos a estar encima de todo. Primero, Plank, vuelan los rumores de que Mwangati Ngumo está citando a una conferencia de prensa para esta tarde, y todos piensan que renuncia como secretario general.

—¿De verdad? —dijo Plank.

—No te hagas el tonto conmigo —gruñó Bailey—. No se necesita ser un genio para darnos cuenta de lo que está pasando aquí. Si es que él está renunciando, ustedes seguro que saben algo. Se olvidan de que yo estaba a cargo de la oficina africana cuando Botswana se hizo miembro asociado del Mercado Común Europeo. Jonatán Stonagal tuvo sus dedos en todo eso y todos saben que él es uno de los ángeles de este tipo Carpatia. ¿Cuál es la relación?

Camilo observó que Esteban palidecía. Bailey sabía más de lo que cada uno de ellos esperaba. Por primera vez en años, Esteban sonó nervioso, casi con pánico.

—Le diré lo que sé —dijo.

Pero Camilo supuso que había más que él, no dijo.

—Mi primer cometido mañana es negar el interés de Carpatia en el puesto. Él va a decir que tiene ideas demasiado revolucionarias y que él insistiría en la aprobación casi unánime de las partes de los miembros actuales. Ellos tendrían que estar de acuerdo con sus ideas para la reorganización, un cambio del énfasis y unas cuantas cosas más.

—¿Como qué?

—No tengo libertad para...

Bailey se paró, con la cara roja. —Déjame decirte algo, Plank. Me gustas. Has sido una superestrella para mí. Te introduje al resto de la plana mayor cuando nadie más reconocía que tú tenías lo que se necesita. Tú me presentaste a este tipo aquí presente y él nos ha hecho quedar bien a todos. Pero te pagué con seis cifras mucho antes de que te lo merecieras porque sabía que algún día rendiría beneficios. Y así fue. Ahora, te estoy diciendo que nada de lo que digas aquí va a traspasar estas paredes, así que no quiero que me ocultes nada.

«Ustedes, mocosos, piensan que como me faltan dos o tres años para la jubilación ya no tengo contactos, que no tengo más mi oreja pegada al suelo. Bueno, déjenme decirles, mi teléfono ha estado sonando hasta salirse del gancho desde que ustedes salieron de aquí esta mañana y yo tengo la corazonada de que algo grande está por suceder. Ahora, ¿qué es?

—¿Quién ha estado llamándole, señor? —dijo Plank.

—Bueno, primero, me llamó un fulano que conoce al vicepresidente de Rumania. Allá se dice que se le ha pedido al hombre que se prepare para encargarse indefinidamente de las cosas diarias. No va a ser el nuevo presidente porque acaban de tener uno, pero eso me dice que Carpatia espera estar aquí un rato.

«Luego, gente que conozco en África me dice que Ngumo tiene cierta ventaja con la fórmula israelita pero que calladamente no está feliz con el trato que requiere que él renuncie a las Naciones Unidas. Él va a hacerlo pero habrá problemas si todo no sale según se lo han prometido.

«Entonces, de todas las cosas, recibo una llamada del editor del *Aboard Monthly* que quiere hablar conmigo sobre cómo tú, Camilo y su hombre, el que se ahogó anoche, estaban trabajando el mismo ángulo de Carpatia y si yo creo que también vas a morirte misteriosamente. Le dije que por cuanto yo sabía, tú estabas trabajando una historia general del hombre y que íbamos a ser positivos. Él dijo que su hombre había pensado tomar un enfoque ligeramente diferente: tú sabes, por *aquí* cuando todos los demás están por *allá*. Miller estaba haciendo una historia sobre el significado subyacente de las desapariciones, el cual sé que ustedes estuvieron planeando para publicar en una en las próximas ediciones. No sé cómo encaja eso con Carpatia y por qué pudiera esto hacerle lucir a través de una luz tenebrosa. ¿Entonces, qué hay?

Camilo meneó la cabeza. —Los veo como dos historias totalmente diferentes. Le pregunté a Carpatia qué pensaba de lo que pasó y todos oyeron esa respuesta. No sé si eso era lo que Miller estaba elaborando y estoy seguro de que yo no hubiera pensado que él enlazaría de alguna manera a Carpatia con las desapariciones.

Bailey se volvió a sentar. —A decir verdad, cuando recibí la llamada del muchacho del *Seaboard* pensé que estaba llamando pidiendo referencias de ti, Camilo. Está pensando que si yo soltaba ambos "noticiones" en la misma semana, estaría acogiéndome a jubilación precoz. ¿Podemos sacar eso del camino antes de que yo haga que Plank me diga qué más sabe?

—¿Qué cosa? —dijo Camilo.

—¿Está en tus planes el irte?

—No.

—¿Aceptas el ascenso?

—Sí.

—¡Bien! Ahora, Esteban. ¿Por qué más va a presionar Carpatia antes de que acepte el trabajo de las Naciones Unidas?

Plank vaciló y lució como si estuviera considerando si debía decir lo que sabía.

—Te estoy diciendo que estás en deuda conmigo —dijo Bailey—. Ahora no pretendo usar esto. Sólo quiero saber. Camilo y yo tenemos que decidir qué historia vamos a poner primero. Yo quiero ponerlo en lo que me interesa más, aquélla de lo que estaba detrás de las desapariciones. A veces, pienso que nos ponemos muy desdeñosos como revista de noticias y nos olvidamos de que la gente corriente allá afuera está asustada hasta la muerte, queriendo encontrarle algún sentido a todo esto. Ahora, Esteban, puedes confiar en mí. Ya te dije que no diré a nadie ni te comprometeré a ti. Tan sólo cuéntamelo. ¿Qué quiere Carpatia, y va a aceptar este trabajo?

Esteban hizo un puchero con sus labios y empezó con renuencia. —Él quiere un nuevo orden para el Consejo de Seguridad, lo que incluirá algunas de sus propias ideas para los embajadores.

—¿Como Todd-Cothran de Inglaterra? —dijo Camilo.

—Probablemente en forma transitoria. Él no está del todo complacido con esa relación, como tú sabes.

Camilo se dio cuenta de repente de que Esteban lo sabía todo.

—¿Y? —presionó Bailey.

—Él quiere que Ngumo insista personalmente en él como sustituto suyo, un gran voto mayoritario de los representantes y dos cosas más, que francamente no creo que conseguirá. Militarmente quiere un compromiso con el desarme de las naciones miembros, la destrucción del noventa por ciento de sus armas y la donación del otro diez por ciento a las Naciones Unidas.

—Con propósitos de mantener la paz —dijo Bailey—. Ingenuo pero suena lógico. Tienes razón, no creo que lo consiga. ¿Qué más?

—Posiblemente lo más polémico y menos probable. La sola logística es increíble, el costo, el... todo.

—¿Qué?

—Quiere trasladar las Naciones Unidas.

—¿Trasladarla?

Esteban asintió.

—¿Adónde?

—Suena estúpido.

—Todo suena estúpido en estos días —dijo Bailey.

—Él quiere trasladarla a Babilonia.

—No hablas en serio.

—*Él* sí.

—Sé que han estado renovando esa ciudad por años. Millones de dólares invertidos en hacer qué, ¿Nueva Babilonia?

—Billones.

—¿Crees que alguien estará de acuerdo con eso?

—Depende de cuánto lo quieran a él —rió Esteban—. Él se presenta esta noche en televisión en el programa "El Show de la Noche."

—¡Será más popular que nunca!

—Ahora mismo se está reuniendo con todos los jefes de todos estos grupos internacionales que están aquí para hacer reuniones de unidad.

—¿Qué quiere de ellos?

—Nosotros todavía estamos en confidencia aquí, correcto? —preguntó Esteban.

—Por supuesto.

—Está pidiendo resoluciones que apoyen algunas de las cosas que él quiere hacer. El tratado de paz por siete años con Israel, a cambio de su habilidad para intermediar la fórmula fertilizante del desierto. El traslado a Nueva Babilonia. El establecimiento de una sola religión para el mundo, probablemente con oficinas centrales en Italia.

—No va a llegar muy lejos con los judíos en eso.

—Ellos son una excepción. Va a ayudarles a reconstruir su templo durante los años del tratado de paz. Él cree que merecen un trato especial.

—Y ciertamente lo merecen —dijo Bailey—. El hombre es brillante. No sólo nunca he visto a alguien con ideas tan revolucionarias, sino que tampoco he visto nunca a nadie que se mueva tan rápido.

—¿Ninguno de ustedes dos se siente al menos un poco dudoso de este tipo? —dijo Camilo—. A mí me parece como que la gente que se le acerca demasiado termina eliminada.

—¿Dudosos? —dijo Bailey—. Bueno, yo pienso que él es un poco ingenuo y me sorprendería mucho si consigue todo lo que está pidiendo. Pero, al fin, es un político. No pasará estos puntos como ultimátum y aun puede aceptar el puesto aunque no los consiga. Suena como si forzara desconsideradamente a Ngumo, pero creo que tiene en mente el mejor interés de Botswana. Carpatia será un mejor jefe de las Naciones Unidas. Y tiene razón. Si lo que pasó en Israel pasa en Botswana, Ngumo tiene que estar cerca de casa y administrar la prosperidad. ¿Dudoso? No. Estoy tan impresionado con el muchacho como ustedes dos. Él es lo que necesitamos en este momento. No hay nada malo con la unidad y unificación en una época de crisis.

—¿Qué pasa con Eric Miller?

—Pienso que la gente está dando demasiada importancia a eso. No sabemos que su muerte no sea justo lo que pareció ser y que sólo fue una coincidencia el que se haya encontrado contigo y Carpatia. De todos modos, Carpatia no sabía detrás de qué andaba Miller, ¿no?

—No que yo sepa —dijo Camilo, pero se dio cuenta de que Esteban no dijo nada.

Marga tocó el timbre del intercomunicador: —Camilo tiene un mensaje urgente de una tal Patty Durán. Dice que no puede esperar más.

—Oh, no —dijo Camilo—. Marga, discúlpame por completo. Dile que fue inevitable, que la llamo o la encuentro más tarde.

Bailey lució disgustado. —¿Esto es lo que puedo esperar de ti en tus horas de trabajo, Macho?

—En realidad, la presenté a Carpatia esta mañana y quiero que ella me presente a un capitán de aerolíneas que está hoy en la ciudad, para parte de esa historia de lo que la gente piensa que sucedió la semana pasada.

—No me opondré a eso, Macho —dijo Bailey—. Hagamos la gran historia de Carpatia para el próximo número, luego sigamos con las teorías detrás de las desapariciones. Si me preguntas, eso podría ser la historia de mayor interés que hayamos hecho jamás.

Creí que superaríamos al *Time* y a todos los demás con nuestra cobertura del suceso mismo. Me gustó tu artículo, a propósito. No sé que tengamos nada terriblemente fresco o diferente sobre Carpatia, pero tenemos que entregar lo que tenemos. Francamente, me gusta la idea de que tú manejes la cosa en esta cobertura de todas las teorías. Debes tener una teoría propia.

—Desearía tenerla —dijo Camilo—. Estoy tan a ciegas como cualquiera. Aunque lo que estoy averiguando es que la gente que tiene una teoría se la cree por completo.

—Bueno, yo tengo la mía —dijo Bailey—. Y es casi espeluznante ver cuánto se asemeja con la de Carpatia, o de Rosenzweig o quien sea. Tengo parientes que creen la cuestión de los extraterrestres espaciales. Tengo un tío que piensa que fue Jesús, pero también cree que Jesús se olvidó de él. ¡Ah! Pienso que fue natural, una clase de fenómeno en que todas nuestras cosas de alta tecnología intervinieron con las fuerzas de la naturaleza, y realmente nos embromamos. Ahora, vamos, Macho, ¿dónde estás ubicado en todo esto?

—Estoy en la posición perfecta para mi cometido —dijo él—. No tengo la más mínima idea.

—¿Qué dice la gente?

—Lo habitual. Un médico en O'Hare me dijo que estaba seguro de que era el Rapto. Otras personas han dicho lo mismo. Usted sabe que la jefa de nuestra oficina de Chicago...

—¿Lucinda Washington? Sabes que será trabajo tuyo encontrar alguien que la reemplace. Tendrás que ir para allá, formarte una idea de la disposición del lugar, familiarizarte. Pero, ¿estabas diciendo?

—Su hijo cree que ella y el resto de la familia fueron llevados al cielo.

—Así, pues, ¿cómo es que *él* fue dejado atrás?

—No estoy seguro de cuál es el trato en esto —dijo Camilo—. Algunos cristianos son mejores que otros o algo así. Eso es algo que voy a averiguar antes de terminar esta nota. Esta aeromoza que acaba de llamar, no estoy seguro de lo que ella piense, pero dijo que el capitán con quien tiene que reunirse hoy, tiene una idea.

—¿Un capitán de aerolíneas? —repitió Bailey—. Eso sería interesante. A menos que su idea sea la misma que la de los demás tipos científicos. Bueno, adelante. Esteban, tenemos que anunciar esto hoy. Buena suerte, y no te preocupes porque nada de lo que has dicho aquí irá a la revista,a menos que lo obtengamos de otras fuentes. Estamos de acuerdo en eso, ¿no, Williams?

—Sí, señor —dijo Camilo.

Esteban no parecía tan seguro.

Camilo corrió al ascensor y llamó a información para pedir el número del Club Pan-Con. Les pidió que llamaran por altoparlante a Patty pero cuando no la pudieron localizar, supuso que ella no había llegado aún o que había salido con su amigo piloto. Dejó un mensaje para que ella lo llamara a su teléfono celular, y luego se dirigió hacia allá en un taxi, por si acaso.

Su mente zumbaba. Él había acordado con Sandalio Bailey en que la gran historia era lo que había detrás de las desapariciones, pero también estaba sospechando de Nicolás Carpatia. Quizá no debiera. Quizá debiera enfocarse en Jonatán Stonagal. Carpatia debía ser suficientemente inteligente para ver que su ascenso podía ayudar a Stonagal en formas que serían injustas para sus competidores. Pero Carpatia había dicho que él *se las vería con* los dos: Stonagal y Todd-Cothran, sabiendo muy bien que ellos estaban por detrás de cosas ilegales.

¿Eso hacía inocente a Carpatia? De veras Camilo lo esperaba así. Nunca en su vida había querido creer más en una persona. En los días transcurridos desde las desapariciones apenas había tenido un segundo para pensar por sí mismo. La pérdida de su cuñada, sobrina y sobrino le aguijoneaban el corazón casi constantemente y algo le hacía preguntarse si no habría algo en esta cosa del Rapto. Si alguien de su órbita hubiera sido llevado al cielo, hubieran sido ellos.

Pero él sabía más que eso, ¿no? Se había educado en el *Ivy League.*[1] Había dejado de ir a la iglesia al tiempo que dejó la claustrofóbica situación familiar que amenazaba con enloquecerlo cuando era joven. Nunca se había considerado religioso pese a una oración pidiendo ayuda y liberación de cuando en cuando. Había edificado su vida en torno al logro, a lo emocionante y —no podía negarlo— a la atención de los demás. Le encantaba el status asociado a tener una línea con su nombre bajo el título de un artículo, lo que escribía, exponer sus ideas en una revista nacional. Y sin embargo, había cierta soledad en su existencia, especialmente ahora que Esteban se trasladaba. Camilo había salido con muchachas y había considerado

1. Liga de universidades en el este de los Estados Unidos las cuales gozan de buena reputación y fama así como de larga tradición.

ampliar un par de relaciones serias, pero siempre había sido considerado demasiado móvil para una mujer que deseaba estabilidad.

Desde el acontecimiento claramente sobrenatural que había presenciado en Israel con la destrucción de la fuerza aérea rusa, se había dado cuenta de que el mundo estaba cambiando. Las cosas nunca volverían a ser como habían sido. Él no se creía la teoría de los invasores del espacio para las desapariciones, y aunque muy bien podía atribuirse a una reacción increíble de energía cósmica, ¿qué o quién estaba detrás de eso? El incidente del Muro de los Lamentos era otro trozo inexplicable de lo sobrenatural.

Camilo se sentía más intrigado por la historia de *los por qués y las razones* como le gustaba llamarla, que hasta por el ascenso de Nicolás Carpatia. Fascinado como estaba por el hombre, Camilo esperaba contra toda esperanza que no fuera tan sólo otro diestro político. Él era lo mejor que Camilo había visto jamás, pero ¿era posible que la muerte de Desi, la muerte de Alan, la muerte de Eric y la situación de Camilo fueran del todo independientes de Carpatia?

Lo esperaba así. Quería creer que podía salir una persona, una vez en una generación, que captara la imaginación del mundo. ¿Podía Carpatia ser otro Lincoln, un Roosevelt o la encarnación de Camelot que Kennedy había parecido ser para algunos?

Impulsivamente, mientras el taxi se metía en el tráfico imposible hacia el aeropuerto JFK, Camilo enchufó el *modem* de su computadora portátil en su teléfono celular y trajo a su pantalla un servicio de noticias. Rápidamente pidió los artículos importantes de Eric Miller en los últimos dos años y se quedó estupefacto al ver que había escrito sobre la reconstrucción y mejoras de Babilonia. El título de la serie de Miller era *La Nueva Babilonia: el último sueño de Stonagal*. Una revisión rápida del artículo mostró que el grueso del financiamiento venía de los bancos Stonagal de todo el mundo. Y por supuesto, había una cita atribuida a Stonagal: *Pura coincidencia. No tengo idea de los detalles del financiamiento emprendido por nuestras variadas instituciones*.

Camilo supo que el resumen de Nicolás Carpatia no tendría nada que ver con Mwangati Ngumo, ni con Israel, ni siquiera con el Consejo de Seguridad nuevo. Para Camilo la prueba cumbre de Carpatia sería lo que hiciera con Jonatán Stonagal una vez que Carpatia estuviera instalado como secretario general de las Naciones Unidas.

Debido a que si el resto de las Naciones Unidas aceptaba las condiciones de Nicolás, él se volvería el líder más poderoso del mundo de la noche a la mañana. Tendría la habilidad de imponer sus deseos militarmente si todos los miembros eran desarmados y el poderío de las Naciones Unidas fuera aumentado. El mundo tendría que estar desesperado por un líder en que confiar implícitamente para ponerse de acuerdo con tal arreglo. Y el único líder digno del mando sería uno que no debía tolerar el tratar con un manipulador asesino detrás de las bambalinas como era Jonatán Stonagal.

Veinte

Raimundo y Cloé Steele esperaron hasta la una y media de la tarde, entonces decidieron irse a su hotel. Saliendo del Club Pan-Con, Raimundo se detuvo a dejar un mensaje para Patty, por si acaso ella venía.

—Acabamos de recibir otro mensaje para ella —dijo la muchacha del mostrador—. Una secretaria de Camilo Williams dijo que el señor Williams la encontraría aquí si ella lo llamaba cuando llegara.

—¿Cuándo entró ese mensaje? —preguntó Raimundo.

—Justo después de la una.

—Quizá debamos esperar unos pocos minutos más.

Raimundo y Cloé estaban sentados cerca de la entrada cuando Patty entró corriendo. Raimundo le sonrió pero ella se detuvo de inmediato como si tan sólo se los hubiera encontrado allí.

—Oh, hola —dijo ella, mostrando su identificación en el mostrador y recibiendo su mensaje. Raimundo la dejó que hiciera su juego. Él se lo merecía.

—En realidad no debiera haber venido a verte —dijo ella, después de haber sido presentada a Cloé—. Y ahora que estoy aquí debo devolver esta llamada. Es del periodista del que te hablé. Él me presentó a Nicolás Carpatia esta mañana.

—¡No me digas!

Patty asintió sonriendo. —Y el señor Carpatia me dio su tarjeta. ¿Sabías que va a ser nombrado por la revista *People* como el "Hombre vivo más sexy"?

—Sí, lo había oído. Estoy muy impresionado. Tuviste toda una mañana, ¿no? ¿Y cómo es el señor Williams?

—Muy simpático pero muy ocupado. Mejor que lo llame. Discúlpenme.

Camilo estaba en una escalera mecánica de la terminal cuando sonó su teléfono.

—Bien, hola a ti —dijo Patty.

—Lo lamento, señorita Durán.

—Oh, por favor —dijo ella—. Cualquiera que me deje en medio del centro de Manhattan en un taxi caro puede llamarme por mi nombre de pila. Insisto.

—Y yo insisto en pagar ese taxi.

—Estoy haciendo bromas, Camilo. Voy a encontrarme con este capitán y su hija, así que no te sientas obligado a venir.

—Bueno, ya estoy aquí —dijo él.

—Oh.

—Pero eso está bien. Tengo mucho que hacer. Bueno, fue lindo verte de nuevo y la próxima vez que pases por Nueva York...

—Camilo, no quiero que te sientas obligado a atenderme.

—Yo no.

—Seguro que sí. Eres un muchacho simpático pero es evidente que no somos almas gemelas. Gracias por verme y especialmente por presentarme al señor Carpatia.

—Patty, me podrías hacer un favor. ¿Sería posible que me presentaras a ese capitán? Me gustaría entrevistarlo. ¿Se queda por la noche?

—Le preguntaré. Debes conocer a su hija de todos modos. Es una muñeca.

—Quizá la entreviste a ella también.

—Sí, una buena estrategia.

—Sólo pregúntale, Patty, por favor.

Raimundo se preguntaba si Patty tendría una cita con Camilo Williams esa noche. Lo correcto sería invitarla a ella a comer al hotel donde estaban él y Cloé. Ahora ella le estaba haciendo señas de que fuera al teléfono público.

—Raimundo, Camilo Williams quiere conocerte. Está escribiendo un artículo y quiere entrevistarte.

—¿En realidad? ¿A mí? —dijo él—. ¿Sobre qué?

—No sé. No le pregunté. Supongo que sobre los vuelos o las desapariciones. Tú *estabas* volando cuando eso pasó.

—Dile que sí, que lo veré. De hecho, ¿por qué no le pides que venga a comer con nosotros tres esta noche, si tú estás libre?

Patty miró fijo a Raimundo como si la hubieran engañado para que hiciera algo.

—Vamos, Patty. Tú y yo conversaremos esta tarde, y entonces todos nos juntaremos para cenar a las seis en el Carlisle.

Ella se volvió al teléfono y le habló a Camilo. —¿Dónde estás ahora? —preguntó. Hizo una pausa—, ¡No! —Patty atisbó a la vuelta de la esquina, se rió e hizo señas. Tapando el teléfono, se volvió a Raimundo—. ¡Ese es él, allá, con el teléfono portátil!

—Bueno, ¿por qué no cuelgan los dos y tú puedes hacer las presentaciones —dijo Raimundo.

Ambos colgaron y Camilo guardó su teléfono al entrar al Club.

—Él está con nosotros —dijo Raimundo a la mujer del escritorio. Estrechó la mano de Camilo.

—Así que usted es el periodista del *Semanario Mundial* que estuvo en mi avión.

—Ese soy yo —dijo Camilo.

—¿Sobre qué quiere entrevistarme?

—Su opinión sobre las desapariciones. Estoy haciendo un artículo sobre las teorías de lo que está por detrás de lo que pasó y sería bueno tener su enfoque como profesional y como alguien que estuvo en medio del torbellino cuando aquello aconteció.

¡Qué oportunidad! pensó Raimundo. —¡Encantado! —exclamó—. ¿Puede venir a comer con nosotros esta noche?

—Claro que sí —asintió Camilo—. ¿Y ésta es su hija?

Camilo quedó atónito. Le gustó mucho el nombre de Cloé, sus ojos, su sonrisa. Ella lo miró directamente y le estrechó la mano con firmeza, algo que a él le gustaba en una mujer. Tantas mujeres creían que era femenino ofrecer una mano floja. *¡Qué muchacha más hermosa!* —pensó—. Estuvo tentado en decirle al capitán Steele que, a partir del día siguiente, ya no sería más sólo un periodista sino que sería el editor ejecutivo. Pero temió que eso pareciera jactancia, no una queja, así que no agregó nada.

—Miren —dijo Patty—, el capitán y yo necesitamos unos minutos a solas, así que, ¿por qué no se conocen ustedes dos y nos reuniremos todos más tarde, ¿tienes tiempo, Camilo?

Ahora sí —pensó él. —Seguro —dijo mirando a Cloé y a su padre—. ¿Eso les parece bien a ustedes dos?

El capitán pareció dudar pero su hija lo miró expectante. Era claro que ella tenía la edad suficiente para decidir por sí sola, pero evidentemente, no quería hacerle difíciles las cosas a su papá.

—Está bien —accedió vacilante el capitán Steele—. Nosotros estaremos aquí.

—Yo guardaré mi bolsa y daremos un paseo por la terminal —propuso Camilo—. Si así lo deseas, Cloé.

Ella sonrió y asintió.

Había pasado mucho tiempo desde que Camilo se había sentido torpe y tímido con una muchacha. Mientras él y Cloé paseaban y hablaban, no sabía dónde mirar y estaba muy consciente de donde poner las manos. ¿Debía mantenerlas en los bolsillos o dejar que colgaran sueltas? ¿Que oscilaran? ¿Preferiría ella sentarse o mirar a la gente o mirar las vidrieras?

Le preguntó por ella, dónde iba a la universidad, y en qué cosas se interesaba. Ella le contó de su mamá y su hermano y él simpatizó. Camilo estaba impresionado con lo inteligente, expresiva y madura que parecía ser. Esta era una muchacha por la cual él se interesaría, pero ella tenía que ser, por lo menos, diez años menor que él.

Ella quiso saber de su vida y su carrera. Él le contestó todo lo que ella preguntó, pero no más. Sólo cuando ella le preguntó si él había perdido a alguien en las desapariciones, le contó de su familia en Tucson y sus amigos en Inglaterra. Naturalmente nada dijo de las conexiones Stonagal o Todd-Cothran.

Cuando la conversación languideció, Cloé lo sorprendió mirándola y él desvió la vista. Cuando él volvió a mirarla, ella estaba mirándolo. Se sonrieron tímidamente. *Esto es una locura* —pensó él—. Se moría por saber si ella tenía novio pero no le preguntaría.

Las preguntas de ella iban más por las líneas de una persona joven que le pregunta a un profesional veterano por su carrera. Envidió sus viajes y experiencias. Él les restó importancia, asegurándole que ella se cansaría de esa clase de vida.

—¿Se ha casado algunas vez? —preguntó ella.

Él se alegró de que ella hubiera preguntado. Le dijo feliz que no, que nunca había sido lo bastante serio con alguien como para comprometerse.

—¿Y usted? —preguntó, sintiendo que la conversación era ahora juego justo—. *¿Cuántas veces ha estado casada?*

Ella se rió. —Solamente tuve un novio en serio. Cuando estaba recién entrada en la universidad, él estaba por graduarse. Yo pensé que era amor, pero cuando él se tituló, nunca volví a saber de él.

—¿Literalmente?

—Él se fue a una especie de viaje por el extranjero, me mandó un recuerdo barato y eso fue el final de todo. Ahora está casado.

—Él perdió.

—Gracias.

Camilo se sintió más atrevido. —¿Qué era, ciego?

Ella no respondió. Camilo casi se muerde la lengua y trató de arreglarlo. —Quiero decir, algunos muchachos no saben lo que tienen.

Ella seguía en silencio y él se sintió como un idiota. *¿Cómo puedo ser tan exitoso en algunas cosas y tan estúpido en otras?* —se preguntó.

Ella se detuvo frente a una panadería de tipo "gourmet". —¿Tiene deseos de una galletita? —preguntó ella.

—¿Por qué? ¿Parezco una?

—¿Cómo es que supe que me contestarías de esa manera? —dijo ella sonriendo—. Cómpreme una galletita y yo dejaré que esa broma muera de muerte natural.

—De edad avanzada quiere decir —dijo él.

—*Eso sí fue* gracioso.

Raimundo fue tan ferviente, honesto y directo con Patty como nunca había sido. Se sentaron uno frente al otro, en sillones muy blandos en el rincón de una sala grande y ruidosa donde nadie podía oírlos.

—Patty —dijo él—. No estoy aquí para discutir contigo ni siquiera para conversar. Hay cosas que debo decirte y quiero que tú sólo escuches.

—¿No podré yo decir algo también? Porque puede que también haya cosas que yo quiero que tú sepas.

—Naturalmente te dejaré que me digas lo que quieras pero esta primera parte es mía. No quiero un diálogo. Tengo que sacarme algo del pecho y quiero que te formes la idea completa antes que respondas, ¿de acuerdo?

Ella se encogió de hombros. —No entiendo cómo puedo elegir.

—Ya escogiste, Patty. No tenías que venir.

—Realmente no quería venir. Te dije eso y tú dejaste ese mensaje que me hizo sentir culpable, rogándome que te encontrara aquí.

Raimundo se enojó. —¿Ves en lo que no quería meterme? —dijo él—. ¿Cómo puedo disculparme cuando todo lo que tú quieres es discutir por qué estás aquí?

—¿Quieres disculparte, Raimundo? Nunca me interpondría en ese camino.

Se puso sarcástica pero él había conseguido captar su atención. —Sí, quiero, ahora, ¿me dejarás? —Ella asintió—. Porque quiero salir de esto, enderezar las cosas, asumir toda la culpa que debo asumir, y luego quiero decirte lo que indiqué por teléfono la otra noche.

—¿Sobre cómo descubriste de qué se tratan las desapariciones?

Él levantó una mano. —No te me adelantes.

—Lo siento —dijo ella, poniendo su mano sobre su boca—. Pero, ¿por qué no me dejas oírlo cuando respondas las preguntas de Camilo esta noche? —Raimundo miró para arriba—. Yo sólo estaba preguntándome —prosiguió ella—, sólo una sugerencia para que no tengas que repetirte.

—Gracias —respondió él—, pero te diré por qué. Esto es tan importante y tan personal que tengo que decírtelo en privado. Y no me importa decirlo una y otra vez y, si mi suposición es correcta, no te importará oírlo de nuevo una y otra vez.

Patty arqueó las cejas como insinuando que se sorprendería, pero concedió: —Tienes la palabra. No te interrumpiré de nuevo.

Raimundo se inclinó hacia adelante y apoyó los codos en sus rodillas, gesticulando al hablar.

—Patty, te debo una gran disculpa y quiero que me perdones. Éramos amigos. Disfrutábamos la mutua compañía. Me gustaba estar contigo y pasar tiempo contigo. Te hallaba bella y excitante y creo que sabes que estaba interesado por tener relaciones contigo.

Pareció sorprendida, pero Raimundo supuso que si no hubiera sido por su promesa de silencio, ella le hubiera dicho que él tenía una manera muy disimulada de mostrar interés. Él siguió.

—Probablemente la única razón por la que nunca proseguí con nada más allá contigo, fue porque no tenía ninguna experiencia en esas cosas. Pero era sólo cuestión de tiempo. Si te hubiese hallado dispuesta, hubiera llegado la hora en que yo hubiese hecho algo malo.

Ella frunció el entrecejo y se mostró ofendida.

—Sí —afirmó él—, hubiera sido malo. Yo estaba casado, no feliz ni tampoco exitosamente, pero eso era culpa mía. De todos modos, yo había hecho votos, un compromiso; y no importa cómo yo hubiese justificado mi interés por ti, de todos modos hubiera estado mal.

Por su mirada supo que ella no estaba de acuerdo.

—De todos modos, seguí con el juego. No fui totalmente honesto, pero ahora debo decirte cuán agradecido estoy de no haber hecho nada, sabes... estúpido. No hubiera sido correcto para ti. Sé que no soy tu juez ni jurado y que tú decides sobre tu moral, pero no hubiera habido futuro para nosotros.

«No se trata sólo de que tenemos tanta diferencia de edad, sino de que el único interés real que tuve por ti era físico. Tienes derecho a odiarme por todo y créeme que no me siento orgulloso. No te amaba. Tienes que estar de acuerdo en que no hubiera sido vida para ti.

Ella asintió, mostrando que se nublaba. Él sonrió.

—Te permitiré romper tu silencio transitoriamente —dijo—, tengo que saber que al menos, me perdonas.

—A veces me pregunto si la honestidad es siempre la mejor política —contestó ella—. Hubiera podido aceptar esto si hubieses dicho que la desaparición de tu esposa te hacía sentirte culpable por lo que nosotros teníamos. Sé que no teníamos nada en realidad, pero ésa hubiera sido una manera más amable de manifestarlo.

—Más amable pero deshonesta. Patty, yo dejé de ser deshonesto. Todo lo que hay en mí preferiría ser amable y cortés impidiendo que te ofendas conmigo, pero no puedo seguir siendo falso. No fui sincero durante años.

—¿Y ahora lo eres?

—Al extremo de que no resulto atractivo para ti —resumió él. Ella asintió de nuevo.

—¿Por qué querría yo hacer eso? A todos les gusta que los quieran. Yo le hubiese echado la culpa de esto a otra cosa, a mi esposa, lo que fuera. Pero quiero ser capaz de vivir conmigo mismo. Quiero poder convencerte de que no tengo motivos ocultos cuando hable de cosas aun más importantes.

Los labios de Patty temblaron. Los apretó y miró hacia abajo, con una lágrima cayendo por su mejilla. Raimundo hizo todo lo que pudo para evitar abrazarla. No habría nada de sensual en ese abrazo pero él no podía darse el lujo de dar señales equivocadas.

—Patty —dijo—, lo siento tanto. Perdóname.

Ella asintió, incapaz de hablar. Intentó decir algo pero no pudo recobrar su compostura.

—Ahora, después de todo eso —dijo Raimundo—, de alguna forma tengo que convencerte de que me intereso por ti como amiga y como persona.

Patty levantó ambas manos luchando por no llorar. Meneó su cabeza como si no estuviera lista para eso.

—No —pudo decir—. Ahora no.

—Patty, tengo que hacerlo.

—Por favor, dame un minuto.

—Tómate tu tiempo pero no huyas de mí ahora —dijo él—. No sería un amigo si no te dijera lo que he hallado, lo que he aprendido, lo que estoy descubriendo más cada día.

Patty enterró su cara en las manos y lloró. —Yo no iba a hacer esto —dijo—, no iba a darte la satisfacción.

Raimundo habló lo más tiernamente que pudo. —Ahora eres tú quién va a *ofenderme* —dijo—. Si no sacas nada más de esta conversación, debes saber que tu llanto no me produce satisfacción. Cada lágrima es una daga para mí. Yo soy el responsable. Me porté mal.

—Dame un minuto —dijo ella, y salió corriendo.

Raimundo sacó la Biblia de Irene y buscó rápidamente unos pasajes. Había decidido no sentarse a hablarle a Patty con la Biblia abierta. No quería avergonzarla ni intimidarla a pesar de su valor y determinación recién halladas.

—Vas a encontrar muy interesante la teoría de las desapariciones de mi papá —dijo Cloé.

—¿Sí? —dijo Camilo.

Ella asintió y él advirtió un poquito de chocolate en la comisura de su boca.

—¿Me permites? —dijo estirando la mano. Ella levantó su barbilla y él le quitó el chocolate con el pulgar. ¿Ahora, qué debía hacer? ¿Limpiarlo con una servilleta? Impulsivamente, se llevó el pulgar a la boca.

—¡Grosero! —exclamó ella— ¡Qué vergüenza! ¿Qué pasa si yo tuviera la peste reptante o algo así?

—Entonces, ahora, la tendríamos ambos —dijo él, y se rieron. Camilo se dio cuenta de que se sonrojaba, algo que no había hecho por años, así que cambió de tema.

—Tú dices la teoría de tu papá, como si no fuera la tuya también. ¿Están en desacuerdo ustedes?

—Él cree que sí porque yo discuto con él y le hago pasar un mal rato con eso. No quiero ser demasiado fácil de convencer, pero si tengo que ser honesta, tendría que decir que estamos muy cerca. Mira, él piensa que...

Camilo levantó una mano. —Oh, lo siento, no me lo digas. Lo quiero fresco de él, grabado.

—Oh. Perdóname.

—No, está bien. No quise avergonzarte, pero así es como me gusta trabajar. Me encantaría oír tu teoría también. Vamos a conseguir ideas de algunos jóvenes universitarios pero sería improbable que tengamos a dos personas de la misma familia. Por supuesto, acabas de decirme que estás bastante de acuerdo con tu padre, así que mejor espero y los oigo a los dos al mismo tiempo.

Ella se había quedado callada y se veía seria.

—Lo siento, Cloé, no quise decir que no me interese *tu* teoría.

—No es eso —dijo ella—. Pero acabas de clasificarme.

—¿Clasificarte?

—Como joven universitaria.

—Oooh, lo hice, ¿no? Hice mal. No debía hacerlo. Los estudiantes no son jóvenes. No te veo como una niña aunque eres mucho más joven que yo.

—¿Estudiantes? Hacía mucho que no oía esa palabra.

—*Estoy* dejando al descubierto mi edad, ¿no?

—¿Qué edad *tienes*, Camilo?

—Treinta y medio, por cumplir los treinta y uno —precisó él con un guiño.

—Digo ¿qué edad tiene usted? —gritó ella como si estuviera hablándole a un anciano sordo. Camilo soltó una carcajada.

—Te compraría otra galletita, niñita, pero no quiero echar a perder tu apetito.

—Más vale que no. A mi papá le encanta comer bien y hoy invita él. Deja espacio.

—Lo haré, Cloé.

—¿Puedo decirte algo, sin que pienses que soy peculiar? —preguntó ella.

—Ya es tarde —aseguró él.

Ella frunció el entrecejo y lo tocó. —Iba a decir justamente que me gusta la manera en que pronuncias mi nombre.

—No sabía que había otra manera de decirlo —apuntó él.

—Oh, la hay. Hasta mis amigos caen en eso de hacerlo como una sílaba, como Clo.

—Cloé —repitió él.

—Sí —asintió ella—. Así mismo. Dos sílabas, O larga, E larga.

—Me gusta tu nombre —él cambió la voz a una de viejo—. Es nombre de persona joven. ¿Qué edad tienes, nena?

—Veinte y medio, por cumplir veintiuno.

—¡Oh, Dios mío! —exclamó él aún actuando—. ¡Estoy juntándome con una menor!

Mientras se dirigían de vuelta al Club Pan-Con, Cloé propuso:

—Si prometes no hacer tanto escándalo por mi edad, yo no lo haré por la tuya.

—Trato hecho —aceptó él, con una sonrisa jugando en sus labios—. Te portas como si fueras mayor.

—Tomaré eso como un cumplido —apuntó ella, sonriendo interesadamente como si no estuviera segura de que él hablaba en serio.

—Oh, acéptalo —aseguró él—. Poca gente de tu edad son tan bien leídos y se expresan tan bien como tú.

—Definitivamente eso fue un cumplido —afirmó ella.

—Captas rápido.

—¿Realmente entrevistaste a Nicolás Carpatia?

Él asintió. —Somos casi compinches.

—¿No bromeas?

—Bueno, en realidad, no. Pero casi.

—Cuéntame de él.

Y así lo hizo Camilo.

Patty regresó ligeramente refrescada pero todavía con los ojos hinchados y se sentó de nuevo como lista para más castigo. Raimundo reiteró que fue sincero al disculparse y ella contestó:

—Dejemos eso atrás, ¿de acuerdo?

—Necesito saber que me perdonas —pidió él.

—Realmente pareces depender de eso, Raimundo. ¿Eso te quitaría un peso de encima, tranquilizaría tu conciencia?

—Supongo que quizá sí —dijo él—. Mayormente me diría que crees que soy sincero.

—Lo creo —respondió ella—. No lo hace más agradable o fácil de aceptar, pero si te hace sentir mejor, creo que eres sincero. Y no tengo rencores, así que supongo que eso es perdón.

—Tomaré lo que pueda obtener —dijo él—. Ahora quiero ser muy honesto contigo.

—Aay, ¿más? O ¿aquí es donde me educas sobre lo que pasó la semana pasada?

—Sí, esto es pero debo decirte que Cloé me aconsejó no meterme en esto ahora mismo.

—En la misma conversación que... eeh, lo otro quieres decir.

—Correcto.

—Inteligente la chica —concluyó ella—. Debemos entendernos entre nosotras.

—Bueno no tienen tanta diferencia de edad.

—Mala cosa que decir, Raimundo. Si ibas a usar el enfoque del eres-suficientemente-joven-como-para-ser-mi-hija, debieras haberlo hecho antes.

—No a menos que te hubiera concebido cuando yo tenía quince —dijo Raimundo—. De todos modos, Cloé está convencida de que no vas a estar de humor para esto ahora.

—¿Por qué? ¿Requiere esto de una reacción? ¿Tengo que aceptar tu idea o algo?

—Esa es mi esperanza, pero no. Si es algo que no puedes asimilar ahora, lo comprenderé. Pero pienso que verás la urgencia que tiene.

Raimundo se sintió igual a como Bruno Barnes le había parecido el día que se conocieron. Estaba lleno de pasión y persuasión, y sentía que sus oraciones pidiendo valor y coherencia eran respondidas al hablar él. Le contó a Patty su historia con Dios, habiendo sido criado en un hogar donde se iba a la iglesia y la manera en que él e Irene habían asistido a varias iglesias durante su matrimonio. Hasta le dijo que la preocupación de Irene con los acontecimientos de los últimos tiempos habían sido una cosa que le hizo considerar buscar compañía en otra parte.

Raimundo podía decir, por la mirada de Patty, que ella sabía adónde iba él, que él ahora había llegado a estar de acuerdo con

Irene y que había creído la cosa completa. Patty se sentó inmóvil mientras él contó cómo supo lo que hallaría en casa esa mañana después que habían aterrizado en O'Hare.

Le contó cómo llamó a la iglesia, cómo conoció a Bruno, su historia, la cinta grabada, sus estudios, las profecías de la Biblia, los predicadores de Israel, que eran claramente los dos testigos a que aludía el Apocalipsis.

Raimundo le contó cómo había dicho la oración con el pastor mientras pasaba la cinta de video y cómo se sentía ahora tan responsable por Cloé y quería que ella encontrara a Dios también. Patty lo miraba fijamente. Nada de su lenguaje o expresión corporal le animaba, pero él siguió adelante. No le pidió que orara con él. Sencillamente le dijo que él no seguiría disculpándose por lo que creía.

—Puedes ver, por lo menos, que si alguien acepta esto de verdad, debe comunicarlo a otras personas. No sería un amigo si no lo hiciera.

Patty ni siquiera le dio la satisfacción de asentir para admitir esa idea.

Luego de casi media hora, él agotó su nuevo conocimiento y concluyó.

—Patty, quiero que pienses esto, lo reflexiones, mires el video, hables con Bruno si quieres. Yo no puedo hacerte creer. Todo lo que puedo hacer es hacerte saber lo que yo he llegado a aceptar como la verdad. Me preocupo por ti y no quisiera que te lo perdieras sencillamente porque nunca nadie te lo dijo.

Finalmente, Patty se echó atrás en el asiento y suspiró.

—Bueno, eso es dulce, Raimundo. Realmente lo es. Agradezco que me hayas contado todo eso. Me llega como real, raro y diferente porque nunca supe que todo eso estuviera en la Biblia. Mi familia iba a la iglesia cuando yo era niña, mayormente en las festividades o si nos invitaban, pero nunca oí algo así. *Pensaré* en ello. Es como que debo. Cuando una oye algo así, es difícil sacárselo de la cabeza por un rato. ¿Esto es lo que vas a decirle a Camilo Williams en la cena?

—Palabra por palabra.

Ella rió. —¿Me pregunto si algo de esto llegará a su revista?

—Probablemente junto con extraterrestres del espacio, gérmenes gaseosos y rayos de la muerte —supuso Raimundo.

Veintiuno

Cuando Camilo y Cloé se reunieron con Patty y el padre de Cloé, claramente se notaba que Patty había estado llorando. Camilo no tenía la suficiente confianza para preguntar qué andaba mal y ella nunca dijo nada.

Camilo se alegraba de la oportunidad de entrevistar a Raimundo Steele pero sus emociones eran confusas. Las reacciones del capitán que pilotaba el avión en que él había sido un pasajero cuando ocurrieron las desapariciones, agregaría dramatismo a su artículo. Pero además, él quería estar con Cloé. Camilo tendría que correr a la oficina, luego a su casa a cambiarse de ropa y encontrarlos más tarde en el Carlisle. En la oficina recibió una llamada de Sandalio Bailey, preguntándole cuán pronto podía ir a Chicago a reemplazar a Lucinda.

—Pronto, pero no quiero perderme los acontecimientos en las Naciones Unidas.

—Tú ya sabes todo lo que estará pasando allá mañana en la mañana por Plank —le aseguró Bailey—. Lo que he escuchado es que ya está empezando a suceder. Plank asume su nuevo puesto en la mañana, niega el interés de Carpatia, reitera lo que se precisaría para ello, y todos esperamos y vemos si alguien muerde el anzuelo. No creo que lo hagan.

—Quisiera que lo hicieran —apuntó Camilo, esperando todavía poder confiar en Carpatia y ansioso por ver lo que haría ese hombre con Stonagal y Todd-Cothran.

—También yo —concordó Bailey—, pero ¿cuáles son las probabilidades? Él es el hombre para esta época pero su desarme mundial y sus planes de reorganización son demasiado ambiciosos. Nunca sucederá.

—Lo sé, pero si usted fuera el que decide, ¿no lo aceptaría?

—Sí —admitió Bailey suspirando—. Casi seguro que lo haría. Estoy tan cansado de la guerra y la violencia. Probablemente hasta aceptaría trasladar la sede a esta Nueva Babilonia.

—Quizá los delegados de Naciones Unidas sean lo bastante astutos como para saber que el mundo está listo para Carpatia —opinó Camilo.

—¿No sería eso demasiado bueno para ser cierto? —preguntó Bailey—. No apuestes todo ni retengas la respiración o lo que sea que se supone que uno no haga cuando la suerte está en contra de uno.

Camilo le dijo a su nuevo jefe que iría a Chicago en la mañana siguiente y volvería a Nueva York el domingo en la noche.

—Puedo hacerme una idea general, averiguar quién está sólido en Chicago y si tenemos que buscar candidatos afuera.

—Preferiría seguir adentro —comentó Bailey—, pero mi estilo es dejarte decidir esas cosas.

Camilo llamó a las aerolíneas Pan-Con, sabiendo que el vuelo de Raimundo Steele salía a las ocho de la mañana siguiente. Dijo a la empleada de reservaciones que su compañera de viaje era Cloé Steele.

—Sí —contestó ella—. La señorita Steele está volando, gratis, en primera clase. Hay un asiento disponible a su lado. ¿También usted será un invitado de la tripulación?

—No.

Él compró un asiento barato y lo cargó a la revista, luego lo subió de categoría al asiento al lado de Cloé. No diría nada esa noche sobre el viaje a Chicago.

Habían pasado siglos desde que Camilo se había puesto corbata, pero después de todo, esto era el comedor del hotel Carlisle. No hubiera entrado allí sin corbata. Afortunadamente los llevaron a una mesa privada en un pequeño reservado, donde pudo poner su bolsa sin parecer ordinario. Sus compañeros de mesa supusieron que necesitaba la bolsa para el equipo, sin darse cuenta de que había empacado también una muda de ropa.

Cloé estaba radiante, pareciendo cinco años mayor con un fino vestido de noche. Era claro que ella y Patty habían pasado el resto de la tarde en un salón de belleza.

Raimundo pensó que su hija lucía fenomenal esa noche y se preguntó qué pensaría de ella el periodista de la revista. Claro que este tipo, el Macho Williams, era demasiado viejo para ella.

Raimundo había pasado sus horas libres antes de cenar, durmiendo y luego orando tener el mismo valor y claridad que había tenido con Patty. No tenía idea de lo que pensaba ella salvo que él era *dulce* por decirle todo a ella. No estaba seguro de si eso era sarcasmo o condescendencia. Sólo podía esperar haber sido capaz de transmitir bien lo que quería. Que ella hubiera pasado el tiempo a solas con Cloé, podía ser bueno. Raimundo esperaba que Cloé no fuera tan antagonista y tan cerrada de mente que se hubiera aliado con Patty en contra de él.

En el restaurante, Williams parecía contemplar a Cloé e ignorar a Patty. Raimundo consideraba que esto era poco delicado pero no parecía molestarle a Patty. Quizá Patty estaba haciendo arreglos de pareja a espaldas suyas. El mismo Raimundo no había dicho nada del nuevo aspecto de Patty esa noche, pero eso era intencional. Ella estaba impresionante y siempre lo había sido, pero él no iba a recorrer ese camino de nuevo.

Durante la comida Raimundo mantuvo una conversación ligera. Camilo dijo que le hiciera saber cuando estuviera listo para ser entrevistado. Después del postre, Raimundo habló aparte al camarero.

—Quisiéramos estar aquí otra hora más o algo así, si está bien.

—Señor, tenemos una larga lista de reservaciones...

—No puedo permitir que esta mesa sea menos que provechosa para usted —dijo Raimundo, poniendo un billete grande en la palma del camarero—, así que échenos cuando se haga necesario.

El camarero le echó una mirada al billete y lo deslizó en su bolsillo.

—Estoy seguro de que no serán molestados —aseguró. Y los vasos de agua estuvieron siempre llenos.

Raimundo disfrutó respondiendo las preguntas iniciales de Williams sobre su trabajo, su preparación, sus antecedentes y crianza, pero estaba ansioso por seguir con su nueva misión en la vida. Y por fin, llegó la pregunta.

Camilo trató de concentrarse en las respuestas del capitán, pero se sentía tratando también de impresionar a Cloé. Todos los del oficio sabían que él era uno de los mejores del mundo para entrevistar. Eso y su habilidad para filtrar rápidamente el material y hacer un artículo legible y atrayente, lo habían hecho quien era.

Camilo había pasado rápido por los preliminares y le gustaba este tipo. Steele parecía honesto y sincero, inteligente y bien expresivo. Se dio cuenta de que había visto mucho de Raimundo en Cloé.

—Estoy listo —propuso—, para preguntar cuál es su idea de lo que pasó en ese trágico vuelo a Londres. ¿Tiene una teoría?

El capitán vaciló y sonrió como componiéndose a sí mismo.

—Tengo algo más que una teoría —contestó Raimundo—. Puede que usted piense que esto suena loco viniendo de una persona orientada técnicamente como yo, pero creo que he hallado la verdad y sé exactamente lo que sucedió.

Camilo sabía que esto se vería bien en la revista. —Tengo que apreciar a un hombre que sabe lo que piensa —comentó—. Esta es su oportunidad de contarlo al mundo.

Cloé eligió ese momento para tocar suavemente el brazo de Camilo y preguntarle si le importaba que ella se disculpara por un momento.

—Yo voy contigo —dijo Patty.

Camilo sonrió, mirándolas ir. —¿Qué fue eso? —dijo—. ¿Una conspiración? ¿Se suponía que ellas me dejaran solo con usted, o han oído esto antes y no quieren repetirlo?

Raimundo se sintió molesto por dentro, casi al borde del enojo. Esa era la segunda vez en cosa de pocas horas que Cloé había sido alejada de alguna forma en un momento crucial.

—Le aseguro que no es así —aseguró obligándose a sonreír. No podía demorarse y esperar que ellas volvieran. La pregunta había sido formulada, él se sentía listo, y así pues, se tiró desde el borde de un abismo social, diciendo cosas que sabía que lo iban a tachar de chiflado. Como lo había hecho con Patty, bosquejó su propia historia espiritual y llevó a Williams al presente en poco más de media hora, cubriendo cada detalle que le parecía pertinente. Las mujeres volvieron mientras él hablaba.

Camilo se mantuvo sentado sin interrumpir mientras este profesional, sumamente lúcido y honesto, proponía una teoría que sólo tres semanas atrás Camilo hubiera considerado absurda. Sonaba como las cosas que él había oído en la iglesia y de amigos, pero este hombre tenía los capítulos y los versículos de la Biblia como respaldo. ¿Y este asunto de los dos predicadores de Jerusalén que representaban a dos testigos predichos en el libro del Apocalipsis? Camilo estaba estupefacto. Finalmente prorrumpió.

—Eso es interesante —opinó—, ¿ha escuchado lo último?

Camilo le contó lo que había visto en la CNN durante sus pocos minutos en su casa.

—Es evidente que son miles los que están haciendo una especie de peregrinación al Muro de los Lamentos. Están en filas de millas de largo tratando de llegar y oír la prédica. Muchos están convirtiéndose y yéndose a predicar ellos mismos. Las autoridades parecen impotentes para mantenerlos lejos, pese a la oposición de los judíos ortodoxos. Cualquiera que ataque a los predicadores cae mudo o paralizado y muchos de la vieja guardia ortodoxa están uniendo fuerzas con los predicadores.

—Sorprendente —respondió el piloto—. Pero aun más sorprendente es que todo estaba profetizado en la Biblia.

Camilo trataba desesperadamente de mantener la compostura. No estaba seguro de lo que estaba oyendo, pero Steele era impresionante. Quizá el hombre estaba logrando enlazar la profecía bíblica con lo que estaba pasando en Israel pero nadie más tenía una explicación. Lo que Steele le había leído a Camilo de Apocalipsis parecía claro. Quizá fuese erróneo. Quizá fueran fábulas y cuentos de viejas, pero era la única teoría que unía los acontecimientos tan cerca a una especie de explicación. ¿Qué otra cosa podría producirle a Camilo estos escalofríos continuos?

Camilo se concentró en el capitán Steele, con el pulso acelerado, sin mirar a izquierda ni a derecha. No podía moverse. Estaba seguro de que las mujeres podían oír su corazón que estallaba. ¿Era posible todo esto? ¿Había sido él expuesto a una clara obra de Dios en la destrucción de la fuerza aérea rusa sólo para prepararlo para un momento como éste? ¿Podría sacudir la cabeza y hacer que todo desapareciera? ¿Podría irse a dormir y recuperar sus sentidos en la mañana? ¿Una conversación con Plank o Bailey lo enderezaría, lo sacaría de esta tontería?

Comprendió que no. Algo de esto exigía atención. Quería creer algo que lo unía todo haciendo que cobrara sentido. Pero Camilo también quería creer en Nicolás Carpatia. Quizá estaba pasando por un momento amedrentador en que era vulnerable a la gente impresionante. Ese no era él, pero, entonces, ¿quién *era* él mismo en estos días? ¿De quién podría esperarse que fuera él mismo en tiempos como éstos?

Camilo no quería racionalizar esto alejándolo, hablándose a sí mismo para salirse de esto. Él quería preguntarle a Raimundo Steele por su propia cuñada, sobrina y sobrino. Pero eso sería personal, sin relación con la historia en que estaba trabajando. Esto no había empezado como cuestionario personal, como una búsqueda de la verdad. Era simplemente una misión en pos de hallar los hechos, un elemento de una historia más grande.

De ninguna manera consideraba siquiera la posibilidad de escoger una teoría favorita y respaldarla como posición del *Semanario Mundial*. Se suponía que él redondeara todas las teorías, desde lo plausible hasta lo grotesco. Los lectores agregarían las suyas en la columna de las Cartas del Lector, o decidirían basados en la credibilidad de las fuentes. Este piloto de aerolíneas resultaría profundo y convincente, a menos que Camilo lo hiciera parecer como un lunático.

Por primera vez, que él recordara, Camilo Williams se quedó sin palabras.

Raimundo estaba seguro de que no estaba logrando su cometido. Sólo esperaba que este periodista fuera lo bastante astuto como para entender, para citarlo correctamente y presentar sus criterios en forma tal que los lectores pudieran mirar al cristianismo. Estaba claro que Williams no lo estaba aceptando personalmente. Si tenía que adivinar, diría que Williams estaba tratando de ocultar una mueca, o de lo contrario, estaba tan entretenido o sorprendido que no podía coordinar una respuesta.

Raimundo tuvo que recordarse a sí mismo que su propósito era llegar a Cloé primero, y luego, quizás influir al público lector, si la cosa era impresa. Si Camilo Williams pensaba que Raimundo estaba totalmente fuera de sí, podía bien dejarlo afuera, junto con todos sus ridículos puntos de vista.

Camilo no confiaba en sí mismo para responder con coherencia. Aún tenía escalofríos aunque se sentía pegajoso por el sudor. ¿Qué le estaba pasando? Pudo articular:

—Quiero agradecerle su tiempo y su comida —susurró—. Le hablaré de nuevo antes de usar algunas de sus citas.

Eso era insensato, naturalmente. Lo había dicho sólo para darse un motivo de volver a conectarse con el piloto. Podía tener muchas preguntas personales sobre esto, pero nunca permitía que la gente que entrevistaba viera por anticipado sus citas. Confiaba en su grabadora y su memoria y nunca había sido acusado de citar mal.

Camilo volvió a mirar al capitán y vio una extraña mirada cruzar su rostro. Parecía, ¿qué? ¿Desilusionado? Sí, luego, resignado.

De pronto Camilo recordó con quién estaba tratando. Este era un hombre inteligente y educado. Seguro sabía que los periodistas nunca vuelven a verificar con sus fuentes. Probablemente pensaba que él estaba recibiendo una patada periodística.

Un error idiota, Macho —se retó a sí mismo—. *Subestimaste tu propia fuente*.

Camilo estaba guardando su equipo cuando se dio cuenta de que Cloé estaba llorando, con las lágrimas rodando por sus mejillas. ¿Qué pasaba con estas mujeres? Patty Durán había estado llorando cuando ella y el capitán habían terminado de conversar esa tarde. Ahora, Cloé.

Camilo podía, al menos, identificarse con Cloé. Si ella lloraba porque se había conmovido con la sinceridad y el fervor de su padre, no era sorprendente. Camilo tenía un nudo en la garganta, y por primera vez desde que había estado tirado boca abajo y asustado en Israel durante el ataque ruso, deseó tener un lugar particular donde llorar.

—¿Podría preguntarle una sola cosa más, extraoficialmente? —inquirió—. ¿Podría preguntarle qué hablaron Patty y usted esta tarde en el club?

—¡Camilo! —regañó Patty—, eso no te interesa.

—Si no quiere hablar, lo entenderé —se disculpó Camilo—. Sólo sentí curiosidad.

—Bueno, gran parte era personal —precisó el capitán.

—Está bien.

—Pero, Patty, no veo que sea malo decirle que el resto de ello fue lo que nosotros acabamos de hablar ¿y tú?

Ella se encogió de hombros.

—Todavía extraoficialmente, Patty —dijo Camilo—, ¿te importa si te pregunto tu reacción a todo esto?

—¿Por qué extraoficialmente? —replicó Patty—. ¿Las opiniones de un piloto son importantes pero las opiniones de una aeromoza no lo son?

—Te pondré la grabadora si quieres —dijo él—. No sabía que querías hacerlo de manera oficial.

—No —dijo ella—, sólo quería que me preguntaran. Ahora es demasiado tarde.

—Y no te interesa decir lo que piensas...

—No, te diré. Pienso que Raimundo es sincero y considerado. No tengo idea de si tiene razón. Todo eso está más allá de mí y es muy extraño. Pero estoy convencida de que él lo cree. Si debiera creer o no, con sus antecedentes y todo eso, no lo sé. Quizá él es susceptible a eso por haber perdido a su familia.

Camilo asintió, dándose cuenta de que estaba más próximo que Patty a creer la teoría de Raimundo. Echó una mirada a Cloé, esperando que se hubiera compuesto y que él pudiera hacerla hablar. Ella todavía tenía un pañuelo de papel apretado bajo sus ojos.

—Por favor, no me preguntes ahora —dijo ella.

Raimundo no se asombró con la respuesta de Patty pero se desilusionó profundamente con la de Cloé. Estaba convencido de que ella no quería avergonzarlo diciendo cuán absurdo sonaba. Supuso que debería estar agradecido. Por lo menos, aún era sensible a sus sentimientos. Quizá él debiera haber sido más sensible a los de ella, pero había decidido que no podía dejar que esas gentilezas siguieran siendo prioritarias. Iba a contender por la fe con ella hasta que ella decidiera. Sin embargo, estaba claro que por esta noche ella había oído suficiente. No iba a presionarla más. Sólo esperaba poder dormir a pesar de su remordimiento por el estado de ella. ¡La quería tanto!

—Señor Williams —dijo, parándose y estirando su mano—, ha sido un placer. El pastor del cual le hablé en Illinois realmente tiene claro este asunto y sabe mucho más que yo sobre el anticristo y todo. Podría valer la pena llamarlo si quiere saber más. Bruno Barnes, iglesia Centro de la Nueva Esperanza en Mount Prospect.

—Tendré eso presente —dijo Camilo.

Raimundo estaba convencido de que Williams sólo había sido muy respetuoso.

Hablar a este Barnes era una gran idea, pensó Camilo. Quizá hallara el tiempo al día siguiente en Chicago. De esa manera podría seguir esto por sí mismo sin confundir el ángulo profesional con su propio interés.

Los cuatro salieron al pasillo. —Voy a decir mis buenas noches —dijo Patty—. Tengo el vuelo más temprano mañana. —Agradeció a Raimundo la cena, susurró algo a Cloé, lo cual pareció no obtener respuesta, y agradeció a Camilo por su hospitalidad en la mañana—. Puede que llame al señor Carpatia uno de estos días —comentó.

Camilo resistió el impulso de decirle lo que él sabía del futuro inmediato de Carpatia. Dudaba que el hombre tuviera tiempo para ella.

Cloé lucía como si quisiera seguir a Patty a los ascensores, y sin embargo, quería decirle algo a Camilo también. Él se sorpendió cuando ella dijo:

—¿Nos das un minuto, papá? Subiré de inmediato.

Camilo se sintió halagado de que Cloé se hubiera quedado para despedirse personalmente, pero ella todavía estaba emocionada. Su voz temblaba cuando le aseguró formalmente el buen rato que había pasado ese día. Él trató de prolongar la conversación.

—Tu papá es un hombre muy impresionante —opinó.

—Lo sé —aceptó ella—, especialmente en estos últimos días.

—Puedo entender por qué estás de acuerdo con él en mucho de aquello.

—¿Puedes?

—¡Seguro! Yo tengo mucho para pensar. Tú le haces difícil la cosa a él, ¿eh?

—Lo hacía. Ya no más.

—¿Por qué no?

—Puedes ver cuánto significa para él.

Camilo asintió. Ella pareció de nuevo al borde de las lágrimas. Él le tomó la mano: —Ha sido maravilloso estar contigo —aseguró.

Ella rió, como avergonzada por lo que estaba pensando.

—¿Qué? —presionó él.

—Oh, nada. Es tonto.

—Vamos, ¿qué? Ambos hemos sido tontos hoy.

—Bueno, me siento idiota —aceptó ella—. Acabo de conocerte y realmente te echaré de menos. Si pasas por Chicago, tienes que llamar.

—Te lo prometo —aseguró Camilo—. No puedo decir cuándo, pero digamos que más pronto de lo que piensas.

Veintidós

Camilo no durmió bien. En parte emocionado por su sorpresa matutina. Sólo podía esperar que Cloé se alegrara con ella. La mayor parte de su mente daba vueltas con asombro. Si esto era cierto, todo lo que Raimundo Steele había postulado —y Camilo sabía instintivamente que si algo de eso era verdad, todo era verdad— ¿por qué le había costado a Camilo toda una vida llegar a ello? ¿Podría haber andado buscando esto todo el tiempo sin apenas saber qué estaba buscando?

Pero hasta el capitán Steele, un piloto de aviones comerciales, organizado y analítico se lo había perdido. Y eso que Steele clamaba haber tenido una defensora, una devota, casi una fanática, viviendo bajo su techo. Camilo estaba tan inquieto que tuvo que salir de la cama y caminar. Era raro, sin embargo, que de alguna manera no estuviese molesto ni se sintiera miserable. Simplemente estaba sobrecogido. Nada de esto hubiese tenido para él una gota de sentido pocos días antes, y ahora por primera vez desde lo de Israel, era incapaz de separarse de su historia.

El ataque a Tierra Santa había sido un hecho decisivo en su vida. Había contemplado cara a cara su propia mortalidad y tuvo que reconocer que algo de otro mundo, sí, sobrenatural, algo directamente del Dios Todopoderoso, había sido arrojado en aquellas polvorientas colinas desde el cielo en forma de fuego. Y él había sabido sin duda alguna, por primera vez en su vida, que había cosas inexplicables que no se podían disectar ni evaluar científicamente desde una fría perspectiva estilo *Ivy League*.

Camilo siempre había estado orgulloso de no formar parte del rebaño, pues incluía el elemento humano, la cosa cotidiana, al hombre corriente en sus artículos, cuando los demás se resistían a ser tan vulnerables. Esta destreza le permitía a los lectores identificarse con él, saborear, sentir y oler aquellas cosas más importantes para ellos. Pero todavía había sido capaz, aun después de su roce con la muerte, de dejar que el lector lo viviera sin revelar su propia angustia profunda por la misma existencia de Dios. Ahora, esa separación parecía casi imposible. ¿Cómo podría cubrir esta historia, la más importante de su vida, la que ya había penetrado más cerca de su alma, sin revelar subconscientemente su torbellino privado?

Él estaba, lo sabía ya temprano en la madrugada, inclinándose sobre el borde. No estaba listo para orar todavía, para tratar de hablarle a un Dios al que había ignorado por tanto tiempo. Ni siquiera había orado cuando se convenció de la existencia de Dios esa noche en Israel. ¿Qué le había pasado? Toda la gente del mundo, al menos los intelectualmente honestos consigo mismos, tenían que admitir, después de esa noche, que Dios existía. Hubo coincidencias asombrosas antes, pero aquello había desafiado toda lógica.

Haberle ganado a los poderosos rusos era naturalmente algo extraño aunque la historia de Israel estaba repleta de tales leyendas. Pero, ¿sin defenderse y sin sufrir bajas? Eso escapaba a toda comprensión, fuera de la directa intervención de Dios.

¿Por qué, se preguntaba Camilo, no había hecho eso mayor impacto en su propio inventario introspectivo? En la solitaria oscuridad llegó a la penosa conclusión de que hacía mucho que había puesto aparte ésta, la más básica de las necesidades humanas, y la había convertido en un no-asunto. ¿Qué decía eso de él? ¿En qué clase de criatura baja y despreciable se había convertido, que hasta la evidencia desnuda del milagro de Israel —pues no podía ser llamado de otro modo— no había descongelado la receptividad de su espíritu para con Dios?

No pasaron muchos meses cuando ocurrió la gran desaparición de millones en todo el mundo. Docenas se habían esfumado del avión en que él iba de pasajero. ¿Qué más necesitaba? Ya parecía como si estuviera viviendo una novela de ciencia ficción. Incuestionablemente él había vivido el hecho más cataclísmico de la historia. Camilo se daba cuenta de que no había tenido un segundo para pensar en las últimas dos semanas. Si no hubiera sido por las tragedias personales que había presenciado, hubiese podido ser más particular en su enfoque de lo que parecía ser un universo fuera de control.

Quería conocer a este Bruno Barnes, ni siquiera pretendiendo entrevistarlo para un artículo. Ahora Camilo andaba en una búsqueda personal, procurando satisfacer necesidades profundas. Por tantos años había rechazado la idea de un Dios personal o que él tuviera necesidad de Dios... si existía uno. Necesitaría tiempo para acostumbrarse a la idea. El capitán Steele había dicho que todos eran pecadores. Camilo no se hacía ilusiones en ese aspecto. Él sabía que su vida nunca cumpliría las normas de un maestro de escuela dominical. Pero siempre había esperado que si un día se enfrentaba con Dios, sus cosas buenas pesaran más que las malas, y que hablando en términos relativos, él fuera tan bueno o mejor que el vecino. Eso tendría que bastar.

Ahora, si Raimundo Steele y todos sus versículos bíblicos podían ser creídos, no hacia diferencia alguna cuán bueno fuera Camilo o dónde estuviera respecto de todos los demás. Una frase arcaica le había golpeado y daba vueltas por su cabeza. *No hay justo ni siquiera uno*. Bueno, él nunca se había considerado justo. ¿Podía seguir al nivel próximo y admitir su necesidad de Dios, de perdón, de Cristo?

¿Era posible? ¿Podía él estar al borde de convertirse en un cristiano nacido de nuevo? Casi se había sentido aliviado cuando Raimundo Steele había usado ese término. Camilo había leído, y hasta escrito, de *esas clases* de personas, pero hasta su nivel de sabiduría mundana nunca había entendido por completo esa frase. Siempre había considerado la etiqueta del *nacido de nuevo* parecido a *muy derechista* o *fundamentalista*. Ahora, si optaba por dar un paso que nunca había soñado dar, si de alguna forma no podía sacudirse esta verdad que ya no podía ignorar intelectualmente, también él tendría que asumir una tarea: educar al mundo en lo que realmente significaba esta confusa expresión.

Camilo terminó por dormitar en el sillón de su sala de estar, pese a una luz que brillaba cerca de su cara. Durmió profundamente por un par de horas pero despertó a tiempo para llegar al aeropuerto. La perspectiva de sorprender a Cloé y viajar con ella le daba un impulso que le ayudaba a vencer su fatiga. Pero aun más excitante era la posibilidad de que otro hombre con las respuestas que necesitaba le aguardara en Chicago, un hombre en quien confiaba simplemente por recomendación de un piloto que había parecido decir la verdad con autoridad. Sería bueno poder decirle algún día a Raimundo Steele, cuánto había significado para él aquella entrevista, que de otro modo hubiera sido inofensiva. Pero Camilo suponía que Steele ya se había dado cuenta de eso. Probablemente por eso era que Steele había parecido tan apasionado.

Si esto indicaba el pronto comienzo del período de Tribulación predicho en la Biblia, y Raimundo no dudaba de que así era, se preguntó si habría algo de gozo en ello. Bruno no parecía pensar que lo hubiera, aparte de los pocos conversos que podrían tener el privilegio de ganar. Hasta ahora Raimundo se sentía que era un fracaso. Aunque estaba seguro de que Dios le había dado las palabras y el valor de decirlas, sentía que había hecho algo mal al comunicarse con Patty. Quizás ella tuviese razón. Quizás él había estado buscando sólo su propio bien. Tenía que parecerle a ella que él estaba solamente sacudiéndose su propia carga de culpa. Pero él sabía que no era así. Ante Dios creía que sus motivos eran puros. Sin embargo, estaba claro que no había convencido a Patty de nada más que de que era sincero y que creía. ¿De qué servía eso? Si él creía y ella no, ella tenía que suponer que él creía algo raro o tendría que admitir que estaba ignorando la verdad. Lo que él le había dicho no dejaba otra alternativa.

¡Y su desempeño durante la entrevista con Camilo Williams! En el momento Raimundo se había sentido bien al respecto, hablador, tranquilo, racional. Sabía que estaba discutiendo cosas revolucionarias, chocantes pero sentía que Dios le había capacitado para ser lúcido. Pero si no podía obtener otra reacción más del periodista fuera del respeto cortés, ¿qué clase de testigo podía ser él? Desde lo profundo de su alma Raimundo quería ser más productivo. Creía que había desperdiciado su vida antes de esto, y sólo tenía un corto período para compensar el tiempo perdido. Estaba eternamente agradecido por su propia salvación, pero ahora quería compartirla, llevar más gente a Cristo. La entrevista para la revista había sido una oportunidad increíble, pero sentía en sus entrañas que no había salido bien. ¿Valía siquiera la pena orar por otra oportunidad? Raimundo creía que había visto a Camilo Williams por última vez. Este no iba a llamar a Bruno Barnes y las citas de Raimundo nunca verían las páginas del *Semanario Mundial*.

Mientras Raimundo se afeitaba, duchaba y vestía, oyó a Cloé que empacaba. Era obvio que se había sentido avergonzada por él anoche, y probablemente, hasta se habría disculpado con el señor Williams por los absurdos comentarios de su padre. Por lo menos, había llamado a su puerta para decir buenas noches cuando regresó. Eso era *algo*, ¿no?

Cada vez que Raimundo pensaba en Cloé, sentía una tensión en su pecho, un gran vacío y pena. Podía vivir con sus otros fracasos si tenía que hacerlo, pero sus rodillas casi chocaban mientras oraba silenciosamente por Cloé. *No puedo perderla* —pensaba, y creía que cambiaría su propia salvación por la de ella si fuera necesario.

Con ese compromiso sintió que Dios le hablaba, dejándole saber que precisamente era la carga requerida para ganar gente, para conducirlos a Cristo. Esa fue la actitud del mismo Jesús, que estuvo dispuesto a asumir el castigo de los hombres y mujeres para que ellos pudieran vivir.

Raimundo cobró valor de nuevo mientras oraba por Cloé, luchando todavía contra el molesto miedo al fracaso. *Dios, yo necesito ánimo* —suspiró—. *Necesito saber si no la he alejado para siempre*. Ella había dicho buenas noches pero también la había oído llorar en la cama.

Salió vestido con el uniforme y le sonrió a ella que estaba en la puerta, vestida informalmente para viajar.

—¿Lista, tesoro? —dijo tentativamente.

Ella asintió y pareció elaborar una sonrisa, entonces lo abrazó fuerte y largo, apretando su mejilla contra el pecho de él. *Gracias* —oró en silencio, preguntándose si debiera decir algo ¿era éste el momento? ¿Se animaría a presionar ahora?

De nuevo volvió a sentirse profundamente impresionado por Dios, como si el Señor estuviera hablando directamente a su espíritu. *Paciencia. Déjala tranquila. Déjala tranquila*. Quedarse callado parecía lo más difícil que hubiera hecho nunca. Cloé tampoco dijo nada. Desayunaron ligero y se fueron para el aeropuerto JFK.

Cloé fue el primer pasajero en el avión. —Trataré de venir a verte —le aseguró Raimundo antes de irse a la cabina.

—No te preocupes si no puedes —contestó ella—, yo entenderé.

Camilo esperó hasta que todos hubieran subido a bordo. Al acercarse a su asiento al lado de Cloé, vio que ella estaba vuelta hacia la ventanilla, con los brazos cruzados, la barbilla en su mano. Camilo no podía decir si tenía abiertos los ojos o no. Supuso que se volvería para mirar cuando él se sentara a su lado y no pudo reprimir una sonrisa, anticipando su reacción y sólo ligeramente preocupado porque ella fuera menos positiva de lo que él esperaba.

Se sentó y esperó, pero ella no se volvió. ¿Estaría durmiendo? ¿Meditando? ¿Orando? ¿Era posible que estuviera llorando? Camilo esperaba que no. Ya se preocupaba por ella lo bastante para molestarse cuando ella parecía sufrir.

Y ahora él tenía un problema. Mientras esperaba cansado el cambio de posición que permitiría a Cloé verlo con su visión periférica, súbitamente se sintió abrumado por la fatiga. Sus músculos y articulaciones le dolían, los ojos le quemaban. Sentía la cabeza como de plomo. De ninguna manera se iba a quedar dormido y dejar que ella lo descubriera dormitando a su lado.

Camilo hizo señas para llamar la atención a la aeromoza. —Coca Cola, por favor —susurró. El golpe de cafeína temporal le permitiría estar despierto un poco más.

Cuando Cloé ni siquiera se movió para mirar las instrucciones de seguridad, Camilo se impacientó. Pero no quería revelarse. Quería ser descubierto. Así que esperó.

Ella debió haberse cansado de su postura, porque se estiró y usó sus pies para empujar su bolso de mano debajo del asiento frente a ella. Se tomó el último sorbo de su jugo y lo puso en la bandejita entre ellos. Contempló las botas de cuero de guante de Camilo, las que tenía puestas el día anterior. Los ojos de Cloé viajaron hacia arriba hasta su cara sonriente y expectante.

La reacción de ella valió más que la espera. Dobló sus manos y las llevó a su boca, mientras sus ojos se llenaban de lágrimas. Luego tomó la mano de él con sus dos manos.

—Oh, Camilo —susurró—. Oh, Camilo.

—Qué bueno es verte, también —dijo él.

Cloé le soltó rápidamente la mano como recobrándose.

—No quiero actuar como una escolar —dijo— pero, ¿has recibido alguna vez una respuesta directa a tu oración?

Camilo le hizo un doble disparo:

—Pensé que tu papá era el miembro de tu familia que oraba.

—Lo es —concedió ella—. Pero yo acabo de probar mi primera oración en años, y Dios la respondió.

—¿Rogaste que yo me sentara al lado tuyo?

—Oh, no, nunca hubiera soñado con algo así de imposible. ¿Cómo lo hiciste, Camilo?

Él le contó. —No fue difícil cuando supe la hora de tu vuelo y dije que estaba viajando contigo para sentarme a tu lado.

—¿Pero por qué? ¿Adónde vas?

—¿No sabes adónde va este avión? Espero que a San José.

Ella se rió.

—Pero, sigue ahora, Cloé. Termina tu historia. Nunca antes yo he sido respuesta a una oración.

—Es una historia larga.

—Pienso que tenemos tiempo.

Ella le tomó de nuevo la mano a él. —Camilo, esto es tan demasiado especial. Es la cosa más hermosa que alguien haya hecho por mí en mucho tiempo.

—Dijiste que ibas a echarme de menos pero no lo hice sólo por ti. Tengo trabajo que hacer en Chicago.

Ella se rió y lo soltó de nuevo. —No estaba hablando de ti, Camilo, aunque esto es dulce. Estaba hablando de Dios, que hace lo hermoso por mí.

Camilo no pudo ocultar su vergüenza. —Yo sabía eso —dijo.

Y ella le contó su historia. —Puede que hayas advertido que anoche yo estaba muy nerviosa. Estaba tan conmovida por la historia de mi papá. Quiero decir. Ya la había oído antes, pero de súbito él pareció tan amoroso, tan interesado por la gente. ¿Pudiste darte cuenta de lo importante que era para él y lo serio que estaba por eso?

—¿Quién no?

—Si yo hubiera sabido otra cosa, Camilo, hubiera dicho que él estaba tratando de convencerte personalmente más que sólo responder tus preguntas.

—No estoy tan seguro de que no lo haya estado.

—¿Te ofendió?

—En absoluto, Cloé. Para decirte la verdad, estaba llegándome.

Cloé se calló y meneó la cabeza. Cuando habló por fin casi susurraba y Camilo tuvo que inclinarse para oír. Amaba el sonido de su voz.

—Camilo —afirmó ella— Él también está llegándome y no hablo de mi papá.

—Muy raro —estuvo de acuerdo él—. Yo estuve levantado la mitad de la noche pensando en esto.

—¿No habrá mucho tiempo para ninguno de nosotros, verdad? —preguntó ella.

Camilo no contestó pero sabía lo que ella quería decir.

—¿Cuándo es que yo me convierto en la respuesta a la oración? —inquirió él.

—Oh, bien. Yo estaba sentada ahí, en la cena, y mi papá vertiendo su corazón ante ti, y de repente me di cuenta de por qué él quería que yo estuviera presente cuando le dijo lo mismo a Patty. Le hice pasar tan mal rato primero, que él se alejó de mí, y ahora que tenía el conocimiento y una verdadera necesidad de convencerme, tenía miedo de ir directo a mí. Quería llegar a mí indirectamente. Y me llegó. No oí cómo empezó porque Patty y yo estábamos en el baño de mujeres, pero probablemente yo ya había oído eso antes. Cuando volví, me quedé fascinada.

«No era que estuviera oyendo nada nuevo. Era nuevo cuando lo escuché de Bruno Barnes y vi la cinta de video, pero mi papá tenía tal urgencia y confianza. Camilo, ¿no hay otra explicación de aquellos dos hombres de Jerusalén, cierto, salvo que tienen que ser los dos testigos de que habla la Biblia?

Camilo asintió.

—Así, pues, papá y Dios estaban llegando a mí pero yo aún no estaba lista. Estaba llorando porque lo quiero tanto y porque es verdad. Todo es verdad, Camilo ¿sabes eso?

—Creo que sí, Cloé.

—Pero aún no podía hablarle a mi papá de eso. No sabía qué se interponía en mi camino. Siempre he sido tan terriblemente independiente. Sabía que se sentía frustrado conmigo, quizá decepcionado y todo lo que podía hacer era llorar. Tenía que pensar, tratar de orar, de ordenar la cosa. Patty no fue de mucha ayuda. Ella no lo capta y quizá nunca lo capte. Todo lo que le interesa son cosas triviales, como tratar de emparejarnos a ti y a mí.

Camilo se sonrió y trató de parecer ofendido. —¿Eso es trivial?

—Bueno, comparado con lo que estamos hablando ahora mismo, tendría que decir que sí.

—Tengo que concederte eso —concedió Camilo.

Ella se rió. —Así que yo sabía que algo estaba mal con papá pues hablé contigo solamente por, ¿qué, tres minutos o algo así antes de subir?

—Probablemente menos que eso.

—Cuando llegué a nuestra habitación, él ya estaba acostado. Así que le di las buenas noches, sólo para cerciorarme de que aún quisiera hablarme. Y quería. Y entonces, di vueltas en la cama, aun sin estar lista para dar el último paso, llorando porque mi papá se preocupara tanto por mí y me quisiera tanto.

—Probablemente eso pasó mientras yo estaba levantado —comentó Camilo.

—Pero —prosiguió Cloé—, esto es tan fuera de carácter en mí. Aunque yo estoy ahí, quiero decir, precisamente ahí. ¿Me entiendes?

Camilo asintió. —Yo he pasado por lo mismo.

—Estoy convencida —admitió ella—, pero todavía lucho. Se supone que yo sea una intelectual. Tengo amigos críticos a quienes dar cuenta. ¿Quién va a creer esto? ¿Quién va a pensar que no me he vuelto loca?

—Créeme, te entiendo —asintió Camilo, asombrado por las semejanzas de ambas jornadas.

—Así que estaba frenada —dijo ella—. No estaba yendo a ninguna parte. Trataba de dar ánimo a papá sin ser muy distante, pero podía darme cuenta de que él me veía sufrir aunque no creo que él haya tenido idea de lo cerca que yo estaba. Me subí a este avión, desesperada por terminar con todo esto, disculpa la "psicojerga", y empecé a preguntarme si Dios responde las oraciones antes que uno... este... sabes. Antes que una sea realmente una...

—Cristiana nacida de nuevo —ofreció Camilo.

—Exactamente. No sé por qué me cuesta tanto decirlo. Quizás alguien que sepa más pueda decírmelo con seguridad, pero oré y pienso que Dios respondió. Dime esto Camilo, usando sólo tus habilidades cognitivas de raciocinio. Si hay un Dios y si esto es todo verdad, ¿no querría él que nosotros supiéramos? Quiero decir, Dios no dificultaría el aprender, y Él no lo haría, o debiera decir Él *no podría* ignorar una oración desesperada, ¿podría Él?

—No veo cómo podría, no.

—Bueno, eso es lo que pienso. Así que pienso que fue una buena prueba, una razonable, y que no estuve fuera de orden. Estoy convencida de que Dios respondió.

—Y yo fui la respuesta.

—Y tú fuiste la respuesta.

—Cloé, ¿por qué fue exactamente que oraste?

—Oh, bueno, la oración misma no fue tan gran cosa hasta que fue contestada. Sólo le dije a Dios que necesitaba un poco más. Me sentía mal con que no me bastara con todas las cosas que había oído y todo lo que sabía de mi papá. Sólo oré con verdadera sinceridad y dije que le agradecería a Dios si pudiera demostrarme personalmente que Él se preocupaba, que Él sabía por lo que yo estaba pasando y que Él quería que yo supiera que Él estaba ahí.

Camilo sintió una extraña emoción, que si hubiese tratado de hablar, su voz hubiera sido ronca y podría haber sido incapaz de terminar una frase. Apretó su mano contra su boca para recuperar la compostura. Cloé lo miró fijo.

—¿Sientes tú que yo fui la respuesta a esa oración? —dijo él por último.

—No dudo en absoluto. Mira, como dije, ni siquiera hubiera concebido orar que tú terminaras a mi lado en el día más grande de mi vida. Ni siquiera estaba segura de volver a verte de nuevo. Pero es como si Dios supiera mejor que yo, que no había nadie a quien yo deseara ver hoy más que a ti.

Camilo se emocionó, conmovido más allá de toda expresión. También él había querido verla. De lo contrario, se hubiera ido en el vuelo de Patty o en cualquiera de la docena que lo hubiesen llevado a Chicago esa mañana. Camilo sólo la miró.

—Así, pues, ¿qué vas a hacer ahora, Cloé? Me parece que Dios ha visto tu jugada. No era exactamente una jugada tramposa pero tú pediste y Él dio. Parece como que tienes la obligación.

—No tengo alternativa —estuvo de acuerdo ella—. No que quiera una. De lo que he entendido por Bruno Barnes y el video y papá, no tienes que tener a alguien que te conduzca por esto, y no tienes que estar en una iglesia o algo. Tal como oré por una señal más clara, puedo orar por esto.

—Tu papá dejó eso en claro anoche.

—¿Quieres unirte a mí? —preguntó ella.

Camilo dudó. —No tomes esto personalmente Cloé, pero no estoy listo.

—¿Qué más necesitas? Oh, lo siento, Camilo. Estoy haciendo justamente lo que mi papá hizo el día que llegó a ser cristiano. Él apenas podía consigo mismo y yo fui tan horrible con él. Pero si no estás listo, no estás listo.

—No necesitaré que me fuercen —afirmó Camilo—. Como tú, me siento como que estoy en el umbral. Pero soy muy cuidadoso y quiero hablar con este hombre Barnes, hoy. Tengo que decirte, sin embargo, mis dudas restantes apenas pueden resistir lo que te está pasando a ti.

—Sabes, Camilo —apuntó Cloé—, te prometo que esto será lo último que diré al respecto, pero estoy pensando en la misma forma que papá. Tengo esa urgencia por decirte que no esperes demasiado tiempo porque nunca sabes qué pudiera pasar.

—Te oigo —agradeció él—. Voy a tener que correr el riesgo de que este avión no se caiga porque aún siento que tengo que hablar con Barnes, pero tienes un buen punto.

Cloé se dio vuelta y miró por encima de su hombro. —Hay dos asientos vacíos allá —dijo ella. Detuvo a una aeromoza que pasaba.

—¿Puedo darle un mensaje para mi papá?

—Seguro. ¿Es el capitán o el primer oficial?

—El capitán. Por favor, sólo dígale que su hija tiene una noticia extremadamente buena para él.

—Una noticia extremadamente buena —repitió la aeromoza.

Raimundo estaba volando manualmente el avión por divertirse cuando su aeromoza jefe le dio el mensaje. No tenía idea de lo que significaba, pero últimamente era tan raro que Cloé iniciara la comunicación, que se sintió intrigado.

Pidió al primer oficial que se hiciera cargo. Raimundo se soltó del cinturón y salió, sorprendido al ver a Camilo Williams. Esperaba que Williams no fuera la medida de la buena noticia de Cloé. Agradable como era pensar que el hombre ya estuviera cumpliendo su promesa de hablar con Bruno Barnes, Raimundo también esperaba que Cloé no estuviera por anunciar un romance en flor, malaconsejado y caprichoso.

Estrechó la mano del periodista y expresó su sorpresa agradable pero cautelosa. Cloé le tomó con ambas manos por el cuello y lo inclinó suavemente a ella para poder susurrarle.

—¿Papá, podríamos los dos sentarnos allá atrás por un par de minutos para que pueda hablarte?

Camilo percibió inicialmente el desencanto en los ojos del capitán Steele. Esperaba decirle al piloto por qué estaba contento de estar volando a Chicago. Sentarse al lado de Cloé había sido sólo un extra. Echó un vistazo a Steele junto a su hija, enfrascados en una conversación intensa, y luego orando juntos. Camilo se preguntó si habría algún reglamento de las aerolíneas contra eso. Él sabía que Raimundo no podía quedarse conversando mucho tiempo.

En pocos minutos Cloé se paró saliendo al pasillo y Raimundo se puso en pie y la abrazó. Ambos parecían sobrecogidos por la emoción. Una pareja de edad mediana, al otro lado del pasillo se inclinó y miró fijo, con las cejas arqueadas. El capitán lo advirtió, se enderezó y se dirigió a la cabina.

—Mi hija —dijo tímidamente señalando a Cloé que sonreía entre sus lágrimas—. Ella es mi hija.

La pareja se miró uno a otro y la mujer habló. —Claro que sí. Y yo soy la reina de Inglaterra —dijo ella, y Camilo soltó una carcajada.

Veintitrés

Camilo llamó a la iglesia Centro de la Nueva Esperanza para concertar una reunión temprano en la noche con Bruno Barnes, luego se pasó la mayor parte de la tarde en la oficina de Chicago del *Semanario Mundial*. La noticia de que él se había convertido en el nuevo jefe de ellos se había divulgado por el lugar y fue saludado con frialdad por la anterior asistente de Lucinda Washington, una joven sumamente susceptible. Le dijo sin rodeos:

—Plank no hizo nada por reemplazar a Lucinda, así que supuse que yo ascendería a su puesto.

Su actitud y presunción hicieron que Camilo dijera:

—Eso es improbable pero usted será la primera en saberlo. Yo no voy a hacer traslados todavía.

El resto del personal todavía lamentaba la desaparición de Lucinda y parecieron agradecidos de la visita de Camilo. Esteban Plank rara vez había ido a Chicago y no había estado allí desde que Lucinda se había esfumado.

Camilo se instaló en la vieja oficina de Lucinda, entrevistando a personas clave con intervalos de veinte minutos. También informó a cada uno de su cometido a escribir y preguntó sus teorías personales acerca de lo que había pasado. Su pregunta final a cada uno fue:

—¿Dónde cree usted que está Lucinda Washington en este momento?

Más de la mitad dijeron que no querían que los citaran pero expresaron variaciones de *si el cielo existe, ahí es donde ella está.*

Cerca del final del día, le dijeron a Camilo que la CNN estaba en directo desde las Naciones Unidas, con grandes noticias. Invitó al personal a la oficina y miraron juntos.

En la más espectacular reorganización de mayor alcance de una organización internacional que se pueda recordar —decía el reportaje—, el presidente rumano Nicolás Carpatia fue lanzado al liderazgo de las Naciones Unidas por una votación casi unánime. Carpatia, que insistió en drásticos cambios de dirección y jurisdicción de las Naciones Unidas, en lo que pareció ser un esfuerzo para declinar amablemente el puesto, se convirtió en el secretario general hace unos pocos momentos.

Muy recientemente esta mañana, su secretario de prensa y vocero, Esteban Plank, el ex editor ejecutivo del *Semanario Mundial*, había negado el interés de Carpatia por el puesto y mencionó miles de exigencias en que el rumano insistiría antes de siquiera considerar el cargo. Plank dijo que la petición por el ascenso de Carpatia era del actual Secretario General Mwangati Ngumo, de Botswana. Le preguntamos a Ngumo por qué ha renunciado.

La cara de Ngumo llenó la pantalla, con los ojos mirando para abajo, su expresión cuidadosamente enmascarada:

Hace tiempo que me doy cuenta de que las lealtades divididas entre mi patria y las Naciones Unidas me han restado efectividad en cada papel. Tuve que optar y soy primero y principalmente un botswano. Ahora tenemos la oportunidad de llegar a ser prósperos, debido a la generosidad de nuestros amigos de Israel. El momento es bueno y el nuevo hombre es más que bueno. Cooperaré con él con toda plenitud.

—¿Señor, hubiera renunciado usted si el señor Carpatia hubiese declinado el cargo?

Ngumo vaciló. —Sí —dijo—, lo hubiera hecho. Quizá no hoy y no con tanta confianza en el futuro de las Naciones Unidas, pero sí cuando llegase la hora.

El reportero de CNN continuó:

En cuestión de pocas horas todo pedido que Carpatia había esbozado en una temprana conferencia de prensa esta mañana, fue convertido en moción como asunto oficial, votada y ratificada por el cuerpo. Las oficinas centrales de las Naciones Unidas serán trasladadas dentro de un año a la Nueva Babilonia. La estructura del Consejo de Seguridad cambiará a diez miembros permanentes dentro del mes y se espera una conferencia de prensa el lunes por la mañana en que Carpatia presentará varias de sus opciones personales para los delegados a ese cuerpo. Naturalmente no hay garantías de que aun las naciones miembros acepten unánimemente la moción de destruir noventa por ciento de su poderío militar y entregar el restante diez por ciento a las Naciones Unidas. Pero hay varios embajadores que manifestaron su confianza en *equipar y armar un cuerpo internacional que guarde la paz, con un activista absolutamente pacifista y comprometido al desarme como jefe*. Se citó al mismo Carpatia diciendo: *Las Naciones Unidas no necesitarán su fuerza militar si nadie más la tiene y yo espero el día en que hasta las Naciones Unidas se desarmen*. Además, como resultado de las reuniones de hoy, vino el anuncio de un pacto de siete años entre los miembros de las Naciones Unidas e Israel, garantizando las fronteras y prometiendo paz. A cambio, Israel permitirá que las Naciones Unidas dé franquicias selectivamente para el uso de la fórmula fertilizante, desarrollada por el Premio Nobel doctor Jaime Rosenzweig, la cual fertiliza las arenas del desierto y ha hecho de Israel un exportador cumbre.

Camilo miró fijo cuando CNN transmitió el entusiasmo de Rosenzweig y el respaldo inequívoco de Carpatia. Las noticias también tenían un informe de que Carpatia había pedido a varios grupos internacionales, que ya estaban en Nueva York para reuniones próximas, que se juntaran este fin de semana a fin de darles curso a las propuestas, las resoluciones y los acuerdos.

—*Les insto a moverse rápidamente hacia todo lo que aporte a la paz mundial y al sentido de la unidad global.*

Un periodista preguntó a Carpatia si eso incluía planes para una religión mundial única, y cuando llegara el momento para un gobierno mundial único. Su respuesta:

—No puedo pensar que haya algo más alentador que las religiones del mundo cooperen definitivamente. Algunos de los peores ejemplos de discordia y luchas han sido entre grupos cuya misión general es el amor entre la gente. Todo devoto de la religión pura debe dar la bienvenida a esta posibilidad. El día del odio ha pasado. Los amantes de la humanidad se están uniendo.

El presentador de la CNN siguió:

> Entre otros acontecimientos de hoy, están los rumores de la organización de grupos que patrocinan un gobierno mundial único. Se preguntó a Carpatia si él aspiraba a una posición de liderazgo en tal organización. Carpatia miró directamente al conjunto de cámaras de la red y con los ojos humedecidos y voz gruesa dijo: —Yo estoy sobrecogido con que me hayan pedido que sirva como secretario general de las Naciones Unidas. No aspiro a nada más. Aunque la idea de un gobierno mundial único retumba profundo dentro de mí, sólo puedo decir que hay candidatos mucho más calificados que yo para dirigir esa empresa. Sería un privilegio para mí servir en cualquier forma que me pidan, y aunque no me veo en el papel del liderazgo, comprometeré los recursos de las Naciones Unidas a esa clase de esfuerzo, si lo piden.

Brillante —pensó Camilo, con su mente girando vertiginosamente—. Al ir respaldando los comentaristas y líderes mundiales la moneda única, el idioma único y hasta la magnanimidad de Carpatia al expresar su apoyo a la reconstrucción del templo en Israel, el personal de la oficina de Chicago del *Semanario Mundial* parecía de ánimo para una fiesta. —Esta es la primera vez en años que me he sentido optimista por la sociedad —comentó un periodista.

Otro agregó: —Ésta tiene que ser la primera vez que he sonreído desde las desapariciones. Se supone que seamos objetivos y cínicos pero, ¿cómo puede uno no estar contento con esto? Llevará años realizarlo, pero algún día, en alguna parte, vamos a ver la paz mundial. No más armas, no más guerras, no más peleas por fronteras ni discriminación por el idioma o la religión ¡Fiu! ¿Quién hubiera creído que se llegaría a esto?

Camilo recibió una llamada de Esteban Plank. —¿Has estado mirando lo que está pasando? —dijo Plank.

—¿Quién no?

—Muy excitante, ¿no?

—Es algo inconcebible.

—Escucha, Carpatia te quiere aquí el lunes por la mañana.

—¿Para qué?

—Le gustas, hombre. No insistas en eso. Antes de la conferencia de prensa él va a tener una reunión con su gente de arriba y los diez delegados permanentes al Consejo de Seguridad.

—¿Y él me quiere allá?

—Sí. Y puedes adivinar quiénes son algunos de su gente de arriba.

—Dime.

—Bueno, uno es obvio.

—Stonagal.

—Por supuesto.

—Y Todd-Cothran. Supongo que él será el nuevo embajador del Reino Unido.

—Quizá no —dijo Esteban—. Hay otro británico ahí. No sé su nombre pero también está con este grupo internacional de financistas que maneja Stonagal.

—¿Tú piensas que Carpatia le dijo a Stonagal que tuviera a alguien de reserva en caso de que Carpatia quiera sacarse de encima a Todd-Cothran?

—Podría ser, pero nadie le dice nada a Stonagal.

—¿Ni siquiera Carpatia?

—Especialmente Carpatia. Él sabe quién lo hizo, pero es honesto y sincero, Macho. Nicolás no hará nada ilegal ni ilícito ni siquiera demasiado político. Hombre, él es puro. Puro como la nieve. Así pues, ¿puedes venir?

—Supongo que debo ir. ¿Cuánta prensa habrá?

—¿Listo para esto? Solamente tú.

—Bromeas.

—En serio. Tú le gustas, Macho.

—¿Cuál es la tarifa?

—No la hay. No pidió nada, ni siquiera una cobertura favorable. Él sabe que tú tienes que ser objetivo y equitativo. La prensa tendrá todos los datos en la conferencia de prensa que sigue.

—Obviamente no puedo dejar pasar esto —apuntó Camilo, consciente de que su voz sonaba monótona.

—¿Qué te pasa, Macho? ¡Esto es historia! Este es el mundo en la forma que siempre quisimos y esperamos que fuera.

—Espero que tengas razón.

—Tengo la razón. Hay algo más que quiere Carpatia.

—Así que *hay* tarifa.

—No, nada que tenga que ver con esto. Si no lo puedes hacer, no puedes. Todavía serás bienvenido el lunes por la mañana. Pero él quiere ver de nuevo a esa azafata amiga tuya.

—Esteban nadie las llama azafatas ya. Son aeromozas.

—Lo que sea. Tráela contigo si puedes.

—¿Por qué no se lo pide él mismo? ¿Qué soy yo ahora, un chulo?

—Vamos, Macho. No es eso. ¿Un tipo sólo, en un puesto como este? Él no puede andar por ahí tras las citas. Tú la presentaste, ¿recuerdas? Él confía en ti.

Debe —pensó Camilo— *si me está invitando a su gran reunión anterior a la conferencia de prensa.*

—Le preguntaré —dijo—. Sin promesas.

—No me hagas quedar mal amigo.

Raimundo Steele estaba tan feliz como no lo había estado desde su propia decisión de recibir a Cristo. Ver sonriendo a Cloé, verla hambrienta por leer la Biblia de Irene, poder orar con ella y hablar de todo juntos, era más de lo que hubiera soñado. —Tenemos que hacer una cosa —dijo— y es conseguirte una Biblia. Vas a gastar ésta.

—Quiero ingresar a ese núcleo de ustedes —enfatizó ella—. Quiero conocer todo de primera mano por Bruno. La única parte que me molesta es que suena como que las cosas van a empeorar.

Más adelante en la tarde fueron donde se encontraba Bruno, quien confirmó la idea de Cloé.

—Me entusiasma darte la bienvenida a la familia —afirmó—, pero tienes razón. El pueblo de Dios tiene días negros por venir. Todos los tienen. He estado pensando y orando por lo que se supone que nosotros hagamos como iglesia entre ahora y la Manifestación Gloriosa.

Cloé quería saber todo al respecto, así que Bruno le mostró en la Biblia por qué creía que Cristo vendría en siete años, al final de la Tribulación.

—La mayoría de los cristianos serán martirizados o morirán por la guerra, el hambre, las plagas o los terremotos —prosiguió él.

Cloé sonrió. —No es nada gracioso —comentó ella—, pero quizá debiera haberlo pensado antes de inscribirme. Va a tener problemas para convencer a la gente de que se una a la causa con eso en su formulario de inscripción.

Bruno hizo una mueca. —Sí, pero la alternativa es peor. Todos nos perdimos la primera vuelta. Podríamos estar ahora mismo en el cielo si hubiéramos escuchado a nuestros seres queridos. Tener una muerte horrible en este período, no es lo mejor, pero ciertamente lo prefiero así antes que estar perdido aún. Todos los demás también están en riesgo de muerte. La única diferencia es que nosotros tenemos una manera más de morir que ellos.

—Como mártires.

—Correcto.

Raimundo estaba sentado escuchando, consciente de cómo había cambiado su mundo en tan poco tiempo. No hacía tanto que él era un respetado piloto en la cumbre de su profesión, llevando una vida falsa, una cáscara de hombre. Ahora estaba aquí, hablando en secreto en la oficina de una iglesia local, con su hija y un pastor joven, tratando de determinar cómo iban a sobrevivir los siete años de Tribulación siguientes al Rapto de la iglesia.

—Tenemos nuestro núcleo —dijo Bruno— y Cloé, eres bienvenida para ingresar si hablas en serio de la consagración total.

—¿Cuál es la opción? —preguntó ella—. Si lo que dice es verdad, no hay lugar para vacilaciones.

—Tienes razón. Pero también he estado pensando en un grupo más pequeño dentro del núcleo. Estoy buscando gente de inteligencia y valor desacostumbrados. No quiero despreciar la sinceridad de los demás de la iglesia, especialmente los del equipo de líderes. Pero algunos son tímidos, otros viejos y muchos enfermos. He estado orando por una especie de círculo íntimo de gente que quiera hacer algo más que sobrevivir.

—¿Adónde quieres llegar? —preguntó Raimundo—. ¿Ir a la ofensiva?

—Algo así. Una cosa es esconderse aquí, estudiando, descifrando lo que está pasando para impedir que seamos engañados. Orar por los testigos que han surgido en Israel es grandioso y es lindo saber que hay otros grupos de creyentes en todo el mundo pero, ¿no hay una parte de ustedes que quiere saltar a la batalla?

Raimundo estaba intrigado pero no seguro. Cloé estaba más deseosa. —Una causa —afirmó ella—. Algo por lo cual no sólo morir sino por lo cual vivir.

—¡Sí!

—Un grupo, un equipo, una fuerza —agregó Cloé.

—Lo entendiste. Un comando.

Los ojos de Cloé brillaban de interés. Raimundo amaba su juventud y su fervor para comprometerse en una causa que para ella sólo tenía horas de edad.

—¿Y cómo llamas tú a este período? —preguntó ella.

—La Tribulación —contestó Bruno.

—Así pues, el grupito dentro del núcleo, una especie de Boinas Verdes, sería el Comando Tribulación.

—Comando Tribulación —repitió Bruno, mirando a Raimundo y levantándose para anotarlo en su hoja del atril—. Me gusta. No te equivoques, no será divertido. Será la causa más peligrosa a que se haya unido una persona. Estudiaremos, nos prepararemos y hablaremos. Cuando sea evidente quién es el anticristo, el falso profeta, el malo, la religión falsa, tendremos que oponernos a ellos, hablar contra ellos. Seremos puestos en la mirilla. Puede que los cristianos que se contenten con esconderse en los subterráneos con sus Biblias, escapen de todo salvo los terremotos y las guerras, pero nosotros seremos vulnerables a todo.

—Llegará el momento, Cloé, en que se exigirá que los seguidores del anticristo lleven la marca de la bestia. Hay toda clase de teorías sobre la forma que eso puede tomar, desde un tatuaje a un sello en la frente que puede detectarse solamente con luz infrarroja. Pero, evidentemente, nosotros rechazaremos llevar esa marca. Este mismo acto de desafío será una marca en sí mismo. Seremos los desnudos, los desprovistos de la protección de pertenecer a la mayoría. ¿Todavía quieres ser parte del Comando Tribulación?

Raimundo asintió y sonrió ante la firme réplica de su hija. —No me lo perdería.

Dos horas después que se habían ido los Steele, Camilo Williams estacionó su automóvil alquilado frente a la iglesia Centro de la Nueva Esperanza, en Mount Prospect, Illinois. Tenía una sensación de predestinación matizada con miedo. ¿Quién sería este Bruno Barnes? ¿Cómo sería? ¿Y sería capaz de detectar a un no-cristiano de una sola mirada?

Camilo se quedó en el automóvil, con la cabeza entre sus manos. Sabía que era demasiado analítico para tomar una decisión apresurada. Hasta irse de su casa años antes, para seguir educándose y llegar a ser periodista, había sido algo pensado durante años. Para su familia llegó como un trueno, pero para el joven Camilo

Williams fue el siguiente paso lógico, una parte de su plan de largo alcance.

Donde estaba ahora sentado Camilo, no era parte de ningún plan. Para él, nada que hubiera sucedido desde aquel fatal vuelo a Heathrow había encajado en ningún patrón predefinido. A él siempre le había gustado lo imprevisto de la vida pero lo procesaba a través de un cedazo de lógica, lo atacaba desde la perspectiva del orden. La tormenta de fuego en Israel lo había irritado, pero aun entonces había estado actuando desde un punto de vista de orden. Él tenía una carrera, una posición, un papel. Había sido enviado a Israel, y aunque no había esperado llegar a ser un corresponsal de guerra de la noche a la mañana, había sido preparado para ello por la manera en que había ordenado su vida.

Pero nada lo había preparado para las desapariciones o las muertes violentas de sus amigos. Aunque hubiera estado preparado para este ascenso, tampoco esto había sido parte de su plan. Ahora, su artículo de las teorías estaba acercándolo a las llamas que él nunca había sabido que ardían en su alma. Se sentía solo, expuesto, vulnerable, y aún así, esta reunión con Bruno Barnes había sido idea suya. Cierto que el piloto de aerolíneas la había sugerido, pero Camilo hubiera podido ignorarlo sin remordimientos. Este viaje no había sido para pasar unas pocas horas extra con la bella Cloé, y la oficina de Chicago hubiera tenido que esperar. Él estaba ahí, lo sabía, para esta reunión. Camilo sintió sus huesos agotados al dirigirse a la iglesia.

Fue una sorpresa agradable hallar que Bruno Barnes era alguien casi de su misma edad. Parecía inteligente y ferviente, teniendo esa misma autoridad y pasión que exhibía Raimundo Steele. Había pasado mucho tiempo desde la última vez que Camilo había estado en una iglesia. Ésta parecía bastante inofensiva, bastante nueva, moderna, limpia y eficiente. Él y el pastor joven se reunieron en una oficina sencilla.

—Sus amigos, los Steele, me dijeron que usted podía venir —comentó Bruno.

Camilo se sorprendió de su honestidad. En el mundo en que Camilo se movía, hubiera guardado ese dato para sí mismo, esa ventaja. Pero se dio cuenta de que el pastor no se interesaba por tener ventajas. No había nada que esconder allí. En esencia, Camilo estaba buscando información y Bruno estaba interesado en darla.

—Quiero decirle de entrada —advirtió Bruno—, que estoy consciente de su trabajo y respeto su talento. Pero para serle franco, ya no tengo tiempo para las galanterías sociales que caracterizaron mi trabajo. Vivimos en tiempos peligrosos. Tengo un mensaje y una respuesta para la gente que busca genuinamente. Le digo a todos, por anticipado, que he cesado de disculparme por lo que voy a decir. Si ésa es una regla elemental que le parece bien a usted, tengo todo el tiempo que usted quiera.

—Bueno, señor —contestó Camilo, casi tartamudeando por la emoción y humildad que oyó en su propia voz—, agradezco eso. No sé cuánto tiempo necesite, porque no estoy aquí por trabajo. Puede que tenga sentido conseguir el punto de vista de un pastor para mi artículo, pero la gente puede adivinar qué piensan los pastores, sobre todo basados en la otra gente que estoy citando.

—Como el capitán Steele.

Camilo asintió. —Estoy aquí por mí, y tengo que decirle francamente que no sé donde estoy en esto. No hace mucho nunca hubiera puesto un pie en un lugar como éste ni soñado que nada de valor intelectual pudiera salir de aquí. Sé que eso no era periodísticamente justo de parte mía, pero en la medida en que usted sea honesto, yo también lo seré.

«Me impresioné con el capitán Steele. Es un tipo inteligente, un buen pensador y él está en esto. Usted parece una persona brillante ...y no sé. Estoy escuchando, esto es todo lo que le diré.

Bruno empezó contándole a Camilo la historia de su vida, habiendo sido criado en un hogar cristiano, haber ido a una universidad de la Biblia, casado con una cristiana, llegado a ser pastor y toda la cosa. Aclaró que él conocía la historia de Cristo y el camino del perdón y la relación con Dios.

—Pensé que tenía lo mejor de ambos mundos. Pero la Escritura es clara en que uno no puede servir a dos señores. Uno no puede tener las dos cosas. Descubrí esa verdad en la forma más dura.

Y habló de perder a su familia y amigos, todos los que él quería. Lloraba mientras hablaba.

—El dolor es tan grande hoy como lo fue cuando sucedió —sollozó.

Entonces Bruno compartió, como Raimundo lo había hecho, el plan de salvación de principio a fin. Camilo se puso nervioso y ansioso. Quería un descanso. Interrumpió y preguntó si Bruno quería saber un poco más de él.

—Seguro —asintió Bruno.

Camilo habló de su propia historia, concentrándose más en el conflicto Israel-Rusia y los escasos catorce meses desde entonces.

—Puedo ver —resumió Bruno por fin—, que Dios está tratando de captar su atención.

—Bueno, la tiene —aseguró Camilo—. Sólo tengo que advertirle, no compro nada tan fácilmente. Todo esto es interesante y suena más convincente que nunca, pero no es mi estilo zambullirme en algo.

—Nadie puede forzarlo ni empujarlo a esto, señor Williams, pero debo también decir de nuevo, que vivimos en tiempos peligrosos. No sabemos cuánto tiempo más tenemos para sopesar.

—Usted habla como Cloé Steele.

—Y ella como su padre —asintio Bruno, sonriendo.

—Y él, supongo, como usted. Puedo entender por qué todos ustedes consideran tan urgente esto, pero como digo...

—Entiendo —aseguró Bruno—. Si usted tiene el tiempo ahora, déjeme darle un punto de vista diferente. Sé que usted es un hombre brillante, así que más vale que tenga toda la información que necesita antes de que se vaya de aquí.

Camilo respiró aliviado. Había temido que Bruno estuviera por plantear la pregunta, empujándolo a decir la oración de la que habían hablado Raimundo Steele y Cloé. Él aceptaba que eso sería parte de esto, que marcaría la transacción y empezaría su relación con Dios: alguien con quien en realidad, él nunca había hablado antes. Pero no estaba listo. Por lo menos, no pensaba estarlo. Y él no se dejaría presionar.

—No tengo que estar de regreso en Nueva York hasta el lunes en la mañana —expresó—, así que me tomaré tanto tiempo esta noche como usted me dé.

—No quiero ser morboso, señor Williams, pero yo no tengo más responsabilidades familiares. Tengo una reunión mañana con un grupo central y la iglesia el domingo. Usted es bienvenido. Pero tengo suficiente energía para seguir hasta la medianoche si usted lo está.

—Soy todo suyo.

Bruno se pasó las siguientes horas dándole a Camilo un curso acelerado de profecía y los postreros tiempos. Camilo había oído gran parte de la información sobre el Rapto y los dos testigos, y había captado detalles sobre el anticristo. Pero cuando Bruno llegó a las partes sobre la Gran Religión Mundial Única que surgiría, el autodesignado pacifista mentiroso que traería derramamiento de sangre por medio de la guerra, el anticristo que dividiría al mundo en diez reinos, a Camilo se le enfrió la sangre. Se quedó callado, sin interrumpir más a Bruno con preguntas o comentarios. Tomaba notas lo más rápido que podía.

¿Se atrevería a decirle a este hombre sencillo que él creía que Nicolás Carpatia podía ser el mismo hombre del que hablaban las Escrituras? ¿Podría todo esto ser coincidencia? Sus dedos empezaron a temblar cuando Bruno le habló de las predicciones de un pacto de siete años entre el anticristo e Israel, de la reconstrucción del templo, y hasta de Babilonia como oficina central del nuevo orden mundial.

Finalmente, al llegar la medianoche, Camilo estaba abrumado. Sintió un miedo terrible y profundo en sus entrañas. Bruno Barnes no podía saber en absoluto de los planes de Nicolás Carpatia antes que fueran anunciados en las noticias aquella tarde. En un momento pensó acusar a Bruno de haber basado todo lo que decía en el reportaje de la CNN, que él había visto y oído, pero aunque lo hubiera hecho, ahí estaba escrito en la Biblia.

—¿Vio las noticias hoy? —preguntó Camilo.

—Hoy, no —dijo Bruno—. He estado en reuniones desde el mediodía y apenas comí algo justo antes de que usted llegara.

Camilo le dijo lo que había pasado en las Naciones Unidas. Bruno palideció.

—Por eso es que hemos estado oyendo todos estos ruidos de mi contestadora telefónica —dijo Bruno—. Yo desconecté la campanilla del teléfono, así que la única forma de saber cuando entra una llamada es por el ruido que hace la contestadora. La gente está llamándome para contármelo. Ellos hacen mucho eso. Hablamos de lo que dice la Biblia que puede suceder y cuando pasa, la gente comprueba.

—¿Piensa que Carpatia sea este anticristo?

—No veo cómo podría concluir otra cosa.

—Pero yo realmente creí en el hombre.

—¿Por qué no? La mayoría de nosotros creyó. Modesto, interesado en el bienestar de la gente, humilde, no buscando el poder ni el liderazgo. Pero el anticristo es un engañador. Y tiene el poder de controlar las mentes de los hombres. Puede hacer que la gente vea las mentiras como verdad.

Camilo le contó a Bruno de la invitación a la reunión previa a la conferencia de prensa.

—Usted no debe ir —afirmó Bruno.

—*No* puedo dejar de ir —repuso Camilo—. Es la oportunidad de toda una vida.

—Lo siento —se excusó Bruno—. Yo no tengo autoridad sobre usted, pero déjeme rogarle, advertirle, de lo que pasará enseguida. El anticristo solidificará su poder con una demostración de fuerza.

—Ya lo ha hecho.

—Sí, pero parece que todos estos acuerdos de largo alcance que le han concedido, llevarán meses o años para efectuarse. Ahora él tiene que demostrar cierta potencia. ¿Qué podría hacer para instalarse tan firmemente que nadie pueda oponérsele?

—No sé.

—Sin dudas tiene motivos ocultos para querer que usted esté allí.

—Yo no le sirvo.

—Lo haría si él lo controlara.

—Pero no lo hace.

—Si él es el inicuo del que habla la Biblia, hay poco que no tenga el poder de hacer. Le advierto que no vaya allí sin protección.

—¿Un guardia personal?

—Por lo menos. Pero si Carpatia es el anticristo, ¿quiere enfrentarlo sin Dios?

Camilo fue tomado por sorpresa. Esta conversación era suficientemente rara sin preguntarse si Bruno estaba usando algún medio necesario para hacer que él se convirtiera. Sin duda que ésa había sido una pregunta sincera y lógica pero Camilo se sintió presionado.

—Veo lo que quiere decir —respondió lentamente—, pero no creo que me vaya a hipnotizar o algo así.

—Señor Williams, usted tiene que hacer lo que debe hacer pero le ruego, si va a esa reunión sin Dios en su vida, estará en peligro mortal y espiritual.

Le contó a Camilo su conversación con los Steeles y cómo ellos habían sugerido colectivamente, la idea del Comando Tribulación.

—Es un grupo de gente seria que se opondrá atrevidamente al anticristo. Sólo que no esperaba que su identidad se hiciera tan evidente tan pronto.

El Comando Tribulación agitó algo profundo dentro de Camilo. Lo llevó de vuelta a sus primeros días de escritor, cuando creía que él tenía el poder de cambiar al mundo. Se quedaba en pie hasta altas horas de la noche, tramando con sus colegas cómo tendrían el coraje y la audacia de resistir a la opresión, a la gran maquinaria del gobierno, al abuso. Había perdido ese fuego y nervio en el curso de los años, al ir ganando recompensas por sus escritos. Aun quería hacer lo correcto, pero había perdido la pasión de la filosofía del todos-para-uno-y-uno-para-todos, al ir destacándose su talento y celebridad por encima de esos mismos colegas.

El idealista y el aventurero en él, gravitaron hacia esas ideas, pero se recobró antes de convencerse de convertirse en un creyente en Cristo sólo por la posibilidad de entrar a un excitante club pequeño.

—¿Piensa que podría estar presente mañana en la reunión de su grupo central? —preguntó.

—Me temo que no —respondió Bruno—. Pienso que lo encontraría interesante, y personalmente creo que le serviría para convencerse, pero está limitado a nuestro equipo de líderes. La verdad es que yo veré con ellos mañana lo que usted y yo hemos conversado esta noche, así que, de todos modos, sería una repetición para usted.

—¿Y la iglesia el domingo?

—Es muy bienvenido pero debo decir que va a ser el mismo tema que uso cada domingo. Lo ha oído de Raimundo Steele y lo oyó de mí. Si oírlo otra vez le sirve, entonces venga y vea cuántos hay que buscan y encuentran. Si es como los dos domingos pasados, sólo habrá lugar para estar de pie.

Camilo se paró y se estiró. Había mantenido a Bruno mucho después de la medianoche y se disculpó.

—No es necesario —le aseguró Bruno—. Esto es lo que yo hago.

—¿Sabe dónde puedo conseguir una Biblia?

—Yo tengo una con la que usted puede quedarse —le ofreció Bruno.

Al día siguiente el grupo central recibió entusiasta y emocionado a su miembro más nuevo, Cloé Steele. Pasaron gran parte del día estudiando las noticias y tratando de determinar la probabilidad de que Nicolás Carpatia fuera el anticristo. Ninguno pudo argumentar lo contrario.

Bruno contó la historia de Camilo Williams, sin usar su nombre ni mencionar su conexión con Raimundo y Cloé. Cloé lloraba silenciosamente mientras el grupo oraba por la seguridad y el alma de él.

Veinticuatro

Camilo pasó el sábado metido en la oficina de Chicago, que de otro modo estaría vacía, tratando de adelantar en escribir su artículo sobre la teoría detrás de las desapariciones. Su mente giraba continuamente, forzándole a pensar en Carpatia y lo que diría en el artículo sobre la manera en que el hombre parecía ser la perfecta semejanza de la profecía bíblica. Afortunadamente, podía esperar para escribir eso hasta después del gran día lunes.

A eso de la hora de almuerzo, Camilo llamó a Esteban Plank al hotel Plaza de Nueva York.

—Estaré allá el lunes en la mañana —afirmó—, pero no voy a invitar a Patty Durán.

—¿Por qué no? Es un pedido pequeño, de amigo a amigo.

—¿Tú a mí?

—Nicky a ti.

—Así que ahora es Nicky, ¿eh? Bueno, él y yo no somos bastante íntimos para esa familiaridad y yo no abastezco de compañía femenina ni siquiera a mis amigos.

—¿Ni siquiera por mí?

—Si supiera que tú la tratarías con respeto, Esteban, te arreglaría con Patty.

—¿Así que en realidad no vas a hacer esto por Carpatia?

—No. ¿Quedo desinvitado?

—No voy a decirle.

—¿Cómo vas a explicárselo cuando ella no aparezca?

—Yo mismo la invitaré, Macho, mojigato.

Camilo no dijo que advertiría a Patty para que no fuera. Le preguntó a Esteban si podría tener una exclusiva más con Carpatia antes de empezar su artículo sobre él.

—Veré qué puedo hacer pero, ¿tú ni siquiera puedes hacer un pequeño favor y quieres otra oportunidad?

—Yo le gusto a él, dijiste. Tú sabes que voy a hacer todo el artículo completo sobre el hombre. Él necesita esto.

—Si miraste televisión ayer, sabes que no necesita nada. Nosotros lo necesitamos a él.

—¿Nosotros? ¿Te has encontrado con algunas escuelas de pensamiento que lo relacionan con los acontecimientos de los postreros tiempos de la Biblia?

Esteban Plank no contestó.

—¿Esteban?

—Aquí estoy.

—Bueno, ¿sí? ¿Alguien que piense que él podría satisfacer los requisitos de uno de los villanos del libro del Apocalipsis?

Esteban no dijo nada.

—Hola, Esteban.

—Sigo aquí.

—Vamos, viejo amigo. Eres el secretario de prensa. Tú lo sabes todo. ¿Cómo va él a contestar si le doy con eso?

Esteban siguió callado aún.

—No me hagas eso, Esteban. No digo que se trate de que yo piense eso o que alguien que sepa algo o que importe vaya a pensar de esa manera. Yo estoy haciendo el artículo sobre lo que está detrás de las desapariciones, y tú sabes que eso me mete en toda clase de ámbitos religiosos. ¿Nadie en ninguna parte ha hecho comparaciones aquí?

Esta vez, cuando Esteban no dijo nada, Camilo miró sencillamente su reloj, decidido a esperarlo. Unos veinte segundos después de un ruidoso silencio, Esteban habló suavemente.

—Camilo, tengo una respuesta de dos palabras para ti. ¿Estás listo?

—Estoy listo

—Staten Island.

—¿Me estás diciendo que...?

—¡No digas el nombre, Camilo! Nunca se sabe quién está escuchando.

—Así que me estás amenazando con...

—No te estoy amenazando. Estoy advirtiéndote. Déjame decir que te estoy precaviendo.

—Y déjame recordarte Esteban que no me caen bien las advertencias. ¿Recuerdas aquellas remotas eras en que trabajamos juntos y tú pensabas que yo era el perro de caza más duro que mandabas tras una historia?

—Sólo no te vayas a meter a olfatear la mata equivocada, Camilo.

—Déjame preguntarte esto, Esteban.

—Cuidado, por favor.

—¿Quieres hablar conmigo por otra línea?

—No, Camilo, sólo quiero que tengas cuidado con lo que dices para que yo también pueda tener cuidado.

Camilo empezó a tomar apuntes furiosamente en una libreta de notas.

—Suficiente —dijo escribiendo *¿Carpatia o Stonagal responsables por Eric Miller?* —Lo que quiero saber es esto: si piensas que debo permanecer lejos del "ferry" es debido al tipo detrás del timón o debido al fulano que abastece su combustible?

—El último —dijo Esteban sin dudar.

Camilo encerró *Stonagal* en un círculo.

—Entonces no crees que el tipo detrás del timón siquiera tiene conciencia de lo que hace el distribuidor de combustible por cuenta de él.

—Correcto.

—Así que si alguien se acerca demasiado al piloto, el piloto puede ser protegido y ni siquiera saberlo.

—Correcto.

—¿Pero si supiera eso?

—Se las vería con eso.

—Eso es lo que espero ver pronto.

—No puedo comentar al respecto.

—¿Puedes decirme para quién trabajas en realidad?

—Trabajo para aquel que te parece para quien trabajo.

¿Qué quería decir eso? ¿Carpatia o Stonagal? ¿Cómo podría lograr que Esteban hablara por un teléfono desde adentro del Plaza, que podía estar controlado?

—¿Tú trabajas para el hombre de negocios rumano?

—Por supuesto.

Camilo casi se pateó a sí mismo. Ese podía ser Carpatia o Stonagal.

—¿Trabajas para él? —dijo esperando más.

—Mi jefe mueve montañas, ¿no? —dijo Esteban.

—Ciertamente lo hace —dijo Camilo, encerrando el nombre *Carpatia* esta vez dentro de un círculo.

—Debes estar contento con todo lo que está pasando en estos días.

—Lo estoy.

Camilo hizo anotaciones *¿Carpatia. Postreros tiempos. Anticristo?*

—Y me dices directamente que el otro tema que planteé es peligroso pero también tonterías.

—Diste medio a medio en el blanco.

—Y yo no debiera ni siquiera pensar el tema con él, pese al hecho de que yo sea un periodista que cubre todas las bases y hace las preguntas difíciles.

—Si yo pensara que consideras mencionarlo, no podría alentar la entrevista ni la historia.

—Muchacho, no te llevó mucho tiempo llegar a ser hombre de la empresa.

Luego de la reunión del núcleo, Raimundo Steele habló en privado con Bruno Barnes, quien le puso al día sobre la reunión con Camilo.

—No puedo discutir los asuntos particulares —dijo Bruno—, pero una sola cosa se interpone para convencerme de que este tipo Carpatia es el anticristo. No logro computarlo geográficamente. Casi todo autor que trata los postreros tiempos cree que el anticristo vendrá de Europa Occidental, quizá Grecia, Italia o Turquía.

Raimundo no sabía qué hacer con eso. —¿Te fijaste que Carpatia no luce rumano. ¿No son morenos en su mayoría?

—Sí. Déjame llamar al señor Williams. Él me dio un número de teléfono. Me pregunto cuánto más sabe de Carpatia.

Bruno marcó y puso a Camilo en el altoparlante del teléfono. —Raimundo Steele está conmigo.

—Hola, capitán —saludó Camilo.

—Estamos aquí estudiando un poco —prosiguió Bruno— y llegamos a un alto.

Le dijo a Camilo lo que habían hallado y pidió más información.

—Bueno, él viene de una ciudad, una de las ciudades universitarias más grandes llamada Cluj, y...

—¿Ah, sí? Supongo que pensé que era de una región montañosa, usted sabe, debido a su apellido.

—¿Su apellido? —repitió Camilo, escribiéndolo en su libreta de apuntes.

—Usted sabe, usando el apellido como los Montes Cárpatos y todo. ¿O ese apellido significa alguna otra cosa allá?

Camilo se enderezó en su asiento y ¡se dio cuenta! Esteban había estado tratando de decirle que él trabajaba para Stonagal y *no* para Carpatia. Y por supuesto, todos los nuevos delegados a Naciones Unidas se sentirían unidos a Stonagal debido a que él los había presentado a Carpatia. ¡Quizá *Stonagal* era el anticristo! ¿Dónde había empezado *su* linaje?

—Bueno —dijo Camilo tratando de concentrarse—, quizás él fue apellidado por los montes pero nació en Cluj y sus ancestros, bien remoto, es romano. Eso da cuenta del pelo rubio y los ojos azules.

Bruno le agradeció y le preguntó si lo vería en la iglesia al día siguiente. Raimundo pensó que Camilo sonaba distraído y sin comprometerse.

—No lo he descartado —contestó Camilo.

Sí, pensó Camilo al colgar. *Estaré allá*. Él quería hasta el último trocito de información antes de irse a Nueva York a escribir la historia que le costaría la carrera, y quizá su vida. No sabía la verdad, pero nunca había retrocedido al buscarla y ahora no iba a empezar. Llamó por teléfono a Patty Durán.

—Patty —dijo—, vas a recibir una llamada invitándote a Nueva York.

—Ya la recibí.

—Querían que yo te invitara pero les dije que lo hicieran ellos mismos.

—Lo hicieron.

—Quieren que veas de nuevo a Carpatia, que le acompañes un poco la semana próxima si estás libre.

—Lo sé y estoy y quiero.

—Te advierto que no lo hagas.

Ella se rió. —Correcto, ¿voy a rechazar una cita con el hombre más poderoso del mundo? No lo creo.

—Ese sería mi consejo.

—¿Para qué?

—Porque no me pareces ser esa clase de muchacha.

—Primero, no soy una muchacha. Tengo casi la misma edad que tú y no necesito un padre ni un tutor.

—Te estoy hablando como amigo.

—Tú no eres mi amigo, Camilo. Fue evidente que ni siquiera te gusto. Traté de tirarte a esa niñita de Raimundo Steele y no estoy segura de que siquiera tengas el cerebro para captar eso.

—Patty, quizá no te conozca pero no pareces ser del tipo que permite que un extraño se aproveche de ella.

—Tú eres bastante extraño y estás tratando de decirme qué hacer.

—Bueno, ¿*eres* esa clase de persona? Al no invitarte ¿yo estaba tratando de protegerte de algo que tú pudieras disfrutar?

—Mejor que lo creas así.

—¿No te puedo convencer de lo contrario?

—Mejor que ni siquiera trates —contestó ella y le colgó.

Camilo meneó la cabeza y se echó atrás en su sillón, sosteniendo frente a él su libreta de papel amarillo. *Mi jefe mueve montañas, había dicho Esteban. Carpatia es una montaña. Stonagal es el que mueve y zarandea detrás de él. Esteban piensa que él realmente está metido bien hondo. Él no sólo es el secretario de prensa del hombre a quien Patty Durán llamó correctamente el hombre más poderoso de la tierra, sino que Esteban realmente está ligado con el hombre que está detrás del hombre.*

Camilo se preguntó qué harían Raimundo o Cloé si supieran que Patty había sido invitada a Nueva York para ser la compañera de Carpatia por unos pocos días. Al final, decidió que eso no era de su incumbencia ni de la de ellos.

Raimundo y Cloé esperaron por Camilo hasta el último minuto en la mañana siguiente, pero no pudieron seguir guardándole asiento cuando se llenó el santuario y el segundo piso. Cuando Bruno empezó su mensaje, Cloé codeó a su padre y señaló a la ventana, al fondo del pasillo, antes de la puerta principal. Ahí, en un grupito que oía por un parlante externo, estaba Camilo. Raimundo levantó un puño en señal de celebración y le susurró a Cloé.

—¿Me pregunto por qué vas a orar esta mañana?

Bruno pasó el video del ex pastor, volvió a contar su historia, habló brevemente de profecía, invitó a la gente a que recibiera a Cristo, y luego ofreció el micrófono para relatos personales. Como había pasado en las dos semanas anteriores, mucha gente empezó a pasar adelante y formaron fila hasta bien pasadas la una de la tarde, ansioso por contar cómo por fin habían creído en Cristo.

Cloé dijo a su padre que había querido ser la primera, como él lo había sido, pero para cuando se abrió camino desde la última fila del segundo piso, fue una de las últimas. Contó su historia, incluyendo la señal que ella creía que Dios le había dado en la forma de un amigo que se sentó a su lado en el vuelo de regreso a casa. Raimundo sabía que ella no podía ver a Camilo por encima de la multitud y tampoco Raimundo.

Cuando terminó la reunión, Raimundo y Cloé salieron afuera para buscar a Camilo pero éste se había ido. Fueron a almorzar con Bruno y cuando volvieron a casa, Cloé encontró una nota de Camilo en la puerta principal.

> No es que no quisiera despedirme. Pero no lo hice. Volveré por trabajo y quizá sólo para verte, si me lo permites. Tengo mucho que pensar ahora como tú sabes, y francamente no quiero que mi atracción por ti se interponga en ese pensamiento. Y se metería. Eres una persona encantadora, Cloé, y me conmovió hasta las lágrimas tu historia. Me la habías contado antes, pero escucharla en ese lugar y en esa circunstancia esta mañana fue bello. ¿Harías algo que yo nunca antes le he pedido a alguien que haga por mí? ¿Orarías por mí? Te llamaré o te veré pronto. Te lo prometo.
>
> Camilo.

Camilo se sintió más solo que nunca en el vuelo de regreso. Estaba en la clase económica de un avión lleno, pero no conocía a nadie. Leyó varios capítulos de la Biblia que Bruno le había dado y marcado para él, haciendo que la mujer sentada a su lado le hiciera preguntas. Él contestó en tal forma que ella supo que él no estaba de ánimo para conversar. No quería ser maleducado pero tampoco quería desorientar a nadie con su conocimiento limitado.

No le fue fácil dormir esa noche aunque rehusó permitirse pasear. Él iba a ir a una reunión en la mañana de la cual le había advertido que se mantuviera lejos. Bruno Barnes había sonado convencido de que si Nicolás Carpatia era el anticristo, Camilo corría el riesgo de ser mentalmente invadido, que le lavara el cerebro, lo hipnotizara o algo peor.

Mientras se duchaba y se vestía por la mañana, Camilo concluyó que había andado mucho camino desde que pensara que el ángulo religioso era marginal. Él había pasado desde el asombro divertido por la gente que pensaba que sus seres queridos habían volado al cielo, a creer que mucho de lo que estaba pasando había sido profetizado en la Biblia. Ya no se preguntaba ni dudaba más, se dijo a sí mismo. No había otra explicación para los dos testigos de Jerusalén. Ni para las desapariciones.

Y el alcance mayor de todo, este asunto de un anticristo que engaña a muchos... bueno, en la mente de Camilo ya no era más cuestión de si era literal o verdadero. Ya estaba mucho más allá de eso. Ya había avanzado a tratar de decidir quién era el anticristo: Carpatia o Stonagal. Camilo aún se inclinaba hacia Stonagal.

Pasó su bolsa por encima del hombro, tentado de llevar el revólver de su mesa de noche pero sabiendo que nunca lo pasaría por los detectores de metal. De todos modos, sintió, ésa no era la clase de protección que él necesitaba. Lo que él necesitaba era seguridad para su mente y para su espíritu.

Agonizó durante todo el camino a las Naciones Unidas. ¿Oro? se preguntaba a sí mismo. ¿Digo la oración como tanta gente hizo ayer por la mañana? ¿Lo haría sólo para protegerme del vodú o de los abracadabra? Decidió que convertirse en creyente no podía ser con el propósito de tener un amuleto de buena suerte. Eso lo abarataría. Ciertamente Dios no obraba de esa manera. Y si podía creerse a Bruno Barnes, ahora durante este período, ya no había más protección para los creyentes que para cualquier otra persona. Enormes cantidades de personas iban a morir en los próximos siete años, cristianos o no. Entonces la cuestión era ¿dónde iban a estar?

Había una sola razón para efectuar la transacción, decidió él: si verdaderamente creía que podía ser perdonado y llegar a ser uno del pueblo de Dios. Dios se había vuelto más que una fuerza de la naturaleza o un hacedor de milagros para Camilo, pues Dios había estado en los cielos de Israel aquella noche. Si Dios hacía a la gente, sólo era sensato que quisiera comunicarse con ellos, conectarse con ellos.

Camilo entró a las Naciones Unidas en medio de hordas de reporteros que ya se instalaban para la conferencia de prensa. Las limosinas descargaban gente VIP y había multitudes esperando detrás de las barreras policiales. Camilo vio a Sandalio Bailey en un grupo cerca de la puerta.

—¿Qué está usted haciendo aquí? —dijo Camilo, dándose cuenta de que durante sus cinco años en el *Semanario Mundial* nunca había visto a Bailey fuera del edificio.

—Sólo aprovechándome de mi posición para poder estar en esta conferencia de prensa. Orgulloso de que vayas a estar en la reunión preliminar. Asegúrate de recordarlo todo. Gracias por transmitir tu primer borrador de la historia sobre la teoría. Sé que aún tienes mucho por hacer pero es un comienzo muy bueno. Va a ser un éxito.

—Gracias —dijo Camilo y Bailey le hizo el gesto del pulgar para arriba. Camilo se dio cuenta de que si eso hubiera pasado un mes antes, él hubiera tenido que reprimirse para no reírse del viejo trillado y hubiera comentado a sus colegas para qué idiota trabajaba él. Ahora estaba extrañamente agradecido del ánimo. Bailey no podía tener la menor idea de lo que estaba pasando Camilo.

Cloé Steele le contó a su padre de sus planes de buscar finalmente clases en una universidad local ese lunes.

—Y estaba pensando —agregó ella—, en tratar de reunirme con Patty para almorzar.

—Pensé que no te importaba ella —comentó Raimundo.

—No me importa, pero eso no es excusa. Ella ni siquiera sabe lo que me ha pasado. No contesta el teléfono. ¿Alguna idea de cuál es su horario de trabajo?

—No, pero tendré que ver el mío. Veré si anda volando hoy.

Le dijeron a Raimundo que no solamente Patty no estaba programada para ese día sino que también había solicitado un permiso de ausencia por treinta días.

—Eso es raro —comentó a Cloé—. Quizá tenga problemas familiares allá en el Oeste.

—Quizá sólo se esté tomando un tiempo libre —aventuró Cloé.
—La llamaré más tarde cuando salga. ¿Qué haces hoy?

—Le prometí a Bruno que iría y miraría con él esa conferencia de prensa de Carpatia más tarde en la mañana.

—¿A qué hora es eso?

—Pienso que a las diez, de nuestra hora.

—Bueno, si Patty no está por aquí para almorzar, quizá pase por allá.

—Llámanos de una u otra forma querida, y te esperaremos.

Las credenciales de Camilo esperaban por él en el escritorio de información del vestíbulo de las Naciones Unidas. Fue dirigido a una sala de conferencia privada, fuera de la *suite* de oficinas en que ya se había instalado Nicolás Carpatia. Camilo estaba adelantado veinte minutos por lo menos pero al salir del ascensor se sintió solo en la multitud. No vio a nadie que reconociera al empezar el largo camino por un corredor de vidrio y acero que llevaba a la sala donde tenía que juntarse con Esteban, los diez embajadores designados que representaban a los diez miembros permanentes del nuevo Consejo de Seguridad, varios ayudantes y asesores del nuevo secretario general, (incluyendo a Rosenzweig, Stonagal y varios otros miembros de su hermandad internacional de magos de las finanzas) y por supuesto, el mismo Carpatia.

Camilo siempre había sido firme y confiado. Otros habían advertido su manera de caminar firme y decidida cuando estaba en misión. Ahora su marcha era lenta e insegura, y con cada paso que daba aumentaba su temor. Las luces parecían oscurecerse, las paredes cerrarse. Su pulso aumentaba y tenía una sensación de presagio.

El miedo aterrador le recordaba Israel, cuando creyó que iba a morir. ¿Estaba por morir? No podía imaginarse un peligro físico, aunque era claro que la gente que se metió en el camino de Carpatia o en el camino de los planes de Stonagal para Carpatia, estaba muerta ahora. ¿Sería él justamente otro de una fila que iba desde el rival de negocios de Carpatia allá en Rumania años atrás pasando por Desi Burton y Alan Tompkins hasta Eric Miller?

No, lo que él temía, sabía, no era peligro mortal. Por lo menos, no ahora, no aquí. Mientras más se acercaba al salón de conferencias, más era repelido por una sensación de mal, como si estuviera personificado en ese lugar. Casi sin pensarlo Camilo se halló orando silenciosamente: *Dios, sé conmigo. Protégeme.*

No sintió alivio. Si algo pasó fue que pensar en Dios le intensificó su reconocimiento del mal aun más. Se detuvo a diez pies de la puerta abierta, y aunque oyó risas y bromas, estaba casi paralizado por la atmósfera tenebrosa. Quería estar en cualquier otra parte menos allí pero sabía que no podía retroceder. Esta era la sala en que se congregaban los nuevos dirigentes del mundo y cualquier persona sana hubiera dado cualquier cosa por estar ahí.

Camilo se dio cuenta de que lo que realmente deseaba era haber estado allí. Deseaba que aquello hubiera terminado, que hubiera visto esta acogida de la nueva gente, este breve discurso de compromiso o lo que fuera y estar ya escribiendo de ello.

Trató de obligarse a pasar por la puerta, con sus pensamientos ensordecedores. Otra vez clamó a Dios y se sintió como un cobarde igual que todos los demás, orando metido en el hoyo de la trampa. Él había ignorado a Dios durante la mayor parte de su vida, y ahora cuando sentía la angustia más oscura de su alma, estaba de rodillas, figuradamente.

Pero él no pertenecía a Dios. No todavía. Lo sabía. Dios había respondido la oración de Cloé pidiendo una señal antes de que ella hubiera efectuado realmente la transición espiritual. ¿Por qué no podía él haber contestado el ruego de Camilo por calma y paz?

Camilo no pudo moverse hasta que Esteban Plank lo vio. —¡Macho! Estamos casi listos para empezar. Vamos, entra.

Pero Camilo se sentía terrible, presa del pánico.

—Esteban, tengo que ir corriendo al baño, ¿tengo un minuto?

Esteban miró su reloj. —Tienes cinco —dijo—. Y cuando vuelvas, te sentarás justo allá.

Esteban señaló una silla en un rincón de un grupo cuadrado de mesas. Eso le gustó al periodista que había dentro de Camilo. El perfecto punto ventajoso. Sus ojos se fijaron en los nombres puestos frente a cada puesto. Él iba a estar de frente a la mesa principal, donde Carpatia se había puesto directamente al lado de Stonagal... ¿o era Stonagal quien estuvo a cargo de los asientos? Al lado de Carpatia, al otro lado, había un "Asistente Personal" escrito apresuradamente a mano en la plaquita.

—¿Ese eres tú? —dijo Camilo.

—No —. Esteban señaló al rincón opuesto a la silla de Camilo.

—¿Aquí está Todd-Cothran? —dijo Camilo.

—Por supuesto. Justo ahí, de gris claro.

El británico pareció bastante insignificante. Pero justo más allá de él estaban Stonagal, de gris carbón, y Carpatia que lucía perfecto en un traje negro, camisa blanca, corbata azul eléctrico y un alfiler de oro. Camilo se estremeció al verlo pero Carpatia le relampagueó una sonrisa y le hizo señas que se acercara. Camilo le hizo señas que estaría en un minuto. —Ahora sólo tienes cuatro minutos —le advirtió Esteban—. Anda.

Camilo puso su bolsa en un rincón, cerca de un guardia de seguridad, grueso y canoso, hizo señas a su viejo amigo Jaime Rosenzweig y trotó hacia el baño. Puso un balde de aseador al lado de afuera y cerró la puerta. Camilo se puso de espaldas contra la puerta, metió bien las manos en los bolsillos y dejó caer su mentón sobre su pecho, recordando el consejo de Bruno de que podía hablar a Dios de la misma manera con que conversaba con un amigo.

—Dios —dijo—, te necesito y no sólo para esta reunión.

Y mientras oraba, creyó. Esto no era un experimento, ni un intento carente de entusiasmo. Él no estaba sólo esperando o probando algo. Camilo sabía que estaba hablando a Dios mismo. Admitió que necesitaba a Dios, que sabía que estaba tan perdido y que era tan pecador como todos. No oró específicamente la oración de la que había oído hablar a los demás pero, cuando hubo terminado, había cubierto el mismo territorio y el trato estaba hecho. Camilo no era del tipo de meterse en nada a la ligera. Igual que sabía todo, sabía que no había vuelta.

Camilo se dirigió al salón de conferencias más rápido esta vez pero, extrañamente, no con más confianza. Él no había rogado por valor ni por paz esta vez. Esta oración había sido por su propia alma. No había sabido qué sentiría pero no esperaba esta continua sensación de miedo.

Sin embargo, no vaciló. Cuando entró, todos estaban en su lugar: Carpatia, Stonagal, Todd-Cothran, Rosenzweig, Esteban y los potentados financieros y los embajadores. Y una persona que Camilo nunca hubiera esperado: Patty Durán. La miró fijo, confundido, mientras ella tomó su lugar como asistente personal de Nicolás Carpatia. Le guiñó un ojo a Camilo pero él no le hizo caso. Se apuró a su bolsa, hizo señas de agradecimiento al guardia armado y llevó sólo una libreta de apuntes para su asiento.

Aunque no había una sensación especial que hubiera venido con la decisión de Camilo, él tenía una sensibilidad mayor de que algo estaba pasando allí. No tenía dudas de que el anticristo de la Biblia estaba en este salón. Y pese a todo lo que sabía de Stonagal y de lo que el hombre había armado en Inglaterra y a pesar de la mala sensación que le sobrevenía al observar su suficiencia, Camilo percibió el más verdadero, más profundo, más tenebroso espíritu del mal al mirar a Carpatia ocupar su lugar. Nicolás esperó hasta que todos estuvieran sentados, entonces se levantó con falsa dignidad.

—Caballeros... y dama —empezó—, este es un momento importante. En unos pocos minutos saludaremos a la prensa y presentaremos a aquellos de ustedes que serán encargados de dirigir el nuevo orden mundial hacia una era dorada. La comunidad global se ha unido y encaramos la tarea más grande y la oportunidad más grande nunca concedida a la humanidad.

Veinticinco

Nicolás Carpatia salió de su lugar en la mesa y fue hacia cada persona individualmente. Saludó a cada uno por su nombre, pidiéndole que se parara, estrechando su mano y besándole en ambas mejillas. Se saltó a Patty y empezó con el nuevo embajador británico.

—Señor Todd-Cothran —dijo—, usted será presentado como el embajador de los Grandes Estados de Bretaña, que ahora incluyen buena parte de Europa Occidental y Oriental. Le doy la bienvenida al equipo y le confiero todos los derechos y privilegios correspondientes a su nueva posición. Que usted pueda exhibir para mí y quienes están a cargo suyo, la constancia y sabiduría que le han traído a este puesto.

—Gracias, señor —dijo Todd-Cothran y se sentó al proseguir Carpatia.

Todd-Cothran pareció sobresaltarse, como varios otros, cuando Nicolás repitió la misma fórmula, incluso precisamente el mismo título: embajador de los Grandes Estados de Bretaña, al financista británico sentado a su lado. Todd-Cothran sonrió tolerante. Obviamente Carpatia se había equivocado y debiera haberse referido al hombre como uno de sus asesores financieros. Pero Camilo nunca había visto que Carpatia cometiera tal desliz.

Carpatia fue pasando alrededor de la configuración de las mesas de cuatro lados, de a uno por uno, diciendo exactamente las mismas palabras a cada embajador, pero adaptando la letanía para que comprendiera el nombre y título apropiados. El recitado cambiaba solamente un poco para sus ayudantes y asesores personales.

Cuando Carpatia llegó a Camilo pareció vacilar. Camilo se paró lentamente como si no estuviera seguro de estar incluido en esto. La cálida sonrisa de Carpatia le daba la bienvenida a que se parara. Camilo perdió un poco el equilibrio, tratando de sostener pluma y libreta de apuntes mientras daba la mano al dramático Carpatia. El apretón de manos de Nicolás fue firme y fuerte y lo mantuvo durante todo su recitado. Miraba directamente los ojos de Camilo y habló con tranquila autoridad.

—Señor Williams —dijo—, le doy la bienvenida al equipo y le confiero todos los derechos y privilegios correspondientes a su nueva posición...

¿Qué era esto? No era lo que Camilo esperaba pero era tan afirmativo, tan halagador. Él no era parte de ningún equipo, ¡y no debía conferírsele ningún derecho ni privilegio! Meneó ligeramente su cabeza para indicar que Carpatia se había vuelto a confundir, que evidentemente había confundido a Camilo con alguna otra persona. Pero Nicolás asintió levemente y sonrió aun más, mirando más profundamente en los ojos de Camilo. Él sabía lo que estaba haciendo.

—Que usted pueda exhibir para mí y quienes están a cargo suyo, la constancia y sabiduría que le han traído a este puesto.

Camilo quería pararse más erguido, agradecer a su mentor, su líder, el que otorgaba este honor ¡Pero no! ¡No estaba bien! Él no trabajaba para Carpatia. Él era un periodista independiente, no uno que apoyaba, no un prosélito, y por cierto, no un empleado. Su espíritu resistió la tentación de decir *gracias, señor* como todos los demás. Había sentido y leído el mal del hombre y todo lo que pudo hacer fue reprimirse de apuntar a él y llamarlo anticristo. Casi podía oírse gritándolo a Carpatia.

Nicolás aún miraba fijo, aún sonreía, aún apretaba su mano. Después de un silencio embarazoso, Camilo oyó risitas ahogadas y Carpatia comentó:

—Sea muy bienvenido mi ligeramente sorprendido amigo mudo —los demás se rieron y aplaudieron cuando Carpatia lo besó pero Camilo no sonrió. Tampoco agradeció al secretario general. La bilis se le subió a la garganta.

Al seguir Carpatia adelante, Camilo se dio cuenta de lo que había resistido. Si no hubiera pertenecido a Dios, hubiera sido barrido adentro de la red de este hombre de engaño. Él podía verlo en las caras de los demás. Ellos se sentían honrados más allá de toda medida al ser elevados a ese nivel de poder y confianza, hasta Jaime Rosenzweig. Patty parecía derretirse en la presencia de Carpatia.

Bruno Barnes le había rogado que no fuera a esta reunión, y ahora, Camilo sabía por qué. Si hubiera venido sin preparación, si

Bruno, Cloé y probablemente, el capitán Steele, no hubieran orado por él, ¿quién sabe si hubiera hecho su decisión y su consagración a Cristo a tiempo para tener el poder de resistir la atracción de la aceptación y el poder?

Carpatia siguió la ceremonia con Esteban, que se ahogaba de orgullo. Nicolás trató a cada uno presente en el salón, cuando era el momento oportuno, salvo el guarda de seguridad, Patty y Jonatán Stonagal. Volvió a su lugar y se volvió primero a Patty.

—Señorita Durán —dijo, tomando las dos manos de ella con la suya—, usted será presentada como mi asistente personal, habiendo dado la espalda a una carrera estelar en la aviación comercial. Le doy la bienvenida al equipo y le confiero a usted todos los derechos y privilegios correspondientes a su nueva posición. Que usted pueda exhibir para mí y quienes están a cargo suyo, la constancia y sabiduría que le han traído a este puesto.

Camilo trató de captar la mirada de Patty y menear su cabeza pero ella la tenía fija en su nuevo jefe. ¿Era esto culpa de Camilo? En primer lugar, él la había presentado a Carpatia. ¿Era ella aún alcanzable? ¿Tendría acceso él? Miró alrededor del salón. Todos miraban fijamente con sonrisas beatíficas mientras Patty suspiraba sus sentidas gracias y se volvía a sentar.

Carpatia se volvió de manera espectacular a Jonatán Stonagal. Este último sonrió con sonrisa conocedora y se levantó como un rey.

—¿Por dónde empiezo, Jonatán, mi amigo? —dijo Carpatia. Stonagal bajó, agradecido, su cabeza y los demás murmuraron su asentimiento de que éste era, sin duda, el hombre entre los hombres del salón. Carpatia tomó la mano de Stonagal y empezó formalmente.

—Señor Stonagal, usted ha sido más importante para mí, más que nadie en la tierra.

Stonagal alzó los ojos y sonrió, mirando directo a los ojos de Carpatia.

—Le doy la bienvenida al equipo —dijo Carpatia—, y le confiero todos los derechos y privilegios correspondientes a su nueva posición.

Stonagal retrocedió, evidentemente desinteresado por ser considerado parte del equipo, por recibir la bienvenida del mismo hombre a quien había maniobrado hasta llegar a la presidencia de Rumania, y ahora al secretariado general de las Naciones Unidas.

Su sonrisa se heló, luego desapareció al seguir Carpatia. —Que usted pueda exhibir para mí y quienes están a cargo suyo, la constancia y sabiduría que le han traído a este puesto.

En vez de agradecerle a Carpatia, Stonagal soltó y retiró su mano y fulminó con los ojos al hombre más joven. Carpatia siguió mirándolo directamente y habló con tonos más tranquilos y cálidos.

—Señor Stonagal, puede sentarse.

—¡No me sentaré! —gritó Stonagal.

—Señor, yo he estado jugando un poco a sus expensas porque sabía que entendería.

Stonagal enrojeció, claramente molesto por haber reaccionado de un modo exagerado.

—Le ruego me perdone, Nicolás —dijo Stonagal, forzando una sonrisa pero obviamente insultado por haber sido empujado a ese chocante despliegue.

—Por favor, amigo mío —pidió Carpatia—. Por favor, siéntese. Caballeros y dama, tenemos sólo unos pocos minutos antes de saludar a la prensa.

Camilo todavía estaba mirando a Stonagal, quien hervía de ira.

—Quisiera presentarle a todos ustedes un poco de una lección gráfica de liderazgo, subordinación, y podría decir, cadena de mando. Señor Serafín M. Otterness, ¿quiere acercarse a mí, por favor?

El guarda del rincón se dio vuelta sorprendido y se apresuró a ir donde Carpatia.

—Una de mis técnicas de liderazgo es mi capacidad de observación, combinada con una memoria prodigiosa —afirmó Carpatia.

Camilo no podía sacar los ojos de Stonagal que parecía estar contemplando la venganza por haber sido avergonzado. Parecía listo a pararse en cualquier momento y poner a Carpatia en su lugar.

—El señor Otterness, aquí presente, se sorprendió porque no hemos sido presentados, ¿verdad señor?

—No, señor Carpatia, señor, no lo hemos sido.

—Y sin embargo, yo sabía su nombre.

El guardia ya mayor sonrió y asintió.

—También puedo decirle la marca, modelo y calibre del arma que usted lleva en su cadera. No miraré mientras usted la saca y la muestra a este grupo.

Camilo miró horrorizado cuando el señor Otterness se soltó la correa de cuero que sostenía en su pistolera el enorme revólver. La sacó sosteniéndola con las dos manos para que todos, menos Carpatia que había desviado sus ojos, pudieran verla. Stonagal, aún con su cara roja, parecía estar faltándole el aire.

—Observé, señor, que le dieron un arma de calibre treinta y ocho especial para policías, con un cañón de cuatro pulgadas, cargado con balas de alta velocidad y punta hueca.

—Correcto, señor —dijo Otterness, regocijado.

—¿Puedo tomarla? por favor.

—Por cierto, señor.

—Gracias. Puede volver a su puesto, a resguardar la bolsa del señor Williams que contiene una grabadora, un teléfono celular, y una computadora. ¿Correcto, Macho?

Camilo lo miró fijo rehusando responder. Oyó a Stonagal rezongar algo como *una especie de truco barato*. Carpatia siguió mirando a Camilo. Ninguno habló.

—¿Qué es esto? —susurró Stonagal—. Estás comportándote como un niño.

—Me gustaría decirte lo que están por presenciar —prosiguió Carpatia, y Camilo sintió de nuevo la oleada de maldad en el salón. Más que nada quería frotarse la piel erizada de sus brazos y salir corriendo por su vida. Pero estaba helado en su asiento. Los otros parecían hipnotizados pero no perturbados como estaban él y Stonagal.

—Voy a pedirle al señor Stonagal que se pare una vez más —agregó Carpatia, con la enorme y fea arma segura a su lado—. Jonatán, por favor.

Stonagal siguió sentado mirándolo fijo. Carpatia sonrió.

—Jonathan, sabes que puedes confiar en mí. Te quiero por todo lo que has significado para mí y humildemente te pido que me ayudes en esta demostración. Entiendo parte de mi papel como maestro. Tú mismo has dicho eso y has sido mi maestro por años.

Stonagal se paró, alerta y rígido.

—Y ahora, voy a pedirte que cambiemos de lugar.

Stonagal maldijo. —¿Qué es esto? —exigió.

—Se esclarecerá rápidamente y yo no necesitaré más tu ayuda.

Camilo supo que para los demás eso sonó como si Carpatia dijera que no iba a necesitar más la ayuda de Stonagal para lo que fuese esta demostración. Tal como había enviado desarmado al guarda de regreso al rincón, tuvieron que suponer que agradecería a Stonagal y le dejaría volver a su asiento.

Stonagal, con su entrecejo fruncido de disgusto, se paró, salió y cambió de lugar con Carpatia. Eso dejó a Carpatia a la diestra de Stonagal. A la izquierda de Stonagal estaba sentada Patty, y más allá de ella, el señor Todd-Cothran.

—Y ahora, voy a pedirte que te arrodilles, Jonatán —ordenó Carpatia, habiendo desaparecido su sonrisa y su tono ligero. A Camilo le pareció como si todos los presentes en el salón hubiesen dejado de respirar.

—No haré eso —respondió Stonagal.

—Sí, lo harás —afirmó tranquilamente Carpatia—. Hazlo ahora.

—No señor, no lo haré —repitió Stonagal—. ¿Te volviste loco? No seré humillado. Si piensas que has subido a una posición por encima de mí, te equivocas.

Carpatia levantó el 38, lo sopesó y hundió el cañón en la oreja derecha de Stonagal. El anciano lo esquivó primero pero Carpatia dijo:

—Muévete de nuevo y eres hombre muerto.

Varios se pararon, incluyendo a Rosenzweig que gritó lastimeramente.

—¡Nicolás!

—Siéntense todos, por favor —ordenó Carpatia, calmado de nuevo.

—Jonatán, arrodíllate.

Dolorosamente el anciano se agachó, usando la silla de Patty para apoyarse. No encaró a Carpatia ni lo miró. El arma seguía en su oreja. Patty estaba sentada, pálida y helada.

—Querida mía —prosiguió Carpatia inclinándose hacia ella por encima de la cabeza de Stonagal—, vas a mover tu asiento para atrás unos tres pies para no ensuciar tu ropa.

Ella no se movió.

Stonagal empezó a gemir.

—Nicolás, ¿por qué estás haciendo esto? ¡Yo soy tu amigo! ¡No soy una amenaza!

—Rogar no te queda bien, Jonatán. Por favor, cállate. —Patty —continuó esta vez mirándola directo a los ojos—, párate, y mueve para atrás tu silla y siéntate. El pelo, la piel, el tejido del cráneo y la materia cerebral caerán mayormente sobre el señor Todd-Cothran y los otros cerca de él. No quiero que nada te caiga a ti.

Patty movió su silla para atrás, con sus dedos temblorosos.

Stonagal gimió. —¡No, Nicolás, no!

Carpatia no tenía prisa. —Voy a matar al señor Stonagal con una bala de punta redonda hueca indolora al cerebro que él ni oirá ni sentirá. El resto de nosotros sentiremos un campanilleo en nuestros oídos. Esto será instructivo para todos ustedes. Podrán entender con gran percepción que yo soy el que mando, que no temo a ningún hombre y que nadie se me puede oponer.

El señor Otterness se tocó la frente, como si estuviera mareado y se cayó sobre una rodilla. Camilo consideró una zambullida suicida a través de la mesa para agarrar el arma, pero sabía que otros podrían morir por su intento. Miró a Esteban que estaba sentado inmóvil como los demás. El señor Todd-Cothran cerró sus ojos e hizo una mueca como esperando el ruido en cualquier instante.

—Cuando el señor Stonagal esté muerto, les diré lo que recordarán. No vaya a ser que alguien piense que no he sido justo, por lo cual no descuidaré agregar que algo más que despojos sangrientos terminará en el traje del señor Todd-Cothran. Una bala de alta velocidad a esta distancia también lo matará, lo que como usted sabe, señor Williams, es algo que le prometí que vería en su debido momento.

Todd-Cothran abrió sus ojos ante esa novedad y Camilo se oyó gritar: —¡No! —cuando Carpatia apretó el gatillo. La explosión hizo temblar las ventanas y hasta la puerta. La cabeza de Stonagal explotó contra un Todd-Cothran que caía y ambos quedaron simplemente muertos antes que sus cuerpos entrelazados llegaran al suelo.

Varias sillas se echaron atrás de la mesa cuando sus ocupantes se taparon la cabeza de miedo. Camilo miraba fijo, con la boca abierta, mientras Carpatia tranquilamente ponía el revólver en la mano derecha colgante de Stonagal y doblaba su dedo alrededor del gatillo.

Patty se estremecía en su asiento y parecía que quería gritar pero el alarido no salía. Carpatia tomó de nuevo la palabra.

—Lo que aquí acabamos de presenciar —prosiguió amablemente, como hablando a niños—, fue un final trágico horrible de dos vidas que, de otro modo, serían extraordinariamente productivas. Estos hombres eran dos que yo respeté y admiré más que a cualquier otro del mundo. Qué llevó al señor Stonagal a correr al guarda, desarmarlo, tomar su propia vida y la de su colega británico, no lo sé y quizá nunca lo entienda por completo.

Camilo luchó dentro de sí por conservar su lucidez, por mantener clara su mente, por —como le había dicho su jefe cuando entraba— *recordarlo todo.*

Carpatia continuó, con sus ojos humedecidos.

—Todo lo que puedo decirles es que Jonatán Stonagal me dijo recién esta mañana, en el desayuno, que se sentía personalmente responsable por dos muertes violentas recientemente acaecidas en Inglaterra y que él no podía seguir viviendo con la culpa. Honestamente, pensé que iba a entregarse a las autoridades internacionales, hoy más tarde. Y si él no lo hubiera hecho, yo hubiera tenido que hacerlo. Cómo conspiró con el señor Todd-Cothran, que llevó a las muertes en Inglaterra, no lo sé. Pero si él fue responsable, entonces en forma triste, quizá hoy aquí se satisfizo la justicia.

—Todos estamos horrorizados y traumatizados habiendo presenciado esto. ¿Quién no lo estaría? Mi primer acto como secretario general será cerrar las Naciones Unidas por el resto del día y pronunciar lamentablemente mi bendición de defunción sobre las vidas de dos viejos amigos. Confío que todos ustedes podrán manejarse con este desafortunado hecho y que no perturbará por siempre la habilidad de ustedes para servir en sus papeles estratégicos.

—Gracias, señores. Mientras la señorita Durán llama a seguridad, yo los entrevistaré a ustedes tocante a su versión de lo que pasó aquí.

Patty corrió al teléfono y apenas podía darse a entender en su histeria.

—¡Vengan rápido! ¡Hubo un suicidio y hay dos hombres muertos! ¡Fue horrible! ¡Apúrense!

—¿Señor Plank? —preguntó Carpatia.

—Eso fue increíble —respondió Esteban y Camilo supo que hablaba muy en serio—. Cuando el señor Stonagal tomó el revólver, ¡pensé que nos iba a matar a todos!

Carpatia llamó al embajador de Estados Unidos.

—Vaya, he conocido a Jonatán por años —comentó él—. ¿Quién hubiera pensado que iba a hacer algo como esto?

—Me alegro que usted esté bien, señor secretario general —dijo Jaime Rosenzweig.

—Bueno, no estoy del todo bien —contestó Carpatia—. Y no estaré del todo bien por mucho tiempo. Estos eran mis amigos.

Y así fue como siguió, alrededor de todo el salón. Camilo sentía su cuerpo como de plomo, sabiendo que, llegado el momento, Carpatia iría a él y que él era el único del salón que no estaba bajo el poder hipnótico de Nicolás. Pero, ¿qué si Camilo lo decía? ¿Sería el próximo en ser muerto? ¡Por supuesto que lo sería! Tenía que ser ¿podía mentir? ¿Debía?

Oró desesperadamente mientras Carpatia iba de hombre en hombre, asegurándose de que todos habían visto lo que él quería que ellos vieran y que ellos estuvieran sinceramente convencidos de ello.

Silencio, Dios parecía imprimir eso en el corazón de Camilo. *¡Ni una palabra!*

Camilo estaba tan agradecido de sentir la presencia de Dios en medio de todo el mal y el caos, que se sintió conmovido hasta las lágrimas. Cuando Carpatia llegó a él las mejillas de Camilo estaban mojadas y no podía hablar. Meneó su cabeza y levantó una mano.

—Horrible, ¿no es cierto, Camilo? ¿El suicidio que se llevó consigo al señor Todd-Cothran?

Camilo no pudo hablar y no lo hubiera hecho de haber podido.

—Tú los querías y los respetabas a los dos, Camilo, porque no sabías que ellos trataron de hacer que te mataran en Londres —y Carpatia siguió donde se encontraba el guarda.

—¿Cómo no pudo impedir que él le quitara el revólver, Scott?

—El hombre mayor se había levantado—. ¡Pasó tan rápido! Yo sabía quién era, un importante hombre rico, y cuando vino corriendo a mí, no imaginé lo que quería. Él me sacó ese revólver directo de mi pistolera y antes que yo pudiera reaccionar, se había disparado.

—Sí, sí —afirmó Carpatia mientras la gente de seguridad entraba apresuradamente al salón. Todos hablaban al mismo tiempo mientras Carpatia se retiraba a un rincón, sollozando por la pérdida de sus amigos.

Un hombre vestido de civil hizo preguntas. Camilo se dirigió a él.

—Usted tiene suficientes testigos presenciales aquí. Permita que le deje mi tarjeta y usted puede llamarme si me necesita, ¿eh? —El policía intercambió tarjetas con él y permitió que Camilo se fuera.

Camilo tomó su bolsa y corrió en busca de un taxi, apresurándose por volver a la oficina. Cerró con llave la puerta y empezó a escribir furiosamente todo detalle de la historia. Había hecho varias páginas cuando recibió una llamada de Sandalio Bailey. El viejo apenas podía respirar entre sus exigentes preguntas, no dejando que Camilo hablara.

—¿Dónde estabas? ¿Por qué no estuviste en la conferencia de prensa? ¿Estabas adentro cuando Stonagal se disparó y se llevó consigo al británico? Debieras haber estado allí. Hay prestigio para nosotros en tenerte ahí. ¿Cómo vas a convencer a alguien de que estuviste ahí dentro cuando no apareciste para la conferencia de prensa? Camilo ¿qué pasa?

—Me apresuré en regresar aquí para meter la historia en el sistema.

—¿Ahora no tienes la exclusiva con Carpatia?

Camilo se había olvidado de eso y Plank no lo había reconfirmado. ¿Qué se suponía que él hiciera al respecto? Oró pero no sintió guía ¡Cuánto necesitaba hablar con Bruno o Cloé o hasta el capitán Steele!

—Llamaré a Esteban y veré —respondió.

Camilo sabía que no podía esperar mucho para hacer la llamada pero estaba desesperado por saber qué hacer. ¿Debía permitirse estar a solas en una sala con Carpatia? Y si lo hacía, ¿debía pretender estar bajo su control mental como todos los demás parecían estar? Si él no hubiese visto esto por sí mismo, no lo hubiera creído ¿Siempre sería capaz de resistir la influencia con la ayuda de Dios? No sabía.

Marcó el número de Esteban y la llamada fue devuelta en un par de minutos después.

—Realmente ocupado aquí, Camilo ¿Qué pasa?

—Me preguntaba si todavía tengo esa exclusiva con Carpatia.

—¿Estás de bromas? Oíste lo que pasó aquí y ¿quieres una exclusiva?

—¿Oí? Esteban, yo estuve allí.

—Bueno, si estuviste aquí, entonces es probable que sepas lo que pasó antes de la conferencia de prensa.

—¡Esteban! Lo vi con mis propios ojos.

—No me entiendes, Camilo. Digo que si estuviste ahí para la conferencia de prensa, supiste del suicidio de Stonagal en la reunión preliminar, a la cual se suponía que fueras.

Camilo no supo qué decir.

—Me viste allí, Esteban.

—Ni siquiera te vi en la conferencia de prensa.

—No estuve *en* la conferencia de prensa Esteban, pero estuve en el salón cuando Stonagal y Todd-Cothran murieron.

—No tengo tiempo para esto, Camilo. No es divertido. Se suponía que tú estuvieras allí, no estabas allá. Lo lamento, Carpatia está ofendido, y no, no hay exclusiva.

—¡Tengo las credenciales! ¡Las tengo abajo!

—Entonces, ¿por qué no las usaste?

—¡Lo hice!

Esteban le colgó. Marga llamó y dijo que el jefe estaba de nuevo en la línea.

—¿Qué pasa contigo que ni siquiera fuiste a esa reunión? —preguntó Bailey.

—¡Estuve allá! ¡Usted me vio entrando!

—Sí, te vi. Estuviste así de cerca. ¿Qué hiciste, encontraste algo más importante que hacer? Tienes que hablar bien rápido ¡Macho!

—¡Le digo que estuve allí! Le mostraré mis credenciales.

—Yo acabo de verificar la lista de credenciales y tú no estás en ella.

—Por supuesto que estoy en ella. Se las mostraré.

—Tu nombre está allí, digo, pero no está marcado.

—Señor Bailey, estoy mirando en este momento mis credenciales. Están en mi mano.

—Tus credenciales no significan ni basura si no las usaste, Camilo. Ahora, ¿dónde estuviste?

—Lea mi historia —respondió Camilo—. Sabrá exactamente donde estuve.

—Acabo de hablar con tres, cuatro personas que *estuvieron* allí, incluyendo un guarda de las Naciones Unidas y la asistente personal de Carpatia, para ni mencionar a Plank. Ninguno te vio; tú no estuviste allí.

—¡Un policía me vio! ¡Intercambiamos tarjetas!

—Yo estoy volviendo a la oficina, Williams. Si no estás allí cuando yo llegue, estás despedido.

—Aquí estaré.

Camilo sacó la tarjeta del policía y llamó al número. —Estación del precinto —dijo una voz.

Camilo leyó la tarjeta. —Por favor, el detective sargento Beni Cenni.

—¿Cuál es el nombre, de nuevo?

—Cenni ¿o quizá con C fuerte? ¿Kenny?

—No lo reconozco. ¿Se comunicó con el precinto correcto?

Camilo repitió el número de teléfono de la tarjeta.

—Ese es nuestro número, pero no su hombre.

—¿Cómo podría localizarlo?

—Yo estoy ocupado aquí, amigo. Llame al centro.

—Es importante. ¿Tiene un directorio del departamento?

—Escuche, tenemos miles de policías.

—Sólo mire en C-E-N-N-I, ¿quiere?

—Espere un minuto —Pronto volvió—. Nada, ¿correcto?

—¿Podría ser nuevo?

—Podría ser su hermana por lo que yo sé.

—¿Adónde llamo?

Le dio a Camilo el número de la oficina central de la policía. Camilo volvió a repetir toda la conversación pero esta vez se había comunicado con una agradable joven.

—Déjeme revisar una cosa más para usted —dijo ella—. Voy a hablar por usted a la línea de Personal, porque ellos no le dirán nada a menos que usted sea un oficial uniformado.

Él oyó cuando ella deletreaba el nombre a Personal. —Ah, ah, ah —decía ella—. Gracias. Se lo diré.

Y volvió a hablar con Camilo. —¿Señor? Personal dice que no hay nadie en el Departamento de Policía de Nueva York que se apellide Cenni, y que nunca lo hubo. Si alguien le pasó una tarjeta falsa de policía, les gustaría verla.

Todo lo que Camilo podía hacer ahora era intentar convencer a Sandalio Bailey.

Raimundo Steele, Cloé y Bruno Barnes miraron la conferencia de prensa de las Naciones Unidas, esforzándose por identificar a Camilo.

—¿Dónde está él? —dijo Cloé—. Él tiene que estar ahí en alguna parte. Todos los demás de esa reunión están ahí. ¿Quién es la muchacha?

Raimundo se paró cuando la vio y apuntó silenciosamente a la pantalla.

—¡Papá! —exclamó Cloé—. ¿No estás pensando lo que yo estoy pensado?

—Seguro que luce como ella —respondió Raimundo.

—Shhh —dijo Bruno—, él está presentando a todos.

—Y mi asistente personal, habiendo renunciado a una carrera en la industria de la aviación...

Raimundo se dejó caer en una silla. —Espero que Camilo no haya estado detrás de esto.

—Yo también —dijo Bruno—. Eso significaría que él también podría haber sido tragado.

La noticia del suicidio de Stonagal y la muerte accidental de Todd-Cothran los dejaron estupefactos.

—Quizá Camilo siguió mi consejo y no fue —aventuró Bruno—. Seguro que espero eso.

—Eso no suena como de él —comentó Cloé.

—No, no —corroboró Raimundo.

—Lo sé —dijo Bruno—. Pero puedo tener la esperanza. No quiero saber que él se las haya visto con el juego sucio. ¿Quién sabe qué pasó allá adentro, y él yendo allí solamente con nuestras oraciones?

—Me gustaría pensar que eso fuera suficiente —deseó Cloé.

—No —concluyó Bruno—. Él necesitaba la protección del mismo Dios.

Para cuando Sandalio Bailey entró bruscamente en la oficina de Camilo una hora después, Camilo se dio cuenta de que estaba luchando contra una fuerza con la que no podía competir. El registro de su presencia en aquella reunión había sido borrado, hasta de las mentes de todos los presentes en el salón. Él sabía que Esteban no estaba fingiendo: creía honestamente que Camilo no había estado allí. El poder que Carpatia tenía sobre esa gente no conocía límites. Si Camilo hubiera necesitado otra prueba de que su fe era real y que Dios estaba ahora en su vida, ya la tenía. Si él no hubiese recibido a Cristo antes de entrar a ese salón, estaba convencido de que hubiera sido solamente otro de los títeres de Carpatia.

Bailey no estaba en ánimo de discutir, así que Camilo dejó que el anciano hablara sin tratar de defenderse.

—No quiero más de esta insensatez de que estuviste allá. Sé que estuviste en el edificio y veo tus credenciales pero sabes y yo sé y todos los que *estuvieron* allí saben que tú no estuviste allí. No sé qué pensaste que era más importante, pero te equivocaste. Esto es inaceptable e imperdonable, Camilo. No puedo tenerte como mi editor ejecutivo.

—Estaré feliz de volver a cronista principal —contestó Camilo.

—Tampoco puedo aceptar eso, amigo. Te quiero fuera de Nueva York. Voy a ponerte en la oficina de Chicago.

—Estaría más que contento de manejar eso para usted.

Bailey meneó la cabeza. —No lo captas, ¿no, Camilo? No confío en ti. Debiera despedirte. Pero sé que terminarías con los otros.

—No quiero estar con nadie más.

—Bueno, porque si tratas de irte a la competencia, tendré que contarles este numerito. Vas a ser un periodista de planta en Chicago, trabajando para la mujer que era la asistente de Lucinda. Hoy la llamaré para darle la noticia. Eso significará un corte abrupto de la paga, especialmente considerando lo que hubieras ganado con el ascenso. Tómate unos días libres, ordena tus cosas, subarrienda ese departamento y búscate un lugar en Chicago. Algún día quiero que quedes limpio conmigo, hijo. Esa fue la disculpa más lamentable para conseguir noticias que yo haya visto jamás y de uno de los mejores del negocio.

El señor Bailey salió dando un fuerte portazo.

Camilo no podía esperar para hablar con sus amigos de Illinois pero no quería llamar desde la oficina ni del apartamento y no sabía con seguridad si su teléfono celular sería seguro. Empacó sus cosas y tomó un taxi al aeropuerto, pidiéndole al chofer que parara en un teléfono público a una milla de la terminal.

Al no obtener respuesta de los Steele, marcó la iglesia. Bruno respondió y le dijo que Cloé y Raimundo estaban allí. —Póngalos en el altoparlante —dijo. —Estoy tomando el vuelo de Aerolíneas Americanas de las tres de la tarde a O'Hare. Pero déjenme decirles esto: Carpatia es su hombre, si duda alguna. Él satisface todos los requisitos hasta el último detalle. Sentí las oraciones de ustedes en la reunión. Dios me protegió. Me estoy trasladando a Chicago y quiero ser un miembro de, ¿cómo lo llamaste, Bruno?

—¿El Comando Tribulación?

—¡Eso es!

—¿Esto significa que...? —empezó Cloé.

—Sabes exactamente lo que significa —concluyó Camilo. —Cuenten conmigo.

—¿Qué pasó, Camilo? —preguntó Cloé.

—Prefiero decirlo en persona —respondió él—. Pero ¡les tengo una historia! Y ustedes son las únicas personas que sé que van a creerla.

Cuando su avión aterrizo finalmente, Camilo se apresuró a salir por la puerta donde Cloé, Bruno y Raimundo Steele lo saludaron gozosos. Todos lo abrazaron, hasta el serio capitán. Al amontonarse en un rincón, Bruno oró, dándole gracias a Dios por el nuevo hermano de ellos y por protegerlo.

Fueron por la terminal hacia el estacionamiento, caminando los cuatro juntos, poniendo cada uno sus brazos alrededor de los hombros del otro, entretejidos con un propósito común. Raimundo Steele, Cloé Steele, Camilo Williams y Bruno Barnes enfrentaban los peligros más graves que alguien pudiera encarar y ellos sabían su misión.

La tarea del Comando Tribulación era clara y la meta de ellos era nada menos que resistir firmes y luchar contra los enemigos de Dios durante los siete años más caóticos que el planeta vería jamás.